JN318318

二見文庫

ロザリアの裁き

霧村悠康

目次

登場人物紹介

小林一郎(55)	O大学医学部第二内科学教授
小林紀子(28)	小林一郎の一人娘
小林房子(52)	小林一郎の妻
華原俊夫(38)	O大学医学部第二内科学講師
谷山千容子(35)	鎌井病院看護師
谷山信人(35)	千容子の夫
城島真由子(33)	博多在住の女性。資産家
小阪正太郎(40)	大阪東部署刑事
八尾菊雄(40)	大阪東部署刑事
杉村秋代(35)	製薬会社社員
小曽木佑介(30)	O大学医学部第二内科医。遺伝子解析研究部門大学院生
東田満夫(45)	O大学遺伝子解析研究部門教授
村木文蔵(40)	美国町漁師
丸川たえ(58)	美国町在住の女性
北村佳乃(38)	谷山信人の友人女性
北村六三四(40)	北村佳乃の夫
大城源之輔(65)	O大学医学部第二内科OB。医療法人城愛会会長兼理事長
大城昌史(32)	大城源之輔の息子。内科医
杉村幸雄(60)	杉村秋代の父親
杉村喜美子(58)	杉村秋代の母親
田村英二(33)	バス運転手
武田成敏(46)	福岡博多署警部
飯牟禮実保(39)	福岡博多署刑事
大熊星七(50)	北海道余市署刑事
広川幸一(48)	北海道余市署警察医
西浦瑞貴(55)	福岡博多署長
水田波濤(45)	福岡博多署警察医
佐久本玲朗(45)	Q総合医科大学救命救急部教授
糸井哲夫(43)	O大学医学部第二内科学准教授
山根東吾(48)	O大学部第二外科学教授
松本重太郎(59)	O大学医学部長
小宮山樹里(—)	25年前行方不明になった女性

ロザリアの裁き

ロザリア・ロンバルド

Rosalia Lombardo（1918～1920）

イタリアのカプチン・フランシスコ修道会地下納骨堂に眠る二歳の少女。死蠟化したため、まったく腐敗しておらず、生前の姿を保ったままの、奇跡とも言える世界一美しいミイラである。

01

深夜の医学部

「紀子。どうだ、彼は？」

「うーん。やっぱり、お断りして」

「何だ？　いい雰囲気のように見えたのに」

「何か不満でも？」

「いい感じの人よ。悪くはないわ」

「なら、どうして……」

「ええ。今日お会いした感じでは、まずまずの方ね。でも何となく……」

小林《こばやし》紀子《のりこ》に、見合いの相手に対する違和感が続いていた。一度感じると、拭いきれない。

「おいおい。完璧を期していたら、いつまで経っても」

「そうじゃないのよ。何かちょっと気になるのよね。ほら、今日、あれから二人で出かけたでしょう。食事のあとで、ダンスの相手をお願いしたの。その時にね、何か彼の心がふっと遠くに行ったような気がして。踊りながら、彼の魂だけが、どこか遠くにね」

「何だ、それ？　そんな、完璧にこちらの要望にそう奴などいるものか」

「そうですよ、紀子」

両親の声に、これまでに何回あったかわからない棘《とげ》が混じり始めた。

紀子は、相手の男性に一週間でよいから尾行をつけてくれ、それで何もなかったらOKすると父親に告げた。いつもの紀子の要求だった。

「一週間尾行？　おいおい、またか。華原《かはら》は俺の医局の人間だぞ。朝から晩まで診療と研究だ。それ以外何がある？」

小林一郎《いちろう》教授は固い表情で言った。

「お父さんだって、まさか二十四時間、彼を見張っているわけじゃないでしょ。どんな生活をしているのか、わからないじゃない。これまでのお見合いの相手、調べていただいた方は、必ず何かまずいところがあったじゃないの」

「ふん。彼なら大学病院と研究で疲れて、ほかに何もする気にならないさ。わしだって、若い頃は」

ちらりと母親の視線が父親に向けられたのを、紀子は見て見ぬふりをした。

華原俊夫《としお》講師は、教授の娘とのお見合いに、期待で胸を膨らませながら、期待以上の手応えを感じていた。

目の前に座っている女性は華原好みの美人で、しかもこちらをしっかりと見つめながら話す姿に、すっかり虜《とりこ》になってしまった。

教授が自分に目をかけてくれているのにも普段から気づいている。医局内では、次期教授は准教授の糸井《いとい》哲夫《てつお》を飛び越して華原、と囁く者もいる。

見合いのあとの二人でのデートでは、できもしないダンスに誘われて握った手が、何となく自分の手を握り返してもきたようで、紀子の好意を感じたような気になっていた。

中学時代のあるアクシデントで少しばかり短い人差し指を気にして引っ込めようとした華原の手を、何を問うこともなく握ってきた紀子は、笑顔を見せたのだ。

遠慮がちに、自分の胸元に寄せた紀子の髪のかぐわしい香りにも、華原は一方的に、紀子の好意を嗅ぎ取ったような気がしていた。

「紀子さん。この次はいつお会いできますか？」

すでに華原は今日の見合いの相手を名前で呼んでいた。紀子がそのことに格別の拒否反応を示さないことも、華原の自信を深めていた。

「携帯の番号を教えていただけませんか」

「わたくしのほうから、ご連絡さしあげますわ」

紀子は、華原が伝えてきた携帯電話番号を登録すると、手元を覗き込んでいる華原にそう答えた。

華原はその夜、タクシーで紀子を送り届けたあと、たっぷりと未練を残したまま、自宅のマンションに帰った。

暗闇の中、一人暮らしの部屋の奥に、もう一つ華原が持っている携帯電話の点滅する光があった。


十日後、小林教授宅に一通の封書が届いた。中には、一人の医師のこの一週間の行動調査が細かい文字で記された報告書があった。それを引っ張り出した時に、何枚かの写真が封筒から零《こぼ》れ落ちた。

床に散らばった写真は、夜の光景のようであった。それを拾い上げて見つめた小林の口から声が漏れた。

「な、何だ！　この写真は？」

「ほうらね。だから言ったでしょう」

紀子は、写真を父親に返しながら、したり顔で話したものだ。小林は腕を組んで唸った。

「あいつまでもが、こんなことを……」

紀子はじっと写真の中の女性の姿に目を凝らしていた。一枚だけが、紀子の手に残っている。

「だいたい誰なんだ、この女。少なくとも、うちの医局にはこんな女はおらん」

写真には、夜の大学医学部の建物を背景に、二人の人物の姿が写っていた。一人は白衣を着た、明らかに医師と見られる男性。もう一人は、どう見ても男性ではない。医師が施錠されている通用門から顔を出した写真。そのあとについて出てきた女性。建物の暗がりの中を、肩を並べて歩く二人。駐車場の車に乗り込む女性。窓に顔を寄せる医師。車が出たあと、佇《たたず》んで見送る医師。暗証番号を押して、病院の中に入ろうとしている医師。写真の下に、日付と時間があった。時刻は夜中の一時三十分から十分ほどの間である。

街灯の光でも、知る人が見れば充分に判別可能な男女の顔が写っていた。

男性医師の行動に関する興信所の担当者の記述は極めて事務的であり、深夜、大学内で女性を密かに見送り、おそらくは二人の間に特別の関係があろうかという解釈めいたことは書かれてはいなかった。

「これで、また私の勘が当たったわね」

「どいつもこいつも……。華原は俺の医局の中では一番優秀で、研究も熱心な奴なんだ。若いのに講師にしてやったんだ。まだ独身なのが変だといえば変だったんだだが。一番目をかけていたんだ」

裏切られた、という色が小林の顔に浮かんだ。

「もう、お医者さんはごめんだわ。お父さん、私の相手は私が探すわ」

娘の声を聞きながら、小林はまだ信じられないような顔つきで、目の前の写真を眺めていた。

02 密会

谷山千容子《たにやまちよこ》は深夜に近い頃、医学部通用門を自家用車でとおり抜けた。もちろんそこには二十四時間警備員がおり、不審者の侵入を監視しているのだが、どこそこの研究員の家族で、今夜は徹夜になるらしいからお弁当を届けにきた、などと助手席に置いた弁当箱をかざせば、警備員はほとんど疑問もはさまず、簡単に通行許可証をわたしてくれる。

深夜の退屈な警備がつづく中、色気溢れた女性が運転席からニコリと愛想をふりまくだけで、眠気がさす時間の警備員はつかの間の喜びを味わえる。少し高いところから運転席の女性を覗き込めば、うまく行けばハンドルの下に、ミニスカートから突き出た艶《なま》めかしい二本の肉と肌に包まれた大腿部を瞬間楽しむことができようというものだ。

千容子は勝手知ったる医学部の駐車場に、堂々と車を停めた。何度来ても、不審人物として声をかけられたことも、咎《とが》められたこともなかった。駐車場に入った時に、携帯電話で相手に到着した旨、伝えてある。恋しい相手の声が携帯の中に満ちると、体の中まで熱くなるような気がした。

千容子は、華原俊夫が当直に行っている私立鎌井《かまい》病院の看護師であった。何度か一緒に飲みにいっているうちに、千容子のほうが華原に熱を上げた。夫も子供もいる千容子にとって、家庭を壊す気持ちはなかったが、女としての要求のほうが千容子の理性を越えた。

ある夜、当直にやってきた華原の部屋に、千容子は患者の病気に関する質問をするようなふりをして、上がり込んだのである。

意図的に中の下着が充分に透けて見えるような、しかも胸の大きく開いたブラウス姿の千容子が、当直室の畳の上に横座りに腰を下ろし、開いた医学書を指さしながらうつむきかげんに質問すると、華原の目に否応もなく胸の谷間が映り、さらにミニスカートから大胆に脚を露出させて艶めかしい二本の大腿で少し隙間をつくると、華原はもう我慢ができなくなっていた。

そもそも医師専用の個室である当直室に、わざと誘うがごとくの姿で女性が現れたなら、仮に女性のほうにその気がなくとも、誘うような恰好をするほうが悪いのだ、と勝手な解釈をして、華原は躊躇《ためら》うことなく千容子の肩を抱き寄せた。

はたして、そのあと救急の患者が来るまでの時間、二人はたっぷりとお互いを味わったのである。

患者が来たと応召《おうしょう》の電話が鳴ると、華原は未練ありげに衣服を着け、どうする？というように、薄いシーツのみを身に巻きつけて、当直用の蒲団に体を伸ばしていた千容子に視線を送った。千容子は目でうなずきながら言った。

「待ってるわ」

それからの二人は、華原が当直に行けば、当直室に千容子が忍び込んできたし、大学病院では、今晩のように研究棟の中で密かに逢瀬を重ねていた。

このような危険な逢い方をしなくとも、独身の華原のマンションに行けばいいようなものだが、どういうわけか彼は大阪市内にある自分の居所を千容子に教えなかった。何度訊いても生返事の相手に諦めたのか、あるいは少しばかりスリルを楽しもうと思ったのか、千容子も〝忍び込む恋〟を選んだのであった。千容子は独身の華原に別の女がいるに違いないと考えたが、気にはならなかった。

医学部研究棟の扉の前に立つのをどこかから見ていたかのように、中から扉が開いた。千容子はすばやく体を滑り込ませた。そこに白衣の姿のままの恋しい彼がいた。

背後の天井には、セキュリティ用のカメラが千容子を睨んでいるのが見える。だが千容子は、まったく頓着せずに背を見せて歩き始めている白衣のあとを、少し距離をおいて、ゆっくりと追った。

深夜の廊下、医学部研究棟には、ほとんど人はいない。不夜城のような研究室もあるが、それとても何十とある研究室のいくつかのみである。その中で研究者たちは徹夜の仕事に忙しい。暗い廊下をうろうろしている者はいなかった。

第二内科医局の傍らに、当直医師用の小さな仮眠室が設けられている。臨床研究室ならではの構造で、病院病棟にも当直室があるが、大学病院ともなると、一つの科で何人も泊まることがある。若い研修医や医員は入院患者を直接診る必要性から、病棟に待機するのが普通で、医局のある研究棟に泊まるのは、助手、講師、准教授などである。

その夜、谷山千容子は研究棟にある医局に忍び込んだというわけであった。

万が一、誰かが見知らぬ女性の姿を目撃していたら、当然大問題になるはずであったが、そのような事態はまず起こらない。そのあたりはよくできたもので、何の通報もなしに医局の当直室に若い医師が来ることはなかった。過去にまずい事態でも起きたのか、必ず病棟から連絡を入れてくる。不都合なことがあれば、それを解除する時間的余裕をつくるのであった。

そのような暗黙の了解があったから、研究棟の当直室に千容子が忍び込んでいったとしても、見つかる心配はなかったのである。

狭い部屋に二人で入り、鍵をかけ、千容子の持参した手弁当で腹を満たしたあと、華原は病棟から呼ばれることもなく、たっぷりと二時間余り、今度は肉体のご馳走を賞味した。

「今夜は何と言って出てきたの？」

ゆっくりと帰り支度をしている千容子のうしろ姿に、華原は声をかけた。誰も来ないとわかっていても、ごくわずかの不安が残っている。用がすめば、女には早く帰って欲しかった。

余韻を味わうように、ゆるゆると動いている千容子が、その時ばかりは疎ましい存在であった。

華原にとっては、千容子は肉体的欲望のみの対象であり、精神的な愛情はまったく感じていなかった。大学の中で逢うという危険性はあるものの、当面の都合のよい、金もかからない欲望処理場と考えていたのであった。だが、欲望の解消という点では千容子のほうも同じであるはずであった。

「友達と飲み会」

「旦那、よく何も言わないね」

「お互いさまよ。旦那だって、朝まで帰ってこないこと、しょっちゅうよ。何やってんだか、わかったもんじゃないわ。いちいち咎めてたら、やってられないわよ」

「じゃあ、旦那のほうもこんなことやってるかもね」

千容子はそれには答えなかった。

「俺たちのこと、ばれてんじゃないの？」

「それはないわよ」

「どうしてわかる？」

「一緒に暮らしていれば、そのくらいわかるわよ。旦那、私のこと全面的に信用してるから。全然疑ってないのよ」

03
旅好きの女

女子大を卒業したあと就職するでもなく、といってただぶらぶらしているわけでもなく、時間を見つけてはあちらこちらと国内を旅している一人娘の紀子を、小林一郎は国立O大学医学部内科学教授という超多忙の要職に費やされる時間のわずかな隙間を見つけては、気にかけていた。

「旅に出ます」と言っては行き先も告げず、両親の心配をよそに姿を消し、予告もせず、ふらりと帰ってくる。誰か一緒に行く友人でもいるのか、付き合っている男でもいるのではないかと勘ぐっても、紀子の答えはいつも、「いいえ。一人旅を楽しんできたわ」であった。

母の房子《ふさこ》がいかに詮索しようと、あるいは紀子の部屋に入り、母親だからと自分を納得させながら密かに紀子の持ち物を調べても、まったく男性のにおいはしなかった。かといって、旅をともにするような格別に親しい女性の友人がいるわけでもないようで、手紙をやり取りしている者や、携帯電話で話す程度の友人のようであった。もちろん一緒に外出しショッピングや食事を楽しむ相手はいたのだが、小さい頃から蝶よ花よと、本人の迷惑も顧みず両親の寵愛を一身に注がれて育てられた紀子であったから、中学校から大学まですべて生徒は女性という教育環境も手伝って、これといって親しい男性が現れる機会さえわずかなものであった。

今年二十八になる紀子を心配して、両親はこれまでにも何度も試みた見合いを、二週間後に設定した。

「紀子。お父さんの内科医局に、華原俊夫という講師の男がいる。年は三十八だ」

久しぶりに早めに帰宅した父親が、いの一番に話しかけてくれば、それ以上聞かなくとも、またお見合いの話ね、と紀子には理解できた。

「ちょっと歳はくっているが、内科の医局員の中では出世頭だ。最も若い講師だ。彼より歳を取っている助手が何人もいるんだ」

学問的にはよくできるのだろうが、紀子は気乗りがしなかった。だいたい勉強ばかりやっていると社会が見えなくなって、頭でっかち、自己中心的、というのが紀子の評価で、これまでに数えきれないほどやってきたお見合いの相手の中には、そういった連中が数多く含まれていたのだ。

紀子自身、交際経験も豊富ではないので、実際どのような男性が好みなのかよくわからなかったが、それでも女一人旅の好きな紀子のこと、男性も開放的な心を持った人物が相応《ふさわ》しいのかもしれなかった。

「三十八ですか」

これはあからさまに嫌な顔をした母親だ。娘の夫の年齢というより、自分と義理の息子となる人物の年齢差が一瞬脳裏を走った。一回りと少し、十四しか違わない。

「ああ。歳はいささか取っているが、私が見たところ、一筋の男だ。恋愛をする暇もなかったのだろう」

純粋に仕事に打ち込んでいるのはかまわないし、いいかげんな人間よりははるかに歓迎すべきである。とりあえず会うだけなら……と紀子はいつもと同じ受諾の返事をしたのであった。

「華原の承諾は取ってある。それじゃ、日にちは……」

父親は勝手に二週間後の日曜日に決めてしまった。お見合いといっても、今回は仲人抜き。華原の両親は歳も取っており、遠い田舎暮らし、とにかく当人たちをと、小林教授夫妻も交えた四人でということになった。

そこまで決めると父親は、「細かいことはいつもどおり、お母さん頼む」と一言残して、書斎に入ってしまった。

「お父さん、嬉しそうね」

紀子にとって、父親が自分のことを心配してくれるのはありがたいことには違いないのだ。見合いを断ってばかりいる自分をわがままりすぎるのかも、といさめる気持ちも時には湧いてくるのだが、何となくその気になりかけても、どういうわけか必ず紀子の気持ちに水をさすような出来事が起きたり、相手の素性よからぬ行状がわかったりして、ボツになるのであった。

母親の房子はもちろん紀子に無理強いすることはなかったが、ある程度の妥協と決心も必要だと言った。

「お父さんだって、相手の氏育ちをどうのこうのというより、まずは紀子の気持ちをと、こうしてよけいな詮索をせずに、あなたと先方様を会わせてきたんじゃないの」

「それはわかっているわ。だから私も会うと言ってるでしょ。それより、お父さん、来週も福岡？」

房子は急に紀子が話題を変えたので、少しこわばった顔つきになった。

「このところ、福岡出張が多いわね。月に一回は福岡じゃない？」

「それを言うなら、東京なんか、月に何回往復していることやら」

「この頃ますます忙しくなったんじゃない？」

「仕方がないわよ。お父さん、国立大学の教授よ。忙しいのは当然でしょう」

房子はO大学医学部出身の開業医の娘で、小林一郎とは見合い結婚だ。開業医の内情には精通していても、大学教授の多忙さについては父親から時おり聞かされてはいたものの、結婚当時は夫が教授になるなど夢にも思っていなかったから、就任してからの超多忙ぶりには無条件で納得せざるをえなかったのだ。

「今度は何の学会？」

「さあ。聞いてないわ。聞いてもわからないし」

紀子は、福岡の博多ね、と小さく呟いていた。

04 別れる決意

両親を交えた華原との見合いのあと、違和感を抱いて調べた結果が、華原の不審極まりない行動であったから、紀子はその後一度として華原に連絡しなかった。

華原のほうはといえば、博多で開催された消化器内科学会で演題を発表したあと、学会期間中博多に滞在し、もしかしたら将来の義父になるかもしれない小林教授の姿を探していた。口演の座長を務める教授を会場に認めた以外、小林と接触する機会がなかった。

期待して見合いをした小林紀子にたちまちのうちに心を奪われた華原は、携帯電話がなるたびに踊る思いで画面を見ては、失望を繰り返していた。華原からの紀子への直接の連絡手段はない。

毎日多忙な教授に紀子の様子を訊くわけにもいかず、何となく悶々とした日々を送っていた。

もう一つの携帯では、相も変わらず谷山千容子とのやり取りがつづいていた。千容子のほうも病院の勤務があるのだが、看護師というのは一カ月前に次の月の勤務表が出るから、千容子はあらかじめ華原の当直、あるいは大学病院での当直の日を訊き出して、その日は存分に華原との時間を楽しむべく、夜勤を避けるよう要望を出していた。

私立の病院では、大体にして看護師の勤務希望はそのまま認められるから、毎週の華原の当直日と、月二、三回の大学病院での当直の夜は、確かに二人だけの時間を持つことができたのだ。

「ねえ」

その夜は、いつもならば起き上がって、そろそろと下着を身に着け始めるのだが、千容子は横になったまま動かなかった。

「旦那と別れようと思うのよ」

何となく、華原には予感があった。この頃、千容子が以前とは違った様子なのをうすうす感じていた。千容子が将来このまま華原と一緒になりたいというような言葉をいつかは口走るようになる、そんな気がしていたのである。

もちろん華原には、千容子といつまでも付き合うつもりはまったくない。いずれの日にか徐々に遠ざかっていこうと思っていたのだが、この頃の千容子の興奮ぶりを見ると、完全に深入りしすぎた気になっていた。夫とでは得られなかった、まだ開花していなかった千容子の女の部分に開墾の鍬《くわ》を入れてしまったと、半分男として歓びながら、半分相手を間違えたと後悔していたのだ。

「ねえ。いいかしら」

いいかしら、と訊かれても……華原は見えないように渋面をつくった。

「別れてどうするんだ」

「決まってるじゃない。あなたと一緒になるのよ」

げっ、と華原は食道を震わせた。その時、華原の脳裏に、清楚な小林紀子の姿が浮かんだ。

「俺は……」

誰とも結婚する気はない、と言おうとして、俄かに唇が千容子の唇にふさがれた。

反応しない華原の唇に、千容子は顔を上げた。千容子がしゃべる前に、華原は言った。

「旦那はどうするんだ」

「あんな人」

「ん？」

「あの人にも女がいたのよ」

ほらみろ、と華原は言いたかった。

「それで、腹いせに旦那と別れて、俺と一緒になろうっていうのか」

「そうじゃない。私が愛しているのはあなたなのよ。ようやく気がついたのよ」

これはよくない徴候だと華原は考えた。俺はおまえを愛していない。

「ねえ。いますぐとは言わないわ。あなたにはこの大学でどんどん出世して欲しい。あなたが出世頭と聞いたこともあるわ」

千容子は自分の勤める病院で、華原の噂を耳にしていたのだ。

「あなたより年上の助手の人もいるんでしょう」

「ああ。しかも三人いる講師の中では俺が一番若い」

次は准教授だ、と華原は呟いた。

「しばらくはこのままでいい。こうして一緒にいられる時間があればいい。旦那と別れてあなたを迎える準備をしているから」

「準備？」

「ええ。私ね、親からもらえる家があるのよ。いまはまだ両親が住んでいるんだけれどね。旦那と別れたら、そこに子供たちと住むつもり」

子供のことなどどうでもよかった。家のこともどうでもよかった。華原は上に乗ったまま、自分の顔に息を吐きかけながらしゃべる千容子が急速に疎《うと》ましくなっていた。

病棟から電話でもかかってこないかな。この場を逃げ出すきっかけが欲しかった。

こいつとは、そろそろ別れ時だな……。入れ替わるように小林紀子の姿が浮かんできた。

「まあ、考えておこうか」

思わせぶりに声をかけながら、華原は上半身を起こした。千容子の体がはなれる。ブラジャーのフックを背中で留めながら、千容子は甘えた声を出した。

「ねえ。この次の学会はいつ？」


千容子が外に出て、廊下に響くヒールの音が遠ざかると、華原もそっと体を医局から滑り出させた。遠慮することなく歩く千容子の足音に、いつもいらいらさせられる華原であった。華原には不可解な女の妙な自信を表わしているように感じられるのだった。

こんなことがばれれば、とんだことになる……と思いながらも、金のかからない欲望の解消方法は、麻薬のように華原を捕らえてはなさなかった。それに、千容子への感情とは別に、華原は千容子の体が気に入っていた。これまでに付き合った、あるいは付き合っているどの女よりも量感に溢れ、反応がよかった。

華原は静かに千容子のあとを追った。深夜の長い廊下に会う人もなく、華原はエレベーターの前に立った。華原がそこに来るのを計っていたようにエレベーターの扉が開いた。華原は中に足を踏み入れると、一階のボタンを押した。

途中で停止することなく、ゴトンと一揺れし、エレベーターが一階に止まると、二人の姿が一緒に外に出てきた。ここから先ほどとおってきた研究棟の入口まで、二人は肩を触れんばかりに並んで歩いた。華原としては、万が一にも人に見咎められたらまずいのだが、そこは周辺の気配に神経を張り巡らせながら、千容子のするがままにさせていた。

かつてこの出口から外に出た時、小林紀子の依頼で潜んでいた興信所の男が、赤外線カメラで二人の様子を駐車場まで追ったことなど、考えもしなかった。

二人が重なっている現場さえ押さえられなければ、妙な時間に男女で歩いていても、知らぬ存ぜぬを押しとおせばそれでよかった。不謹慎と取られても仕方がない行動も、深夜まで実験を手伝ってくれた研究室の女性を、危ないから駐車場まで送ってきたとでも言えば、きちんと理屈がとおるというものであった。

外に出てからの華原はそういうわけで、むしろ大胆に千容子の横を歩いた。運転席に体を落ち着けた千容子に軽く口づけて、華原は手をふった。

「気をつけて」

「おやすみなさい」

遠ざかる車のテールランプの赤い灯を見ながら、華原の目の前に小林紀子の姿が揺らめいていた。

05 学会の夜

十月半ばに福岡県博多の地で行われた遺伝的消化器病学会は滞りなく進行していた。三日間の会期中、空からは夏を思わせるような太陽が容赦なく白亜のホテル会場を照らしつけ、学会員たちは空調の効いた快適な建物の中で、それぞれに興味のある口演を聴講していた。

夜は夜で、全国から集まった学会員たちは、日頃の超多忙な医療と研究から解放されて、繁華街で、今度はそれぞれの趣味に見合った時間を過ごしていた。

学会第一日目の懇親会では博多の芸妓たちの艶《あで》やかな舞踊りを交えた演目が用意され、新鮮な魚貝類と、有名牛、それにホテルのシェフたちの腕自慢の料理目当てに、ほとんどの会員が会場につめかけていた。

小林教授は学会の幹事を務める重鎮であり、同じく要職を占めるほかの役員たちとともに、このたびの学会長のまわりに居並んでいる。会長の懇親会挨拶を聞きながら、小林の目は自分の医局に所属している数名の医師たちの姿をとらえていた。

華原と視線が合った時には、小林のほうから合わなかったふりをして、さりげなく目をそらした。この間から華原が何となく自分を追いかけ、何か言いたそうな様子であるのに気がついている。紀子のことを訊きたいに違いなかった。

小林からは何を伝える気もなかった。紀子の気持ちは決まっている。華原の深夜の疑わしい行動に対しては、現実に何の被害もないいま、とやかく言うつもりはなかった。少なくとも華原の講師としての日常の勤務に齟齬《そご》はなかったから、それ以上の介入は教授といえども遠慮したのであった。

会長の挨拶が終わり、乾杯の音頭とともに急に和《なご》やかな空気が会場を満たすと、小林もコンパニオンの女性が運んできた料理の皿を受け取り、近くの親しい教授たちと話を始めた。

夢中で話をしている小林の視野に、ふと気がつくと華原の半身が侵入していた。じっと立ったまま動かない。最初は何か置き物があるのかと思ったくらいだ。

しばらく無視していたものの、話が途切れた時、ついに小林は初めて気がついたようなしぐさで華原に向かい合った。

「お、華原くん。来ていたのかね」

一瞬、何を白々しい、それとも俺は教授の歯牙《しが》にもかからない存在なのか、という表情を華原はした。

「おつかれさまです」

医療関係者の普段の挨拶だ。

「あのう……」

小林は少しばかり顎をしゃくって、華原にあちらで話そうというように、壁際のテーブルに視線を移した。二人は会話に忙しい会員たちの間を縫って、隅のほうに位置を変えた。

「紀子のことかね」

小林が先に口を開いた。できるなら早々に話を終えたい。

「ええ。あのあと、お嬢さんから全然連絡がなくて」

そりゃそうだろう、と小林は胸の中で舌打ちをしていた。

「そうかね。お見合いの席では、なかなかいい雰囲気だと思ったのだが」

「私のような者には、もったいないくらいのお話です。ですが私には紀子さんを幸せにする自信がありません」

華原の言葉をたっぷりと割り引いて聞いた小林は、

「まあ、こればかりは本人の気持ちだから」

さりげなく断ったつもりだ。

「お嬢さんは何と？」

こいつ、えらく鈍感だな、と小林はじろじろ華原を見つめた。日頃の勤務態度だけではやはり人はわからない……とは、小林の反省だ。紀子のほうが人をよく見抜いている……。

「いや、はっきりとは何も聞いていない。君にもわかるだろうが、教授ともなると何しろ忙しくてね。紀子とはあれ以来、話をするどころか、ろくに顔も見ていないんだ」

「そうですか……。でも、一度ご本人の口から、どう思っていらっしゃるのかお聞きしたいのですが」

携帯の番号を教えろとでも言うのか……。

「まあ、本人がその気なら、近いうちに何か連絡があるんじゃないか」

見合いからすでに一カ月以上が経過している。なしのつぶてである。紀子に付き合う気がない、という明確な意思表示であった。

「そうですか……。ですが、教授はどうお考えですか？」

「だから言っただろう。本人の気持ち次第だ。私は紀子に無理強いはしないつもりだよ」

小林に見えないところで、華原の顔が真っ赤になり、間違いなく頭頂部に噴火した空気の揺らぎが発生していた。

陽射しが強かった。玄海灘が真っ白に輝いている。

谷山千容子は華原俊夫の腕に自分の腕を回し、石段をゆっくりと上がっていった。この季節には不釣り合いなくらいの熱い光を受け取めて、枯れ始めた木の葉が、二人の動きに合わせるように、ゆったりと舞い落ちる。

学会最終日の金曜日、口演は午前中で終わり、会長の閉会の辞が述べられる頃には、ほとんどの会員は帰路についていた。次の日が土曜日ということもあって、仕事の都合をうまくつけてもう一泊を博多に求め、ゴルフなどを計画している者も少なくない。

華原俊夫は昨夜からホテルに忍び込んできていた谷山千容子を連れて、昼食をすませたあと、博多港から船で志賀島《しかのしま》にわたっていた。午後一杯、金印《きんいん》の島に憩い、夜、新幹線で帰阪の予定である。

石段を昇りきると、漢委奴國王《かんのわのなのこくおう》の金印の文字が拡大して刻まれた碑があった。

「ここで、あの金印が見つかったのね」

千容子は感慨にひたるように、金印碑と、先に広がる海を見比べた。

華原は、ちらりと碑に目をやると、千容子をおいて、公園の奥に移動した。そのあとを千容子は追いかける。また男の腕に自分の腕を巻いた。

二人だけと思っていた公園の南に広がる斜面から、人の話し声が聞こえてきた。

千容子は、少し残念そうに腕をほどいて、男からわずかにはなれた。華原の足は人声とは反対のほうを向いたので、話しながら現れた何人かの男女に、二人の姿はカップルの旅人とは映らなかったに違いない。

視線を感じながら、華原は知らぬふりをしている。千容子もどこか違うほうを見ているようだ。

やがてしゃべり声は、石段の下に消えた。あたりを見わたした千容子は、すぐに男に近寄り、また腕を組んだ。東屋《あずまや》に入って腰掛け、ぶらぶらと逍遥《しょうよう》し、陽だまりに座って、時を過ごした。

どのくらいの時間が経ったのか、日が西に傾き、波の速度よりゆっくりと夜の気配が海の彼方から寄せてくる。この時間ともなれば、公園を訪れる人もない。空気がわずかに冷たくなってきたようだ。

日が沈んでも、まだ空は青い。

華原が千容子を見た。千容子は微笑を返した。少し翳《かげ》り始めた光の中で見た男の目の中には、これまでに見たことのないような色が漂っていて、千容子はふと不自然な気持ちに襲われた。

闇が、のけぞった千容子の目に映った空の青さを、たちまちにして包んでしまった。

金印公園の下を走る自動車道は、海岸沿いに大きなカーブを描いている。左手に海を眺めながら北に進むと、バスの停留所でいえば「金印公園」の次は「蒙古塚《もうこ》」である。

遠い昔、元が攻めてきた元寇《げんこう》、いわゆる蒙古襲来で、神風が吹いて敵軍が追い払われたと歴史書にはあるが、当時、自然の力に犠牲になった蒙古の兵隊の溺死体が数多く志賀島の海岸に流れ着いたそうである。敵とはいえ、島民は彼らの遺体を回収し手厚く葬ったとされる。それが、この蒙古塚である。

もっとも流れ着いた死体をそのままにしておけば、とんでもない死臭悪臭に人々は辟易としたであろうから、心の行き先置きどころはどうであれ、処理しなければならなかったに違いない。

夜の九時ともなれば、とおる車の数もめっきりと減り、街灯とてぽつりぽつりと侘《わび》しく道路を照らすだけの中、一台のベンツが蒙古塚から南に向かって金印公園の方向に走っていた。前方、少し上り坂になり頂点で左手に大きくカーブをとれば、間もなく公園の入口に差しかかる。

スピードが落ちた。小林一郎は慎重にアクセルに乗せた足に力を入れた。助手席では先ほどから城島真由子《じようじままゆこ》がデジカメを構えていて、何枚か小林の運転姿をカメラに収めていた。

大阪では右ハンドルの日本車に乗っている小林は、何となく感じる不自然な左右逆転を頭の中で制御しながら、真由子のベンツの左ハンドルを握っていた。

車は坂の頂上から一気に公園の入口、石段のところまで滑り降りた。その時、何か白い塊が左前方の足元から立ち上がったように思った次の瞬間、軽い振動が小林のハンドルを持つ手に伝わった。

「あっ！」

慌ててハンドルを切りながら、後方をミラーで確認しても、闇の中、何も見えない。

「何かに当たったか？」

横の真由子の顔を見れば、口に手を当て、脅えた顔つきだ。

「どうした？　何に当たったんだ？」

小林は車を道路脇に停めた。

「あ、あなた……」

「どうしたんだ？　何かに擦ったかな」

「ひ、人……」

「な、何だって!?」

「人を撥《は》ねたんじゃ」

「何だと！」

一瞬、小林の手が震えた。

「俺には何も見えなかったぞ」

小林は体を捻じって、うしろを振り返った。もとより夜の闇が広がるのみである。公園入口の石段の脇に、街灯がわずかな光で闇を照らしているだけだ。

一台の車が眩《まぶ》しいヘッドライトを煌《きら》めかせながら、停車しているベンツの横を走り抜けていった。

「ほらみろ。何もないじゃないか。いまの車だって、普通に走っていったぞ」

「見間違いかしら。何だか人のように見えたのだけど」

「どんなやつだ？」

「いいえ。何だか幽霊みたいに白かった……」

真由子の顔にまた恐怖が走った。

「馬鹿な……」

今度は対向車のヘッドライトが近づいてきた。スピードを落とすことなく、坂を上がった車の赤いテールランプが、すっと向こうに消えた。

「いまの車だって、何ごともなく走っていったじゃないか。確かに何かに触れたような軽い衝撃はあったが、ほんの少しだぞ。何か置いてあったんだろう」

「じゃあ、どうしてほかの車が、避けないのよ」

「おいおい。何か転がっていたって邪魔にならなければ、いちいち停まるわけないだろう。それに人を撥ねたならもっと衝撃が大きいだろうし、倒れてでもいたら、それこそいまとおった車が大騒ぎしてるよ」

小林は落ち着きを取り戻していた。

「降りて調べてみましょうよ」

「この暗さだ。何もわからんよ。それに、こんな時間に車から降りてうろうろしていたら、それこそ妙だし、危ないぞ」

「車は？」

「ちょっとした衝撃だったから、何かに擦ったんだろう。帰ってから調べてみよう。きっと小さな傷だ。ここではわからんよ」

真由子はそれでも、一瞬ぼんやりと見えた車の前の白い物体が人間のような気がしてならなかった。髪を振り乱した全裸の幽霊がふらりと立ち上がったような幻影が、再び走り始めたベンツのフロントガラス前方の闇に、博多の繁華街の光にかき消されるまで、いつまでも浮かんでいた。

06 二人の朝

小林一郎はホテルの駐車場で、ベンツの疵《きず》がヘッドライトの下方、バンパーをわずかにかすった程度のものであったことを確認して、ホッと安堵の吐息を漏らし、博多最後の夜を、すっきりとした気分で真由子と過ごせたのであった。

明け方まで二人は眠らなかった。

城島真由子は若い頃バーのホステスをしていて、客の資産家に見初められ、年の差など何のその、愛があれば、と六十に手が届こうかという男と結婚した。子供はできなかったが、十年近い時間を真由子は何不自由なく大きな邸宅で、真由子を愛してくれる夫と、お手伝いに囲まれて過ごしたのであった。

年の差四十近い夫は事業家として精力的に世間を飛び回り、家に帰っては真由子の若い肉体の上で、どこにこれだけの力が残っているのか、真由子が悲鳴を上げそうになるほど男性としての顔と体力を保ちつづけた。

そうは言うものの、生物学的肉体の老化は避けられようもなく、公私ともに獣のごとくに動き回った体にも、本人には自覚のないうちに、あちらこちらにほころびが生じていた。

その結果の突然の死。

真由子の夫は、莫大な資産を残して、あっさりと真由子の前から姿を消した。

夫の死後、何をする気にもならず、これまでいたお手伝いたちと真由子はひっそりと暮らしていた。

うら若い真由子が家に入った時、お手伝いたちはあからさまに、財産目当てと真由子を疑い責める表情をしていたものだったが、真由子が真実夫を愛している様子がわかってくるにつれて真由子に心を開いていたから、夫亡きあとの生活は軋轢《あつれき》もなく静かなものであった。

「真由子。どうだ。まだ前の旦那のことを思い出すか?」

窓のカーテンを朝の太陽が明るく染める頃目を覚ました小林は、横でまだ眠りつづけている真由子の耳元に唇を近づけて囁いた。

二年ほど前の学会で博多を訪れた際に、地元の大学教授たちに連れられて入ったバーに真由子がいたのだ。そこはかつて真由子が城島と出会うまで働いていたバーであった。

もちろん今回は真由子は客として、昔の時間に心を浸していたのだ。

あのテーブルに城島が座り、ホステスとして働いていた真由子が初めて挨拶し、その次に城島がやってきた時には直ちに指名がかかり、それからすぐに親しくなった……男と女の関係になるのに長い時間は必要なかった。ずいぶん前に妻を亡くし独り身であった城島は真由子に、みんなの前であの席でプロポーズしたのだった……。

その席に小林一郎が座ったのだ。あいていた席に城島の姿を重ねて、思い出にふけっていた真由子は、不意に割り込んできた一人の男性がたちまちのうちに城島の影を追い払ってしまったのを見て、小さな怒りが湧き起こるのを感じた。

男は慣れた様子で、横に座ったホステスの相手をし、また一緒に来た男たちとも楽しい時間を過ごしているようだった。

資産はあっても、真由子の心を満たす夫はもういなかった。この頃ようやく哀しみの合間を縫って外に出ることができるようになっていた真由子であった。足が向く場所は夫との思い出の場所ばかりであった。

夫の席に夫の姿はなかった。真由子は店を出た。

次の日、真由子は夕方一人で、愛車のベンツを駆って、志賀島にドライブに出ていた。忙しい夫を少しでも和ませるためにと、真由子はよく城島をドライブに誘った。運転はいつも真由子の担当だった。助手席でくつろいでいる夫を見るのが何よりも嬉しかった。少し高台になった金印公園から眺める玄海灘の夕陽には格別のものがあった。

真由子は駐車場に車を停めると、公園につながる石段を登った。金印の碑を覗き込んでいる男がいた。

「あらっ」

無意識のうちに真由子から声が出たようだ。男は顔を上げて、石段を上がってくる女性に目をやった。

「おや？」

男の顔がほころんだ。真由子が石段を登りつめて、男の横に立つと、男は背後の夕陽の中に浮かんだ真由子の、影になった顔を眩しそうに見て言った。

「あなたは確か夕べ……」

夫の指定席に腰を掛けた男だった。

「バーでお見かけしましたね」

あの薄暗いバー独特の雰囲気の中で、と真由子は驚いた。

「お一人ですか。失礼かもしれませんが、そういえばあなたは夕べ少し淋しそうなお顔をなさっていた」

男は一方的に話しかけてきた。真由子は公園を見わたした。向こうのほうにアベックが一組いる以外、人影はない。真由子は何となく返事をしてしまった。

「お一人ですか、あなたも」

「ええ」

男は石段の下に目をやり、誰も登ってこないのを確認しているようだった。

「偶然ですねえ。こちらの方ですか？」

真由子はそれには答えず、

「あなたは？　昨夜のお店には初めてでいらっしゃいますか」

と訊くと、男は軽い口調で答えた。

「ええ。学会でこちらに来ておりましてね。Q総合医科大学の知り合いに初めて連れていってもらいました。なかなかいい雰囲気の店だった」

「まあ。お医者さまでいらっしゃいますの？」

「これは申し遅れました。O大学で内科をやっております小林と言います。びっくりしましたよ。二日続けて、お会いするなんて」

「それは……。今日はお一人でこの公園に」

「ええ。金印の島。一度は来たいと思っていましたが、今日は来られて本当によかったと思いましたよ」

真由子は小さく微笑んだ。

「あなたのような美人の方と、またお目にかかれるなんて。何かのご縁ですかね」

精力的で、見ようによっては野獣のようだった夫とは、顔つきも体形も違う。知的な顔立ちは、むしろひ弱さを感じさせる。細身のすらりとした背広にネクタイの、隙のない出で立ちの中味は、夫とは異質のにおいがするに違いなかった。

夕べ指定席で夫の影と重なった男。夫との思い出の場所で、極めて低い確率で再び出会った男に、真由子は妙な運命を感じていた。夫が別れの一言もなく不意に消えた心の隙間を埋めてくれる相手を、真由子はそれとは感じないままに、そろそろ探し始めていたのかもしれなかった。夫との思い出が小林を引き連れてきたような気持ちが、少しずつ湧いてくるのを感じていた。

返事をしない真由子から目を離して、小林は玄海灘の色がたちまちのうちに赤から青に、そして群青から黒に変わっていくのを眺めていた。

小林は腕時計を見た。公園の中はすでに見終わっている。間もなくバスに乗る時間だった。

「バスがもうすぐ来ますので」

小林と同じように玄海灘を無言で見ていた真由子の目が少し揺れた。

「あの……」

「はい」

「どちらにお泊まりですの。よろしければ、わたくしの車でお送りしましょうか」

「え。それはありがたいのですが、ご迷惑じゃありませんか」

「大丈夫ですよ」

小林はいつも泊まる博多で一番大きなホテルの名前を言った。そもそも学会では会場も広いスペースが必要だから、開催可能な場所が限られてくる。そのホテルは学会の重鎮たちの定宿のようなものだった。

「それなら帰り道ですわ。どうぞ、ご遠慮なく」

一気に夜の闇が落ちてきて、目を巡らせば、遠くに博多の街の灯が煌めいている。

「本当によろしいのですか」

小林は金印公園の石段を下りて、停まっている一台の車がベンツであり、女性が運転席に乗り込むより先に、どうぞ、と右側の助手席の扉を開けたのを見て、少なからず驚いたものだ。

女性は軽やかなハンドルさばきで車を操った。海辺の道を走り、島を抜け、町中の混雑も慣れた様子で、やがてホテルの玄関に滑り込んだ。

「これはどうも。助かりましたよ。本当にありがとう」

運転している間、真由子はあまりしゃべらなかった。運転に集中しているのだろうと、小林も助手席でいささか体を固くしながら、前を見たり、時々は真由子の横顔を眺めたりしていたのだ。

ドアを開けて、体を車の外にずらしかけたわずかな時間のためらいののち、小林は声をかけた。
「あの……お礼と言っては何ですが、よろしければ、夕食ご馳走させていただけません
か」
真由子はまだ静かな寝息を立てていた。穏やかな顔であった。
二人の結合した肉体が何度も燃え上がり、真由子の心が完全に小林の虜になっている
と確信できても、小林は時々真由子を苛《いじ》めるように、前の夫のことを訊いた。
肘を突いて上半身を起こし、豊かな髪に半分隠れた真由子の化粧を落とした顔から首
すじ、豊満な二つの乳房が両腕にはさまれてさらに量感を増しているのを楽しげに見や
りながら、小林は真由子との最初の夜を思い出していた。
真由子は夕食の誘いを待っていたかのように答えてきた。
「よろしいのですか」
すでに予感があった。
近寄ってきたホテルのボーイが怪訝《けげん》な顔をした。いったん停まったベンツが誰も降ろ
さずに、開いた助手席のドアがまた音を立てて閉まり、行ってしまったのだ。
車はそのまま地下の駐車場に滑り込んだ。
五分後には、ホテルの最上階のレストランに二人の姿があった。

「思いがけない出会いに、乾杯」

二人はワインの香りを楽しみ、喉を潤しながら、美味な食事に舌鼓を打った。城島真由子と名乗った女は、飲酒運転のことを口にもせず、小林の勧めどおりにワインを口にした。

「飲酒の取り締まりはうるさいのでしょう？」

飲酒運転による大惨事はまだ記憶に新しい。そもそも人の命を奪うという行為に対する処分があますぎる。

「醒めるまで運転しませんわ」

という会話は、二人の脳の中で取り交わされた。醒めるまでは小林と一緒にいるということだ。

真由子がワインを口にした時から、俄かに小林一郎は全身に男としての確実な欲望を感じていた。

真由子はといえば、潤いを帯びた両目がさらに潤いを増して、肌もほんのりと紅をさしたようにピンク色に染まり、熟した女の色気が全身を包んでいた。

美味なはずの食事も、そのあとの時間を考えると、味が半分わからなくなっていった。食事の後半はいささか性急に進み、そのまま二人は小林一郎が宿泊している部屋に姿を消したのである。

酔いも手伝ってか、真由子は最初から大胆だった。

小林にとって、妻以外の女性を抱くのは結婚してからこれが初めて、ということはあるはずもなかったが、これまでに交渉のあった何人かの女性のことなど、すべて忘れさせるような真由子であった。

「正直言って、最初は完全に俺の敗北だったな」

「ん？　何か言った？」

真由子がかすかに目蓋《まぶた》を開いて呟いた。体を小林に擦りつけるように動かしたあと、また静かな寝息に戻った。

食事の間に、真由子は自分の身の上を小林にしゃべっていた。夫との出会いが夕べのバーのあの席だったこと、結婚してからの夫との生活、そして思いがけない不意の別れ……話す真由子の目はアルコールに潤み、涙に潤んだ。

満足した表情で真由子が眠りに落ちた時、小林はこれまでにない快感と、思いのほか苦痛を感じない心地よい疲労感に体を解放しながら、真由子が愛した、あるいは愛された男の姿がわかるような気がした。

「突然の別れは辛かっただろうな」

過去と現実を交錯させながら、小林一郎はしばらく真由子の髪をなでつづけていた。

07 失踪届

谷山千容子が看護師として働いている鎌井病院は、先代の院長が大阪市の北東部の一角に地域医療貢献をめざして開業してから、すでに四十年近い年月が流れていた。

十八歳の時に鎌井病院で当時の看護婦見習いとして入職した千容子は、病院から学費を出してもらって看護学校に通い、看護師の資格を取った。お礼奉公として何年か勤めたあと、病院の居心地がよかったことや、先代の院長が亡くなったあとを継いだ長男の鎌井明正《あきまさ》院長にも可愛がられて、そのまま居つづけていた、いわば病院の顔のような看護師だった。

途中、交通外傷患者として入院してきた谷山信人《のぶと》と親しくなり結婚して、子供を二人もうけた間も、最低限の休暇を取っただけで、病院勤務に精を出していた千容子だったから、ますます病院においてなくてはならない存在となっていた。

いずれは師長にと、鎌井院長や、これまた先代から鎌井病院に生涯をかけたと言ってもおかしくないような現在の師長坂井田《さかいだ》ぬいからも絶大の信頼を置かれていた。

これまで無断欠勤など皆無だった千容子が、日曜日の日直勤務に現れなかった。新館旧館の病床を合わせると百床近いベッドを抱えている鎌井病院の日曜日勤看護師は三名当てがわれていたから、とりあえずは土曜日からの当直看護師による申し送りを二人で聴き取り、いま来るか、もう来るかと谷山千容子を待ったのだが、いつまで経ってもやってこなかった。

今日の三人の日直では千容子がリーダー格にあたる。救急外来の患者も押し寄せてくるだろう。千容子がいなければ看護師業務が回らない。

「お宅に連絡してみましょうか」

「こんなこと、これまで一度もなかったのに」

「忘れているんじゃあ？」

千容子の自宅では、子供が電話を取った。

「お母さん、旅行だよ」

「ええっ!?」

「まだ帰ってきてないよ」

「お父さんは？」

「お父さんも夕べからどこかに飲みにいっちゃった」

子供二人だけで夜を、確か谷山さんのところの子供は二人とも小学生じゃなかったかしら、というのは電話を切ったあとの看護師たちの会話だ。師長に相談してみようということで、連絡が坂井田のところに回った。

「千容子さん、今日、日勤なのね」

確認を取ったあと、坂井田は休日を返上して、一時間後、病院に顔を出した。

「師長さん、お休みのところを」

「それはいいわよ。千容子さん、旅行に行っているんだって？」

「子供さんがそのように」

「勤務の日程、間違えたのかしらねえ。千容子さんにしては珍しいわねえ」

「どうしましょうか？　ちょっと私たち二人だけでは……」

土曜日からの夜勤看護師がとりあえずは、と居残っていてくれたのを、坂井田はねぎらいを言って帰した。

「ひとまず今日は私が夕方までいましょう」

坂井田が責任感からか、自ら千容子の代わりを買って出た。

「千容子さんの携帯は？」

「それが、ずっと連絡はしているのですが、どこにいらっしゃるのか、一向に」

かけるたびに「電源が入っていないか、電波の届かないところに……」と繰り返し聞こえ、徐々に腹立たしさが増すだけのこの文言が機械的に繰り返されるのみであった。

慌ただしい勤務がつづき、その日の夕方まで千容子のことを思い出す間もなく、三人の看護師たちは日直の医師とともに大忙しであった。

　夕方頃のことであった。千容子の夫から病院に電話がかかってきた。

「谷山ですが、家内がいつもお世話になっております」

　電話は坂井田師長が受け継いだ。

「今日、家内はそちらに行ってはいないのですか」

「ええ。そうなんです。今日、千容子さん日勤当番なのに、いらっしゃってないのですよ」

「子供から、朝、病院から電話があったことを聞いたんです。勤務表を見れば、確かに今日は日勤になっていますし、家内は昨日のうちには旅行から帰る予定だったのですが」

「帰ってこられていない、ということですね」

　夫のあんたはいままでどこで何をしていたんだ、と訊き返したい気がして、その質問を坂井田は飲み込んだ。訊かれる前に夫のほうから弁解してきた。

「私も友人と飲みに出ておりまして」

　どんな友人やら……。

「とにかく、お帰りになったら、私のほうまで連絡をくださるようにおっしゃっていただけますか。明日も日勤ですから」

「も、もちろん電話をさせます。ご迷惑をおかけいたしました」

谷山信人はほうほうの態で電話を切った。

「変ねえ。千容子さん、昨日旅行から帰る予定だったそうよ。携帯もつながらないし。まさか、何かあったんじゃないでしょうね。それに、誰と旅行に行ったのよ。何か知らないの、あなた方」

看護師たちは首を傾げるばかりだ。

一抹の不安が坂井田の頭の中をよぎった。


谷山千容子の行方不明が確実になったのは、次の月曜日の夕刻であった。待てど暮らせど、師長のところに千容子からの電話はなかった。不安はますます大きくなっていくばかりであった。

月曜日の日勤看護師への申し送りの時間にも、いつも千容子が立っている場所は一人分あいたままだった。

谷山家に電話しても、誰も出なかった。谷山信人は仕事があるだろうし、子供たちは学校のはずだ。

信人は信人で大きな不安を抱えながら会社に行き、仕事の合間を縫っては千容子の携帯に連絡してもかいなく、昼頃には千容子の実家や思い当たるところをあちこち探し始めた。

どこにも千容子はいなかった。千容子からの連絡も相変わらずなかった。

鎌井病院でも、千容子の行方不明の噂が院長の耳にも届き、いよいよこれはおかしいと誰もが確信した夕刻、親しい警察署長に院長が直々に電話を入れた。

谷山信人も千容子の両親と相談して、捜索願を警察に出したのが、その日の夕方。鎌井院長の電話とほとんど同じ頃であった。

「鎌井病院の看護師が一人、行方不明だ。家族からも捜索願が先ほど出された」

正規の勤務時間を超えた何人かの刑事たちを集めて、署長自らが指示を出していた。

「鎌井病院さんにはいつも何かとお世話になっていることは諸君も承知のことと思う。捜索願が出されたのは、看護師谷山千容子三十五歳。もちろん女性だ。十月二十日金曜日朝、夫に一泊の予定で旅行をすると告げて家を出ている」

「土曜日には帰るということですね」

「そうだ。日曜日に病院の勤務があったそうだ。それが日曜日はもちろん、月曜日の勤務まで出てこなかった。心配した鎌井院長と夫がほとんど同時にこちらに知らせてきた」

「旅行は誰と？」

「夫の話によれば、谷山千容子は時々旅行に出ていたということだ。病院の勤務があるから、ほとんどが今回のように一泊の短い旅行だが。夫が聞いているところでは、いつも一人旅ということで、妻がほかの男と不倫旅行を楽しんでいるはずはない、とこちらから訊きもしないのに、しゃべってきたよ」

「本当ですかね？」

「そいつは確かめにゃならんな」

「ほかに何か不審な点は？」

「いまのところそれだけだ。院長によれば、当人は長く鎌井病院に勤めている看護師で、これまで連絡もなしに勤務をすっぽかしたことなど一度もない、勤務態度は極めて良好ということだ」

「真面目な看護師か……。案外、知られざる顔があるんじゃあ」

「まあ、そいつはわからん」

「旅行の行き先は？」

「特に告げないで出かけていたそうだ」

「ますます怪しいな。案外、男がいて、旦那が知らないだけじゃないですか。まさか自分が不倫してますなんて公表することもないでしょうからねえ。そのうち、ひょっこり帰ってくるんじゃないですか」

「どのような事情であれ、帰ってくればそれでいいだろう。だが、何らかの理由で帰ってこれない状況なのかもしれん。携帯も通じないそうだ。とにかく、行き先もわからない。全国に照会して、交通事故の被害者など、彼女の特徴に合う人物がいないか、まずは当たってみてくれ。あとは彼女の身辺の捜査だ」

月曜日の夜を待っても千容子からの連絡はなく、身元不明の事故被害者に該当者もなく、いよいよ谷山千容子の行方不明が確実になったとして、何らかの事件性も含めて、刑事たちは火曜日の朝から本格的な捜査に乗り出したのであった。


「谷山さん。金曜、土曜、いったいどちらにおられたのか、お話し願えませんかな」

小阪正太郎《こさかしょうたろう》、八尾菊雄《やおきくお》両刑事が、谷山信人の顔の前に、彼らの大きな顔を突き出した。谷山信人は怪訝な表情だ。どうして自分が取り調べられるんだといった顔つきであった。

「飲み会です。いつも週末は親しい友人と飲み会なんです」

「どこで、何時頃、というのはおわかりでしょうかな」

しばらく考えたあと、谷山信人は記憶を辿りながら、金曜日のこの時間はここ、そのあとどこそこへ移動、土曜日は云々、ととりとめもなく話しつづけた。そして付け加えた。

「家内は一人旅が好きでした。年に数回は行ったでしょうか」

「そのことはあとでうかがいます」

刑事たちは話の方向が逸れるのを阻止した。

「お二人のお子さんがおられるようですが、ご夫婦で今回のようによく家を空けられるのですか」

「普段はどちらかがおります。それに家内の両親も近くに住んでおりますから、子供たちはそちらによく遊びに行っておりましたし」

「ご夫婦仲は？」

「特にこれと言って……。お互いの趣味というか、遊びには文句言いっこなしということで」

「一緒にお出かけになることは」

「そうですね。年に一度、家族旅行は欠かさず」

「お子さんも」

「もちろんです」

「単刀直入にお訊きしますが、それではご夫婦の間にはトラブルといったものは」

刑事さん、言葉のつかい方が間違ってるんじゃないの、とこれまでの訊問のような刑事の質問に、すでにむかっ腹を立てていた谷山は、うんざりした声で言った。

「ありませんよ。刑事さん、こんなことしていていいんですか。無駄な時間だ。そんな時間があるなら、千容子を探してくださいよ」

「言われなくともやっております。担当は私たちだけではありませんから」

これまで話していた小阪刑事に代わって、八尾刑事が口を出した。

「奥さんは一人旅がご趣味とうかがいましたが」

コホンと一つ咳払いをはさんで、

「それは間違いないですかな」

「は？　どういう意味です」

「どなたかとご一緒とか。いえ、どなたかご友人と」

「旅行はともかく、千容子にも飲み友達が大勢いました。私との共通の友人もいました し、彼女だけの、そうですね、勤めている鎌井病院の看護師さんたちともよく……」

「私が質問しているのは、その、男性の友達、ということですが」

「男の友達も何人かいますよ。ですが私の知っている人ばかりです」

「いえ。ご主人がご存じない男性ということですが」

「刑事さん」

谷山は笑い出した。

「それは、家内が誰かと不倫旅行を、していたと」

おかしそうに、少し切れ切れに笑いを交えながら、谷山は語った。

「それはないでしょう。千容子は、あ、家内は私にぞっこんでしたよ。刑事さんの前ですが、夫婦のあっちのほうも」

にやりと笑った谷山には、確かに夫としての自信が溢れていた。それを誇張するように、初めて大きく胸をそらした。

「男がいたなんて、考えられませんよ」

刑事たちはじろじろと、そんな谷山信人を眺めていた。幾多の犯罪者を扱ってきた彼らは知っている。不倫をしていますと宣言して、堂々と不倫する人間はほとんどいない。夫にまったく知られないように谷山千容子が不倫していた可能性を刑事たちは捨ててはいなかった。

自信がありすぎるが故に、妻のことがわかっていない。隠れた素顔があることに気づかない。自分に自信があるから、妻がいまの生活を壊すような損なことをするはずがない、という妙な錯覚を谷山信人は持っているようだ。

「わかりました。全力で奥さんの行方を探しましょう」

谷山信人を解放したあと、刑事たちは信人の足取りの確認と、一方で谷山千容子の身辺捜査の強化に乗り出した。

事故、事件の両面から、捜査は続いた。

谷山信人の身辺の情報は確実に集積されていったが、肝心の千容子に関しては全国照会しているにもかかわらず、一向に進展がなかった。

08

多忙な教授

日本中、休みの日がないくらいほぼ毎日、どこかで必ず何かの学会が開催されている。医学関係だけでも事情はそのとおりで、いったいいくつの学会があるのか数えたことはないが、大晦日から正月三が日くらいであろう、どこでも学会が開かれていない日は。さらに最近では科学の発展とともに、研究の中味がますます複雑多様になってきているから、内科学会とか外科学会とか総合的伝統的な大学会の分科会のように、細かいテーマをそれぞれに扱い、充分な討議をしようという学会が、雨後の筍《たけのこ》のように、とまでは言わないが、ずいぶん増えたのである。

「先週の博多の学会はご苦労だった。教室から出した演題についても、それなりの反響があったようだ」

小林一郎教授が、月曜日の夕方の医局会で話していた。

夕方といっても、始まったのが五時で、数十人に及ぶ入院患者の症例検討にすでに二時間を費やしている。

小林の言を聞いて、華原は胸を張った。華原は主な学会には、必ず自分の研究成果を発表している。そして大なり小なり、論文にまとめて医学誌に投稿している。確実に教授への道を歩むならば、一つでも論文の数が多いほうが有利である。

しかし、論文の数が多いほうが有利というのは、実際には当事者たちが勝手に信じている迷信のようなもので、ずば抜けた研究実績があれば、たった一つの論文でも威力絶大である。もちろん論文の内容が、間違いなく真実を実験的論理的に解き明かしたものでなければならない。

レベルの低い、あるいは真実からほど遠い論文をいくつ並べ立てても、何の評価にも値しない。

取るに足らない、反古《ほご》と見てよい論文があまりにも氾濫しているのである。

だが、華原はそうは考えていない。また、世の中も虚実紛々とした中で動いているのである。教授選で評価される大きな因子として、精力的な研究の結果としての論文、それも内容より数と華原は信じていたから、さかんに薄っぺらい研究に精を出していた。

「来週も週後半から札幌で学会だったな。誰が参加する予定だ？」

数名が手を挙げた。もちろん華原もその中に含まれている。

「発表内容は？」

医局長が教授の言葉を受けて、演題発表者を一人ずつ指名し、コンピュータを使って発表内容のスライドを映し始めた。

教室からは三題の演題が出されており、最初の二題に関して小林はいろいろと質問を重ね、必要な部分の訂正を追加した。

「華原君は今回も出しているんだな」

いささか上滑りな内容を特に咎めるでもなく、といって称賛するでもなく、小林は華原の発表予行を静かに聴いていた。格別に注文をつけることもなく終了した。

「以上で、学会のほうの検討会は終了します」

医局長の言葉に小林はうなずいた。

「みんな札幌泊まりか？」

学会に参加する者は、それぞれ飛行機を取り、ホテルを予約している。お互いに干渉しないというのが小林の方針だ。だが小林自身は、医局の事務員に尋ねて、すべての学会参加者の宿泊場所と交通手段を確かめてある。

当然のことながら、学会期間中、城島真由子を北海道に呼んでいる。人目を避けて観光し、温泉にでも行く予定だ。医局員に見つかると、いささかまずい……。もっとも、万が一にも医局員が教授の不倫を目撃したとして、そのことを口にする者はまずいない。公然の秘密にもならない。個人の胸のうちにしまい込まれる。

教授の女連れをことさら公にしようとする輩がいるとすれば、教授を追い落とそうという危険な発想を持っている者だけだ。

札幌泊まりかという教授の質問に学会参加者がうなずいたのを見て、

「それでは、今日はこれまで。ご苦労さん」

と小林は立ち上がった。

「あ」

ドタドタと騒々しく椅子が引かれる音の中に、小林の大きな声がとおった。

「一つ忘れていた。今度の学会なのだが、会員も増えて、評議員を二名追加することになった。ついては華原君を推薦するつもりだ。一応、みんなに伝えておく」

動きながら、全員がうなずいた。最も強くうなずいたのは華原自身だった。今朝、小林教授から声をかけられ、期待した紀子についての話ではなく、評議員推薦のことを告げられていたのだ。

「それはありがとうございます」

喜んで、紀子のことを訊こうとした時には、小林は華原に背を向けていた。

紀子の心が華原にないことは決定的であった。

華原の中に、再び怒りが湧いてきた。湧いてきたかと思うと、瞬間に沸騰していた。それが小林教授に対するものか、紀子に対するものか、あるいは別のことに対するものか、華原にもはっきりとはわからなかった。

北海道の空は、二日半の学会期間中、時おり重い雲がたち込めるものの、すぐに風に追い払われ、青々と広がっていた。

会場は札幌市内南西部に位置する大きなホテルであった。

そもそも数百人の医学者たちが一度に集合し、それを収納して余りある会場を探すとなると、なかなか難しい。かつて札幌郊外北部に温泉付きの大きなリゾートホテルが開発されて、さほど高くない宿泊料金で、広い客室と、何となく一人で泊まってよいものだろうか、間違いじゃないのか、と初めて泊まる者が錯覚しそうな温泉の雰囲気に酔いしれたものだが、そこも融資銀行の破綻から、たちまちのうちに廃墟となってしまっていた。

会期中すべての時間を学会場で過ごす、馬鹿がつきそうなほど真面目な学者、研究者は、世間が考えているほど多くはない。

学会に参加する者たちの学問的目的は大きく二つに分かれる。自分の研究の発表を目的の中心に置く者と、知識の蒐集のためにもっぱら他人の研究発表を聴く者の二種類である。

こちらは真面目な人たち。

その一方で、学会出張を別目的に使う人種もいる。

彼らは学会場に参加費を支払い、参加章を受け取ると、そそくさと会場から姿を消す。

まずはどこかでゴルフとか、観光、はたまた懇《ねんご》ろな異性とのお忍び旅行である。すべてを自分の金で行くのならとやかく言う筋合いはないのだが、国立公立大学ともなると、出張費が出ているわけで、見つかれば当然まずい事態になる。

かつてすっぱ抜かれた官僚役人の外国視察団ご一行様の実態によく似ている。すべての学会発表を聴講することは物理上不可能なことで、会場がいくつもに分かれていれば、とにかく一番興味のある演目の会場に姿を現すことになる。一日中会場で座っているのは、それでもいささか苦痛で、若ければよいが、歳を取るほど腰も痛くなり、よほどの根性がなければ重労働である。中には勤務先での仕事があまりなく、帰りたくない人々もいるのかもしれないが。

いずれにせよ、老会員たちが辛抱強く口演を聴いて、質問までしている姿は、学問に生涯をかけた真摯な科学者と言うべき光景である。

小林教授は会場のあちらこちらに顔を出し、学会運営に幹事として携わり、夜は夜で親しい医師友人たちと時間を過ごしていた。真由子が北海道に福岡から飛んでくるのは最終日の午後である。すべての学会行事が終わってから、千歳に真由子を迎えにいき、そのまま洞爺湖畔の温泉に直行する予定だ。次の日には、札幌に戻って小樽界隈を観光し、夕方の便でそれぞれ大阪と博多に戻る計画を立てていた。

華原俊夫はといえば、もちろん自分の研究発表の時間周辺は会場にいた。小林との接点はほとんどなく、また同じ教室員とも研究の内容が違っている上に、すでに大学での予行演習で中味を把握しているから、聴講の必要もなく会うことも少なかった。一晩だけは、教室員と一緒に繁華街のすきので、飲み屋の梯子をした以外、彼の行動は単独であった。

華原だけでなく、教室員は教授も含めて、誰がどこで何をしているのか、お互い認識の外であった。


小林教授が北海道に発った日の夜、紀子は母親に告げていた。

「お母さん。私も明日から旅行に行ってくるわ」

いつもの気まぐれ、唐突な紀子の申し出であった。止めてもきかないことは、これまでで経験ずみだ。

「紀子。お父さんの出張の時を狙ったみたいに、あなたも旅行に出かけるわね」

「偶然よ。お父さんのは公務、学会でしょ。私は気まぐれ」

「何だか私と一緒にいるのが嫌みたい」

「そんなことないわよ、お母さん。それは考えすぎよ」

「先月はどこに行ってきたの？　誰かと一緒じゃあ……」

紀子の身辺に男のにおいがしないことを母親自ら感じてはいるのだが、どうしても愚痴っぽく訊きたくなる。

「誰もいないわよ」

「あなた、好きな人でもいるんじゃあないの」

「いない、いない」

紀子は顔の前で手を大きくふった。

「いてくれるほうが、まだましよ」

「そうねえ……」

紀子は逆らわなかった。逆らえば、またこれまでのうまくいかなかったお見合いの繰り返しになる。

「あなたももうすぐ三十よ。いいかげん考えてくれないと」

「まだ二十八じゃない。一年以上あるわ」

「そんな悠長なことを言っていると、あっという間に手が届くわよ」

「はいはい……」

紀子は明日からの旅行の準備をしたかった。飛行機は朝早くに予定している。

「お土産買ってきてよ」

母親の初めての要求だった。

「え？」

母親は考えたのだ。お土産から行った先がわかる。

「いままでそんなこと言わなかったじゃない。面倒くさいなあ」

とは紀子の返事だ。紀子は母親の意図を見抜くと同時に、旅行の行き先が母親に知れるのはいささかまずいと感じた。これは途中で何とかしなければいけないな、と咄嗟に考えた。

「まあ、いいか。お母さん、一人でお留守番だものね」

少し悲しげな表情を浮かべた母親の思惑どおりの答えが返ってきた。

目の前の湖は波もなく、鏡のように青空を映し出している。厳しい冬の訪れを予感させるような光景はどこにもない。

木々に残る葉は紅く、まとまった紅葉があちらこちらに見える。すでに葉を落とした樹木でも、幹に枝に陽光は充分に暖かい。

「真由子は北海道は初めてだったな」

「もう十一月だから、ずいぶん寒いんじゃないかと、いろいろ持ってきたのに、暑いくらいね」

車から降りて、湖を眺めている真由子の額には、うっすらと汗が滲んでいた。

「私もこの時期に来ることはまずないんだ。今日は本当に気持ちがいい。こんな日は珍しいんじゃないかな」

小林は真由子の肩を抱き寄せた。ちらほらと観光客が視野に入るが、二人は一向に気にする様子はない。年齢からすれば少し歳の若い妻を連れた、好ましい夫婦連れに見える。上品な姿の男女が、そっと寄り添って穏やかな湖を眺めているので、さらに平和な時間と空間がかもし出されていた。

とおりすぎる人たちも、二人の姿を、少しばかり好奇心の混じった視線に、ほほえましい感情を乗せて見送っていた。

「すばらしい眺めだわ」

「明日もすごいぞ。小樽から積丹《しやこたん》半島の果て、神威《かむい》岬まで行ってみよう」

「カムイ?」

「ああ。大学に入った年の夏、北海道一周旅行をしたことがあってね」

「彼女と?」

「おいおい。まだそんなんじゃなかったよ。高校時代の親友たちとだ。金がなかったから、ヒッチハイクだった。ユースホステルに泊まったんだ。北海道一周、たったの四万円だった。その時は、明日行くコースとは反対回りだったな。半島の一部には、まだバスもとおっていなかったと記憶している。歩いて半島を海岸沿いに進んだんだ」

「ずいぶんな距離でしょう」

「いや。道の遠さなど気にはならなかったね。何しろ、どこも目を見張るような美しさだった。途中、いま言った神威岬があった。岬に立つと、何とも言えない気持ちになったものだ」

「そんなによかったの？」

「ああ。何だか雑念存念渦巻く現実がすべてつまらないものに思えてね。必死に勉強して医学部に入ったのさえ、どこか別の世界で起こったことのようだった」

小林は洞爺湖の水平線に目をそわせながら、遠く時空を超えた顔になっていた。

「日本海が、ひたすら青かった。明るかった。光に満ちていたんだ。疲労など、これっぽっちも感じなかった。そのあとしばらく歩いて岬を回っていて、どこかの漁村でバス停を見つけたんだ。何か交通手段がなければ、とても札幌まで行けるような距離じゃなかった」

「バス停が見つかってよかったわね」

「ああ。そこから余市《よいち》という町までバスで行ったんだ。もう夕方だった。ニッカのウイスキー工場を見た覚えがある。イが古い字で『ウヰスキ』と書いてあったような気がする。煉瓦《れんが》造りの、絵になりそうな綺麗な建物だった」

「もうそれ以上、言わないでよ。明日の楽しみが半分になるわ。今日はこの洞爺湖温泉で……」

少し赤くなった真由子の瞳が、湖面の光を弾いて煌めいた。

「そうだな。つい、なつかしくて。北海道に来るたびに、あの大学一年の時の北海道一周旅行がよみがえってくる」

真由子はしばらく小林の感傷を自由にさせて、それをまた愛しく思っていた。小林が夢から覚めたような顔つきで一言言った。

「行こうか」

湖畔の自動車道をぐるりと巡ったところに温泉宿があった。さほど大きくない、その土地と同じ名前の「洞爺」と古めかしい看板が出ている宿で、湖に面した佇まいである。

宿の庭には、湖に直接通ずる露天がある。天然の岩場に囲まれた、ほとんど人の手が入っていない湯の溜まりで、岩には苔がはえ、落ち葉が存分に湯の表面を覆っている。風が吹けば木の葉が流れて、湖に出ていく。

小林一郎が運転する白いレンタカーが、誰にも見咎められることなく、木立に囲まれた門の中に吸い込まれていった。

札幌から海岸沿いに西に走ると、一時間ほどで小樽に着く。小樽といえば知らない者がいないほど有名な町だし、これまでに何回か訪れている華原には興味がなかった。列車は小樽を越えてさらに西をめざし、我が国のウイスキー発祥の地、余市に着いた。

ここから函館本線は南に路をとり、山間部を長万部《おしゃまんべ》まで進んだのち、海岸線を函館に向かう。

余市から華原はバスに乗った。あらかじめ時刻を確かめてある。かつて、やはり札幌で学会があった折、一人あてもなく西をめざした時は、まだ現在ほどインターネットも普及しておらず、それこそ列車やバスの時刻など、その地に着いてから調べるといった時代であった。

華原のめざす場所は、時間の許す限り西に、と辿り着いた美国《びくに》という小さな町であった。余市からのバスはそこで終点となる。バスを降りると、目の前に広がる海の西側を、迫る岬が遮って影になっていた。

ぶらりと小さな港町を逍遥すると、観光用の桟橋が海に突き出ている。近くの板塀のこぢんまりとした民家には、それこそ昭和三〇年代のものであろうかという看板が錆《さ》びついて、その頃活躍した女優の顔は当時のままに、骨董品的価値をそろそろかもし出そうかと訴えるかのように、華原の目に映った。

以前に来た時の記憶のままであった。

人は入れ替わっても、町の一部は時間が止まっているようだった。

岬には町のはずれから登っていく路が、木立の間を縫って斜めについている。途中、丸太で組まれた階段は歩きにくく、華原は何回か足をとられながら、岬の頂上からの展望を期待して、黙々と歩を進めた。

すれ違う人もいない。土を踏む音だけが華原の背後につづく。

木立に囲まれて暗かった空間が、やがてぽっかりと明るくなった。目の前、三方眼下に日の光を湛《たた》えた海が広がった。


小林も華原も予定どおり帰阪し、次の週の大学病院の診療に携わっていた。相変わらず、引きも切らぬ患者で、一日中の診療に追いまくられるのだ。

いったい何人の患者を一日で診るのか。多い医師ならば、何十人である。百人近くなることもあろう。気の遠くなるような事態が、日常の光景として繰り広げられる。

患者にしてみれば、自分のことだけが大事で、他人のことなど考える余裕がない、というあたりが本音である。すべてそのような患者が一人の医師にひっきりなしに押し寄せる。

自分で選んだとはいえ、医者稼業とは想像以上の激務である。ミスもなく、誤った判断をすることなく、すべてを完璧にこなすことは、当たり前のことだとしても、間違いなく一人の人間の限界を超えることもある。

北海道の学会に行く前に、華原俊夫は乱れる心を抑えながら、患者の診察に集中しようとしていた。何となく気持ちが不安定で、患者が診察室の扉を開けて入ってくるごとに、肘掛け椅子に手をかけ、少しばかり腰を浮かして、その場から逃げ出したい気持ちに満たされた。しかし、「先生、こんにちは」という患者の声を聞くと、体から力を抜いてまた腰を沈めるのであった。

駐車場からマンションに入る道筋、あらゆる音や影が神経に障《さわ》った。部屋に入るまでの何分間か、しばらくは駆けるような足取りで、心も体も焦りで満たされた。

紀子との件が何となくうまく行かないことに、華原は苛立っていた。心の葛藤が、しかし華原をしてさらに、大胆な行動をとらせた。一切の不安を断ち切るべく、診療に、そして、薄っぺらいことを気にすることなく自らが信ずる研究と称する作業に精を出した。

小林から評議員に推薦すると申しわたされたことで、ある程度華原の心の悩みは拭われた。

自信を深めて、華原は北海道でもいつもどおりに、冷静に行動した。美国の黄金《おうごん》岬突端に立った時、華原の胸の中には広々と目の前に開ける日本海しか映らなかった。はるか眼下に上がった白い波飛沫も、華原の目には、ほかの波と同じ波でしかなかった。

大海原に意味のない白い一点であった。

09 学会賞

晩秋の海岸線はことのほか気持ちがよかった。北国特有の重たい雲がなければ、信じられないくらいの光を湛えた青空が、彼方で白い海とつながっている。

杉村秋代《すぎむらあきよ》は余市から美国行きのバスに乗った。旅行客であろうか、あるいは地元の人であろうか、乗り合わせた人たちはそれぞれの思いを窓の外に流れる景色に乗せながら、静かにバスに揺られていた。

ここまでの風景に秋代は何の感動も覚えていなかった。心乱れるものがあった。付き合っている男の態度に、この頃、突然冷たいものを感じることがあるのだ。

大阪の大手の製薬会社に勤める秋代は、長い間一人の男と深い関係をつづけ、その結果いつの間にか三十半ばを過ぎてしまっていた。二人で所帯を持つという、付き合い始めた頃の淡い期待はいつの間にか消えて、ただ何となく精神的というより肉体的欲望から、お互いを求めることをやめなかったのだ。

秋代のほうには精神的な思いが幾分かでもあったのだが、相手にとっては純粋に肉体の飢えを満たすものでしかなかったようだ。

海に面した小さな町の、時の流れを感じさせない静かな光景など、秋代にはまったく意味がなかった。民家の壁に貼りついて錆びている古い看板の女優も、ただの女性としか映らなかった。ひからびた女の老醜のような気がするだけであった。

美国の町と、次の町があるのかどうかわからないが、それらを遮るように大きな岬が海に突き出している。向こうの海にある太陽の光は、岬のこちら側には届かず、何となく目の前全体を覆う大きな化け物のような気がして、秋代には岬の突端へと緩やかに登っていく小径が不気味なものに思えた。

このごろ、駅の階段を上がると異様に息が切れるようになっていた。自らの体調の変化を妙に思った秋代は、かつて薬剤の説明と売り込みで訪れてよく知っている大学病院で検査をしてもらった。何も異常はなかった。

「仕事のしすぎ。運動不足。それに少し飲みすぎじゃありませんかね」

と医師に言われて、秋代は思い当たることばかり、と反省したものだった。

反省はしても、日常生活は変わることなく、秋代の運動時の呼吸困難は少しずつ進んでいた。それでもいま、岬に至る山道を登るような運動負荷を体にかけさえしなければ何とか日常生活は送れていた。

ゆっくりゆっくりと一歩ずつ土を踏みしめながら、そのたびに呼吸が少しずつ苦しくなるのを感じながら、秋代はあとどのくらい登れば突端に着くのだろうと、体がつらくなるのはわかっていたのに山道を上がってきたことを少し後悔した。

頭上の暗い陰が急に明るくなった。大きな息を継いで、最後の一歩に力を入れると、頭がパノラマの世界を捉えた。蒼天に海がつながっている。光に煌めいて、目を開けていられないくらいだ。

肩で息を継ぎ、眼下はるか遠くにざわめく白い波を見た時、強い眩暈《めまい》を感じて秋代はよろめいた。

風に背中を押されたような気がして、秋代の体が大きく前に乗り出した。


いつものとおり、むずかしい患者の治療効果に頭を悩まし、紹介状付きの新患の研修医が取った問診の不出来に腹を立て、なかなか慣れない電子カルテの操作に診療時間の半分以上を費やされ、午後一時をすぎてようやく診察室から解放された小林一郎第二内科教授は、すぐに朝から忙しかった外来診察のことなど忘れ、今日これからのスケジュールに思考を移動させていた。

病院から教授室のある医学部基礎研究棟まで、都合よくエレベーターが来なければ、五分は充分にかかる距離であった。すれ違う若い医師たち看護師たちは、小林と目が合えば確実に礼をしていく。

教授まで昇りつめた一国一城の主、いうなれば大学という閉鎖社会の殿様である。頭を下げないわけにはいかない。下げるのを忘れればどうなるか……。別にどうもならない。ほとんどの教授にとって、病院の中にいる若い連中など、歯牙にもかけてはいない。つまり視界に入っていない。入っていても認識していない。

ひどいところでは、自分の医局の医師ですら全員を把握してない、覚えていない教授もいるのが実態だ。

小林は相も変わらずのろのろとやってきたエレベーターに、この頃ではもう怒りを感ずることもなく、わずか二階分の高さを、自らの足を使わず、機械の力で引き上げてもらっていた。

「第二内科学教授室」と表札が掲げられた入口の扉を開けると、秘書が立ち上がって小林を迎えた。手にメモを持っている。

「教授。今朝、診察に出られてからすぐあとに、イギリスからお電話が入りました」

「イギリス？」

「ええ。ちょっと聞きづらい英語だったのですが、メモをしておきました」

秘書からのメモには、横文字が並んでいる。小林はメモを眺めながら、秘書室から教授室につながる扉のノブに手をかけた。

「のちほど、もう一度お電話がある予定です」

教授室に入る小林の背中に、秘書の声がつづいた。

新年早々、ロンドンで国際消化器病学会が開催される。小林は口演の招請を受けていた。

消化器官で最近新たに見つかった蛋白酵素に関して、小林の教室では精力的に研究を進めており、その成果も踏まえて、総合的な知見を口演して欲しいという、国際学会長からの招請であった。

酵素を見つけたのは小林ではない。遺伝子解析から詳細な検討を繰り返し、幾たびかの失敗にもめげず二年という年月を費やして、ようやく医局の小曽木佑介《こそぎゆうすけ》という若い医師が同定に成功したのであった。彼は基礎系の大学院生として、東田満夫《ひがしだみつお》教授率いる遺伝子解析学研究部門に所属していた。そもそも実際に手を動かして実験研究をやっていない人間に、酵素の発見などあろうはずがない。

若い力で、研究は一気に進んでいった。この頃では昔と違って、遺伝子の解析から病気の原因となる異常が明瞭になってくる場合が少なくない。外に現れた目に見える現象から、内部の細かいところに向かって進んでいく従来の研究方法が逆転し、いまでは一番細かいところにある遺伝子あるいは蛋白質などを用いて、現象につながると考えられる病因を導き出す。

遺伝子がわかっているから、その遺伝子がコードする蛋白質のアミノ酸配列もわかるし、合成できる。

以前は蛋白質の精製に想像を絶する苦労を要したものだ。それだけで一仕事、一論文になった。先陣争いに研究者は血眼《ちまなこ》になった。

この頃では純粋な蛋白質が、細胞がつくり出しているのと同じ順序で合成できるから、それを使って思う存分研究ができる。

また遺伝子を破壊した動物を観察すれば、当該遺伝子がうまく働かなければどうなるか、ということも多くの場合、知ることができる。

もっともここまでは、細胞のレベルでヒトの遺伝子を使えるが、いざ生体で調べるとなると、人間を使うわけにはいかない。小さな動物たちの尊い犠牲が必要となる。

科学者、研究者の中でも、実際に実験に手を下し、自ら考えて試行錯誤を繰り返しながら正解に到達する者と、理論的な思考の中での葛藤を克服していく者は、いずれも真の科学者と言えるが、一番困るのは他人の論文をやみくもに信ずる自称科学者医学者という類の種族である。

今回、小林が口演招請を受けた遺伝子に関わる真の貢献者は小曽木佑介であるが、国際学会会長は責任者である小林に依頼したわけだ。教授という立場上、小林は数々の国際学会に出席し、世界の同じ分野の科学者医学者からは相応の評価を受けていた。

小林一郎が内科学教授になるには、教授という地位に値する業績があるにはあったのだが、それとて対抗馬として教授選に立ったほかの候補と似たり寄ったり、大同小異であった。

小林が最終選考まで残り、決選投票で教授の座を射止めた背景には、小林が、のちに医学部長となったある教授の傘下にいたこと、その教授の研究室で若い頃の一時を過ごしたということがあった、要するにその教授の覚えめでたかったということだ。そういう教授指導の研究論文がそれなりにある。その教授の機嫌を損ねるような馬鹿な真似はしたことがない。

どんぐりの背比べとなれば、当然のことながら小林のほうが有利で、最終選考決選投票では、小林の一人勝ちであった。

小林はしかし、実験科学者ではない。論理的思考の科学者でもない。勉強熱心な、世間一般に言われる優秀な医者であった。小曽木の研究結果は理解可能でも、研究途上の試行錯誤には関心もなく、研究の機微までは解釈能力範囲の外にあった。

イギリスからの連絡に関する秘書の理解は間違いなかったようで、しばらくしてまた電話がかかってきた。今度は小林が直接電話を受けて、それなりの英語で対応している。

相手の国際学会長は小林をよく知っていて、小林の承諾の意を確認したあと、詳しくは正式の文書でと会話を終えた。

小林は受話器を置くと、すぐに席を立って、秘書室に足を伸ばした。国際学会の特別講演を引き受けたことで、何となく得意になっている。この高ぶった気持ちを、お気に入りの秘書中溝小絵《なかみぞさえ》にひけらかして、優越感に浸りたい欲望が湧いていた。

「小曽木君を呼んでくれたまえ。国際学会からの特別口演要請だ」

「え。小曽木先生が発表されるのですか」

小林は小絵の当ての外れた返答に、一瞬むかっ腹を立てた。

「おいおい。彼のような若造に、国際学会から口演の招請が来るものかね。私だよ。教授の私がしゃべるのだよ」

「まあ、先生が。それは大変ですね。ますますお忙しくなりますわ。北海道からお戻りになったばかりなのに……」

ひっきりなしに教授室をあけて、全国いや全世界を飛び回っている教授に、秘書は尊敬感嘆の念で一杯のようであった。


小曽木医師は、現在の直接の研究指導教授である東田満夫の部屋にいた。小林教授から、国際学会での口演招請があったこと、それを小曽木のほうから東田教授に伝えるよう指示があったことを報告している。

「ほう。それは……」

「小林教授はこれから外の会議に出なければいけないから、僕のほうから先生に伝えておいて欲しいと言われました」

「そう……。で、君も一緒にロンドンに行くの？」

小曽木は少しふくれっ面をして、首を横にふった。

「行かないの？」

「ええ。いつものごとく、教授からすべてのデータをまとめたものを見せて欲しいと言われました。明日お話しする予定です。主なものを講演発表の時に使われるそうです」

「そうか……」

東田は口ごもった。それには理由がある。小林が小曽木の実験内容を完璧に理解しているとは思っていなかったのだ。

基礎の教授が臨床現場を皆目把握していないことと同様に、臨床中心の教授にはこむずかしい基礎理論の解釈は不可能と、東田は常々考えている。試行錯誤を繰り返しながら、時には遅々として進まず、不意に急速な進展がある。すなわち研究とは意外性を楽しめる仕事でもある。そのことを知らずに、研究に一番大切な試行錯誤の部分をすっ飛ばして、結果だけを持っていくのである。

「先回のこともあるからな。小曽木くん。どのあたりまで教授に話すかね」

東田は小曽木の自尊心を慮《おもんぱか》り、気をつかって意見を求めた。先回、小林の理解度を信じて、すべての実験結果を披露したおかげで、まだ秘密とすべき最新の研究内容がおおやけになってしまったのだ。

二人は額を突き合わせて、小林に説明すべき内容の検討に入った。

どの世界にも言えることであるが、研究とて努力は必要だが、努力したからといって、相応の成果が上がるというものでもない。

小曽木は、消化器に主として発現し作用を発揮する蛋白質の研究に励んでいるうちに、ある遺伝子のこれまで知られていなかった作用を見つけたのだ。普通ならば見逃すところを、小曽木の上級の研究者としての感覚の琴線に引っかかったのである。

事実、実験データを東田教授や研究室員たちと解析している時、あるいは古巣の第二内科に戻って研究談議に花を咲かせていた時にも、誰一人として気がつかなかった。予想と違ったわずかな実験データの逸脱を、ほかの研究員たちは誤差範囲とみなしたのだ。二人の教授にしても同等の反応でしかなかった。小曽木は追試実験を繰り返し、新しい機能の発見となったわけである。

一流科学誌に、小曽木が筆頭著者の論文が受理掲載された。その後の研究も小曽木が中心となって、華々しい展開を見せていた。小曽木が得意となるのも不思議ではない。

国内外の学会で、小曽木は次々と研究成果を発表していた。それはそれで小曽木の自尊心を充分に満足させるものであった。論文にしても、小曽木筆頭で、以下どうでもよいような名前が数名から十数名並び、最後に東田教授、小林教授の名前で締められる形で、次々と発表にこぎつけていた。

ところが、国際学会などでの招請口演の依頼となると、すべて小林一郎教授宛てであった。

教授によっては、一番手柄の研究者に講演を任せる者もいるが、小林は必ず自分が引き受けていた。彼は、部下の仕事は自分の手柄、自分が采配をふるう教室での業績、すなわち小林一郎の業績と考えていた。

確固たるピラミッド型の権力構造を取っていたのだ。部下である教室員を養っているという意識も強かった。

小曽木のような若い医局員、研究者が口を出せるような体制ではなかった。糸井准教授さえも、小林の言動には、触らぬ神にたたりなし、を決め込んでいた。下手に逆らい機嫌を損ねると、次期教授の席が危うくなる。小林は華原講師に目をかけているということもあった。

小曽木は、今回も小林がロンドンでの国際学会で口演することに異議を唱えるわけにはいかなかった。これまでの研究データを出せ、説明せよ、と言われれば、命令は絶対だった。

東田教授と相談し、小曽木はいつものとおり小林教授室の中で、懇切丁寧に研究内容を説明した。特に、今回ははっきりと、ここまではしゃべってよいが、ここから先はまだ発表すべきでない、という境界線に気をつけながらの説明であった。

最新のまだ論文にしていない実験データは特に取り扱い注意であり、外に出すわけには行かない。研究方法にしても秘密性を保たねばならない部分がけっこうあるので、世界一番乗りを目指している研究者としては当たり前の防衛であった。

先回の国際学会で、やはり小林が当該遺伝子の研究現状として口演した内容に、極めて斬新性の高い重要な部分が含まれていて、小林はそのことに気づかず、得意気にすべてをしゃべってしまっていた。世界のトップを走っている、まだまだほかの研究室は追いつけまいという小曽木らの自負が、数カ月後の別のグループがやった研究によって、まんまと逆転されたのである。

自分たちよりさらに先を行く研究結果を突きつけられて、小曽木たちは青くなった。競争相手の足音がすぐまわりに聞こえているような気がした。追いかけてくるどころか、追い抜かれた恐怖に似た冷たい風が、小曽木の体を吹き抜けた。小曽木は、充分に内容を把握せず発表に至った小林教授に、恨みの視線を機会あるごとに投げていたが、小林にはすべて無視された。

今回は、小林にもうしろめたさはあったから、ところどころ質問をはさみながら、慎重に小曽木の説明を聞いている。最も機密性の高い研究部分については、小曽木は小林に話さなかった。東田との打ち合わせで決めたことであった。

「わかった。では、いま話してくれた内容を、十枚ほどのスライドにまとめてくれ」

教授自らが手を下してやったわけでもない、こむずかしい実験内容と結果を、自らまとめてスライドにすることなど不可能である。彼らがしゃべる内容のほとんどは、部下たちの努力の結晶だ。スライドも部下たちがつくる。

「わかりました」

小曽木は慎重にうなずいた。最新最重要の研究成果は入れるつもりはない。教授もこれまでの説明を理解できたのかできないのか、その先を質問してこなかった。

小曽木が説明の中で一度口を滑らせかけてヒヤリとしたものの、小林は気づかなかったようだ。その様子を見ても、小林教授の理解度が不充分であることに小曽木は気づいている。

宝物のような実験結果を、再度、さも自分の手柄でもあるかのように暴露されては、たとえ教授でも許さない……小曽木は腹の中で呟きながら、目はいま説明した資料の上を這い回っていた。

机の上の電話が鳴った。呼び出し音はすぐに消えて、秘書室から声が聞こえてきた。英語でしゃべっているようだ。「ホールドオン、プリーズ」のあと、教授室の扉をノックする音が聞こえた。

「教授。ロンドンからです。昨日の」

「ああ。わかった」

小曽木は知らぬ顔で、作業を続けている。

「ハロー」

英語が堪能でも下手でも、まずはハローだ。ファイン、サンキューと聞こえた小林の正しくない発音に、小曽木は苦笑した。日本人はとにかく、舌を上下の歯の間にはさんで発音するのが苦手である。

それでも相手に通じたようで、そのあとは、フフン、フフンと小林の相槌だけがつづいた。

「オー。ザッツ・グレイト」

また正しくない発音で、小林が大仰に驚いている。

そのあとはサンキュー、サンキューの繰り返しだ。小林の顔を見れば、笑みがこぼれんばかりである。「アイム・ウェイティング・フォア・ユア・ファクス」という小林の言葉で、受話器が置かれた。

前のソファに小林が戻ってくるのを見ながら、小曽木は言った。

「今度の国際学会からですか」

小林の顔から笑みがこぼれ落ちそうだ。緩みきった顔面筋の間の瞳だけが、幾分か落ち着いた、動かない光を放っている。

「ああ。何を言ってきたと思う」

小林は得意そうに顎を突き出した。若い研究者を相手に、何を子供のようなしぐさをしているんだ……小曽木は腹の中で笑った。

「さあ。教授のお顔の様子では、何かいいことがあったようですね」

小曽木も小林に反発してばかりいるのではない。少しは持ち上げて、これもお付き合いと、自分をなだめている。

「そうなんだ。国際学会賞をくれるというんだ」

「えっ!」

もちろん俺じゃないだろうな、と少しばかりの期待は小曽木自身が否定してしまっている。

「先生が受賞されたのですか?」

「そうなんだ」

そうじゃないだろう、賞は本来俺がもらうべきものだ、と小曽木は脳細胞があちこちで爆発しているのを感じていた。聞けば小林の受賞理由は、小曽木が発見した遺伝子の機能解析全般の研究成果であった。

手を動かし、工夫を重ね、試行錯誤を繰り返し、何度も跳ね返された壁をようやく突き崩し、新しい知見を次々と明らかにしたのは小曽木佑介という一研究者であった。直接の研究指導教官である東田教授ですら、実質的な貢献を考えれば、ほとんどゼロであった。

ましてや小林一郎教授に至っては、何一つ貢献するものがない。あるとすれば、研究費を国の科学研究助成金から取得したことだけである。それすら何百万かの、たいした金額ではなかった。

小曽木の気持ちを代弁すれば、教授は得られた成果だけをピンはねし、それをさも自らが発見したような口ぶりで全世界に発信した、とんでもない食わせ者ということになる。

小林が何かを前でさかんにしゃべっているが、小曽木には聞こえなかった。上下関係の疎ましさだけを強烈に感じ、いつまでも頭の中が高温に熱せられたままであった。

10 漂流死体

小さな港に西側の岬の影が伸びてくる頃、突き出た岩場に白い波とともに、波と見紛うような一個の白い物体が流れ着いた。半島の向こう側から、岬をぐるりと回って、潮の流れに乗って漂着したようで、目のよい漁師が遠く岩の間に引っかかったように見える塊に気がついた。

歩いていくにはいささか足元が険しい大きな岩石が海岸を埋めている。漁師の男はそれでも何となく嫌な予感がして、そろそろと滑りやすい岩に手を当てがいながら、目を漂着物体に固定して近づいていった。

舟で回るには岩礁が厳しいことを彼は知っていた。

波しぶきが上がるごとに、確かに漂着物体も岩の間で上下している。

近づくにつれて、漁師にはその物体が何となく自分が知っているものであるという確信を抱くようになっていた。波が打ち寄せるごとに浮き上がる白い物体が、不意に立ち上がって躍りかかってくるような、それでも目で確かめたい好奇心に、ついに漁師は最後の岩を乗り越えた。

どう見ても、うつ伏せの女性であった。腕は水面下に落ちているのか、肩のところで切り落とされたようであったし、腰から下も澄んだ海水の中に斜めに消えていた。漁師に浮遊物体が女性であると気づかせたのは、首と思えるあたりに海藻のような髪の毛がふわりふわりと漂っていたからだ。不気味な海月《くらげ》のようであった。白いブラウスの隙間から、位置的に背中と思える肉がのぞいていた。右脇腹に斜め平行に走る幾本かの白いすじはどうやら肋骨のようで、どこかに当たりでもしたのか、もげたように皮膚が落ちていた。

漁師は浮遊物体から目を上げて、遠くの港を見た。あいにく人影はなく、携帯電話を持ってこなかったことを彼は悔やんだ。警察に連絡に行っている間に、死体はどこかに流れていくかもしれない。沖に流れ出して、海に沈んでしまうかもしれない。そうなれば、二度とこの死体は、人の目に触れることはなくなるだろう。恐ろしいという気持ちより、とても憐れな気がした。

少なくとも死体を水から出しておくべきだと、漁師は考えた。岩場に足を踏ん張り、ふわふわと浮いている衣服に手をかけた。ぐい、と引くと、水の中の死体がすいと漁師の足元まで寄ってきた。

引き上げようとして、だらりと垂れた頭部が髪に包まれ、海水がぼとぼとと垂れ落ちた。さらに引くと、上半身が水から出た。衣服が破れそうな気配に、漁師は慌てて引く腕にさらに力を込めた。

びりびりびり、と鋭く破れる音が、ぼたぼたと落ちる水音に混じった。破れかけた衣服の中を滑るように、死体が水の中にずれ落ちていく。漁師の手の中に、ぼろぼろの衣服だけが残り、妙に水で膨らんだ下着だけを身に着けた、今度はどう見ても人間の形をした肉体と思える物体が、ぷかりと浮かんだ。

いましも押し寄せた波で足元に打ちつけられた死体に、思わず漁師は衣服を投げ出して、手を差しのべた。うまい具合に手が両の脇にかかり、腰まで水に浸かった漁師は抱きかかえるように、死体を引き寄せた。

手のひらに生涯味わえないであろう妙な感触があった。ずるりと、ものがずれる気配とともに、漁師の手には引き寄せた皮膚だけが衣のように残り、赤剝けになったどす黒い皮下組織が肩から腋窩《えきか》にかけて、べろりと顔を出した。

漁師は耐え切れなくなって、死体の上に吐物を噴出させた。

一時間後、海岸は大騒ぎとなった。

吐物にまみれた海面を手で払い、海水で口を拭ったあと、漁師は女性の漂着死体を何となく憐れに感じて、顔を死体から背けながら、ようやく流れに運ばれていかないところまで引き上げた。あちらこちらにできた皮膚のずれを最小限に留めるようにしながらの漁師の悪戦苦闘が、十五分ほど続いた。

岩場に擦れた胸や腹がさらに傷ついただろうな、気の毒に、としばらくは死体の横で息を継いでいたが、塩漬けになっていたせいか、さほどの死臭はなく、これがもう少し腐乱でも進んでいようものなら、漁師もこれほどの努力はしなかったに違いない。

「どこから来たのじゃろうか」

髪に覆われてうつむけになっている遺体の顔を覗き込んでも、乱雑に貼りついた髪に遮られて、表情はわからなかった。先ほどの腋の下の皮膚で懲りていたから、漁師は慎重に頭に手をかけて、そろそろと顔を横にしようとした。

頭皮がぶよぶよと柔らかく、これはまずいと感じ、修正を試みようとした瞬間、顔面の皮膚とともに、頭蓋骨から髪を乱した皮膚だけが九十度の転回を見せた。

かつて聞いたことがないほどの叫び声が半島にこだまし、小さな魚港に広がった。

今度は完全に自分の行為を呪いながら、漁師はこけつまろびつ岩場を走り、港に戻って警察に連絡を入れたというわけであった。

死体に相当の損傷を与えた漁師の行為を、くどくどと咎めながら、警察関係者は村木《むらき》文蔵《ぶんぞう》と名乗った漁師に発見当時の様子を簡単に訊いただけで、崩れそうに見える死体を担架にのせて、おぼつかない足取りで岩場を運んでいった。

一度は足を取られて、青い覆布《おいふ》が飛び、遺体が担架から岩場に転げ落ちた。

ますます遺体が傷んだことであろう。一瞬上がった見物人からのどよめきに、何も見なかったはずだという強いメッセージを込めた視線が警察関係者から漁師たちに注がれた。彼らは黙々とその後の業務をこなして去った。

三十分もすると、再び静かな漁師町が戻ってくるはずだった。

「美国町海岸で見つかった漂着死体は、推定年齢三十歳から五十歳。性別は女性」

一部損失した死体は、余市署まで搬送され、直ちに司法解剖にふされた。

「着衣は、第一発見者の美国町在住村木文蔵が遺体を岸に上げようとした際に、意図することなく脱がせてしまったらしい。同時に薄い白のワンピースの生地が数カ所で割けて、すでにどこかに当たって損傷していたものが、さらに原型を留めない形にまで至っている」

「何か所持品は？」

「海に落ちたのかもしれないが、着衣のワンピースには何もなかった」

署長が報告書を見ながら答えている。

「下着は？」

「下着はブラジャーとパンティ。どちらもそれなりのものだそうだ。遺体の女性はワンピースもそうだが、平均以上の生活を送っていたものと思われる」

「どの製品ですか？」

「全国に出回っている有名ブランドだ。着衣からは身元は割り出せないだろうな、一応、詳しく検査中だが」

報告書から目を上げて、署長はぐるりと捜査員を見回した。捜査員といっても、数名の私服が興味なさそうな顔つきで、机に肘を突いたり、横向きに座ったりと、初めからあまり犯罪のにおいがしない事件だけに、関心が薄い。

捜査員の勘を裏付けるような、司法解剖の報告が続いた。

「遺体は、死亡してからほぼ一日経過している。水を飲んでおり、右脇腹のえぐれたところに小さな枝が突き刺さって折れていたから、生きている時に、どこかから海に転落したらしい。といっても、わずかな木の切れ端だ。誰かが刺して、それが致命傷というものではない」

「岬からでも墜落したんでしょうかね」

「ありうるな。美国の黄金岬は端まで道がついているからな。それにしても、観光客でもあそこまで登る人間は少ないだろう。地元の者はほとんど行かない」

「何か、他殺を思わせるようなものは」

「先生の話では、ないということだ。むしろ自殺じゃないかと、おっしゃっている」

「自殺？」

「解剖した時に、肺がおかしかったそうだ」

「肺？　ですか……肺って、ここの肺ですか？」

　捜査員の一人が胸を指差した。

「そうだ。先生もあまり見たことのない状態の肺だったそうで、一部を大学に送って、診断をつけてもらうということだ」

「その肺が、どう自殺と」

「ああ。先生の話では、何か癌のようなものがあるんじゃないかと」

「癌？　癌って、じゃあ肺癌ですか」

「何だか先生、聞いたことがないような病名を言ってたな」

「肺癌じゃないんですか？」

　若い捜査員が、顔をしかめながら言った。

「親父が肺癌で死んでるんです。最期はずいぶん苦しんでいたからな。そう言えば、意識がなくなる前に、苦しいから殺してくれ、なんて言ってた」

　消えるように細くなった声が、患者と家族の苦しみをそのまま表しているかのようだ。

「いや。肺癌とは言わなかった。リンパ何とかと……まあいい、すぐにでも結果が出るだろう」

「要するに、他殺の証拠はなくて、本人が肺の、そのリンパなんとやらの病気を苦に、岬から飛び降りたんじゃないかと」

「そういう結論でよかろうということだった。そうなると、飛び降りた場所の特定が必要だが」

いまは身元不明の身投げ死体であっても、捜索願が出ておればすぐにでも個人が照合される。捜査員たちは体の力をさらに抜いた。

「そうだ、もう一つ。生前に性交渉があったようだ。膣内にわずかだが精液の残留があった」

「じゃあ、男が一緒だったのでは」

「男が一緒なら、女が自殺すれば届けるだろう。病気を儚《はかな》んでの自殺となれば、むしろ最後に愛しい男と、と考えたほうが自然だ。いくら海を漂っていたとしても、直前の交渉とは思えないとのことだ。ごく微量だったらしい。美国あたりで、このような女性を見かけた者がいないかどうか、今日一日で当たってくれ」

交通手段は便数の決まったバスだけである。タクシーを使っていれば、ますます目立つだろう。白のワンピースを着た女性に心当たりのある者がいれば、限られた土地の中、簡単に見つかると思われた。

捜査は二人の刑事だけで行うことになった。

女性の身元はその日のうちにはわからなかった。全国の捜索願、失踪届と照合しても、該当者が見つからなかった。

捜査員たちは余市から美国に至る交通路を当たった。それらしき女性が昨日バスに乗り合わせたことを、運転手が覚えていた。

「白いワンピースのお客さんでしょ。四十くらいじゃなかったかな。いや、もう少し若いかな。女性の歳には自信ありませんが。でも、間違いないと思いますがねえ」

「誰か一緒じゃなかったですか」

「いいえ。お一人でしたよ」

「そうですか」

「あ」

運転手は何かを思い出したように、刑事の顔を見つめた。

「いや、あの人は関係ないだろうな」

「ん？　誰かいたんですか」

「いえ。お一人、そうだな、三十半ばくらいの男性がもう一人。このへんでは見かけない顔だから、その女性と同じように観光客じゃないですかね」

「荷物は」

少し運転手は考えていた。

「何も持っていなかったですねえ。そう言えば、女性も手ぶらだったな」

「その二人は、話はしていなかった？　二人連れじゃなかったんですか」

「そんな気配、ありませんでしたよ。席も離れていたし」

「どこから乗ってきたんです、その二人」

「余市の始発からですよ」

　刑事には、何かが引っかかった。残留精液のこともある。

「二人とも土地の者ではなさそうだ。旅行客として、二人とも荷物も持っていない」

「荷物はホテルかどこかに預けてあるんじゃないですかね。よくおいでですよ、そのようなお客さん」

「となると、女性の荷物は、どこかのホテルに残っているかもしれんな」

「コインロッカーに預けたということも考えられますよ」

　もう一人の刑事が口をはさんだ。

「男と女は一言も口をきかなかったんですね」

「少なくともバスの中では、まったく。町の丸川《まるかわ》さんが乗っていたから、必要ならば、彼女にも確かめてくださいよ」

　これは直ちに美国町在住丸川たえに確認が取れた。たえは覚えていた。

「ええ、ええ。お二人は何もしゃべりませんでしたよ」

「どのあたりに座ってましたか」

たえは、同じ質問に運転手が答えたものとまったく同じ答えを返してきた。二人の男女は、運転手の後ろ二番目の席と、四番目の席に、すいていたこともあり、それぞれ一人で二人分の長椅子に腰かけていたという。

「時々、後ろの女の人が、前の男の人のほうを見ていたようでしたが」

「声はかけなかった」

「ええ。一言も。でも、文蔵さんが引き上げた死体がその女性かもしれないんですね。まさか亡くなったなんて」

「身投げしそうな雰囲気はなかった？」

「身投げしたんですか……それは、また……お気の毒に」

たえは「南無阿弥陀仏」と手を合わせた。

二人の刑事は美国まで足を伸ばしたついでに、駐在にも手伝わせて、最寄の温泉宿、民宿、といっても美国には二軒、さらには積丹のほうへ余市から離れる方角の宿を片っ端から確かめた。荷物を残して姿を消した女性はいなかった。

「帰って、小樽あたりまでの宿を当たってみるか」

「男性のほうはどうします」

「関係ないだろう。たまたま同じバスに乗り合わせたんだろう。美国に行くには、あのバスしかないからな」

「それにしても、どこから来たのか知りませんが、美国に何の用事があったんだろう。観光と言っても……」

「ぶらり一人旅を楽しむなら、もってこいだ。美国湾からは島巡りの船も出ていたんじゃなかったかな」

「女性はそうじゃなかった。自殺目的で一人」

「ということだな」

余市、小樽、あるいは近辺の宿に該当者はなく、またどこの駅のコインロッカーからも期限切れの預け物はなかった旨、連絡が入った。

「札幌でしょうかね」

「こりゃ大変だ」

彼らはしかし、それ以上の捜査をする必要がなくなった。大学からの連絡で、女性が悪性リンパ腫に侵され、特に肺に強い悪性細胞浸潤が認められたことが判明した。相当の呼吸困難が自覚されたであろうと推察されていた。

「覚悟の自殺か」

犯罪性がほとんど否定された時点で、捜査は打ち切られた。しかも、黄金岬の突端、展望が開けるあたりの木の枝が折れて、女性のワンピースに一致する布の切れ端が引っかかっていたことがわかったのである。

あとは家族から捜索願が出て、本人と照合されるのを待つだけとなった。

遺体は冷凍保存された。

一人、遺体を司法解剖した警察医だけが、かすかな疑問を抱いた。

「あれほど肺がやられていたんだ。少し速く歩いても、息が切れたんじゃないかな。そんな女が、あの岬の突端まで山道を登っていくだろうか。どうしても岬に登らなければならない事情でもあったのだろうか」

さほど忙しくない毎日、警察医はいつまでも、久しぶりに感じた疑問を酒の肴にしていた。

11 友人

谷山千容子からの連絡は途絶えたままであった。千容子が何らかの理由で帰れない状態にあることは確実と思われた。

家出をする理由が、谷山信人や子供たちにはまったく思い当たらなかった。よく家をあけて、日付が変わってもなかなか帰ってこない母親でも、日頃子供たちの面倒は愛情をかけて見ていたから、彼らは母親の姿がなくなった家の中で悲しそうだった。

一人旅が好きで、いつもお土産を買ってきてくれた、優しいお母さんであった。飲んだくれて、家で正体なく眠っていても、時間が来れば必ず食事の支度に取りかかっていたし、仕事をサボったこともなく、きちんとこなしていた責任感の強いお母さんであった。

近くに住む千容子の両親が慰めにきても、祖母が母親代わりになることはできなかった。

「お母さん。どこかで交通事故にでも遭って……」

そこから先は子供たちは口にしなかった。記憶でもなくして、病院に収容されていれば、たとえ身元がわからなくても、いずれは、という気があった。生きてさえいれば。

　時間が経つにつれて彼らは、母親が最悪の状態にあるのではないかという不安を打ち消す努力に費やされるエネルギーが、日に日に大きくなってくるのを感じていた。

　それは周辺の大人たちといえども同様で、千容子の両親はいつも泣きそうな顔をしていたし、谷山信人も会社と家の間を行ったり来たりするだけで、これまで千容子に任せていた家事全般を担当せねばならない状態になっていた。

　信人は千容子の持ち物をすべて検《あらた》めてみた。自信たっぷりの信人としても、刑事から妻の不倫の可能性を指摘されて、帰宅した途端、急に不安になってきたのだ。まだ自制できる範囲ではあったが、怒りまで湧いてきていた。

　何も出てこなかった。妻の身のまわりは、彼女自身の所有物と、夫と共有しているもののみであった。

　これまで触ったことのない千容子の化粧台まで、信人は中を探ってみた。女性特有の細々とした小物が乱雑につまっており、信人はざっと目をとおして閉めようとした。

「おやっ！」

　信人は意外なものを見つけて、小さく鋭い声を上げた。信人の親指と人差し指は、小物の間に一個の指輪をつかんだ。見覚えのある指輪だった。

　小さく揺れる瞳で、指輪の内側を確かめた信人の顔色が変わった。

それは、普段千容子がはずしたことのない、信人との結婚指輪であった。

捜査員室の粗末なパイプ椅子に腰を掛けた信人は、息を切らせながら、一言も口をきかず、手の中の指輪を差し出した。

信人の顔色がどす黒く沈んでいた。小さく萎《しぼ》んだ目が、いま小阪刑事が調べている指輪に固定されている。

「これが、奥さんが肌身はなさず身に着けていらっしゃった結婚指輪とおっしゃるのですな」

信人は弱々しくうなずいた。

「千容子さんの化粧台の引き出しから出てきた」

もう一度、コクリと信人の頭が動いたのを見て、八尾刑事が横から口を出した。

「結婚指輪であるという証拠は？」

胡散臭そうに、八尾刑事は谷山信人の左手の薬指に視線をやった。信人は指輪をしていなかった。指輪のあとすらついていない。

刑事の視線を感じたのか、信人はごそごそとズボンの右ポケットを探り、何やら小さな輪を取り出した。

「それと同じものです。こちらは私の結婚指輪です」

少し大きさが違うものの、同じシンプルなデザインの銀色の指輪を、二人の刑事はためつすがめつして比べている。

「あなたは、指輪はしていないのですね」

「ええ。仕事柄、指輪があるとよく引っかかるので。それで私ははずしたままなのですが、千容子は気に入っていて、一度もはずしたところを見たことがありません」

「しかし、今回ははずして旅行に出られた」

「これまでの旅行は、どうでしたか」

八尾刑事がまた口をはさんだ。

「気づきませんでした」

一瞬の沈黙があった。

「そういえば……」

「ん？　何です？　何でも、気づいたことを」

「あまり前のことまで覚えていないのですが、今回も、前回、前々回も、いずれも千容子が旅行に出る時は、私のほうが先に勤務に出ていましたね。私は八時には会社に入らないといけなかったものですから、普段でも私のほうが先に家を出ますが」

「お帰りの時は、どうです」

「うーん。いちいち帰ってきた妻の指を確認するわけでもないし……。もっとも、指輪をはずしていたら、違和感があったでしょうが。それにだいたい千容子のほうが帰りが早いのです。夜勤の時は別ですが」

千容子が普段、病院夜勤の時にでも、間違いなく左手の薬指に結婚指輪をしていたことが確認されている。飲み友達という十数名の友人たちも、千容子の指輪については、はずしたのを見たことがないと証言した。

「ということは、千容子さんは普段決してはずさない結婚指輪を持たずに、一人旅に出かけた」

自ずから結論は明白だった。谷山信人は、これまでの自信が脆《もろ》くも崩れ去るのを、いかにも格好が悪いといった様子で、虚勢を張るかのように背筋を伸ばしたが、二人の刑事には惨めな姿としか映らなかった。

谷山千容子がわざわざ結婚指輪をはずさなければいけないような相手と旅行に出かけたことは、間違いのないことのように思われた。

おそらくは不倫相手。男か、あるいは可能性は低いが女ということもありえた。その相手と何かトラブルが起こり、千容子は帰ることができなくなったと考えるのは、当然の帰結であった。

「谷山千容子の交友関係を、さらに範囲を広げて捜査しろ」

有力な情報の集まっていなかった千容子の生活まわりに加えて、千容子の所持品の中にあった手紙類、住所録などに記載された人物が一人ひとり捜査の対象として浮かび上がってきた。

　彼らの中に千容子の相手を探す以外に、両刑事は別の可能性も考えて、谷山信人の身辺の捜査にも手を抜かなかった。


「谷山信人さん。北村佳乃《きたむらよしの》という女性をご存じですな」

　出頭を求められて、何かわかったのかと意気込んできた谷山信人に、いきなり小阪刑事の質問があびせられた。

　一瞬声を呑んだことは明瞭であった。信人の顔色が悪くなり、額に汗が滲み始めた。

　信人は平然とした表情をつづけようと努力した。

「どのような関係か、詳しく話していただきましょうか」

「飲み友達です」

　それだけか、と疑わしそうな、というよりもっとあるだろう、という顔つきで、刑事二人のいかつい顔面が信人にさらに近づいた。

　俺たちはそんなことを訊いてるんじゃないよ……。

「よく、一緒に飲みにいきます」

「どういう方ですか。お仕事は？」

調べがついている。谷山を試している。

「彼女は友人の奥さんです。その友人とも飲み友達です」

「主婦ということでよろしいかな」

「ええ」

「単刀直入にお訊きしますが、谷山千容子さんが旅行から帰られる予定だった土曜日の夜、あなたは飲みに出て、家をあけられていた。一晩中家をあけられることも多いようですが」

「そんなにいつもというわけじゃありません」

「その時には、北村佳乃さんとご一緒でしたか」

少し考えて、信人は首を縦にふった。

「ええ」

声が消えそうに、か細くなった。

「初めのうちは、数名の友人の方たちと飲まれていた。途中、北村佳乃さんが参加された」

信人は目を上げた。なんだ、調べはついているんじゃないか……。

「北村さんのご主人は、ご一緒では」

「いいえ」

「普段、お二人は」

「だいたい別々ですね」

「北村さんご夫妻の仲はいかがなものでしょうかね」

「刑事さん。何でそんなこと訊くんです。他人の家庭のことなど知りませんよ」

「谷山さん。あなたはその夜、午前二時頃、店を出られたようですな」

「そうでしたかね」

「店のマスターがそう証言しています」

よけいなことを……。

「どこに行かれましたかな、店を出たあと。家に帰られたわけじゃありませんよね」

「別の店です」

「どこです？」

「どこだったか……酔っ払っていて、よく覚えていないんです」

嘘をつくな、と刑事の顔に書いてある。

「あなたが店を出たあと、北村佳乃さんも店を出ているんですがねえ」

「知りませんよ」

「彼女もあの晩は行方が知れない」

「そうですか」

「これは北村さんのご主人からの証言です」

おたくら、どうなってるんだ？　どういう夫婦なんだ？　お互いばらばらに夜、飲み歩いて、朝帰りも平気だなんて……。

ほっといてくれ。人の自由だ。あんたらには関係ない。

刑事たちと谷山との、目と目の会話が聞こえるようだ。

「もう一度お訊きしますが、北村佳乃さんとあなたのご関係は」

「友人です」

「ただの友人ですか」

「失礼だな、あんたがた。何もありませんよ」

「同じ質問を北村佳乃さんにもすることになりますが」

「どうぞ」

谷山信人は憮然とした顔をつづけた。

「どうして私が取り調べられるんです」

分厚い化粧を入念に施した白い顔が怒っている。取調室の中に強い香水のにおいが満ちて、刑事たちは慣れるまでに時間がかかった。

死臭も嫌だが、押しつけがましい香水もまた不快以外の何ものでもなかった。

「谷山千容子さん、つまり谷山信人さんの奥さんが行方不明のことはご存じですよね」

「ええ。でも、私は何も」

「谷山さんとはよく飲みにいかれていた」

「ええ」

「千容子さんが旅行から帰られる予定の土曜日の晩も、谷山信人さんと一緒の店で」

「そんな前のこと、よく覚えていませんわ。しょっちゅうご一緒しますから」

「どうです、お二人の仲」

「別に……。仲のいい夫婦ですよ」

「いえ、北村さん。あなた方ご夫婦のことをお尋ねしたのですが」

「え」

佳乃の体が動くたびに、好ましくない香水のにおいが刑事たちの鼻を突く。そのたびに、小阪刑事は息を止めた。瞬間、言葉が途切れる。

「プライバシーの侵害ですわ。夫婦仲がどうであれ、そんなこと刑事さんたちに関係ないでしょ」

「質問を変えましょう。あの夜、あなたは谷山信人さんと一緒に飲んでいた。谷山さんが午前二時頃には店を出たことがわかっています。そしてそのあと十分もしないうちに、今度はあなたが店を出た。どこにいらしたんです」

「さっきも言ったでしょう。そんな前のこと、いちいち覚えていませんわよ。それに、酔っ払っていたから」

答えは谷山信人と同じであった。

「お宅にお帰りになったのは、何時頃ですか？」

「それも覚えていません。朝だったかしら？」

佳乃は顎をしゃくってみせた。

「ご主人はご一緒じゃなかったのですね」

「ええ。あの人も誰かと飲み明かしたんじゃないですか」

「よく、夜は家をおあけになる」

「ちょっと、刑事さん。何の取り調べです、これ。私が千容子さんが行方不明であることに何か関係でもあると、お疑いなのですか。それなら見当違いよ」

「そうでしょうか」

「何ですって！」

北村佳乃は眉毛を逆立てた。また、きついにおいが刑事たちの鼻を直撃した。

煙草も常用しているのだろう。佳乃の口から出た喫煙者特有の口臭に追撃されて、煙草を吸わない小阪刑事は吐き気を催した。

小阪は体を遠ざけながら、脅すような重たい声で反撃に出た。

「あなたと谷山信人さんが、単なる友人の関係以上であることを、私たちは知っています」

ギョッとした筋肉痙攣《けいれん》が佳乃の顔を膠着《こうちゃく》させた。

「いえ。このことで、どうこうしようというのではありません。しかし、交際している一方の相方が行方不明だ。当然、男女関係のもつれという線も浮上してくる」

「ちょ、ちょっと待ってよ、刑事さん」

身を乗り出した佳乃に、普通は刑事たちも近づいてたたみかけるのだが、彼らは可能な限り香水から避難できる距離に身を置いた。

「それじゃあ、あたしが千容子さんを。まさか……冗談じゃないわよ」

「では、あの晩の、あなたの行動をお話し願えますかな」

「だから、覚えてないって。それに、あたしが千容子さんをどうしたって言うのよ。殺したとでも言うの」

そろそろしゃべりだしたな、と刑事たちは感じている。

「お二人にとって、千容子さんは邪魔な存在だ。一方の奥さんですからな」

じわりと汗が佳乃の額に滲み出し始めた。

「二人で口裏を合わせて、千容子さんをどうにかした可能性は充分にある」

「じょ、冗談じゃないわよ」

「そう。冗談じゃありません。私たちは、行方不明になったと思われる谷山千容子さんの捜索に全力を上げているのです。冗談を言っている暇はありません」

「だったら、ほかを当たりなさいよ。私は関係ないわ」

「あの晩、どこにいました？」

また口臭を吹きかけられてはたまったもんじゃない。小阪刑事は息を止めながら、ぐいと椅子を引き寄せて、顔を佳乃の前に突き出した。

白粉《おしろい》で中味の想像もつかない顔の形が崩れた。

「刑事さん。このこと、主人には内緒にしてもらえますか」

やはりな……小阪と八尾は顔を見合わせた。〝白粉〟が細かく震えている。

「知れたら、あたし殺されます」

そんなことはなかろう。あんたのほうがはるかに逞しそうだ……。

谷山信人のことで質問に行った夫の北村六三四《むさし》の姿を思い出して、二人の刑事は、まずこの恰幅のよい脂ぎった中年夫人が、小柄でいかにも小心者に見える夫に殺されるとは思えなかった。逆襲されて怪我をするのは、名前の音から想像される虚像とはるかに隔たりのある北村六三四のほうのような気がした。

「こちらから、あなたと谷山信人がどのような関係にあるのか、ご主人に話すことはありません。安心して、お話しください」

言葉はていねいでも、まったく温かみは感じられない。

「谷山信人さんとは、ご推察のとおりですわ。でも、どこでわかったのです？　誰かからお聞きになったのですか」

「情報源は申し上げかねます」

「ふん」

悔しそうに鼻を鳴らして、佳乃はゆっくりと唇を開いた。

「あの晩は」

覚えているんじゃないか……よけいな時間を取らせやがって……とは、二人の刑事たちの、ひとまずの力が抜けた呟きだった。

「信人さんが店を出たあと、しばらくして私もあとを追ったんです」

「どこに行かれましたかな」

「刑事さん。好き合った男女が深夜行くところなんて、決まってるじゃありませんか」

淫靡な笑いが佳乃の口の端に、細かく現れた。

「どこに行ったかと訊いているのです」

「あれは確か……」

適当に思い出すふりをしながら、佳乃はいつも信人としけこんでいるはずのラブホテルの名前を言った。彼らの居住地から少し離れたところにある、目立たない安物のホテル。おそらくは消防法にも引っかかるような類の建物だ。刑事たちは職業柄、そのホテルの名前をよく知っていた。

「でも、そこにいたの、二時間くらいですよ、私たち」

「何！　何時頃から何時頃までだ」

「そうねえ……。朝五時にはもう出ていたわね」

「それからあとは」

「別れたわ。私は家に帰ったから」

「そのことを証明する人は」

「いないわよ。子供たちは寝ていたし、主人もどこかで遊んでいたんでしょう。会わなかったわ」

「家に帰ったあと、どうしました」

「寝たわ。そのうち主人も帰ってきたんでしょう。お昼頃、子供たちがうるさいので目を覚ましたら、主人も寝ていたから」

何という夫婦だ……と憤ってみても、所詮刑事たちには関係のない他人の家庭事情というものであった。

「谷山信人さんは」

「だから、別れたあとは知らないわよ。彼も帰って、寝たんじゃないの」

谷山信人に尋ねてみる必要がある。本来ならば、土曜日の夜には帰ってきているはずの谷山千容子の行方が知れないのだ。

千容子が帰っていた場合を想定しなければならなかった。谷山信人は妻の帰宅を知っていて、朝帰りした時に千容子と何か揉めた可能性もある。これまでの行状、あるいは北村佳乃との関係を咎められたとも考えられる。

二人の間に何かが起こった、そのために千容子が行方不明となったという可能性は捨てるわけにはいかなかった。

一向に手がかりがない中、刑事たちは夫、友人関係の一つひとつの確認に奔走した。ラブホテルでの二人の密会の証明が取れた頃、谷山千容子の手紙類を調べていた刑事の一人が、差出人のところに綺麗な文字で、「小林紀子」と書かれた封筒を何通か手にしていた。

中の手紙の内容に目をとおした刑事たちは、小林紀子が谷山千容子の親しい友人であると考えた。早速、住所に一致する場所に小林一郎名義の居宅が実在することが確かめられ、連絡が入れられた。

警察署からの電話には直接、小林紀子が出た。

12 疑念

「はい。紀子はわたしですが……」

相手は紀子が受話器を取った時点で、大阪東部警察署の小阪刑事と名乗った。

「谷山千容子さんという女性をご存じですね」

「千容子さんが何か……。ええ、高校の親しい先輩ですが」

「じつは十月二十三日に捜索願が出されましてね」

「えっ！　どういうことでしょうか？　千容子さんの捜索願？」

「ええ」

刑事は短く相槌を打っただけで、紀子の息づかいを測っているようだった。

「捜索願って。千容子さん、どうかなさったんですか？」

「ですから、行方がわからなくなっているんです」

「ええっ！　そ、そんな……。だって、千容子さんから、確かあれは」

紀子は記憶を辿るのに、少しばかり時間を費やした。

「先月の中頃だったかと思いますが、手紙をいただいております」

小阪は谷山千容子と小林紀子の間には、何カ月かに一度の割合で手紙のやり取りがあったものと、千容子宛の手紙の分析から割り出している。

「正確な日にち、わかりますか？」

ちょっとお待ちください、と紀子は電話を置いて、手紙を探しにいったようだ。しばらく小阪の耳に当てられた電話器からは何の音も響いてこなかった。

紀子が受話器を取り上げた気配があった。

「お待たせいたしました。千容子さんからの手紙、消印は十月十五日となっております」

「今年でしょうね」

「もちろんです」

「よく手紙のやり取りをなさるのですか？」

「ええ。そうですね、二、三カ月に一度くらいでしょうか。千容子さん、看護師をしていて忙しいものですから」

「携帯とかでメールは？」

「千容子さんとは、いつも手紙です。彼女、メールはあまり好きじゃないって言ってました。肉筆の手紙のほうが思っていることを素直に書けるからと」

「ふむ。それで、お会いになることは」

「ずいぶん前です。このところは一度も。千容子さん、行方不明って!?」

「十月二十日の金曜日、千容子さんは一人で旅行にいくと言って、家を出ているのです。それ以後、連絡がありません。ご主人と勤務先の病院から、捜索願が出されたのです」

紀子はしばらく口をつぐんでいた。数えれば一カ月近く千容子は行方不明となる。紀子は手紙に書かれていたことを思い出した。

少しばかり震える指で、封筒の中から折りたたまれた便箋を取り出して広げると、中の文面にさっと確認の目をとおした。

「日にちは指定してありませんが、一泊の旅に出ると書いてあります。千容子さん、旅行好きでしたから。行き先は博多です」

「何！　博多！」

「ええ。何度か行ったことがあるけれど、毎回新しい発見があると」

紀子は千容子からの手紙の文面を読み上げた。

「そうなると、博多で何らかの事件に巻き込まれた可能性が高くなる。谷山千容子さんは二十一日帰宅の予定でした。翌日二十二日、日曜日には、病院で昼間の勤務当番だった。それをすっぽかしたのです」

「千容子さんは仕事に対しては几帳面な人です。すっぽかすなんて」

「ですから、勤務に出ることができない何らかの事態が発生したと考えています。谷山千容子さんの身辺を調べていたら、あなたからの手紙が見つかったのです。それでお電話したというわけです」

「そうだったのですか……」

「誰かと一緒とか、何かお心当たりありませんかねえ」

紀子は口をつぐんでいた。心当たりのある人物が一人いた。

紀子の脳細胞が急速な回転を始めている。博多ならば……。

しばらく考えたのちに、紀子の答えは、

「いいえ」

であった。紀子自身なぜそう答えたのかわからなかった。

何か思いついたら、何でもいいから知らせてくれ、と小阪刑事は電話を切った。

受話器を置くやいなや、小阪は直ちに福岡博多署に照会を入れている。谷山千容子の容貌、特徴を伝え、事故と事件の両面からの捜索依頼であった。期待に反して、それらしき被害者の届けはなかった。

十月第三週末の金曜日土曜日二日間の間に、殺人事件三件、人身交通事故二十八件が博多を含め、福岡県内で発生していた。殺人事件の被害者二名は男性、女性であっても老人が一名で、該当者なし。交通事故については、死者二名は幼児と老人、残る二十六名は軽症から重症までの交通外傷を負って、うち十五名が入院していたが、いずれも身元がはっきりとしており、千容子である可能性はほぼゼロであった。

「少なくとも、いまわかっている限りでは、該当者はいない。本当に谷山千容子は博多に行ったんだろうな」

「小林紀子に来た手紙というのを確認したほうがいいようですな」

「そもそも、その小林紀子という女性は、どのような人物なのだ」

早速、紀子の素性が調べられた。

「父親の小林一郎はO大学の内科の教授です。一人娘。年齢は二十八。無職です。家族はあと母親だけですね」

「大学の教授か……。内科ということは医者か？」

「そのようですね」

「手紙以外、紀子と千容子の接点はなさそうだな」

「ええ」

後日、小林紀子のところに刑事が訪問し、谷山千容子から紀子宛ての手紙を回収した。

「先日の電話では、谷山千容子さんはあなたの高校の先輩とおっしゃいましたが、これほどの手紙のやり取り、ずいぶんお親しいようですね」

「ええ。高校のクラブ、旅行同好会というのですが、以前は年一回のOB旅行には必ず顔を見せてくださいました。このところは病院のほうがお忙しいのか、旅行には参加されてませんが、私とは文通を続けています」

「なるほど。では先日ご依頼した谷山さんからの手紙、お願いできますかね」

谷山家から採取された千容子の指紋と一致する指紋が手紙からも検出され、間違いなくそれらの書簡が千容子の書いたものと判定された。

手紙の提出を依頼された紀子は、ためらうことなく刑事たちの要望に応じ、

「博多に行ったのは間違いないと思いますよ」

と話している。

「どうして、そう言えるのです」

「いまおわたしした手紙を読んでいただければわかると思いますが、これまでにも行った先のことが、多かれ少なかれ、必ず書かれているのです。嘘を書く必要があるとは思えませんわ」

「私たちは、千容子さんがはたして一人で旅行されたかどうか、その点にも疑問を持っているのです。先日、電話でお訊きした時には、心当たりはないとおっしゃってましたが、それはいまでもそうですか」

刑事たちは、千容子が結婚指輪をはずして旅行に出かけたことは話さなかった。

わずかに紀子の上下の目蓋が広がったように思えた。

一瞬ののち、紀子はゆっくりとうなずいた。


十一月初旬の北海道は、予想に反してぽかぽかと暖かく、何度目かの札幌の街は紀子の目を楽しませていた。いま、この街のどこかに父親がいるはずであった。宿泊しているホテルはわかっている。学会場に顔を出すつもりもない。

紀子自身も一人レンタカーを借り、気の向くまま、心の惹かれるままに、北海道の自然の中を走り回っていた。

支笏湖、洞爺湖のあたりを駆け抜け、はたまた西に積丹半島突端の神威岬まで、道路が導くままにハンドルを切り、東を向けば襟裳《えりも》岬を越して、これまた原生林の木々の間を縫うようにドライブを楽しんだ。

父親と同じようなコースを辿ったとはいえ、紀子は一度として父親と顔を合わせなかった。もちろん遭遇すれば、小林の横には城島真由子がいるわけで、非常にまずい場面が展開されるわけだが、幸か不幸か、また小林一郎にとっても幸運なことに、修羅場はなかったのである。

父親より二日長かった北海道滞在の間、紀子は華原俊夫の姿を一度だけチラリと見かけていた。声をかけるつもりは毛頭なく、華原にしても、いつまでも忘れられない意中の人が、こともあろうに大阪から遠くはなれた札幌の街で、横を駆け抜けたことに気づくはずもなかった。

広大な北海道の風景を何枚もの写真に収めた紀子は、空路で大阪に戻った時に、家に帰る途中の有名百貨店で、東北の名産を一つ土産に買うことを忘れなかった。

包装紙は名産店のもので、どこから見ても、紀子が北海道に遊んだことがわかるはずもなかった。


一通の白い封筒が、華原宛ての郵便物の中にはさまれていた。幾冊もの所属学会誌や医学新聞の間で、薄い封筒は存在感に乏しかった。

「O大学医学部第二内科講師　華原俊夫様」

と、やや太目のパソコンを使ってプリントした文字が、宛名の大学医学部の住所の横にはっきりと浮かんでいる。裏を返せば、特に差出人の名前はない。奇妙に思って封筒を手に取り、蛍光灯に透かしてみても、中はまったく見えない。華原は、封筒の縁をビリビリと手で破り開けた。

はたして、中味は薄っぺらいA４の紙一枚が幾重にも折りたたまれたものであった。

広げると、細かい、やはりパソコンで打った日本語文字が並んでいる。すばやく華原の両目が文字の上を走った。

華原の顔色が赤くなったり青くなったり、まるで信号機のようだ。

手紙を見ていた顔が上がった。華原はゆっくりと医局内を見回した。少しはなれたところで、一人若い女医が座っていて、文献を読むのに一心不乱の様子だ。

華原は椅子を回して、壁が背後になるよう体勢を整えた。後ろから手紙を覗き込まれる危険性はこれでまったくなくなった。

大きく息を吸い込み、華原は再び顔を手紙に向けた。万が一、女医がこちらのほうに顔を向けても、華原の表情はA４の紙に隠れて見えないはずだ。

いや、華原はまた体の向きを変えた。今度は手紙を机の上に置き、肘を突いて顔に手をあてた。女医からは表情は手に隠れるはずだ。手紙を持てば、震える手がかえってはっきりと見えるかもしれないと、華原は咄嗟に判断していた。

『ご機嫌麗しく存じます。このたびお手紙を差し上げたのは、ほかでもない、あなたがお付き合いをなさっていたある女性のことについて、お尋ねしたいことがあるからです』

華原の脳漿《のうしよう》が震えている。確かに頭蓋骨の中が痺れるような気が、華原にはしていた。かつて経験したことのない、言いようのない揺れであった。

『彼女は先月二十一日、一泊の旅行から帰宅するはずでした。ところが、どこに行ってしまったのか、すでに一カ月以上にもなるのに帰っておりません。彼女が二十日の朝、一人旅の支度をして出かけたことは間違いなく、行き先は博多と思われます。当日、貴兄も博多で催されていた学会に出席するため、博多におられたはずです』

いましたよ、確かに。それにしても、「はずです」という表現は……？

深く考える予断を与えず、次の文面が華原を急かした。

『彼女はどこに行ってしまったのでしょう。いえ、あなたは彼女をどうしたのですか？』

華原の首がかしいだ。

『警察が捜索願の出た彼女の行方を捜しています。博多のほうにも捜査が及んでいることと思います。誰のことをこうして書いているか、あなたにははっきりとおわかりになるはずですよね。今後のこともあります。この手紙に書いた以上のことを、私は知っています。そのことをおおやけにしないためには、対価が発生するものとお考えください。今後のあなたの対応に期待いたします。よろしくご考慮ください。また、連絡いたします』

かしいだ首が固まったままだ。幾度文章に目を行き来させても、いかにゆっくりと読んでも、内容に変化はなかった。明らかに、華原と谷山千容子の付き合いを知っていて、千容子の失踪に華原が何らかの関与があると言ってきているのだ。

「どういうことだ……？」

華原の首がさらに深く折れた。

「いったい誰がこのような手紙を？」

華原は表情を傍から見られないように首を垂らしたまま、じっと考え込んでいた。

「対価」とあるから、脅迫文と捉えざるをえない文面であった。華原が谷山千容子をどうにかして、そのために千容子が帰ってくることができない、という恐ろしい事実を知っている者が誰かいる。華原が最も恐れていた事態であった。

学会出張の折、千容子と二人でいるところを、誰か華原を知る者に目撃されたのかもしれなかった。とすれば日常、華原の近くにいる人物の可能性が高かった。

「誰が俺たちのことを知っているんだ？」

華原は別の方向からも考えてみた。千容子が失踪したことが、遅かれ早かれ警察の捜査の対象になることは明白であった。華原の大学での周辺の人間に仮に、華原が女と付き合っていることを知る者がいても、その女と行方不明になった谷山千容子を結びつけることができる人間といえば、かなり絞られてくる。

鎌井病院の看護師たちに自分たちの関係を知られていた可能性はゼロとは言いきれないかもしれない。千容子が勤務している病院である。千容子が私服で医師当直室に入る、あるいは出てくるのを誰かに目撃されていたかもしれない。

華原と同じ第二内科の医師の何人かが、華原とは別の日に鎌井病院の当直に行っている。のみならず、月水金の午前中の診察に応援として三名の医師が派遣されている。彼らならば、鎌井病院の看護師谷山千容子が行方不明ということはすぐに耳に入るであろうし、もしかしたら華原が知らないだけで、彼らは華原と千容子の関係に気づいているかもしれない。おしゃべりな看護師たちが二人の関係を知っていれば、たちまちのうちに広がるだろう。こういった噂は、知らないのは当事者だけということも、ままあることだ。

夫はどうだろう……。千容子は夫が不倫していると愚痴っていた。そのせいかどうか、将来夫と別れて華原と一緒になりたいようなことを言っていた。華原に殺意が生まれたのはまさに、千容子からその言葉を聞いた時であった。案外、夫のほうも妻の浮気を知っていたのではないか。お互い様だったろうし、別れるというほどのこともなかったのかもしれない。夫が、千容子の相手が鎌井病院に当直に来ている華原だと見抜いていたとしても、自分のほうにも後ろめたいところがあるから、公然と追及してくることがなかったとも言えるであろう。それが妻が行方不明となると、当然華原を疑うだろう。このような脅迫状を送ってくる理由が発生したということだ。

「どうするか……」

華原は志賀島金印公園を訪れた時のことを思い出していた。

残照に空だけが明るかった。急速に気温が下がり始め、海からの風が冷たくなってきた。

華原は横顔に千容子の視線を感じていた。

「楽しかったわ。あなたとこうして二人だけで、遠いところで時間が止まっているよう……」

千容子は体が激しく揺れたような気がしたが、それも半分で途切れた。痛みを感じる時間がなかった。そのあと何が起こったのかは、千容子の記憶に刻まれなかった。視界が真っ暗になったことさえ、千容子には認識の外であった。

千容子の時間が止まった。

華原は冷静だった。いくぶんかの興奮も制御の範囲内にあった。

夕闇がたちまちのうちに残照を消していく中、華原は手早く千容子が身に着けているすべてを剝ぎ取った。誕生祝いに贈ったイニシャル入りの指輪も抜き取り、ポケットに納めた。

自らの意志で動かない大人の女の体は、華原が想像した以上に重く動かしにくく、衣服に幾分かの破れ目が入った。びりびりと裂ける音は意外に鮮明だった。

華原は全身の神経を周囲の気配の分析に使っていた。風の動き以外、何の気配もなかった。

すべてを脱がされた女の肉体は、闇の中で異様な色気を放っていた。それは華原の計画にはなかった現象だった。華原は意図しない情欲が体の中心を突き動かすのを感じた。

「早く千容子を埋めなければ。こんなところを誰かに見られれば破滅だ」

冷静な脳細胞が囁いても、本能的な欲情は華原に計算外の行動を起こさせた。華原はまわりの闇を見回しながら、ベルトを緩め、ズボンの前を開き、硬直した男性器を取り出した。これまで経験したことがないほどに、いきりたって爆発しそうだった。

薄暗がりの中、投げ出されて動かない二本のほのかに白い両脚は妙に艶かしく、二つの膝にあてがわれた華原の手は、大きく千容子の大腿を左右に広げた。闇と同じ色の股間を手のひらで探り、肉襞とその奥の粘膜の表面解剖をしばらく楽しんだあと、華原はどくどくと血が波打つ男性器を千容子の中心に突き立てた。

息絶えた千容子の括約筋は弛緩しているはずだが、肉管は華原の想像をはるかに越えた質感を持って、華原の肉棒を取り巻き締めつけた。思いがけない快感が華原の脳にまで突き上がった。

「ううっ……」

まだ温かく、いつもならば華原の挿入に悦びの収縮を見せるはずの肉管は、しかし何の反応も返してこなかった。締めつけられたと感じたのは、華原のほうが経験したことのないほどの勃起を示していたということだ。初めての経験に、華原の興奮はますます異常な高ぶりを見せた。

「千容子……。これが最後だなあ……」

感傷的な言葉とは裏腹に、華原の体は千容子のすべてを砕くかのように、激しい動きを繰り返した。やがて、肉棒がそのまま弾けそうな爆発的な射精のあと華原は、体が大きく痙攣し、気が遠くなるような快感に満たされた。

「このまま眠ってしまいたい……」

ハッとなって華原は自分を取り戻した。千容子の膣一杯を充満していた男根は急速な萎縮を見せた。華原はすばやく千容子の体からはなれた。

人にあるまじきおぞましい行為に対する畏怖の念は、露ほどもなかった。

華原はそのあと冷静に自分を分析できるだけの余裕があることに、むしろ感心していた。千容子殺害計画を立てた時には少なからず興奮し、間違いなく遂行しうるかどうか、いささかの懸念を覚えたのに、いざ実行し終えてみると自画自賛したくなるほどの首尾であった。

途中の感情の高ぶりは計算外であったが、すべてを終えてみると、むしろ異様な興奮を楽しんでいる自分に気づいていた。意外な世界を覗いた気持ちだった。華原自身知らなかった華原がそこにいた。

千容子には、事前に金印公園に来ることは話していない。ここに二人がいることは誰一人として知らないはずだ。いつもどおり千容子は、一人旅に出ると家人に言い残してきた、と言った。

公園に来てから出会った観光客の何人かが、華原と千容子を知った人間という可能性はまったくないとは言い切れなかったが、華原自身はそれとなくすれ違うたびに相手の表情を観察していたから、その点ではさほどの懸念はなかった。

東屋の奥に大木があった。裏側に、華原は前日の晩大きな穴を掘っておいた。簡単に覆っておいた小枝や木の葉を取り払うと、すべての光をのみ込むような真っ黒い穴が木の根に囲まれるように開いていた。

奇妙な形で折り曲げられた千容子が、頭に受けた打撃によって、心臓も肺も千容子を生かす機能を停止しているのを、華原は確認した。

静かに千容子は埋葬された。

現場を見られているはずはなかった。万が一にも目撃者があれば、これまで平穏であるはずがなかった。

千容子から剥ぎ取った着衣も千容子の持ち物もすべて、穴の中に隠しておいたバッグにつめて持ち帰っている。少しずつ、日常ごみとともに出してしまい、何一つ証拠となるものは残らなかった。

いま目の前にあるのは、千容子を埋めてから一カ月も経っての脅迫状であった。

華原は、先ほどと同じ姿で熱心に論文を読んでいる女医のほうにチラリと視線を送り、彼女に何の動きもないことを確認すると、再び手の中に顔を埋めた。

「いったい誰なんだ……」


金印公園の東屋の奥にぱっくりと口を開けた大きな穴が目に浮かんだ。千容子の白い裸体が窮屈そうに折り曲げられていた。顔は下を向いていたため、どのような表情でいたかは、暗い中、さらに華原にはわからなかった。

「見つかるはずもない……」

指輪は海の底だ。すべてを終えて、真っ暗な金印公園をあとにした華原は、道路沿いに車のライトを避けながら、港のほうに向かった。幾度か背後からヘッドライトに照らされたが、すぐに影に逃れて、顔を見られるはずもなかった。見られたとしても、ドライバーが覚えているはずもないだろう。港までの道は歩く人影もなく、海が近づいたところで、華原は千容子がはめていた指輪を力一杯、海の方向の闇に向かって投げた。

指輪は暗い海の底に消えたはずであった。

港に来て、華原は迷った。このまま船で博多まで戻るか、あるいはバスで西戸崎まで出て、鉄道で行くか。いずれにせよ、乗客が少ないと見かけぬ旅人は目立つだろう。こんな場所で人ごみに紛れるのは無理な話だ。

千容子が簡単に見つかるとは思えなかった。とすれば、仮に華原が目撃されても、そのことを覚えている者がそうそういるとも思えなかった。

何となく考えあぐねていた華原に決心を促すように、目の前に博多天神行きのバスが停まった。開いたドアにつられるように華原の姿がバスの中に消えた。

13

医学博士号

小林一郎内科学教授が国際学会賞を授与されるという栄誉は、松本《まつもと》重太郎《じゅうたろう》医学部長はもちろんのこと、医学部および付属病院全体に瞬く間に伝わっていった。廊下で行き交うごとに、あるいはどこかで顔を合わせるごとに、小林教授への賛辞と祝いの言葉が送られた。

小曽木はそのことを聞くたびに、複雑な思いにかられていた。論文で発表された科学的新事実は、ほとんどが小曽木の実験研究から得られたものであった。

几帳面な性格に裏打ちされた正確な手技があれば、研究とは間違いなく前進するものである。得られた実験結果を先入観なしに正しく解釈すれば、必ず成果が出るものである。

自然界の真の姿を知りたいという科学者の心が科学の発展にはすべてで、そこに種々の欲望が混じり込むと、さまざまな齟齬が生じる。実験結果の歪曲した解釈、論文捏造などはその最たるもので、論外の話である。

小曽木は直接の指導教授である東田満夫と慎重に議論を交わしながら、持ち前の生真面目さも手伝って、着々と成果をあげていった。論文にまとめる時にも、東田に手を加えてもらって、ほぼ完璧ともいえるものに仕上げていた。

研究内容が世界の先端を行くものであったから、論文は一流科学誌に受理された。東田教授のこれまでの実績も、一流科学誌の審査員を納得させるのに大きな材料となっていた。

科学論文というものは、本来、当該研究に寄与したものだけが論文著者として、貢献度の高い者から名を連ねるべきものである。ぞろぞろと何人もの名前が載っている論文の多くは、研究とは別の要素を含んでいると見るべきである。ほとんど貢献していない者まで著者の中に名を連ねる。

そういった意味で、小林一郎の名前が論文著者の最後尾東田満夫の一つ前に必ず付加されていたのは、小林が単に小曽木が所属する内科学教室の長であったからというにすぎない。

研究に対する貢献度となれば、ごくわずかの討論に参加したことに尽きる。研究結果を聞き、それを学問的に解釈する能力が備わっていたというだけであって、それは出された試験問題をただ解く能力に長けているというのとほぼ同等である。

時には、小曽木の示した研究結果の意味するところが、まったく理解の外にあることもしばしばで、このことが以前の国際学会での小林教授の勇み足となる原因だったのだ。

真の貢献者が評価されず、ただ教授というだけで、あたかもその人物の功績のように解釈される科学界の一面に、小曽木は忸怩《じくじ》たるものを感じつづけていたが、今回の小林一郎への国際学会賞授与で、ますます理不尽な世界を感じずにはいられなかった。

そのような小曽木の気持ちにさらに油を注ぐような要求が小林教授から出されたのは、小林が国際学会での招請口演および国際学会賞受賞のためにロンドンに出かける前日のことであった。

「失礼します」

教授室の重たいドアを開いて、小曽木は中で受話器を持って話していた小林に声をかけた。今朝、教授から、午後三時に教授室に来るよう要請があったのである。

小曽木は約束の時間の十分前には教授室の前に着いていた。予定していた実験研究を延期しての、教授要請への対応であった。

国際学会用のスライドは完成したもの十枚余りを、すでに小林に手わたしてある。同時に内容の詳しい説明も終了しているから、小曽木は呼び出される理由が思いつかなかった。

急にスライドでも追加せよというのだろうか……小林のロンドン行きは明日に迫っている。いまさら新しいスライドと言われても、うっとうしいことだ……。

いささか憂鬱な表情を固く押し隠したまま、小曽木は小林が顎をしゃくって示した来客用のソファの前に立って、電話が終わるのを待っていた。

小林は受話器を置いて何かを走り書きし、小曽木にチラリと視線をやったあと、秘書を呼んで何ごとか小声で指示した。

「かしこまりました」

秘書が出ていくと、ようやく小林は立ったままでいる小曽木に目を向けた。

「かけたまえ」

小曽木は尻が沈みそうなソファに不安定に腰かけ、目の前に座った教授に視線を固定した。

「明日、ロンドンへ出立だ」

「いよいよですね」

「ああ。君がつくってくれたスライドで、よい口演ができそうだ」

「お役に立ちますかどうか……」

役に立つのに決まっている。研究成果は完璧だ。問題は、教授先生、あなたですからね。そのへんのところ、よろしくお願いしますよ……。

小曽木の呟きは小曽木の体の中でしか聞こえない。小曽木は教授が授与される国際学会賞のことは敢えて口にしなかった。

小林はうなずきながら、まったく別のことをしゃべり始めた。

「先ほどの電話もそうだったのだが、君は東田先生の研究室に詰めているから、医局のことはわからんだろうが、つい一カ月ほど前、内科の大先輩のご子息が入局したんだ」

「はあ」

「確かF医科大学を数年前に卒業して、大学で研修し、しばらく外の病院で内科医として働いていたと聞いたのだが、今回、お父君の病院を継ぐことになった。ひいては、継ぐ前にどうしても医学博士号を取りたいということなんだ」

「こちらの大学で研究するということですか」

小曽木はすでに嫌な予感がしていた。F医科大学といえば、学力では相当劣る。医師国家試験合格率もワースト5に入る。二人に一人は国家試験を通過できない、すなわち卒業しても医師になれない。真面目に勉強しておれば、医師国家試験に不合格というこ とはまずありえないから、医師になるという自覚に乏しく、もともと頭のできも悪いか、遊び回っている学生が多いということで、医師になってからも学会発表で急所を突くような質問をされれば、壇上立ち往生のみっともない姿を見ることができる。

「そういうことだ。先ほどの電話も先輩からだ。なるべく早く、医学博士号を取らせて欲しいという要請だ」

「はあ？　早くと言ったって。その」

「名前は大城昌史《おおしろまさふみ》だ」

「その大城先生、これまでに研究の実績があれば、さほどの時間は要らないでしょうが」

と言ったって、一つの研究を仕上げて、それを論文にしようと思えば、最低一年はかかる。

「先ほども言ったように、彼は研修を終えたあと、大学の外の病院に派遣されているから、研究の経験はないんじゃないかな」

「それじゃあ……」

「わかっている。入局と言っても、研究生としての扱いだ。大城先輩の話では、週二日ほどこちらに顔を見せるということだが、ほかの日は大城病院で診察するそうだ」

「はあ？　それでは研究は無理なんじゃないですか」

「そうなるだろうな」

「それじゃ無理ですよ」

「臨床関係のテーマでとも思ったんだが、いまのところ私も、いいテーマが思い浮かばない。それに臨床となると、多くの症例を集めて、統計学的解釈という大作業がつきものだ。そう考えれば、基礎研究をテーマにしたほうが、データも出やすいし、論文も書きやすいだろう」

「それは、基礎研究のほうが博士号を取るための論文には向いているかもしれませんが。それにしても週二日じゃあ、研究の連続性も考えると」

小曽木の嘆きを小林は無視してしゃべった。

「いや、大城先輩は半年ほどで、医学博士号を取らせてやって欲しいと言われるのだ」

「半年！　それは……。ますます無理ですよ」

「いま君が研究を進めている一連の遺伝子解析な」

嫌な気分が小曽木の体を満たしつつある。

「成果の一部を彼の医学博士論文にしてくれないかな」

「はあ!?　どういうことです？」

鈍い奴だ……。小林は、時折挑むような表情を見せる小曽木を、この頃では少しばかり疎ましく思い始めている。今回の国際学会発表内容に関する論議でも、小林がいま一つ理解できなかった実験結果について、小曽木が「こんなこともわからないのか」と見下すような素振りをみせたことに、小林は気づいていた。

真面目一本の科学者に、魚心あれば水心という諺はわかるまい、とは小林の小曽木評だ。

「先方は可及的速やかに医学博士号を取らせて、大城病院の院長にしたいらしいのだ。先輩は別の病院をもう一つ立ち上げられるらしい。そのために、いまの病院をご子息に譲りたいということだ」

「要するに、半年で、その大城昌史さんのために、私が論文を書いてあげるということですか？」

「いや。一応は、大城先生にも実験を手伝わせて、指導してやって欲しい」

小林は本音を言わなかった。小曽木はまた嫌な気がした。手伝わせれば、間違いなく足手まといになる。実験がかえって滞ってしまうのは、火を見るより明らかだった。

よけいな手出しをされるくらいなら、何もせずにいてくれたほうがまだましというものだ。熱心に研究に臨むというのなら我慢して指導もしようが、そもそも週二回しか出てこないような心構えでは、研究者としてものになるとは思えなかった。

「大城先生。研究の経験がないとおっしゃいましたね。ならば、むしろただ見学していてもらうほうがいいです。変に手出しされると」

「そうかもしれんな」

小林も研究に不向きな人間が、というよりろくにできもしない人間がしゃしゃり出てくれば、多方面で齟齬をきたす事態が生ずることは承知している。

「大城先輩からは、毎年、多額の医局研究助成金をちょうだいしている。医師のポストも病院ではすでに二つある。今後、さらに医局から一人、内科医を常勤で引き受けてもよいということだ」

医学博士号を買おうということだな……とは小曽木の解釈だ。

「昨今、大学で研修を積んでも、その後の就職先がないことが大きな問題になっていることは知っているだろう。以後、大城病院にもう一つ席ができるということは、けっこうなことじゃないか」

大学医局にとって、医局員の就職先の確保は重要な懸案であったし、また市中の医療機関と少しでもパイプがつながっていれば、患者にとっても大学病院への道ができるわけで、安心材料となるものであった。

いくら医局研究費をくれたんだ、とは一介の研究者から教授に訊ける話ではなかった。小曽木の思考は、小林教授が個人的に分厚い封筒を大城から受け取っていることにまでは及ばない。

「何とか一つ、大城先生の面倒を見てやってくれ」

小林は小曽木の返事を聞かずに立ち上がった。教授命令は絶対だ。

逆らえば、おそらく今後の小曽木の研究は、たとえ東田の研究室でやっているとはいえ、格段にやりにくくなるに違いない。どこか外の病院勤務を命ぜられるかもしれない。そんなことにでもなろうものなら、小曽木の研究生活は確実に遮断される。

いまは油の乗りに乗った状態で、研究が進行している。いかに理不尽な要求であろうと、教授に逆らってまで研究をやめる気は、小曽木には毛頭なかった。

「わかりました」

適当にやればいいか……。

小曽木の出した結論であった。


小林教授がロンドンに発った日から、しばらくして小曽木はようやくのことで大城昌史を医局に捕まえることができた。

小曽木は中肉中背であったが、医局の扉を開けて入ってきた大城は小柄で、何となく影が薄い感じの男であった。見下ろせば、年齢にしてはやや薄めの髪が、てらてらとワックスで固めてあり、妙な男性香水のにおいが臭ってきた。

小さな目は聡明な光というにはほど遠い、何かに怯えるようにキョトキョトとせわしなく動き、小曽木が研究の話を始めても、一向に定まらなかった。

どう見ても、小曽木が話している研究内容を理解できているとは思えなかった。事実、このような実験を行って、このような問題を解決するのだという論理展開を、

「どう。わかります?」

と尋ねても、いま聞いたはずなのに、科学用語すら答えられない状態で、そもそも何のためにこの場にいるのかということさえ認識していないようであった。

こいつはダメだ……小林教授も厄介な仕事を押しつけてくれたものだ。時間の無駄だ

……。

時間の無駄だ！　と叫びたいのをかろうじて押さえて、小曽木はむしろ心配になってきた。医学論文を書くのはよいが、発表の場というものがある。本人が研究内容を発表し、教授たちの質問を受け、はたして医学博士に価するだけの人物、研究かどうかが判断される。

お粗末な研究、お粗末な知識、お粗末な能力というのはどこにでもあるもので、かつてO大学医学部でも、博士号取得申請が却下されたことがあった。要するに申請者が医学博士に価しないと判断されたのである。

よほどのことである。というのも、世間にいうところの博士号というものは、人並み以上に優れた能力と、尊敬されるべき人物像という印象が強い。事実そのとおりで、何々博士といわれる人物は畏敬の対象である。

しかし、さまざまな博士号がある中で、医学博士号ほど多くの人間に与えられている博士号はない。他の博士号に比べて取得することが容易であるとは、知る人ぞ知る事実である。

何十ページという長論文が要求される他の博士号と違い、わずか二、三の実験結果と短い文章ですますことのできる場合が非常に多いのが医学博士号である。艱難辛苦《かんなんしんく》を乗り越え、自然の謎を解き、創造の喜びを感じる真の科学とはほど遠いところに、博士号というものがあると感じられることがしばしばである。お粗末な内容という叱責と非難を跳ね返してでも、博士号が与えられる欺瞞に満ちた空間が、医学博士号の中で占める割合が大きいということである。

「ともかく明日から実験を始めますから、せめて医局に来られる日だけでも、実験に参加してくださいね」

小曽木は一応言うだけは言っておこうと思った。多少なりとも何をやっているか知っておいてもらわないと、いざ博士論文研究発表の場で間違いなく壇上立ち往生、恥をかく。最悪の場合、博士号不授与ということにでもなれば、それこそ指導教官、指導教授にも問題が生じる。

小曽木にもそのくらいは読めた。

「それじゃ、明日、東田研究室で。僕は朝の八時には研究室にいますから。準備があるので、実際の実験に取りかかるのは九時頃です。ああ、明日は午前中は、大城先生、診察ですか。じゃあ、夕方はどうです？」

明日は一日無理だ、と大城は言った。

「こちらの医局に来るのは、火曜日と木曜日ですから」

要するに、実験に付き合えるのは火曜と木曜と言いたいわけだ。

「じゃあ、先生。来られる日だけでもけっこうですから、必ず研究室にも顔を出してくだわ」

わずかな望みすら、目の前の大城昌史の表情からは期待できそうになかった。

小曽木が心配したとおり、その週、大城は一度も研究室に顔を見せなかった。内科医局にもごく短い時間だけ顔を出したのみで、大城に当てがわれた机と椅子は、無人のままであった。書物すら、薄っぺらいものが二、三冊重なっているだけで、ほかは何もなかった。驚いたことに、それは医学書ではなく、また医学論文誌でもなく、娯楽誌であった。

ロンドンでの国際学会の様子が、日本のメディアでも流された。画面には、O大学医学部内科学教授小林一郎が国際学会賞を授与される場面が映し出された。その日、同じニュースが何度も放映されたようで、深夜に帰宅した小曽木も映像を見ることができた。にこやかに、トロフィーと賞状を国際学会長から受け取る小林の姿があった。会場を動かすような拍手があったのかどうか、画面が次に移るとともに消えた。

小曽木は複雑な気持ちを引きずったまま、買ってきた遅い夜食を口に頬張り、このごろでは毎日起こる殺人事件の報道を見るともなしに見ていた。

「昨年十一月以来行方がわからなくなっていた大阪在住の杉村秋代さん（35）が、北海道美国町の港で漂流死体となって収容されていたことがわかりました」

なにっ！　と小曽木は目を剝《む》いた。

「杉村さんは大手製薬会社営業担当で、家族と会社より捜索願が出されていましたが、北海道で見つかった女性の特徴と多くの点で一致することがわかり、行方不明になってから三カ月経った本日、家族の証言とＤＮＡ鑑定により、漂着死体が杉村さんと断定されました。杉村さんは全身を癌で侵されており、遺書はありませんが、美国町黄金岬から覚悟の飛び降り自殺と見られています」

小曽木は驚いていた。各放送局を次々とチャンネルを変えてみたが、報道はいま見た局一つであった。

杉村秋代を小曽木は知っていた。東田研究室に入る前の何年か、まだ内科医として過ごす時間の多かった頃、医局に薬剤の説明で訪れた女性であった。自社の新製品を医師に説明すべく、資料を抱えてやってきた理知的な顔の、小曽木より少し年配の闊達な女性であった。

説明は簡潔明瞭で、医師側からの質問にも論点を逃がさず、はきはきと答えていて、何人もの製薬会社関係の人間が来る中、特に小曽木の印象に残った人物であった。

熱心に自社新薬の宣伝に訪れていて、何度か医局に顔を見せており、小曽木も言葉を交わした記憶がある。

新製品が安定した市場を獲得したらしく、そのうち秋代は姿を見せなくなった。小曽木も東田研究室に移ってからは研究につぐ研究で、当直のために市中の私立病院に泊まりにいく以外は臨床とも疎遠になっていたから、秋代のことも忘れていたのだ。

「杉村さんが死んだ……」

放送では、全身癌に侵され、覚悟の自殺とまで公表していた。

「あの杉村さんが癌？」

潑剌とした秋代を最後に見たのはいつだったか……。二年は経っていると小曽木は思った。癌などという気配すら感じられなかった秋代であった。

「わからないものだな、人って。しかし、また癌とは……いったいどこの癌だったのだろう」

小曽木は、かつて少しばかり気を惹かれた杉村秋代の死の原因となった癌が急に気になりだした。

14　脅迫状

　行方不明の谷山千容子の捜索は、小阪、八尾刑事たちの奮闘努力のかいもなく、頓挫したまま年を越してしまった。

　夫の谷山信人と北村佳乃が、確かにダブル不倫の関係にあることがはっきりしても、一方でさらに二人を追っかければ、揚げ句の果てに、佳乃の夫の北村六三四にまでよろしく付き合っている女がいることが判明して、刑事たちは開いた口がふさがらなかった。

「こうなりゃ、夫婦なんて形だけだな」

「いや、案外そうじゃないようなんだな。夫婦同士がまったく切れているという様子でもないんだ」

「要するに、セックススクランブルということか」

「うまい表現だな。そのとおりだ。乱交パーティと何も変わらん」

「動物的本能というやつかもしれんな」

　結果の出ない疲れる捜査ばかりで、刑事たちも何だか彼らを追って長い時間を費やしたことが馬鹿馬鹿しくなってきた。肝心の千容子失踪解決に、一向に光明が射さない。

小林紀子から聞いた千容子の博多行きを追っても、先方からは最初の照会にしばらくして一度返事があっただけで、あとはなしのつぶてであった。

「谷山との結婚指輪をはずして出かけた博多だ。必ず不倫相手がいるに違いない。その男と博多で一夜を過ごし、次の土曜日には帰阪するはずだった。とすれば、途中どこかで男とこじれて、帰れない状態になったに違いないんだ」

千容子の写真が福岡博多署に送られて、博多周辺で訊き込みが行われたはずであるが、収穫はなかった。

「ホテルに宿泊すれば、ホテル側も覚えているだろう」

「それはそうとは限らないでしょう。男の部屋に忍び込んでしまえば」

「それもそうとは限らんぞ。男は博多周辺の人間かもしれん。あちらに在住の人間であれば、泊まるところなど、男の自宅、ホテル、いくらでも可能性がある」

「確かにそうですね。でも、博多近辺の男というのも違うように思います。小林紀子の証言から、千容子はいろいろなところに出かけていたようですから」

何もわからなかった。

不倫旅行である。夫婦のような顔をして堂々と歩くこともあるかもしれないが、どこに知った顔がいるかもしれない。誰かに見られたらと懸念するのが普通だ。通常の感情として、できるだけ二人一緒のところを人目に触れないようにするはずであった。

「千容子の相手の男に、最初から千容子をどうにかしようという気持ちがあったのではありませんかね」

「計画的ということか」

千容子が不倫旅行で相手に殺害されたと、ほとんど断定したような話しぶりだ。

「それにしても、千容子の交友関係をあたっても、一向にそのような奴が浮かんでこん。不倫というならば、よほどうまく隠していたに違いない」

「夫さえ、気づかなかったのですからね」

「あれは谷山信人の自信過剰だ。うぬぼれていたから、気づかなかっただけだろう。いくら何でも妻が不倫していれば、それなりのニオイというものを感じるだろう。それともセックススクランブルで、暗黙のうちに了解していたのか……」

悩んでも、容疑者は浮かばなかった。


華原俊夫の目が凍りつくように、机の上に届けられた書物や手紙の山の一番上にある封筒に留まった。思い出したくない書体が並んでいた。

谷山千容子失踪の責任が自分にあるような文面を、華原俊夫はしばらく忘却という箱に無理やり押し込んでいた。十一月、十二月と、苦悩と恐怖、脱力と奮起、妄想と現実、何が何やら自分が自分でないような、それでいて妙な自信が体を支え、やがて身辺に何も起こらないことに、次第にまた元の自分を取り戻しつつあったのである。

　年老いた両親を正月田舎に訪ねるわけでもなく、華原は一人、少しばかり不安な、ほとんどは憂いない時間を過ごしていた。ただ、時として、金印の島に足を伸ばしてみたい衝動が湧き起こってならなかった。

　十月に千容子と訪ねた金印公園で何があったのか、自分が何をしたのかということすら、何だか記憶の中から薄れかけていた。ぼんやりとした記憶は、否定したい事実を自助努力で隠そうとした結果かもしれなかった。

　しかし、そのまま記憶の外に押しやってしまえばよかったのだが、さすがに完全にその部分だけ記憶から排除するというのは不可能だったようで、しかもピクリとも動かない千容子の体を闇の中に押し広げ、まだ充分に体温を保ったままの肉管の中に、硬直した自分自身を乱暴に挿入した時の感触、死体が相手だという興奮を思い出すたびに、華原自身、自らの中にある別の人格に気づいていた。

　ぶるっと体を一つ震わせて、嗜虐《しぎやく》的な目が、再び送られてきた封筒を睨んだ。華原は荒々しく封を開け、中から前と同じように折りたたまれたプリントを取り出した。

　広げた紙面にある文字を、短い文章を、華原はこれ以上にない速さで読んでいった。投げつけるような文字が並んでいた。

『谷山千容子をどうしたのです？　博多に一緒に行ったことは調べがついています。一緒に帰ってきていないこともわかっています。あなたが彼女をどうにかしたに違いない。警察も博多を調べています。首を洗って待っていなさい』

表現から女の手による文章だと、華原は感じた。が、思い当たる人物はいなかった。

「千容子の友達か？　千容子は俺との関係を誰にも話していないはずだったが、案外、友達の誰かにしゃべっていたのかもしれないな。女の見栄かもしれん。愛人がいることを自慢したかったのかもしれん。馬鹿馬鹿しい。くそっ。迂闊だった……」

華原はどっかりと椅子に腰を落とした。

「どうするか……」

わかるわけがない……華原は自信があった。あの木の根元深くに千容子はたたみ込まれるように、土と化しているはずだ。あれから三カ月近くになる。

「そろそろ腐敗も完了して、骨が現れ始めているだろう」

華原の目には、千容子の肉体ではなく、折りたたまれた骸骨が映っていた。

半年もすれば完全に白骨化するに違いない。万が一、すでに何らかの理由で千容子の死体が発見されているとすれば、博多まで捜査の手が伸びているならば、簡単に千容子の死体とわかるはずだ。捜索願に合致する遺体と判定するには、居宅から集めた千容子の髪の毛のＤＮＡと一致すればよいのだから。

しかし、どうやら、千容子はまだ行方不明のままのようだ。とすれば、遺体も見つかっていない。

華原は簡単に結論に到達した。

「ふん！　ばれるはずはない……」

危険かもしれないが、いずれほとぼりが冷めたら、白骨だけでも拾ってやるか。

谷山千容子を弔うためではなかった。

「日本中、あちこちにばらまいてやるよ」

幸い医局に人はいなかった。華原は次の日にまた同じような封書が届いているのを見て、頭蓋内がかっと熱くなり、たちまちのうちに頭部に血液が上がるのを感じた。

強い眩暈に、思わず華原は机に手を突き、封書を握ったまま、崩れるように椅子に腰を沈めた。

華原はまわりを見回さずにはおれなかった。

「誰かが俺を見張っている……」

幻覚が現れたような気がした。封書の中を見て、華原は間違いなく心臓が止まったと思った。

『お久しぶりね。よくも、あんなことやってくれたわね。今後どうするか、じっくりと考えることね』

ありえない、と華原の手が大きく震えて、文字が読めないほどであった。誰か、華原と千容子の関係を知る者が脅迫しようとしている。千容子が生きているならば、手紙などという回りくどいことをせずに、必ず華原の前に姿を現すはずだ。いまさら、生き返るはずがない。息を吹き返したというなら、すぐにでも何らかの動きがあっただろう。

一瞬、恐怖で混乱を極めた華原の脳細胞は、まだ冷静に事態を解析する余地を残していた。

封筒も、用紙も、これまでのものと同じであった。同一人物が脅迫してきていることは明らかだった。この人物が、華原に何らかの行動を起こして欲しいと考えていることも、容易に想像できた。

「思いどおりにはならないよ」

次第に冷却されていく脳細胞を感じながら、華原は本来の華原に戻っていた。

「ばれるはずがない」

華原にとって、こうした脅迫に対応する自信はあった。要するに無視しつづければよいのだ。千容子本人が生き返るはずがないという確信があった。

すでに息のない千容子と交わりながら、華原は激しい運動に千容子が生き返らないか、何度も腕の動脈を触ってみたのだ。橈骨《とうこつ》動脈に拍動はなかった。暗闇の中、わずかな光の向こうに、千容子の半身が吸い込まれるように影に覆われていた。

困ったことが一つあった。千容子のことを思い出すたびに、こうして匿名の封書が届くたびに、ピクリとも動かない、生温かい死体に結合した、生きた人間では味わえない異常な快感までが呼び戻されていた。身も心もとろけて自分が自分でないような恍惚感の処理に、華原は困り果てていたのである。

志賀島の交番に一つの届け物があった。届けたのは島に住む漁師の子供であった。海辺で遊んでいて見つけたと言った。

冬の暖かい日で、子供は手桶と短い釣り竿を持っていた。

暖かいとはいえ、まだ一月半ばのこと、釣れる魚とて少ないだろうに、父親が漁師で、自分も釣りが大好きなその小学生は、昼頃から家の裏の海岸で、日の傾きとともに場所を変えながら、一人釣り糸を垂れていたのだ。

収穫はほとんどなかった。地元の漁師の子供でも名前がわからない小さな魚が二匹かかっただけだ。

彼は海岸の砂浜から岩場沿いに、徐々に移動していた。

ふと見下ろした岩の間に、光るものがあった。大人の手では狭くて入らない岩場の隙間に、彼は雑作なく腕を突っ込んで、指で光るものをつまみ上げた。指輪のように思えた。

小学生にも綺麗と思えるデザインが施してあり、小粒ながらきらりと陽光を弾いた光るものは、三つ並んだダイヤモンドのようであった。

指輪の内側にはアルファベットの二文字が彫り込んである。「T」と少しはなれて「C」と読めた。

その輝きが、漁師の子供の足を交番に向けさせた。ただの指輪ならば、彼はまた海に投げ込んだかもしれない。

「これ、あそこの海岸で拾ったよ」

穏やかな一日であった。派出所の警官は、のんびりと外を眺め、退屈しのぎに席を立って、ちょうど道に出たところであった。警官の姿を認めた子供が駆けてきた。

「よう。釣りをやっていたのか」

交番の警官にこのあたりで知らない顔はない。子供は息を整えながら、握った手を前に突き出して開いた。

「なんだ？」

警官は小さな手の上に乗っている指輪を取り上げた。小粒のダイヤが三つ並んで、手に握られて濡れているせいか、光が鈍い。内側の文字は確かに、TとCと彫り込まれていた。

「T、C。持ち主の名前かな？」

それにしては二文字の間が少しはなれすぎているような気もするが……。警官は首をかしげながら、漁師の子供を交番の中に呼び込んで、規定の書類に、住所氏名、生年月日、拾得場所などを訊き取って記入し、さらに必要事項を書き込んだ。

「誰かが落としたのかな?」

「岩の間に入っちゃえば、わからなくなるよ」

「よく見つけたな」

「うん。光ったから」

「初めて気がついたのかい」

「うん。でも、あんまりあの岩場までは行かないから」

警官は子供の説明で、おおよその場所が推定できた。

「このへんの人のものじゃなさそうだな」

指輪のデザイン、三個のダイヤ……。警官の知る限りの住人に、普段このような指輪をしているものはいなかった。

誰か旅人が岩場に足を伸ばし、その時にでも誤って落としたのだろう。狭いところに入ってしまって、取れなかったに違いない。

指輪がそうたやすく抜け落ちるものではないことに、警官はこの時点では思い至ることなく、簡単に結論を出してしまった。

子供はデザインとダイヤが珍しかったのか、すぐには立ち去りそうになかった。

「これ、高いの？」

「おじさんにもよくわからないけど、そこそこはするんじゃないかな。本物のダイヤなら、だけどね」

「いくらくらい？」

「さあ？」

子供はよほど興味を持ったのだろう。小さな指の中で、光る輪をあちらこちらに向け、ついにはちょうどスッポリとはまり込んだ親指を突き立てて、しばらく悦に入っていた。

冬の日の落ちるのは早い。子供は促されて、しぶしぶ指輪をはずし、外に出た。

子供の姿が遠くに消えるのを確かめた警官は、番号札を付けたビニール袋に入れて、厳重に奥の金庫にしまい込んだ。拾得の事実を本署に連絡し、該当する落とし主の届け出がないかどうか確認したが、そのような事実はなかった。

「これは、落とし主は諦めたのだろうな。おそらくは現れないだろう」

しばらくして、警官は指輪のことを忘れてしまった。

15
内科診察室

　これまで杉村秋代は両親とはなれて、一人住まいであったから、会社から無断欠勤がつづいているがどうしたのかと連絡があった時も、両親は秋代の行方を知らなかった。変わりなく元気に会社勤めをしていると思っていたのであった。

　慌てて探し回っても、どこにも秋代はいなかった。便りのないのはよい便りと、時々両親の様子を秋代が電話で尋ねてくる以外、連絡もせず、お互いに元気でいると思っていた。

　電源が切れてしまっていたら、携帯は応答するはずもなく、会社関係、友人関係からも有力な情報が得られなかった。

　秋代の借りているマンションの部屋に入って、手がかりがないかと、いろいろと探し回ったが、何もわからなかった。

「お母さん。あの子、どこか悪かったのか？」

　父親の杉村幸雄《ゆきお》が一枚の紙片を引き出しの中から引っ張り出して、妻のほうにふって見せた。クロゼットの中を覗いていた妻の喜美子《きみこ》が振り返った。

「何も聞いてませんよ」

「O大学病院の領収書があるぞ」

「何ですって」

妻が寄ってきた。

「日付は十月二十五日となっているが」

幸雄から領収書を取り上げた喜美子は、じっと内容に目を凝らした。

「診療費……薬剤費？　何か、お薬が出ているようですよ」

「薬代か……。それにしても、何で大学病院なんかにかかっていたのだろう」

二人は押し黙ったまま、薬の袋でも残っていないかと、さらに家捜ししたが、ほかに手がかりはなかった。綺麗にこざっぱりと片づいていた娘の部屋は、主がいないままに時間が経っており、二人が入って少しばかり散らかしても、依然凍りついたような空気に満ちたままであった。

これまで二人は、娘に何かあったに違いないとは思っていたが、口には出さなかった。最悪の事態に考えが及ぶのを恐れていたのだ。

「病気で、どうにかなったのじゃあ」

ついに母親のほうが、耐えかねたように口を開いた。声が震えている。

「病院に入院でも」

しているならば、病院から両親のもとに報せが来るだろう。

「どこかで行き倒れに」

「お母さん！　いまの時代に行き倒れだなんて。よほどのことがなければ、どこで倒れても、すぐに身元がわかるよ」

言いながら、幸雄の顔が歪んだ。身元がわからない状態で、娘はどこかで冷たくなっているのではないか……。幸雄は頭を抱え込んだ。


次の日の朝、杉村幸雄と喜美子がO大学医学部付属病院の玄関に現れた。初診受付の看板を見ると、二人は近づいて、カウンターの向こうに座っている女性に声をかけた。

「あのう、患者ではないのですが」

女性は不審な表情を向けた。

「私どもの娘がこちらの病院にかかっておりましたようで」

女性は杉村幸雄が差し出した領収書に目をやると、

「十月二十五日の診察でございますね。第二内科を受けておられるようですが、それが」

「じつは」

少し口ごもった幸雄は、絞り出すように言った。

「その娘が、行方がわからなくなりまして」

「えっ！」

女性の驚いた甲高い声に、まわりの事務員やら患者やらが目を向けた。

「会社のほうから、警察に捜索願を出していただきました。こちらを受診した十月二十五日のことをうかがいたくて」

幸雄のうしろでは、喜美子が身を小さくしていた。

「お待ちください。調べてみますから」

受付の女性は、目の前のコンピュータに杉村秋代の名前を入力した。すぐに画面が現れたようだ。

コンピュータのことがよくわからない幸雄は、立ったまま受付女性の表情を眺めている。横では喜美子が固唾《かたず》を飲んで、見つめている様子が伝わってくる。

「確かに、十月二十五日水曜日、第二内科の華原先生の診察を受けておられますね」

「その華原先生にお話を聞けま」

幸雄の話が中断された。横から喜美子がカウンターに身を乗り出した。

「あ、あの。あの子は何の病気だったのですか」

「それは……」

まわりの患者たちが好奇心を剝き出しにして、こちらを眺めている。大きな声では話せない内容である。

「専門的なことはこちらでは……」

画面には患者の住所、生年月日やら、医療保険などの情報は一面に現れているが、診療内容は医師でないと見ることができないようにプログラムされている。

「では、華原先生にお願いできますか」

「華原先生は……」

今度は診療科の勤務医師の一覧表を出して、確認している。

「本日は午前中外来診察ですね」

「どこに行けば、お会いできますかね」

幸雄は腕時計を見ながら尋ねた。十時を少し回ったところである。再診受付にはずらりと長蛇の列だし、新患受付も幸雄たちのうしろにいつの間にか十名余りが並んでいた。

「午前中外来診察といっても、ほとんどの診察医は午後遅くまで予約が入っています。こちらからでは、ちょっとそのへんの様子がわかりません。二階の第二内科外来の受付に行かれて、もう一度訊いてみてください」

新患の受付女性は列のうしろを気にしながら、幸雄を乗り越えて視線を投げた。

杉村夫妻は足をもつれさせるように、二階に上がるエスカレーターに向かった。

内科外来と表示された導線にそって進もうにも、どこが診察室なのかわからないくらい患者がいた。廊下を埋め尽くすように腰をかけている患者たちがいるところをみると、その先が診察室のようでもあったが、はっきりとしない。

壁に掛けられた二階外来の構図を、人の頭越しに見ようと背伸びしても、ずらりと十五ほどの診察室が一列に並んでいるらしいことを見て取るのが精一杯であった。

杉村はすぐ近くにいる患者らしき老人に訊いてみることにした。

「すみませんが、第二内科外来はどのあたりでしょうか」

やせ細った老人は、面倒くさそうに答えた。動くのも億劫そうだ。小さな声が漏れた。

「あのあたり……」

どのあたりかよくわからなかったが、幸雄は得心して、狭い通路を奥に進んだ。

「大きな病院ですのに、ひどく狭いですね、お父さん」

実際は広い通路を、余裕をみて造ってあるのだが、患者が多いために、空気と接している表面積が狭くなっているだけのことだ。

幸雄と喜美子はそれらしき診察室の扉の前に立った。「診察医　第二内科　華原講師」と明朝体の文字がはっきりと見える。

横からやってきて何者なんだ、というような批難を込めた迷惑そうな視線が、腰を掛けて順番を待っている患者たちから浴びせられた。中に入るわけにもいかない。幸雄は首を巡らせた。

「ああ、すみませんが」

廊下をとおりかかった看護師らしいピンクの制服を着た女性に、幸雄は声をかけた。

最近は看護師の象徴ともいえる看護帽をつけないために、看護師なのか医師なのか、それとも技師なのか、見分けがつきにくい。

看護帽は現実には作業する時に邪魔で、髪の毛が診療の妨げになることもないことから、近年ほとんどの病院で載帽はしていない。

胸につけられた大きなIDカードのようなものを見れば、確かに持ち主の顔写真が乗っているのだが、所属や名前の文字が小さく、何者なのか判然としない。大きな文字のO大学医学部付属病院という活字だけが読み取れた。

「はい、何ですか？」

忙しい、見てわかるだろう、と迷惑そうな視線で睨んできた看護師に、幸雄は尋ねた。

「華原先生の診察は……」

「そこよ」

と質問の意味を取りそこなった看護師は、幸雄の目の前の扉を指差した。

「あ、いいえ。いつ頃、診察は終わられるでしょうか」

看護師は驚いたように、一瞬口をつぐんだ。

「まだ始まったばかりですよ」

時計は十時半近くを指していた。

「いつも四時頃まで。予約は取っておられないのですか。新患の方ですか」

杉村は、娘が華原先生にお世話になっていたようなのだが、自分の病気について何も言ってくれないので、こうして先生から直接訊こうとやってきたのだ、と秋代の行方不明のことは伏せて、来院理由を述べた。

「予約がないと、とても無理ですよ」

この患者さんの数、見ればわかるでしょう、と言いたげに看護師はそれ以上何もしゃべらず、時間を取られたことに腹を立てたかのように、さっさと行ってしまった。

取りつく島もなかった。いましも、華原の診察室から一人の患者が出てきて、すぐに次の患者が呼び入れられた。あちらこちらの診察室で、途切れることなく患者の出入りがつづく。

「おとうさん、これでは……」

喜美子はべそをかきそうな顔つきだ。

「来週でも診察予約を取って」

「どこで予約するんだ」

わからなかった。かろうじて、別の看護師をつかまえて、予約の仕方を教えてもらった。杉村秋代の名前で予約すれば、再診である。その場合には、と看護師が教えてくれたとおり、一階に降りると、再診予約窓口があった。数人が並んでいる。窓口の向こうでは係の女性であろうか、電話で何かしゃべっている。目の前の男性患者は怒ったような顔をしたまま、直立不動だ。

電話予約の患者が何かごねているらしい。対応に時間を取られ、ようやく男性患者に予約係の目が向いたのは、それから十分も経ってからであった。杉村の番が来るまでに途中、また電話が鳴った。応対を聞いていると、やはり電話予約のようで、その処理に五分以上が経過した。いかんともしがたい要領の悪さと、機動性の欠如であった。

杉村幸雄はますます腹が立ってきていた。いなくなった娘を思う心の乱れが、怒りの火に油となって注がれた。ようやく取れた華原講師の診察予約は、二週間後であった。

怒りを抑えるために消費されたエネルギーで、病院を出る頃には気力も萎えた幸雄は、喜美子とともに力なく病院前から出ているモノレールの椅子に腰を落とした。

二週間は長かった。その間も、杉村夫妻は手をつくして、調べられるだけ調べたが徒労であった。秋代の会社からは何も言ってこなかった。捜索願を出したということを伝えたあと、なしのつぶてであった。

もちろん、二人も居住地の警察に赴いて、すでに捜索を願い出ている。期待した警察からの連絡も皆無で、むしろ家の電話が鳴るたびに、よくない知らせではないかと、体がビクリと硬直するのであった。

診察日の大学病院は、先日と同様の混雑を見せていた。予約時間より一時間も早く行ったのに、待合に腰を掛けるところはなく、二人はアナウンスの声を逃がさないように、診察室の扉が見えるところで立って待っていた。

杉村夫妻は知らなかっただろうが、華原の診察予約が二週間後に取れたことだけでも幸運だった。というのもたまたまキャンセルの患者が出たからで、その患者は容態が急変して、別の病院に搬送されたが死亡したのであった。たった一つあいた診察予約の時間が、本日の午後一時十五分というわけであった。

聞くともなしに聞いていれば、予約の方式は各医師の自由裁量に任されているらしく、一時間にまとめて八人から十人も予約患者を入れている医師がいるかと思えば、二人しか取っていない医師もおり、それぞれの診察のペースというものがあるようだ。疾病の種類にもよるのだろう。

華原の患者の診察時間は、一人ほぼ十分のようであった。一時間に六名の予約を入れている勘定だ。

診察室の中では、この頃になるとほとんど忘れかけている恐怖を、今日もまったく感じることなく、いつもどおり華原の診察がつづいていた。診察日は昼食は抜きだ。のんびりと食事を摂る暇を使って、華原は患者をこなした。そうしなければ、四時まで満杯の予約患者をすべてさばくのに、どれほど時間が延びるかしれない。

昼食時間も診察をつづけて、それでも四時に終了することなど、あったためしがない。ひどい時には六時七時となる。国家公務員が勤労する時間を大幅に超過するわけで、こうなると看護師、事務、薬剤部、検査部すべてにしわ寄せが生ずる。

昼食を抜いてでも、五時には終わらなければならなかった。

少しごねた患者を不愉快に感じながら、追い返すように診察室から出した華原は、ほうっと大きなため息をついて、次の患者のカルテに手を伸ばした。外来担当の看護師の数が足りないから、医師自らが患者を呼び込む。

先ほどの患者あたりから、喉が嗄《か》れてきていた。カルテに書いてある患者の名前を呼ぼうとして、喉の筋肉が痙攣した。

くうっ！

さらに喉の痛みが加わり、急に動悸が激しくなった。いったん持ち上げたマイクを置いて、華原は用意していたお茶で喉を潤した。少し楽になったようだ。

華原はもう一度カルテをじっくりと見つめ、まだ患者が入ってきてもいないのに、カルテの中に目をとおし、内容を確認した。

そのあと静かにカルテを置くと、華原はおもむろにマイクを取り上げ、大きく息を吸い込んで、次の患者の名前を呼んだ。

「杉村秋代さん、六診へお入りください」


診察室の扉を開けると、一人の医師が待っていた。これが華原医師だろう。

「あれっ?」

華原はカルテを見直した。

「違いますよ。お呼びしたのは、杉村さんですよ」

華原は別の患者が間違って入ってきたものと思ったようだ。幸雄が答えた。

「いえ。私は杉村秋代の父親です。こちらは母親です」

喜美子はていねいに腰を折った。

「それは……。ご本人は?」

華原はカルテを開きながら尋ねてきた。そして、コンピュータを何やら操作すると、カルテのような画面が現れた。

「今日は先生にお尋ねしたいことがあってまいりました」

幸雄は示された診察椅子に腰を下ろした。華原に勧められて、喜美子は診察ベッドに腰掛けた。何しろ狭い診察室である。十五並ぶ診察室の両翼は教授専用で、広いスペースが取ってあるのだが、間にはさまれた十三の診察室は、どれも机と椅子、診察ベッド、カーテンで囲まれた脱衣スペースのみの窮屈な構造であった。

「ご本人は？」

「それが……」

「ご容態でも」

「先生。娘は何の病気だったのですか。こちらの病院にかかっているなんて、つい最近初めて知ったのです」

「はあ？　いえ、たいしたことはないと思いますよ。少し疲れがたまったせいではないでしょうか、息苦しさを訴えられましてね」

「息苦しさ、ですか？　娘はいつ頃から、先生のところに」

「八月からです。杉村さんは、私のいる第二内科の医局に何回か新薬の説明に来られてました。お顔はよく存じていたのですが、駅の階段を昇ると息切れがすると」

　華原は患者のことを充分把握している様子で、先ほど覗いていたカルテを見ることもなく、よどみなく話した。

「一応、いろいろなことを検査しました。確か杉村さん、煙草も吸われるし、アルコールのほうも底なしとうかがいました。仕事もなかなかがんばっておられたようですが、少し休息が足りないのではないかと」

「おっしゃるとおりです。私たちも健康には気をつけるように、いつも言っていたのですが」

「検査には異常はありませんでしたよ」

いちいち説明してもわからないと思ったのか、血液検査やレントゲンを行っていたのだが、その結果を示したり、カルテの中味を見せることもなく、華原は二人に均等に視線を送りながら話していた。

「そうですか……。ですが、何かお薬をいただいていたようですが」

ああ、とそこは華原はカルテをめくった。

「ええ。あの時は咳もなさってましたから、咳止めと、一般的な消炎剤を少し」

「そうですか。じゃあ、たいしたことはなかったのですね」

「ええ。格別なことは。ですから、別にこちらにつづけて来られる必要はなかったのです。今日、予約が入っていたのを見て、どうしたのかと思いました」

「それが……」

「何か、ご容態でも。それならご本人が」

「秋代がいなくなってしまったのです」

「はあ？　いなくなった？　どういうことです」

華原は意味がわからないというような顔つきだ。

「先生はいま、たいしたことがないから、診察には来なくてよいようなことをおっしゃいましたが、いなくなった秋代の部屋から、十月二十五日付けのこちらの病院の領収書が出てまいりました」

華原は少し慌てたようにカルテの上に視線を走らせた。

「そうですね。確かに十月二十五日に私の診察を受けておられる。ああ、そう言えば……」

華原は何かを思い出すように、目を天井に這わせた。

「また少し、息切れがするからと。そうです。前と同じ症状だった。お薬は同じものを処方しました。カルテに書いてあります。秋代さん、煙草もアルコールも一向に控えておられる様子がなかった」

「そのあと秋代はいなくなったようです。二十五日の診察の時、秋代は何か言っていなかったでしょうか。何か、先生、お気づきにならなかったでしょうか？」

喜美子が立ち上がって、幸雄の横で悲壮な顔を並べた。

「いいえ。いつものように、診察だけ。格別変わったことはなかったように思いますがねえ」

何かわかるかもしれないと期待してやってきた二人は、肩を落として帰っていった。

大学病院に通っていたのは、過労程度のさしたる病気ではなかった。製薬会社と医師のよしみで、華原医師に診てもらったのだろう。格別、重大な病気でも何でもなかったのだ。

二人の心の中で時間が止まったようだった。

秋代の行方に何の手がかりもなかった。


全国に照会された杉村秋代の特徴によく似た女性の漂着死体がある、と北海道警経由で余市署から大阪府警に連絡があったのは、年が明けてすぐのことであった。

二人だけで寂しく、心が凍りつくような正月を過ごした杉村夫妻のところに、府警の刑事たちが訪ねてきた。

「正月早々お騒がせします。お嬢さんらしい遺体が北海道で見つかりました」

喜美子は刑事と名乗る二人連れを見て、すでに悪い予感がしていた。遺体と聞いただけで泣き崩れた。幸雄は萎えそうになる体をかろうじて支えながら、

「北海道？　北海道だなんて、どうしてそんなところに」

「まだお嬢さんと断定されたわけではありませんが、特徴が非常によく似ています。ただ、海水に浸かっていたために、お顔がはっきりとしないのです。ご両親に確認していただいてもよろしいのですが、その前にＤＮＡ鑑定をしたいとあちらでは言ってきています。つきましては、お嬢さんの髪の毛とか、そういったものはないでしょうか」

「顔がはっきりしない……。本当に、娘なのですか？」

幸雄の声が震えていた。

「いまのところ、お体の特徴が。どうやら、覚悟の自殺と、向こうでは見ているようです」

「自殺？　ど、どういうことです」

泣き崩れていた喜美子の顔が上がった。真っ赤だった。

「あちらからの情報で、何でも肺が癌で侵されていたということです」

「癌!?　ど、どういうことですか？　肺？　ですか」

「ええ」

手帳に記した文字を確認しながら、刑事は答えた。

「お、お父さん！」

二人は混乱の極みにあった。杉村秋代の髪の毛を手に入れるまで、刑事たちは二人が落ち着きを取り戻すのを待たねばならなかった。

直ちに行われたＤＮＡ鑑定の結果は、美国町の海岸に漂着した遺体が、間違いなく杉村秋代であることを示していた。

自分たちまで死にそうになる気持ちを、何とか奮い起こしながら生きていた杉村夫妻に、無情の報告がなされた。二人は一晩中泣き明かした。

悲しみに包まれて、杉村秋代の遺体は、ようやくのことで両親のもとに帰ってきた。行方がわからなくなってから三カ月が経過していた。

16

カルテの中

付属病院のカルテ検索室は地下一階にある。広いフロアの大半は、放射線科のためのもので、近年飛躍的に高性能化した非浸襲的体内検索装置が何台も設置されている。

初期のものではCTスキャンが有名であるが、放射能を使用するので、患者は健康被害がない程度の被爆はすることになる。

磁場を使った核磁気共鳴イメージングすなわちMRIは、おそらくはまったく副作用のない体内検索装置で、縦横無尽に体の断面図を描き出す。二次元のみならず三次元画像で、人体を立体的に捉えることができる。

さらには、放射性同位元素をつけた代謝物質を体内に注入し、炎症や悪性腫瘍など、特に活発に細胞が活動している部分を描出するPETと呼ばれる検査は、ごく小さな病変でも検出可能である。

もっとも、どの検査も、これで完全というわけではないので、検査結果が異常なしとなっても、すべて安心というわけにはいかない。世の中、何事も完璧ということはないのである。

「あんなに元気そうに見えた杉村さんが……」

小曽木もまた、何ごとも憂いなさそうに医局で潑剌と医薬品の説明を行って、にこりと微笑んでいた杉村秋代の完璧な姿が崩れていくのを感じていた。

目の前には、先ほど係の者に頼んで出してもらった杉村秋代のカルテがある。ほとんどが電子カルテになっている現在、従来の形式のカルテは電子カルテの補助の役割にとどまっているように見えるが、万が一にもコンピュータがダウンした場合、たちまちにして主役に戻る必要性が出てくる。間違いなく主戦力となるから、バックアップの意味もあって、カルテにもすべてが書き込まれていた。むしろ手書きのカルテを読み込んで、電子カルテとなっているほうが多い。もちろん、患者のあらゆる検査結果が貼付してある。

杉村秋代の初診日は、昨年の八月下旬であった。

「何だ、華原先生が診ていたのか」

担当医は、小曽木が所属している第二内科の講師華原俊夫であった。

「主訴は、労作時の呼吸困難」

これは何だ？　と小曽木は首をかしげた。杉村秋代は三十五のまだ若い女性である。

「何か、子供の頃から、心疾患でもあったのだろうか」

先天性の病気を持っていて、適切な治療が施されていないならば、成人になってからも、さまざまな症状に悩まされることが多い。

「しかし……」

小曽木はカルテの既往歴の欄に目をやった。何も書かれていない。空欄のままである。家族歴にも記入はなかった。

小曽木の目はそのまま現症の記載部分に移動して、中を読み始めた。短い文章や、いくつかの医療用語が、カルテの広い空間の中に、白い部分を大半残したまま、散らばっているだけであった。たいした症状でない様子がうかがえる。

身体診察所見記載欄があとに数ページ続いているが、頸部にリンパ節と思われる三個の小さな○印と、胸部打聴診に簡単な書き込みがある程度で、これもほとんどが空欄であった。見ようによっては、ろくに診察もしていないようにも思える。

「何か検査をしているのかな？」

そもそも、その初診日の記載はそれだけで、すぐ横に処方した薬の名前が数種類並んでいるだけであった。

それを見れば、感冒と診断して薬を出したという、きわめて簡単なもののように見受けられた。何カ月か後に癌を僂んで、投身自殺するという要因は微塵もうかがえない。

胸部レントゲン撮影と、血液検査が指示されていた。秋代は診察のあとに検査を受け、薬を受け取って帰ったのだろう。

小曽木は次のページをめくった。日付が十月二十五日とある。

「再診は二カ月後か……」

十月二十五日のカルテも短い診察記録があるだけであった。続いて、十二月初旬の日にちが書かれており、そこには両親来院、経過説明とだけ書かれていた。

「ご両親が？　この頃には杉村さんは行方不明だったのだから、何かを調べにご両親が、華原先生を訪ねてきたようだな」

小曽木は十月の半ページほどの、すべてが視界に入る記録をていねいに読んでみた。

「労作時、呼吸やや苦しくなる。前回より悪化」

とアルファベットでのたくった文字が判読できた。

「酸素飽和度九十一パーセント」

おや？　小曽木は首をかしげた。

最近、指を差し込むだけで、血液内の酸素の飽和度を測定できる簡便な機器が開発されて、各所で繁用されている。

「明らかに低いな」

正常人の酸素飽和度は九十七パーセント程度。患者は待合室で静かに診察室に呼ばれるのを待っていたであろうから、九十一パーセントではとても正常とは言えない。呼吸器に何らかの障害があると考えるべきである。

小曽木はカルテの中に八月に撮ったレントゲンの読影所見を探した。

「あった」

それは正式に放射線科医師が記載したもので、カルテの後ろのほうにプリントアウトされたものが貼付されていた。「異常なし」。簡単な四文字であった。

「異常なしか……」

レントゲンフィルムを見てみる必要がある、と小曽木は感じた。

「酸素飽和度が低い。呼吸も少し悪くなっているようだ。それにしては」

自分ならば、もう一度胸部レントゲンを撮ってみる、と小曽木は思った。

「いや、胸部CTのほうがいいだろう」

情報量が格段に異なる。細かいところまで調べるためには、CTの撮影が必要である。しかし、華原医師はそうは考えなかったようだ。

その日の処方も、八月の初診の内容と五十歩百歩だった。症状の悪化に対する配慮が見られなかった。華原医師は、レントゲンで特別な問題がなかったとの報告を受けて、患者の状態をさほど重大視していなかったと思える。

二カ月の間に明らかに症状が悪化している。二カ月前のレントゲン所見ですませてしまっている華原の診察に、小曽木は大きな不満を感じていた。

八月の血液検査の結果は、カルテには見つからなかった。レントゲン所見同様、血液検査結果をプリントアウトしたものが貼付されていてしかるべきものが、十月の診察時にカルテに付けなかったらしい。このあたりの操作は、すべて診察医が自分でやらなければならないから、忙しい診察時間を手作業に食われるのを嫌って、華原は省略したらしかった。

データはすべてコンピュータの中の電子カルテに保存されている。システムダウンしない限り、そちらを見ればよいことだし、検査結果に異常がなければ、カルテ記載しなかったとして、現実に何も不都合はない。

杉村秋代の診察はその日で終わっている。十月二十五日以降のカルテは白紙であった。三カ月前から行方不明、覚悟の自殺……。ニュースの声が小曽木の耳によみがえった。

「とすれば、杉村さんが行方不明になったのは、この診察の直後あたりからだ」

死体は北海道で見つかったという。

「え？」

強烈な違和感が小曽木に起こった。

「覚悟の自殺？　杉村さんは自分が癌に侵されていることを知っていたのだろうか。どこでどうして、そのことを知ったのだ？　このカルテを見る限り、華原先生もそのようなことを疑っている様子もないし、そうならば、杉村さんが癌のことなど知るはずもない。どこか別の医者にでも行ったのだろうか？」

その可能性は少ないように思えた。大学病院で何もないと言われたのだ。最高学府での診断である。

「ニュースの報道、正しいのかな？」

小曽木は、全身癌に侵されているという個人情報がいとも簡単に報道されたことに、秋代に憐憫《れんびん》の情を感じながら、司法解剖を待つ死体を思い浮かべていた。

「飛び降り自殺、漂着死体……」

どこから飛び降りたと言っていたっけ？　小曽木に秋代の自殺した場所の名前を思い出すことはできなかった。

「身元不明の水死体だ。司法解剖で癌がわかったのだろう。死亡したのが十一月の初旬として、十月の診察の時点で、わからなかったのか？　通常の感冒薬を処方するくらいにしか、華原先生は杉村さんの病状を見抜けなかったのだろうか？」

相当に進行していても、なかなか診断できない癌もある。詳しい検査を行っても、検出されない悪性腫瘍もある。

「だが、十月の再診の時点で、もう少し何とかすべきじゃなかったのか」

小曽木は杉村秋代のカルテを閉じて、デスクのコンピュータを立ち上げた。初期画面が現れると、患者カルテ検索を選択し、カルテ番号を打ち込んだ。

しばらくすると、杉村秋代の電子カルテが画面に広がった。

八月の胸部レントゲン写真を選択すると、おなじみの画像が小曽木の目に飛び込んだ。

小曽木は顔を画面に近づけて、レントゲンの隅々まで詳細に検索した。

放射線科医が記載したとおり、何の異常もないようであった。熟練した専門医の目は、わずかな異常も見落とさない。報告書は信頼すべきものであった。

「血液所見はどうだ？」

数字が並んでいる。赤血球、白血球の数に始まり、通常の肝機能、腎機能、電解質、糖、脂質、尿酸など一般的な検査項目に対応する結果には、何の異常も見当たらなかった。小曽木の目は、順に数字を追って、一画面では足りない血液データを読んでいった。

結果に正常範囲を逸脱するものがあれば、文字の色が黒から赤あるいは青に変わる。

画面をスクロールし、検査結果を追っていた右下に、これまでと違う色が出た。赤い。

「え？」

一度に調べられた数多くの血液検査の中で、異常値はそれ一つのみであった。だが、その値は杉村秋代に重大な病魔が潜んでいる可能性を示していた。

「これは……」

小曽木は絶句していた。慌ててもう一度、肺のレントゲン写真を画面に戻した。いくら目を凝らして見ても、肺に異常と思われる所見はなかった。

「この血液データと症状を見れば、十月の再診の時点で、さらに詳しい検査をすべきだろう。風邪どころじゃない！」

華原先生は何をしていたんだ……。小曽木はしばらく画面を見たまま、動けなかった。

画面が自動的に消えて、スクリーンセイヴァーの画面に変わった。

我に返った小曽木は、電子カルテを閉じ、コンピュータをシャットダウンした。

電源が確実に落ちたことを確認すると、少しよろめきながら、ゆっくりとカルテを返却棚に納めた。

「変だ……」

小曽木は研究室に帰る道すがら、杉村秋代が全身癌に侵され、覚悟の自殺と報道された理由が何となく見えてくるような気がしていた。

「華原先生は、最初の診察で、さほどの病気も疑っていないようでありながら、あの異常値の出た検査を行っている。あんな腫瘍マーカー、悪性リンパ腫でも疑わなければ、まず検査などしない。ということは、華原先生は杉村さんの病気として、悪性リンパ腫を考えたということになる」

そこまで考えて、小曽木ははっとした。

「診察所見に、頸部リンパ節の腫れが二、三個描いてあったな」

書き込まれた数少ない所見を、小曽木ははっきりと思い出していた。

「さすが華原先生だ。あの所見で、ここまで疑うとは」

今度は、小曽木は華原の実力を認めていた。

「そして、華原先生の予想は見事に的中した」

悪性リンパ腫を思わせる血液検査所見、すなわち血中に溶出したｓＩＬ－２Ｒ（ＩＬ－２レセプター）に異常高値が認められたのだ。赤い文字はそこであった。

「おかしい……」

小曽木の足がもつれた。十月二十五日の再診の時点で、八月の検査結果はすでに電子カルテに記載されていたはずである。診察の時に、華原はコンピュータの画面の中で、この異常に高いｓＩＬ－２Ｒの検査値を見ているはずだ。

「にもかかわらず……。まさか、再診の時に、確認しなかったのじゃないだろうな？」

もう一つ疑問が湧いてきた。

「見逃したのか？」

検査値の最初の画面からスクロールして、すべてを見ない限り、最初の一画面に見えない数字は見過ごす可能性がある。だが、医師の習性として、血液検査結果には極めて敏感で、見落としなく目をとおすのが通常である。いかに忙しくとも、患者とどのような会話を進めているとしても、医師の目は、医師の脳細胞は、検査結果を同時に把握するものである。

華原医師が見逃したとは思えなかった。しかも初診の時点で、まさに悪性リンパ腫の可能性を考えて検査しているのである。

「だが、この日も、悪性リンパ腫を疑うことなく、華原先生の診察は終了していたようだ。いったい何があったんだ？」

小曽木の華原への評価が二転三転した。

最も考えられるのが、患者の症状を過小評価した見逃しであった。肺のレントゲンで異常なしとの放射線専門医の報告があり、ｓＩＬ－２Ｒの異常値も、単なる炎症反応のレベルと解釈を誤った可能性がある。

「しかしこの数字はまずいだろう」

ｓＩＬ－２Ｒの値が二千を超えている。正常の四、五倍はある。これだけでもどこかに悪性リンパ腫の発生を疑うべきであった。

「華原先生は、杉村秋代さんが亡くなったことを知っているのだろうか」

華原に診察の経緯を訊いてみる必要がある。

いつもは基礎の大学院の研究室にいる小曽木は、久しぶりに第二内科の医局に帰ると、華原の姿を探した。

華原は見当たらなかった。講師の華原のデスクは医局の一番奥に、ほかの医局員より少し広いスペースを占めていた。

乱雑に医学誌やら論文やらが広がっている医師たちのデスクに比べると、華原の机の上はまだ整頓されているほうだ。

昨年、自分より年齢の高い医師たちを飛び越して、講師の座についた華原であった。小林教授の覚えめでたい、羨望の渦中にある華原であった。

初診の頸部リンパ節のわずかな腫れと、呼吸器の所見だけで、悪性リンパ腫を疑った華原は医師として、相当の実力と見るべきであった。

華原の診断は当たっていたと、小曽木は確信している。にもかかわらず、杉村秋代の病気に対する配慮がまったく認められない十月の診察内容であった。

小曽木の疑惑はますます膨らんでいった。

17 昏迷

谷山千容子の行方は依然としてわからなかった。捜査の進展もまったくなく、全国に改めて照会しても、返答がなかった。

谷山信人はもうあきらめ顔で、毎日を過ごしていたし、子供たちも、また近くに住む両親も千容子のことを話題にすることはほとんどなくなっていた。

警察や谷山家の動きとは別のところで、事態は徐々に変化しつつあった。

華原への脅迫状めいた手紙は、あれからも何週間かに一度、華原宛ての医学関係の手紙や科学誌に混じって届いていた。

同じ封筒で、同じ局の印が押してあり、同じ紙に、同じパソコンを使ったと思われる文字が並んでいた。文章の内容にこれといった格別な変化はなく、ただ近頃では書き手が必ず一人称になっていた。

まるで谷山千容子が生き返って、華原を脅迫しているような文章がつづいた。

こうなると華原のほうでは、これは間違いなく、谷山千容子が行方不明になっている原因が華原にある、と考えている人物の仕業と確信するようになってきた。

いくら一人称で、『私をこんな目に遭わせて』と書いてあっても、それならば本人が華原の前に現れてしかるべきであったが、身辺に気をつけていても、それらしき女性の姿はなかった。変装して華原を探っていると考えても、疑わしき人物を見つけることはできなかった。

華原は迷っていた。まったく動かず、手紙を送ってくる人物をこのままにしておくべきか、わざと行動して、脅迫者をあぶり出すべきか、判断に困っていた。

「手紙の人物は、文面から見ても、おそらくは女性に違いない。千容子の友達だろう。直接、俺の目の前に現れないところを見ると、俺が知っている人物か？」

華原は医局の医師たち、特に鎌井病院に派遣されている同胞たち、あるいは鎌井病院の看護師たちの顔を一人ひとり思い浮かべていった。誰もが怪しかった。誰もが華原と千容子の仲を知っていて、他人の恋愛ごとと知らぬ顔をしているように思えた。

正直なところ、華原は動きたくなかった。千容子が生き返ったならば、脅迫などという回りくどいことをせずに、警察に駆け込むはずであった。ならばたちまちのうちに、華原の手首に手錠がかかっていただろう。それがあの時以来、何カ月も何ごともなかった。

「千容子はあそこにまだいる。白骨化して、眠っている」

考えれば考えるほど、確信が強くなった。

動けば藪蛇《やぶへび》になる……と思いながら、自分の動きを感じれば、脅迫者も何らかの行動に出るだろう、姿を見せるかもしれない。脅迫者の顔を見てみたい。ふんづかまえて……どうするか……。

脅迫者を捕らえる時は、華原の犯行もまた相手にわかる。とすれば脅迫者の運命は決まったようなものだ。再び、そのような危ないことが俺にできるか……。

華原の唇がニヤリと不気味な歪みを見せた。ブルリと体の芯が震えた。

脅迫者は、文面からしてもまず間違いなく女だと考えていいだろう。

華原の脳裏に、闇に押し広げた千容子の死体が浮かんだ。公園の街灯のわずかな光の中で、ほの白い大腿の合わさった中心の翳りに、あの闇では見えなかったはずの肉襞が、噴き出るような千容子の愛液と自分の精液でぬめぬめと淫靡な色彩を放っていた。

いつも見ていたはずの部分が、予想もしなかった刺激的な卑猥な蠢きを見せていた。

ゴクリと華原の喉が鳴った。その時確かに華原は、まだ見ぬ脅迫者の死体から衣服を剝がし、生命の途絶えた肉体と再び交わっている自分を想像していた。

体じゅうにゾクッと寒気が走り、鳥肌が立った。快感が陰部に集約した。とたんに華原は下腹部に強烈な痺れを感じた。低電流に感電した時のような組織の細かい痙攣はたちまちのうちに、陰嚢を揺るがし、会陰部から陰茎に至る短い距離を瞬時に駆け上がった。

男根を取り出す間もなく、華原は激しく射精した。下着の中心に生温かいぬめりが広がって、恍惚感にすべてを忘れ、全身に震えを感じている間に、おびただしく溢れた精液が冷えていった。


気持ちの悪くなった下半身の処理に、しばらくの時間をトイレで過ごしてきた華原が医局の自席に帰ってくると、見覚えのある男が立っていた。

「おや。小曽木。どうしたんだ、こんなところで」

「先生。ようやくお会いできましたね。いつもお忙しいようで」

「ああ。相も変わらずだ」

華原はまだ冷たく感じる下半身と、迂闊にも机の上に放り出してあった脅迫者からの封筒に、等分の注意を向けながら、表情は変えず、小曽木の横を回って、椅子に腰を下ろした。もちろん同時に封筒を手につかんで、引き出しの中に乱暴に放り込んでいる。

「何か用か？」

小曽木はまわりを見回した。近くにほかの医師の姿はない。

「患者さんのことで、少しお訊きしたいことがありまして」

「誰か悪いのか？」

「いいえ」

小曽木は華原の隣の机から椅子を引き寄せ、自分も腰掛けた。

「何だ？　時間がかかることか？」

「華原先生。杉村秋代さんって、覚えていらっしゃいますか？」

「杉村？　ああ、僕の患者さんだが」

「以前、よく仕事で医局に薬の説明に来てましたよね」

「覚えているよ。彼女、昨年の夏だったか、息切れがすると言って、僕の外来に来たんだ」

「ええ。知っています」

「君がなぜ、杉村さんのことを」

「杉村さん、北海道で死んだんです」

「え？」

なぜか華原の顔がこわばった。しばらく、じっと小曽木の顔を無言で見ていたが、口が開いた。

「そういえば、確か十二月頃だったか、ご両親が外来に見えた。杉村さん、行方不明と聞いたような覚えが」

「ええ。カルテに、ご両親が受診されたことが書いてありました」

「君、杉村さんのカルテを」

「見せてもらいました。テレビで杉村さんの死亡を知って、びっくりして」

「ああ、それで僕にかかっているとわかったのだな」

探るような華原の視線を小曽木は感じた。

「杉村さん、全身癌に侵されていたようで」

「何!?」

「テレビでそう言っていたのです。病気を儚んで、覚悟の自殺だそうです」

「自殺？」

「カルテを見ましたら、先生、薬は感冒薬のようなものしか処方されていませんでしたが」

今度は小曽木が探るような目つきになった。

「何か重大な病気に、先生は気づかれていたのじゃないですか？」

「ん？　どういうことだ？」

小曽木は口をつぐんだ。華原の表情を読もうとしているようだ。だが、華原は怪訝な顔つきを保ったままであった。

華原が答えないので、小曽木は華原が本当にあの異常値を見逃したような気になってきた。

「先生。単刀直入におうかがいしますが、杉村さんに病気のこと、お話しになりましたか？」

華原の表情に変化はなかった。

「病気？　何のことだ？　彼女が全身癌にやられていただと？」

「おそらくは悪性リンパ腫かと」

華原が息をのむだけの、わずかな時間があったような気が、小曽木にはした。

「先生。本当に何もお疑いじゃなかったのですか？　杉村さんの二回目の診察日、その日が彼女の最後の診察日でもあるのですが、その後、十一月上旬、おそらくは連休のあたりに北海道に行き、そこで身を投げたようなのです」

「しかし……」

「十月二十五日、一回目の診察の時と同じような処方です。呼吸障害を思わせる症状が二カ月の間に進んでいたにもかかわらずです」

「何だ、君は。僕の診療にケチをつけにきたのか？」

少しためらったのち、小曽木は意を決したように話した。

「ｓＩＬ－２Ｒを検査されていますよね、先生」

「ｓＩＬ－２Ｒ？」

「最初の診察の時に」

「よく覚えていないが。悪性リンパ腫と言ったな。それが高かったのか？」

「先生ご自身が調べられたのですよ。二千以上もありましたよ。十月の診察の時に気づかれなかったのですか？」

小曽木の言葉は、明らかに華原の見逃しを責めるような棘が含まれていた。

「明らかな異常値です。もっとも八月の胸部レントゲンは異常なしとの所見でしたが」

「なら、ｓＩＬ－２Ｒの数字も、一時的な感染などの炎症を反映したものだろう」

「ですが、症状は明らかな悪化を見せています。血液の酸素飽和度も低かった。何かある、と考えるのが普通じゃないでしょうか」

「君は僕が見逃したとでも言いたいのか」

「結果的にはそうなると」

「なに！」

華原の顔色が変わった。小曽木は椅子を引いた。

「失礼を省みず、申し上げました。テレビでの報道が百パーセント正しいかどうかはわかりませんが、全身癌に侵されていたとまで言っていたのは、やはり不審な死だから、司法解剖されたのだと思います。だから」

「悪性リンパ腫は癌ではないぞ」

「先生。医師でもない素人の表現です。細かい分類など、この際、論議しても仕方がないでしょう。報道では癌と言ったほうがわかりやすい。だからそう言ったのでしょうが、おそらくは杉村さんは間違いなく悪性リンパ腫に全身を侵されていたのだと思います。十一月の死亡日にそのような状態だったのですから、十月の診察の時点でも、相当進行していたに違いないのです。腫瘍マーカーのｓＩＬ－２Ｒが高かったことも、それを裏付けています」

「要するに、君はやはり、僕が見逃したと言いたいのだな」

「先生を責めるつもりはありませんが」

「いや、充分に責めている。だが……」

華原は先ほどの気色ばんだ態度からはほど遠い、静かな顔つきに戻った。

「見落としたのかもしれんな」

ポツリと華原はつぶやいた。小曽木の肩の力が抜けた。

「先生は八月の初診の時点で、杉村さんの呼吸症状と、あと、数個の頸部リンパ節の腫脹だけで、悪性リンパ腫を疑って、ｓＩＬ－２Ｒを検査されたのだと思います」

「よく覚えていないが、そうだったのかもしれん」

「さすがだと思います。僕なら、最初からはとても」

「なんだ。けなしたり、褒めたり」

華原はわずかに笑ったようだ。

「ただ、そうだとしても、十月の再診の時に異常値に気づかれなかった」

また華原の顔がこわばった。何度も同じミスを責められて、不愉快さが戻ってきた。

「となると、大きな疑問が生じるのです」

「大きな疑問？」

「はい。最後の診察日から、杉村さんが自殺するまでの間、どれほどの時間があったのか知りませんが、さほどの日数が経っていません。どうして杉村さんは自分の病気のことを知ったのでしょうか？」

よくわからないような顔つきで、華原は相手の顔を眺めている。

「きつい言い方ですが、検査値異常を見落とされた先生は、杉村さんが実際に悪性リンパ腫に侵されているとは考えておられなかった。先生が杉村さんに、リンパ腫のことを話されるはずがない、ということです」

「どこかほかの医者のところに行ったのだろう？」

「もちろんその可能性はありますが、時間が少なすぎると思いませんか」

「杉村さんは、本当に十一月に死んだのか？　もっとあとではないのか？」

「僕がテレビで聞いたニュースでは、三カ月前と言っていましたから、逆算すれば十一月上旬となります」

小曽木の耳に、あの時深夜に聞いたニュースの声がよみがえった。

「昨年十一月以来行方がわからなくなっていた大阪在住の杉村秋代さん(35)が、北海道……の港で漂流死体となって収容されていたことがわかりました」

北海道のどこだったか？　遺体が見つかった場所は、どこだったか？

一瞬、思考が別の方向に引きずられて、華原の声に呼び戻された。

「いつ聞いたんだ、そのニュース」

「確か……」

小曽木は日にちを言った。

「なるほどな。そうなると、杉村さんが亡くなったのは十一月上旬となるが」

小曽木は肯いた。

「君は、病気を儚んで、覚悟の自殺と言ったな。それは何か遺書でもあったのか。本当に病気のことを彼女は知っていたのか。何かほかのことで死んだのではないのか」

「ニュースでそう言っていたのです。それ以上のことは」

「確かに、sIL－2Rの異常高値と、全身癌という報道を合わせれば、彼女が悪性リンパ腫だったことは辻褄が合う。僕がリンパ腫を疑いながら見逃したと、百歩譲って認めるにしても、死を覚悟するまでに至った原因が悪性リンパ腫と知るには、確かに君が言うとおり、時間がなさすぎる気がする。何かほかの原因でもあったのだろう。それにしても、小曽木君、いやに杉村さんのことが気になるようだが」

「いえ。もう二年前になりますか、医局であれほど元気に話していた杉村さんが、こんなことになるなんて。せめて十月の時点で、悪性リンパ腫のことがわかっていたら、少しは治療ができたのではないかと思いまして」

「いまとなっては、どうこう言いようがないが、僕にも検査値異常に気づかなかった責任はあるな」

華原は意外に素直であった。

「いえ。たとえあの時にわかったとしても、もう手遅れだったでしょう」

話しているうちに小曽木は、華原の見逃しを責める気持ちより、まだ若い命を悪性リンパ腫という病魔に蝕まれ、それを悲観して身を投げた杉村秋代への憐憫の情がますます募ってきて、暗い深遠に自分の身も沈んでいくような気がしていた。

研究室に戻った小曽木は、悲惨な病魔に全身を蝕まれながらも、決死の覚悟で北海道に足を伸ばし、誰に知らせることもなく、どこかから身を海に投じた杉村秋代が哀れでならなかった。かつて彼女の理知的な顔に心を惹かれたことがあっただけに、ますます彼女の最期の様子を想像して、しばらく自席で肘を突いたまま、実験を始める気にもならなかった。

小林教授が面倒を見てくれと申しわたしていった大城昌史は、案の定、一度として研究室に顔を見せなかった。華原と話をしたあと、医局に当てがわれているはずの大城医師の机に姿を探してみたが、主がいるはずもなく、使う人がいるとも思えない一個の小さな机と椅子が、取り囲む医師たちの乱雑な机とは対称的に、ぽつりと異質な空間をつくっていた。

一瞬、大城のことを思い出した小曽木は、努力のしがいのない人間相手のことを思い出しただけでも、自分の貴重な人生の時間を盗られたようで、不愉快さだけが残った。そのあと小曽木は杉村秋代のことばかりを考えていた。何か、大きな違和感があった。

「なぜ、北海道なんだ？　北海道のどこで身を投げたんだ？」

両親にも病気のことを告げずに、一人北海道に？　誰か一緒ではなかったのか？　彼女ほどの仕事熱心な、よくできる女性だ。何かの時に誰かが冗談で、「杉村さん、結婚しているの」と訊いていた。彼女の答えは、ノーだった。あのあと結婚したのだろうか？　結婚していなくとも、彼氏の一人もいていいだろう。そう考えて、小曽木は嫉妬を感じている自分を認識していた。

「秋代さん……」

小さく呟いて、小曽木は慌ててまわりを見回した。幸い、小曽木の独り言を聞きつけた者はいなかった。みんな研究に忙しい。

「彼女は一人で寂しく死んでいった」

彼氏がいれば相談もしただろうし、一緒に北海道に行ったかもしれない。しかし、彼女は一人だった……。

「本当に彼女は一人だったのだろうか？」

小曽木はどうしても杉村秋代を一人にしておきたかった。

杉村秋代が誰にも見られず、苦しい息の中、死地を求めて一人とぼとぼと歩いている姿を、冬の侘しい陽がそっと包んでいる白い光景が目の前に浮かんで、小曽木の目に涙が湧いた。ぼうっとなった目の前の書物の文字が、歪んで下に流れた。小曽木は両手で顔を覆ってしまった。


その夜、小曽木は寝つかれなかった。

杉村秋代のことが気になって、いつもならば簡単に進められる実験も、試薬を間違えたり、実験サンプルを取り違えたりと散々で、すべてが反古になり、小曽木は早々に研究室を引き上げた。

大学の近くに借りているワンルームマンションに帰って、買ってきた夕食の弁当を広げたが、食欲が湧かなかった。料理を口に運んで、もぐもぐやっていても味気なく、飲み込むのがやっとであった。どうしても気になった。

「十月の診察の時点で、相当、息切れがしたに違いない。華原先生がＳＩＬ－２Ｒの異常値を見逃したとしても、彼女自身、階段を昇るだけで苦しかったに違いない。処方されたのは、普通の風邪の薬だ。効くはずもない。半月と経たないうちに彼女は死んでいる。それも全身癌で侵されていたという。そのような状態で北海道に行ったということは、ニュースでどこと言っていたか思い出せないが、よほど彼女にとって大切な場所だったに違いない。華原先生に何ともないと言われても、彼女自身が異常に気づいていたのではないか？」

だが、自殺まで考えただろうか？

また小曽木は頭が混乱するのを感じた。

「彼女が息苦しさに相当の異常を感じていたとしても、死を決意するには、あまりに飛躍しすぎている。誰かが彼女の病気のことを暴露していれば別だが。だが誰が彼女の悪性リンパ腫を知っていたというのだ……」

思考がまとまらなかった。

「華原先生以外の誰かが、カルテを見たのか？　誰が見る？」

小曽木は、杉村秋代に男の影を感じた。

「秋代さんは、病院の誰かと付き合っていたのだろうか？」

今度は嫉妬を感じる余裕を与えず、小曽木の脳細胞が回転した。自分も彼女に恋心を抱いたのだ。医局に頻繁に出入りしていた秋代である。誰かが彼女に言い寄っていたとして、何も不思議はない。第二内科のみならず、ほかの科にも顔を出していただろう。

思いつくと、その考えが間違いないような気がしてきた。病院の医師ならば、杉村秋代が華原医師の診察を受けたことを知っている可能性が高い。秋代からも相談を受けていたはずだ。誰かの診察を受けるように勧めたに違いない。

カルテを調べれば、異常値にも気づいたかもしれない。秋代に悪性リンパ腫の可能性を話したかもしれない。

恋人から癌にも匹敵する病魔のことを聞かされた秋代は、絶望のどん底に突き落とされたような気になって、北海道に死地を求めた。

「その恋人の男は、秋代さんの自殺を止められなかったのだろうか」

わからなかった。そもそも恋人が医師ならば、秋代に悪性リンパ腫のことを告げた時点で、治療すれば治る可能性もあることを話しているはずだ。

「それでも秋代さんは自殺を選んだ」

小曽木には明日以降も、やるべき研究が山のようにあった。望みもしないのに、大城昌史の博士論文の面倒を見なければならなかった。

ロンドンでの国際学会で学会賞を授与された小林教授は、帰国後各方面から引っ張りだこで、一度として顔を合わせてはいない。小林のみならず、一緒に研究をするはずの大城昌史本人も、姿すら見かけていない。

自分の研究の調整は何とでもつく。いまは杉村秋代のことが気になってならなかった。秋代が身を投げた頃のことを知りたいという思いが、小曽木を眠らせなかった。いるならば秋代の恋人の男が誰であるのかも知りたいと思った。

小曽木の目には二年前の秋代の姿が映っていた。若々しく溌剌とした姿が、たちまちのうちに肩で息をしながら、必死で北海道のどこか海岸を歩いている姿に変わった。

「せめてどこで死んだのか、それだけでも知りたい。秋代さん」

うとうととしながら、秋代のうしろ姿に追いすがる自分の影を見て、小曽木は呟いていた。

18 北国の光

何ごともないように見えて、時の流れとともに、何かが必ず変わっていくのが、この世の習わしである。

遅い春がやってきた北国の、日本海に突き出た岬に一人の男が立った。

一方で、北国に比べれば、ずいぶん早い春を満喫した南の金印の島にも、やがて起こるべき大事件の準備が少しずつ進んでいた。

美国町から黄金岬の突端を眺めれば、目のよい漁師ならば、小曽木という大阪からやってきた青年医師が、そこからはるか眼下の海を眺めているのが見えたかもしれない。

木立の中に、杉村秋代の残したものが何かないか、必死で探す男の影が、ちらちらと太陽の光を遮る動きを目に留めたかもしれない。

病院のカルテを調べ、華原医師と話をした次の日、小曽木は杉村秋代のカルテに書いてあった連絡先に電話を入れている。その時の秋代の母親との会話から、小曽木は秋代が、北海道の積丹半島に位置する美国町の海岸で、漂着死体で見つかったことをようやく訊き出したのであった。

秋代のことは何も語りたがらず、電話を切りそうになった母親に、小曽木は名乗った。以前大学で秋代さんに世話になった第二内科にいたもので、カルテの内容から、彼女が悪性リンパ腫に侵されていた可能性が高いという話をして、母親が仰天したのだ。

「そのようなお話は、華原先生からは何もありませんでしたが」

「華原先生は」

見逃したとは言えなかった。「全身癌で侵され」という報道で、てっきり病気のことを承知していると、小曽木は思い込んでいたのだ。

「その後の診察で、詳しい検査を進められる計画をしておられたようです」

かろうじてごまかした。

「わたくしどもは、華原先生からは、そのような恐ろしい病気のことなど、一言も聞いておりません。出していただいたお薬も、風邪のお薬のようでした」

「十月の診察の時点では、まったくはっきりしていなかったのです」

「娘は十一月の三日に海で死んでいるのを発見されたんですよ。それで解剖で――」

母親は声をつまらせた。必要とはいえ、遠い見知らぬ土地で、体を切り刻まれている娘の痛ましい姿を思い出して、また激しい悲しみが襲ってきたようだった。

「十一月の三日？　亡くなられたのは、そんなに早くですか」

小曽木のほうが驚いていた。華原の顔が浮かんだ。十月二十五日の診察時、何も感じなかった様子の華原に不信感が募った。

「あちらの警察で、そう聞かされました」

「確か、全身癌で侵されて、とテレビで言っていましたが」

そのニュースを聞いて、びっくりして杉村さんのカルテを探したのだと、小曽木は話した。

「解剖でわかったそうです。そんなに悪かったのなら、十月の診察の時に、何もなかったのでしょうか？　いままでも、納得がいかないんです」

俺も納得がいかない。小曽木は頭の中で呟いた。

それ以上、華原の過失を責められると、話がややこしくなりそうだった。

「見つけるのが難しい病気でもあったようです」

母親が納得するとも思えなかった。

「杉村さんは、北海道のどこで亡くなられたのでしょうか」

それを訊いてどうするのだ？　とは母親は言い返してこなかった。

「美国という小さな町です。小樽からずいぶん西の町でした」

遺体を引き取りに行った時のことを思い出したのだろう。嗚咽《おえつ》が受話器の向こうに聞こえ、たちまちのうちに大きな泣き声に変わった。これ以上の話は無理であった。

小曽木は胸が締めつけられるような気がした。相手に届いているとも思えない悔やみの言葉を繰り返しながら、小曽木は静かに電話を切った。

杉村秋代の母親から、秋代の意外な死亡日を聞いて、すぐに小曽木はインターネットで美国町を検索した。位置を確認したあと、小曽木は今度は美国町近辺の警察を調べた。一番近い警察署は、どうやら余市にあるようだった。

しばらく考えたあと、小曽木は余市署に電話を入れた。杉村秋代に関する情報を教えて欲しいという小曽木の要望は、けんもほろろに断られた。当然のことかもしれなかったが、上から押さえつけるような横柄な相手の対応に、小曽木はムカッとしながら、また美国町周辺の検索にあたった。

画面をスクロールしながら、あちらこちらと眺めているうちに、小曽木は猛烈に美国の町に行ってみたい気になってきた。美しい国、積丹という名前もまた、何か小曽木を引きつける響きがあった。

北海道といえば、小曽木には学会で札幌を訪れた経験しかなかった。忙しい会期の間、若い研究者が物見遊山気分で、北海道を見て回る余裕などなかった。

小曽木は予定を調べた。四月には研究発表する基礎系の学会が札幌で開催される。週の後半三日間にわたる学会であった。土曜日午前中で終了する。

学会長の閉会の辞まで会場に残っている会員はほとんどいない。小曽木も口演をすべて聴き終わると直ちに札幌を離れた。列車にバスを乗り継いで、海岸沿いに西に走れば、杉村秋代が同じ道程をどのような思いで辿ったのか、それとも別の行程を進んだのか、数カ月前の秋の北国の光景が、目の前に流れる春の光と重なって、言いようのない情感が小曽木をとらえていた。

美国終点のバスを降りて、北側の海の方向に足を運ぶと、左手に突き出した岬が影を落とす湾が、黒く静かな面を広げていた。

「この海に、秋代さんは流れ着いたのか」

岬突端は高い上空に、くっきりと輪郭を描き、目を流せば、登り道が斜めに小さな半島を横切っている。

「どこから水に入ったのだろう」

黄金岬の突端から身を投げるには、相当の勇気がいるような気がした。小曽木はしばらく海岸を散策したあと、岬突端に向かうべく、半島を斜めに登り始めたのである。

坂道は健常人にはさほどの苦労もなく、背後の美国の民家を見下ろしながらの道程は、のんびりとした旅ならば、最高の気分を味わえる。だが、と小曽木は脚に力を入れながら思った。

「この坂は、秋代さんには相当きつかったんじゃないかな」

十月の外来診察で、血液中の酸素飽和度が異常に低い。呼吸器疾患、それも悪性リンパ腫が肺に広がっていたと、小曽木がいまでは確信できる状態では、坂道を登ることは相当困難であったに違いないのだ。

「これは秋代さんは別のところから水に入ったのかもしれないな」

それでも小曽木は岬の突端まで登りつめた。もちろん墜落防止の柵が張り巡らされているが、膝までの高さしかない。ここまで登ってくる酔狂な旅人も少ないのだろう。

数カ月前にこの場に立ったかもしれない杉村秋代の痕跡は、もちろん何もなかった。坂道を来る時には賑わしかった木立も、突端ではまばらとなり、意を決すれば、数歩踏み出すだけで、体を支えるものは空気のみとなる。

木に手を添えながら、危なっかしく下を覗き込むと、海面ははるか眼下に白い波を立てており、突き出た岩礁に鳥が舞っていた。

「ここまで来たのかどうかはわからないが、秋代さんには、この美国に来る理由が何かあったに違いない」

岬から眺める三百六十度のパノラマは、観光旅行が目的でない小曽木にも、しばらくの間、感動の時間を与えていた。

「ひょっとしたら、秋代さんは以前にも、ここに来たことがあったのかもしれない」

また小曽木は、秋代と並んで、心に満ちてくるような風景を眺めている男の姿があるように思えた。

「いや、思い出の地だったのかも」

秋代が苦しい息の中、ようやくここまで登ってきて、静かに空間に足を踏み出していく。感情的にも肉体的にも、それが秋代の最期に相応しいのか、そうでないのか、迷いの中、小曽木はしばらくその場から動けなかった。

町に人の姿はほとんどなかった。帰りのバスを待つ旅人か、土地の人か、どちらとも見分けのつかない数人が、待合室に座っているだけであった。

美国を訪れた成果があまりなかったことに落胆しながら、小曽木はバスに揺られて余市まで戻った。駅前のターミナルから少し足を伸ばせば、日本のウイスキー発祥の地と言われるニッカの工場があると知っていても、いまの小曽木は旅を楽しむ気もなかった。

それより事前にネットで調べてきた余市署のほうが気になった。帰りのバスの窓から注意してみていると、それらしき建物があった。駅から少し戻らねばならない。意を決したように、小曽木はプリントアウトして持ってきていた地図を片手に、道を辿り始めた。

三十分後、顔を引きつらせて、同じ道を戻ってくる小曽木の姿があった。間違いなく、体中が怒りに包まれている。以前にかけた電話と同様、門前払いを食ったのだ。

遠く大阪から、亡くなった親しい友人の死んだ時の様子を知りたくてやってきたのだ、と何度話しても、いかなる事件に関する情報も明かせない、ましてや個人情報だ、それ

に お前は誰だ、と頭ごなしに拒絶され疑われて、取りつく島もなかった。

Ｏ大学大学院の小曽木佑介だと身分証を見せても、何の効果もなかった。死因に不審な点があるから、こうしてやってきたのだ、本当に自殺なのか、と美国から余市に帰る途中にふっと思いついた単なる憶測を、事件性をわざと持たせるように話しても、それすら応対した入口の警官には通じなかった。むしろ捜査にケチをつけられているとでも思ったのか、応答がさらに横柄になっただけであった。

少し薄暗くなりかけた空にため息をつきながら、列車に揺られて札幌に帰る間、小曽木は自分の甘さを叱っていた。簡単に教えてくれると思い込んでいたのは間違いだった。情報はなかった。それにさらに気になることが増えていた。ふと思いついた、秋代は本当に自殺したのだろうか、という疑問だった。それは美国からの帰りのバスの中で、バスが大きく揺れた時に、小曽木の脳の中に不意に浮かんだ、それまで考えもしなかった思いつきであった。

なぜそのような疑いが湧いてきたのかわからなかったが、その時の小曽木の目に映っていたのは、外に流れる海岸の風情ではなく、黄金岬からはるか下に見下ろした海の遠さだった。

とてもあんな所から、飛び降りることなどできない。足がすくんだ自分を思い出していた。

もちろん意を決して身を投じてしまえば、もはやあと戻りはできない。

ためらいはなかったのだろうか……それほどまでに秋代さん、絶望していたのか……。

華原先生は彼女に病気のことは何も話していない。話していないどころか、十月の診察の時点で、彼は杉村秋代の病気を見落としている。誰が彼女に病気のことを話したんだ？　誰が自殺を決意させるまでに、知ってか知らずか、彼女を追い込んだのであろうか？

それに……と小曽木の思考はどこまでも広がっていく。

苦しい息の中、あそこまで行って身を投げたとすれば、よほど思い入れのある場所に違いない。とすれば、秋代が恋人と訪れた場所だと、小曽木は短絡的に考えた。

その考えに、本当に自殺なのだろうか、という思いつきが重なった。

彼氏がいたとして、もしその男が秋代との恋愛関係に終止符を打とうとしていたら、秋代を疎ましく思っていたならば……。

恐ろしい妄想が小曽木の頭の中に広がった。

勉学と研究に日常のほとんどの時間を取られる人生を送ってきた小曽木は、身も心もという恋愛経験には乏しかったが、それでも失恋の辛い思い出はある。

学問書以外といえば推理小説ばかり読んできた小曽木でも、確かに愛憎打算の果ての殺人が現実のものであることも知っている。

黄金岬に至る坂道に、二人の旅人の姿があった。黄金岬の突端に二つの影があった。一人の息が乱れていた。息を弾ませながら、胸の苦しさに耐えながら、それでも愛しい男と二人で訪れた旅先のパノラマに秋代は酔いしれていた。秋代が黄金岬を訪れた説明が、それでつく。

眼下の海を覗き込む秋代の背中に、男の手が伸びた。その手は、ためらいなく秋代の背中を押した……。

次の日、小曽木は再び同じ道程を辿って、美国の町に立っていた。今日は旅の荷物を手に携えている。朝早く札幌市内のホテルをチェックアウトして、西に向かったのだ。警察はあてにできなかった。こうなると自分で情報を集める以外、昨日からの恐ろしい妄想ともいえる疑問の答えを見つける手段がなかった。

自殺などではない。病気を儚んだわけでもない。秋代は自分の病魔の正体を知らなかった。恋人と二人で美国に来たのだ。

小曽木は何の証拠もないのに、この思いつきに自ら酔い始めていた。

愛しい男と一緒に旅行をしている秋代のうきうきとした気分とはまったく反対に、男の心は冷え切っていた。秋代を疎ましく感じていた。

病魔に侵されているという現実を儚んで、岬の突端から海に飛び降り自殺、という万人を納得させるシナリオを展開するには、もってこいの状況だった。

岬に立ち、海を見下ろして、光景を賛美している秋代の背中を押したところで、誰も見ていなければ、秋代は覚悟の自殺となる。

再び同じ行程を戻り、美国をめざした小曽木の目標は決まっていた。秋代が一緒に旅行した男を見つけることであった。

余市から美国に向かうバスの乗客は小曽木一人であった。日曜日の午前中、それもまだ朝が早い。九時だ。乗客がいないのも当然であった。小曽木は期待を持たずに、運転手に声をかけた。

十一月三日に美国で女性の水死体が見つかったが、何か知らないか……。

静かな漁村に滅多にない事件であった。運転手は覚えていた。目を前方に見据えたまま、運転手は語りだした。

「そりゃあ、お客さん。当時は大騒ぎでしたよ。私は小樽に住んでいるんですがね。運転手仲間で、警察から事情を訊かれた者までいたくらいですから」

運転手は小曽木が何者であるかとも問わず、口は滑らかだった。

「へえ。その運転手さん、何を訊かれたのですか」

「いや、警察では亡くなった女性の足取りを追っていたようで、その女性が乗ったバスはないかと」

「なるほど」

「それらしき女性を乗せた同僚が、間違いないと答えたのです。でも、あのお客さん、あとで聞きましたが、癌だったそうですね。それで覚悟の自殺とか」

小曽木は小さくうなずいて、無言のまま先を促した。運転手は一番前の席に寄ってきた小曽木にちらりと視線を送ると、話を続けた。

「遺体は、美国の漁師さんが見つけたそうです。おそらくは黄金岬から身を投げたんだろうと」

小曽木はまた岬突端から眺めたはるか眼下の海を思い出していた。足がすくむ。

「遺体を見つけられた漁師の方、ご存じですか」

運転手は少し訝しげな表情をしたようだ。運転手の眼球がすばやくこちらに動いて、もとの位置に戻った。

「いや、詳しくは。ですが、美国で運転を交代する男が、その女性を乗せた時の運転手なんです。彼に訊かれたらどうです?」

事件当時の当事者でもない運転手に、それ以上の情報はなかった。途中、乗り込んでくる客もない。エンジンの音と、停留所の名前を告げる車内アナウンス以外に、音はなかった。

小曽木は運転手の視線を時々感じながら、口を閉じたまま、前方から近づいてくる町の光景の中に、さまざまな思考を巡らせていた。

美国のバスターミナルで、小曽木はすぐに事務所の中で待機していた交代の運転手に紹介された。胸の名札に、田村英二《たむらえいじ》と読める。

「ええ。余市の警察に呼ばれましてね。死体は、いえ、ご遺体は、写真で見せてもらったのですが、ずいぶんお顔がむくんでいて。海水に浸かっていたためでしょうね。それに青白くって、いささかわかりにくかったのですが、服のほうに見覚えがありまして」

それで、十一月二日の乗客だとわかったのだと田村運転手は言った。勤務日程が決まっているから、特定されたバスの便の日にちに間違いはなかった。

「十一月二日ですか。杉村さんはお一人だったのでしょうか？」

肝心の質問を、小曽木はゆっくりと口にした。

「杉村さん？　ああ、その女性のお名前でしたね。ええ、お一人でしたよ」

期待した答えは返ってこなかった。一人だとすれば、やはり覚悟の自殺だろうか。

「何か、荷物は。旅姿だったのではないですか」

「いいえ。私が感じたところでは、どこかにお泊まりで、美国まで観光に足を伸ばされたという印象でしたが。その時は何も思わなかったのですが。どこかから来られた旅の女性としか。ですが、警察から、いま、あなたが訊かれたようなことを質問されて、そう感じたんです」

覚悟の自殺ならば、荷物など携《たずさ》えてはいかないだろう。少し負荷がかかれば、息苦しくなったはずだ。軽装で動いたに違いない。

「ですがねえ……」

田村は少し考えるしぐさをした。

「何か……」

「ええ。その杉村さんでしたか、とても自殺するような様子じゃなかったんですよね」

「え？」

「だから、あとから自殺らしいと聞いて、びっくりしたんです。それに、全身が癌で侵されていたと、確か身元がはっきりした時、ニュースで流れたんですよね。それで納得したんです。ひどい病気だったんだ」

「彼女、どこからバスに乗ってきたんです？」

「ああ、それは余市の始発からですよ」

「一人だったんですね」

「ええ。あ、いや、もう一人、お客さんがおられましたが。その方も余市から美国まで。その人も旅のようでしたが」

何かが小曽木の脳細胞を復活させたようだった。

「その人も、美国まで……」

「ええ。でも、杉村さんとは関係ないと思いますよ」

「男性ですか？」

期待は高まった。

「ええ」

小曽木の脳細胞の一部が爆発した。

「でも、関係ないですよ」

「どうして、そう言い切れます？」

強い反論に、田村運転手はむっとしたようだった。

「だって、席も離れていたし、途中、一言もお互い話しませんでしたから」

「それは、間違いないですか」

田村の返事ははっきりとしていた。

「ええ。間違いないですよ。警察にもそう話しました。それに」

「それに……」

「お疑いなら、途中から乗ってきた丸川さんにも訊いてみてくださいよ」

最初の人なつこそうな田村の表情は消えて、疑いをかけられた怒りが顔に満ちている。

小曽木は田村の微妙な感情の変化を感じた。

「すみません。疑うわけじゃないのですが。以前、大学で彼女にいろいろとお世話になったものですから。彼女がかわいそうで」

小曽木の言葉に、田村は小曽木が女性の彼氏か何かだと思ったらしい。死んだ女性のそばに男がいたと聞いて、関係もないのに、女性の裏切りでも感じたのだろうと、妙な想像を巡らしたようだ。

「でも、一言も言葉を交わさなかったから、彼らは他人だと思いますが、黄金岬には一緒に上がっていったな」

「何ですって！」

小曽木の大声に、ここまで乗せてきた運転手まで、向こうの机で顔を上げた。

「まあ、このあたりでは、遊覧船に乗るか、岬に登るかしかありませんから」

「彼らは二人で岬のほうに行ったのですね。ほかに観光客は」

「いや、札幌からの急行バスで、それなりのお客さんがいらっしゃったと思いますよ。まあ、みなさん、遊覧船に乗られますから」

「二人は船に乗らず、岬のほうへ行ったのですね」

「そうですね。ずっと見ていたわけじゃありませんから、確かに岬に行ったのかどうかははっきりとは言えませんが、二人だけ岬に上がる道のほうに行かれましたから」

「どんな様子でした、その二人。恋人同士のように見えませんでしたか」

小曽木は自分の推理想像が現実のものであるかのように、誘導尋問ならぬ質問をしていた。

「どうですかねえ。お二人、少しはなれて歩いていたと思いますよ」

バスの中でも言葉を交わさなかった。美国に着いてからも、二人ははなれて行動している。だが、二人のまわりには、運転手やら観光客、そして地元の人間が常にいた。

二人は他人のふりをする必要があった――。

「不倫旅行か……」

小曽木は秋代の相手には妻子がいると思った。根拠のない想像が、ますます現実のように思えてきた。何らかの理由で、相手の男は秋代を排除する必要が出てきた。男は秋代の病気を見抜いていた。病魔に侵されたことを儚んで自殺した、と世間に思い込ませて、秋代を殺害した。

「ピッタリだ」

「え？　何かおっしゃいましたか」

いいや、と首をふりながら、小曽木はさらに質問した。

「二人は、確かに岬に登っていったのでしょうか」

「たぶん間違いないと思いますよ。だって、その女性、岬から飛び降りたと聞きましたから」

「変なことうかがうようですが、女性が身を投げたとして、一緒に岬に登っていった男性、驚かなかったんでしょうかね」

「ですから、他人でしょ。二人が岬に登る道のほうに行くのを見かけただけで、一緒に登ったかどうかわかりませんよ。それに一緒じゃなかったら、いちいち他人のこと、気にかけませんよ」

田村運転手の言葉にも矛盾はなかった。それでも小曽木はますます自分の想像が正しい気がしてきていた。

不倫旅行を楽しみ、景色に感嘆の声を上げている恋人の背中を押したのだ。密かに姿を消すのも、何食わぬ顔をして、帰りの観光客に紛れ、美国をはなれるのも当然のことであった。

機嫌を直した田村運転手は、丸川たえの家を教えてくれた。たえは警察に訊かれたこともあって、当時のことをよく覚えていた。

「ええ、ええ。お二人は、列も一つあけてお座りでしたし、一言も」

田村運転手と同じ答えであった。

「ですがねえ」

丸川たえは田村とは別のことを口にした。

「あのお二人、ご懇意な間柄じゃないでしょうかねえ」

「え、どういうことです？」

思いがけないたえの言葉に、小曽木はもう答えが出たような気がしていた。

「いえ。確かにお二人は、離れて座っておいででしたし、話もなさらなかった。男性のほうは、ずっと窓の外の景色を見ていらっしゃいましたが、女性の方は、何度も男性のほうを見ておいででしたよ」

「それは？」

「なんだか私には、男性の方が女性から声をかけられるのを嫌がっておられるように思いましたが」

丸川たえは、視線をゆらゆらと動かした。

「私がバスに乗っていた時、男性の方が、女性のほうに目配せしたような素振りがあったように思いましたから。私も少し興味を覚えて、それとなくお二人の雰囲気を」

ほほほ、と丸川たえは皺だらけの手を口元に寄せた。

「警察には話しませんでしたがね、あの二人、きっとお知り合いですよ」

たえはお知り合いという言葉に力を込めて、深い意味を伝えた。

「ですが、女性はあのあと、黄金岬から海に飛び込んだんですよ。それを男性のほうが知らないはずないじゃありませんか」

「それはそうですがねえ……」

丸川たえはそれ以上の想像はできないようだった。

「どのような男性でした？」

田村運転手と同じ答えが返ってきた。

「そうですねえ。四十前後ではないでしょうかねえ」

「亡くなった女性の年齢は三十五です。比較しにくいかもしれませんが、もっと年配ではなかったのですか」

不倫旅行する相手だ。小曽木の想像の中では、もう少し歳を取っていた。

「いいえ。そんなにお歳は」

「顔はどんな感じでした。メガネは」

写真でも見せれば、特定可能なのだろうが、たえの表現からは、男の顔は想像の外であった。

「メガネは、さあ、どうでしたかねえ？　かけていらしたような、いなかったような」

目は、眉毛は、髪の毛は、金歯でもなかったか、と矢継ぎ早に質問すると、たえはますます混乱した。田村運転手の記憶から引き出した男の風貌に相当する人物は、といえば小曽木のまわりにも、それらしき人物が何人もいた。たえの返事は、田村の答えを補って、さらに人物を特定するのにはまったく役に立たなかった。

場合によっては、写真を携えて、もう一度この地を訪れなければならないかもしれない。それはいまの小曽木の立場からは、いつになるかわからない、あてのない予定であった。


杉村秋代の漂流死体の第一発見者村木文蔵の家に小曽木を案内したのは、丸川たえであった。遺体を抱きかかえて、水から上げようとした時の、あの感触は生涯忘れることができないだろうと言いながらも、文蔵は、当時の潮の流れからすれば、間違いなく黄金岬を回ってきたものだと断言した。

「右のわき腹がひどくえぐれていたからのう。あれは魚が食ったものじゃないな。どこか岩にでも当たった傷じゃよ」

「黄金岬から飛び降りたということですか」

「まず、間違いないじゃろうな」

「村木さん。あの女性が誰かと一緒に岬に登ったところをご覧になってませんか」

「知らんな。見たこともない女性じゃったな」

塩水でむくみ、おまけに皮膚がズルリとずれた死体の顔と、いったい誰の顔を比べるというのだ。赤剝けというよりどす黒い皮下組織が崩れながら現れた瞬間の恐怖を追い払うように、村木は大きく頭をふった。

19 南国の闇

小曽木が北海道の学会終了後、杉村秋代の足取りを追って美国の町を訪れていた頃、福岡県博多の中心街で開かれていた別の学会に参加していた華原医師は、二日目の学会出席をすっぽかして、早朝から一人、身辺に充分な注意を払いながら、志賀島行きの船に乗っていた。

今回の学会では、華原の演題はポスター掲示に割り当てられていたので、それを学会一日目に貼りつけておけば、三日間の会期中、どこにいようとかまわなかった。昨年十二月一杯で締め切られた演題募集で、いつもならば自分をアピールするために、必ず口演発表を選ぶのだが、今回に限って何か予感があった。華原は珍しくポスターでの発表を選択した。

あとで小林教授に、

「おや。華原君。今回はポスターかね」

と訝られた時にも、

「いいえ。口演でお願いしたのですが、ポスターのほうに入れられちゃいました」

と華原は、さも残念そうに答えたのであった。

未だに学会では、口演発表のほうがいかにも学会発表という感が強く、時間空間の都合上、ポスターでの研究発表を併設しているだけという印象があるが、考えようによっては、会期中貼り出して、研究者にじっくりと見てもらえるポスターのほうが発表のしがいがあるともいえる。

映したスライドで、与えられた数分の時間内に発表を終えなければならない口演演題では、次の演者が話し始めれば、すぐに前の演題など忘れ去られてしまう。

船上の華原にとって、貼り出したポスターの研究内容に質問者が現れようが、議論を吹っかけてくる研究者がいようが、どうでもよかった。華原の気持ちは金印の島に飛び、また神経は身のまわりの乗船客たちに張り巡らされていた。

大阪をはなれる時から、華原は比較的目立つように動いている。見えない脅迫者を燻《いぶ》り出すためだ。

同じ医局からは、数名の医師が今回の学会に参加しているし、若手の研修医たちの中には、忙しい時間を削っての博多行きを決行した者もいる。

華原の予想では、彼らの中に脅迫者がいる可能性は極めて低かった。華原を脅迫する理由があるとすれば、自分より年齢が上の医師たちをとばして講師に昇進したことに対する嫉妬しか思いつかなかった。

華原を追い落とそうとすれば、どのような華原の汚点でもよかったはずだ。夫も子もある女性と不倫している、しかも深夜の大学構内で、と知れば、それをネタにすればこと足りた。

脅迫内容は谷山千容子の行方不明に関わることばかりで、しかも脅迫状以上の具体的な動きが何もない。相手は谷山千容子と華原の付き合いを知っていて、華原が千容子をどうにかしたと疑っているが、それ以上の情報を持っていない。華原の犯行を証明するために、何とか華原を動かそうとしている。

華原の思考は、いまや集約されていた。

動けば危ないという気持ちを、脅迫者を見てみたい、そして密かにことを終結させてしまいたいという思いが次第に上回ってきていた。

学会の日が近づくにつれて、ますますその欲望が募ってきた。もはや学会発表など、どうでもよかった。

診療も研究も、学会準備も、さらには第二内科の講師としての任務も、何をしているのか、まったく思考から抜け落ちていた。

いかにして脅迫者を見るか……。

そしてついに、博多で学会があるこの日を選んで、華原は行動に出たのである。

ホテルを出て、地下鉄に乗り、博多港から船で志賀島にわたる道を選んだ。限られた空間の船の中では、それらしき追跡者がいれば、認識しやすいと考えたからだ。

途中西戸崎に寄って、半時間の海の旅である。華原は船内をうろうろとした。特に女性には気をつけてみたが、近づいて顔を覗き込むわけにもいかず、距離を置いて眺めた限りでは、数人しかいない女性の乗船客の中に見覚えのある人物はいないようであった。

志賀島の南端に停泊した船から降りて、華原は金印公園への車道を辿り始めた。わざとゆっくりと歩きながら、時々前後左右に顔をふっても、追跡者はいない。

歩いている人などいない。とおりすぎる車の運転手たちは、一様に徒歩の華原に不審な一瞥を与えて、走り去っていく。

「これじゃあ、目立ちすぎかな。追ってくる者も、これでは姿を現しにくいかもしれんな」

戻る気はなかった。脅迫者が現れないとしても、華原には確かめたいことがあった。

昨秋、まだ夏の名残か光があふれている志賀島に、谷山千容子と人目を忍んでやってきたのが、まるで現実ではなかったことのような気がした。公園に至る道も、左手に見える玄界灘も、時が移ろったのにもかかわらず、何も変わっていない気がした。

千容子を土の中に葬ったことすら、人の目に見える光景に、何も付け足さず、何も差し引かなかった。

見覚えのある石段を、一歩一歩確かめるように踏みしめながら登っても、目の前に現れた広場は変わらず、金印を刻したモニュメントもそのままであった。

すでに緑葉は木々の枝に戻り、昨秋とは少しばかり色合いが異なっていたとしても、華原の目には同じようにしか映らなかった。

人はいない。観光客が訪れるとしても、もう少しあとだろう。

華原の目は、しばらく公園の中をゆらゆらと、何を見るでもなく彷徨《さまよ》っていたが、ふと奥の東屋に隠れるように立っている大きな木に止まった。華原の足が木のほうに向いた。木の根元は何となくこんもりと盛り上がったような印象があり、落ち葉がその上にかぶさるように散らばっている。

華原は木の下に立ち、じっと根元を見つめた。

陽が静かに時を刻んでゆく。目には見えなくとも、わずかずつ目の前の光景は変わっていっているはずだ。

だが、土の中の時間は止まっている。少なくとも、いま、足の下に眠っている谷山千容子の時間は止まっている。

いやいや……と華原は足元を見つめながら、小さく呟いた。半年前とはまったく違った千容子がいるはずだ。肉は腐敗し、異化されて、いまや土と一体化してしまっているだろう。土の中では光も届かず、残った骨だけが、本来は白いはずが、暗闇の中、真っ黒い骸骨となって折りたたまれているはずだった。

公園に人の気配はなかった。次第に暑くなってくる初夏の空気が、時おり、涼しく流れた。

夏を思い起こさせる太陽といっても、まだ四月のことである。日本海からの冷たい寒気のせいで、九州という日本の南という印象からはほど遠い。福岡は冬には大量の雪さえ降る土地柄である。

風が運んでくるのは、道路を走り抜けていく車の音だけであった。

「千容子の頭は、どのくらいの深さだったか」

土表面からそれほどの距離があるとは思えなかった。折り曲げられた体の上に配置されて、沈黙を続ける頭蓋骨があるはずであった。

華原はあたりを見回した。背後の草むらから山肌に向かって、木々が幹を並べていた。華原の姿が、手頃な木切れを探して、林の中に消えた。


その頃、一台の真っ白な自家用車が金印公園の下に着いた。石段の横には駐車のためのスペースが設けられている。車は静かにそこに停止した。

真っ黒いサングラスをかけた女性が一人、あたりを見回しながら、車のドアを開けて出てきた。髪は鳶色に輝いている。染めているのか、鬘《かつら》でもつけているのか。何となく人目を憚《はばか》るような努力をしているようにも見えた。陽射しに照りつけられて、隠れるところもない。

金印公園を訪れた観光客ではないようだ。石段を登ることなく、女性はそのまま北のほうに道路を辿り始めた。左側の車道を、砂浜を見下ろしながら、海岸沿いに進んでいく。右に曲がる頃、女性の姿は公園からは見えなくなった。

しばらく女性は歩いていった。海岸にじっと目をやりながら、山側の景色には目もくれない。視線は砂浜から岩場、また砂浜へと、海岸を地形どおりに追っていた。

「このへんだわ……」

穏やかな玄海灘は岩場にまで寄せてくると、小さな白い波を立てながら、岩の隙間の中に吸い込まれていくようだ。人なら一人くらいは入っていけそうな、複雑な岩の裂け目が、女性の目の前にあった。

サングラスを取った女は、海の光に眩しそうに目を細めながら、じっとその岩の裂け目を覗き込んだ。

小さな音を立てながら、波が足をハイヒールの上から洗って、女性はかすかに声を上げた。

一人の女性の奇妙な行動を知ることもなく、公園奥の林の中から姿を現した華原の手には、少し太めの折れた枝がつかまれていた。

華原は公園に人がいないことをさりげなく探ると、東屋の大木の根元にすっと体を沈めた。建物の影になって、公園からは姿は見えない。

すぐに土を木切れで引っかく音がしてきた。だが、固い土が木の枝くらいで、簡単に掘り返せるはずもなく、悪戦苦闘した割には、わずかな穴しかあいていなかった。

その時遠くからバスのエンジン音が近づいてきた。乗り合いバスの定期便だろうか。

華原の手が止まった。人の気配がないことを確認すると、華原の体がすっと立った。手の木切れは、すぐ目の前の草むらの中に落としている。

バスは公園のすぐ下に停まったようだ。息を殺して、エンジン音に注意を集中していると、音が途絶えた。やがて、がやがやと人の声が溢れてきた。声は階段を這い上がり、バス一台分の人間の頭が見え始めた。

華原は何気ない顔つきで、それとなく観光客の顔や姿かたちを観察しながら、目立たないよう、ゆっくりと歩いて回った。

公園の南半分、遠く中国大陸の地まで記した地図のあるところにも、観光客は広がっていた。さしあたり、華原に注目している人物はないようだったが、油断はならなかった。

東屋の立つ公園の北半分との間を往ったり来たりしながら、華原の観察はつづいた。

さすがに東屋の裏手奥にまで足を踏み入れる者はいなかったようだが、こうしてみると、人は何も知らずに動いているのだなあ、と妙な感慨が湧いてくる。

「あなたの足元に、女性の白骨死体が埋まってますよ」

と声をかけられたら、人々はどのような反応を示すだろう？

「死体をそこに埋めたのは私ですよ」

名乗ってやれば、彼らはどのような顔をするだろうか？

うずうずと妙な欲望が湧き起こってきた華原は、一人ニヤニヤしながら、また公園の中をぶらぶらと歩いた。

一団体が去ると、次のバスがやってきた。今日一杯、客足が途切れるまで、千容子の死体確認はできそうになかった。

それに、予想した以上の観光客の多さに、華原には脅迫者を見つけることは不可能のように思われた。誰か同じ人物がいつまでも残っていれば、それが怪しいと思われたが、気をつけて見ていても、華原の警戒線に引っかかった者はいなかった。

真っ白な車が、福岡KSホテルの地下駐車場に滑り込んだ。あたりを憚るように、一人の女性が車から出てきた。真っ黒いサングラスをかけている。

外はまだ日が高い。それでもホテルの中でもかけたままの漆黒のサングラスは、輝くような鳶《とび》色の毛髪とともに人目を引いた。

女性は躊躇《ちゅうちょ》なく真っ直ぐにエレベーターに向かい、中に吸い込まれた。

ホテルの二階、三階は学会場になっている。口演会場五つと、広大なポスター発表会場は満杯で、学会員たちが大勢うろうろとしていた。

学会会長を初め幹事たちは、会場となっている福岡KSホテルのデラックスツインに宿泊している。費用はもちろん学会負担だ。巡り巡って、結局、学会員たちが支払う学会費からの捻出であった。

部屋の中で女を迎えた小林一郎は、いつもどおり性急な欲求を満たすべく、城島真由子に近づいた。午後から責務のない小林は早々に部屋に帰り、真由子の来室を心待ちにしていたのであった。

しばらくの時間、扉の内側で重なり合った唇が窮屈そうに動いた。

「あなた。何も見つからないのよ」

「また行ったのか？」

「ええ……だって気になるんですもの」

「前にも言っただろ。いい加減にしろって。それで？」

「何もなかったわ」

「当たり前だろ」

「でも……」

「何もあるはずないんだ。あの時だって、何かの見間違えだったんだ。そうに決まっている」

「でも、私にはあれが」

「その先は言うな。真由子の見間違えだったんだ。あれからもう半年以上だ。君は何度あそこに足を運んだんだ？」

「数えきれないわ」

「ふん。馬鹿みたいだな。ありもしない妄想におびやかされて」

「あなたは平気なのね」

「当たり前だ。第一、あのあと気をつけて見ていたが、何も報道されなかった。人を撥ねたなら、確実にニュースになっている。ひき逃げなんだからな」

　真由子の体がすくみ上がった。

「そんなニュースすら何も聞かなかったぞ。何もなかったんだ。俺たちの勘違いだったんだ」

「でも、私には確かに白い人のようなものが」

「いいから忘れろ。たまたまそう見えるようなものが、そこにあったんだ」

「何かにぶつかった証拠に、車に疵がついていたじゃない」

「それも、たいした疵じゃなかったじゃないか」

「ぶつかったショックもあったわよ」

「何か置いてあったんだろう。それにかすっただけさ」

「じゃあ、それ、かすったもの、どこに行ったのよ」

「そりゃ海岸に落ちたんだろ」

いつも繰り返される堂々巡りの質問と応答に、小林はうんざりした。

「次の日も、私行ってみたのよ」

「やめとけって言ったのに」

「ほうら、あなただって、何か気になったから、やばいと思ったからそう言ったんでしょう」

「……」

「でも、何もなかったわ」

「きっと海に流れていったんだ」

「そうだとしても、どこかに打ち上げられるんじゃないの？」

「人の死体が流れ着いたのなら、大騒ぎだ。当然ニュースになるだろ。そんなことは一切なかった」

「間違いない？」

「ああ、間違いない。真由子も気をつけて見ていたはずだ。何もなかっただろ、この半年」

「どきどきだった……」

「もう行くのはやめろ。何でもないんだから。何度も同じことを言わせるな」

「今夜、一緒に行ってみない？　これで最後にするから」

「お断りする。くどいよ。それに明日はまだ学会がある。さあ、こっちに来なさい。折角の時間がもったいない。なかなかこうして逢えないんだからな」

まだ先をしゃべりそうな真由子の手を引いて、小林は部屋の奥のほうに進んだ。そして、荒々しく真由子の胸元に手を差し込むと、量感豊かな乳房を握りしめた。真由子の体が大きくしなって、二人はもつれたまま、ベッドに倒れ込んだ。


一度、船着場まで戻った華原は、観光客で半分ほど席が埋まっている食堂に入った。木の根元を掘り返すチャンスを見計らっていても、観光客の足が途絶えず、華原は暗くなるまで待つことにしたのである。

昼頃になると道を歩いていく人たちも見え始め、島と海の景色を楽しんでいるようであった。金印公園から港まで戻るのは面倒だったが、華原はぶらぶらと道を下った。

「指輪を海に投げたのは、どのあたりだったか？」

暗い夜道で、海の方向に投げたのだ。間違いなく水の下だ。見つかることもあるまい。見つかったって、どういうこともあるまい。

部分的には民家や、海岸の岩場が海にせり出している。そのようなところで指輪を投げれば、あるいは海に届かなかったかもしれなかった。少しばかり華原は後悔した。

それでも、あの指輪が谷山千容子のものであるとわかるはずもない、という確信があった。わかったところで、自分に結びつくものは何もない。

彼女のものであることを示す唯一の手がかりは、指輪の内側に彫られたアルファベットの文字だった。千容子のCの文字、そしてTは千容子の強い希望で彫られた、華原の名前の頭文字、俊夫のTだった。

「あの指輪が万が一見つかったとしても、TとCなら、谷山千容子の頭文字だ」

華原を連想させるものは、何一つなかった。

観光客の中に華原は、サングラスをかけて表情を隠し、明らかに鬘ではないかという髪型の女性を幾人か見つけていた。誰とも特定できないままに、彼女たちも旅人に違いなく、ほかの客が引くとともに消えていった。

昼食を摂る人たちを注意深く観察しても、結果は同じようなものだった。昼食にしてはご馳走の、朝捕れたという魚介類たっぷりの刺身定食に舌鼓を打ちながら、華原には今夜脅迫者が現れる気がしていた。

たちまちのうちに下腹部が窮屈になってきた。

腹を満たして、またゆっくりと公園に向かって歩くと、東屋の根元から谷山千容子の白骨が自分を差し招いているような、妙な気分になっていた。

千容子殺害現場という、華原にとって最も危険なところで、再び犯行に及ぶかもしれないのだ。脅迫者が現れたなら、始末をつけなければならなかった。

午前中同様、入れ代わり立ち代わり金印公園を訪れる観光客は、東屋の中に長時間、一人の男が眠ったり目を開けたりしているのを目に留めたとしても、その男が午後一杯、ずっと公園にいたことを知るはずもなく、やがて夕闇が迫ってくると、公園の中には華原一人になっていた。

それまで華原の神経は、観光客の観察に集中していた。おそらくはあの中に、華原を脅迫しつづけている……たぶん女がいるに違いない。旅姿の女たちであった。誰もがよく似た様相だった。鬘をつけサングラスをかけると、もはや個人の特定は不可能だ。何度も同じ女が現れたような気がしないでもなかった。

闇の中の死体確認作業に華原は賭けることにした。異様な興奮が華原の全身を包んだ。

華原の体が東屋の陰に沈んだ。

華原は木の前で、自分の鼓動と呼吸の音を聴いていた。計ったような時が過ぎ、華原の手には昼間放り出しておいた木の枝が握られていた。夜の公園のしじまをやぶって、やたら大きく、土を掘る音がガリガリと響いた。

街灯のわずかな光に、黒々と口を開けた穴が、少しずつ大きくなってきた。木の根にかかり、手から枝が飛びそうになっても、また握る手に力を込めて、華原は穴を掘りつづけた。

もちろん周辺の空気の動きには神経を張り巡らせて、脅迫者の出現を待っているのだが、手元の感触に集中すれば、まわりへの警戒はおろそかになっていた。

華原の額に汗が滲み、流れ落ちるまでになってきた。目蓋から目に入り、眼球に痛みが走った。華原は強く目蓋を閉じた。

手の甲で汗を拭い、少し痺れ始めた手をふって、再び木の枝を穴の中に突き刺した。すでに深さは三十センチほどに達している。そのあたりから、妙に土が軟らかくなり始めた。

「もう骨が出てくる頃だ」

何となく焦燥感が華原に湧き始めていた。理由のわからない不安感であった。

コツン。枝が硬いものに当たって弾かれる感触があった。

「あった！」

華原は頭蓋骨だろうと思った。急いでまわりを掘り込むと、

「違う……」

木の根であった。

千容子を埋めた穴は、木の根元に深さ五、六十センチくらいで、裸体を折りたたんで落とし、土をかぶせたから、地表からせいぜい三十センチほどで現れてくるはずであった。

一時は、脅迫者の手紙を読んで、千容子が甦ったのかと驚き慄《おのの》いたものの、ありえないことだと確信している華原であった。それが、ゆうに三十センチは掘っているはずなのに、まだ千容子の体に達していなかった。異様な恐怖感が華原を取り巻き始めた。まわりへの警戒心は途絶えていた。目の前の黒い口を開けた穴にのみ、華原の神経は集中していた。

「ま、まさか……」

すでに間違いなく埋めたあたりに木の枝が到達しているはずであった。穴の底の一番深いところは、小さい面積ながら五十センチには達しているだろう。死体が、骨がないはずがない。

華原は片足を穴の中に踏み入れた。そして窮屈な格好で、今度は両手で枝を握りしめ、必死で土を掻き始めた。何かに阻まれるたびに、あったと喜んでも、それはぬか喜びで、

もはやその場所に谷山千容子の骨がないことは確実であった。

踏みしめた足が、ズボリとめり込んだ。足が空洞にぶら下がったような気配がした。どうやら木の根に囲まれて、空洞があるようだった。

その中にも死体がないことは明らかだった。足を動かし、その足を抜いて、地上から体を折り曲げ、手を差し入れても、何も触れなかった。

恐怖が華原の全身を包んだ。

「そ、そんな……そんな馬鹿な」

華原の押し殺した声が、穴に吸い込まれた。

「そんな……ありえない……」

華原は体を起こすと、恐怖に満ちた顔を闇に巡らせた。

「う、うう……うわわ……」

突然、華原は何かが爆発したかと思った。目の前に強烈な光があった。

心臓が口から飛び出しそうになりながら華原は立ち上がった。まぶしい光を手で遮りながら、華原は光から逃げようとした。

「待ってください」

千容子の声とは違う。脅迫者が現れた！　華原はとっさに、光を浴びせかけている相手を理解した。やはり女だ！

遮る手をかざす華原を、真正面から光が照らしている。

「そこには谷山千容子さんが埋められているのですか？　あなたが」

相手の顔が見えない。だが、相手の位置はわかる。

華原は答えなかった。答える代わりに身を翻《ひるがえ》して、光から体を逸らした。慌てたように、光が上下左右に揺れた。

枯葉を踏みにじりながら、足音が急速に光に近づいた。直後に、光めがけて振り下ろされた枝に打たれて、懐中電灯が地に落ちた。

落ちている懐中電灯を拾い上げたのは華原のほうだった。光が公園の中を揺れて、人の姿を捉えた。女だ！

華原は勝利を確信した。

女は二メートルと離れていないところにいた。軽装であった。胸のふくらみを見るまでもなく、下半身の体形が女性のそれであった。光が女の体を這い上がった。

今度は女のほうが光を遮る番であった。手が顔を隠している。

一瞬、指の間をとおして、光が女の瞳を射た。

きらりと光跡を残して、女の瞳が流れ、あっという間に光の外に消えた。

女はすばやかった。くるりと身を翻すと、一目散に公園を駆け抜け、石段を跳ねるように降りた。

突如、悲鳴とともに滑り落ちるような音が、あとを追う華原の耳に響いてきた。

石段の下にうずくまる女と自分の足元に、光を代わるがわる当てながら、華原は注意深く石段を降りた。どうやら女は一人のようだ。

こちら向きに盛り上がった臀部が光に照らされた時、華原は生唾を飲み込んだ。いったい誰だ、この女は。いずれにせよ、俺を知っている奴に違いない。顔も見られた。この上は、やることは一つだ……。

華原は股間が窮屈になるのを感じながら、さらに石段を降りた。

動けないと思っていた女に、まだ力が残っていた。痛む足を引きずりながら立ち上がった体が、大きくよろめいた。

その時、車の光が、突然闇を裂いた。

光の中に身を現した女を、車は避けることができなかった。急ブレーキの音が空しく闇夜に広がった。どん、と音がした。

女の体がふわりと持ち上がって、ボンネットを横切り、海のほうに落ちていった。

「ああ！」

すぐ先で急停車した車から、女性が飛び出した。右側のドアも大きな音をたてて、弾けるように開き、男性の影が飛び出した。

「何ということだ！」

二人は、車のヘッドライトの中に被害者がいないことを見て取ると、ガードレールから身を乗り出して、闇の海岸を見わたした。もちろん何一つはっきりと見えるものはない。

「早く下に行って」

「待て」

男性はあたりを見透かすようにしていたが、早口で女性に命令した。

「おい。車を公園の駐車場に入れろ。早く。ライトを消せ。懐中電灯を持ってこい。いや、俺がやる」

男は急いで運転席に体を滑り込ませると、車をバックさせて、石段横の駐車スペースに車を停めた。ヘッドライトが消えた一瞬の暗闇を、石段に備えられた街灯の明かりがわずかに救った。

やがて懐中電灯の光が、道路から下の海岸を這い回っていた。

「どこ？　どこなのよ？」

女性は気が狂ったように、小さな砂浜を走り回った。男性は足を取られそうになりながら、先の岩場を探し回った。

撥ね飛ばした人間らしきものは、どこにも見当たらなかった。

「いない。いない……」

二人は、狐につままれたような顔を見合わせた。


「あの時と一緒よ」

恐怖に満ちた真由子の声がした。

「だから、こんなところに、二度と来たくなかったんだ」

叱るような小林の声だ。

「そんなこと言ったって」

「どうするんだ？　この前は反対側から来たが、場所もほとんど同じだ」

小林は海岸から道路を見上げた。向こうには金印公園がある。

「ここ、何かに呪われてるのよ」

真由子の金切り声が上がった。

「いやよ。ここから離れましょう」

「車を調べてみよう」

車は右前の角から側面に少しへこみがあり、ライトの一部が壊れていた。

「これなら簡単に修理できるな」

「撥ねた人は？」

「道路を越えて、海に落ちたに違いない」

「生きているかもしれないわよ。助けなくては」

「いや。あの時も見つからなかった。そして」

小林は真由子の顔をじっと見つめた。

「半年が過ぎた。何ごともなく」

真由子はまじまじと相手の顔を見た。

「俺たちがここにいることなど、誰一人知らないんだ。何もなかったんだ……」

「でも、あの人が誰かと一緒かも」

「だったら、とうに騒いでいるさ。誰も出てこなかったじゃないか」

白い乗用車が、躊躇うように闇夜の中を、遠くにちらつく街の灯めざして走り去った。

車が去ってから間もなく、一つの黒い影が、溶け込んでいた闇の中から姿を現した。華原は静かに呼吸を計っていた。時おりとおりすぎる車を数台やりすごしたあと、華原は道路を横切って、海岸に降りていった。

ホテルの地下の駐車場で、二人は気持ちを落ち着かせるのに、ずいぶんの時間を費やした。

「あれは人ではなかったのかもしれん」

「今度は駄目よ。間違いなく人だった。それも女の人のよう……」

真由子は顔を覆った。

「きっとあの岩の裂け目に入っちゃったのよ」

「いいか。車の疵は、前とは違うところで修理しろ。たいしたことはない疵だ。これが大きかったら、言い訳のしようがないところだが、今度も何とかなる。そう信じるんだ」

「でも、あの人……」

「あそこは何か変だ。二度までも同じことが起こるなんて」

「今度は見つかるわよ。海に落ちたのよ」

「見つかっても、俺たちのことはわからん。最近の科学捜査は、馬鹿にならん」

い。車から足がつくかもしれん。目撃者もいないんだからな。車だけが危な
沈黙が苦しいのか、小林はしゃべり続けた。

「それも、もし万一、死体が見つかったらのことだ」

「ねえ、やはり自首したほうが」

「何を言う。そんなことしたら、俺たちは破滅だ。すべてがばれる」

小林の剣幕に、真由子は押し黙った。

「とにかく俺は明日も学会で座長を務めねばならん。要らぬ心配をさせるな。いや、車はガレージにしまって、決して動かすな。修理に出せば、何かあるとばれる。今度も前と同じように、何もないことがわかってからにしろ」

修理しろと言ったり、するなと言ったり、小林も混乱していた。

「わかったわ」

「二、三日も見ていれば、死体が上がるかどうか、わかるだろう。俺は、死体が前のように見つからないほうに賭ける」

「何言ってるのよ。見つかったら、その時は覚悟しなければ」

真由子は少し落ち着いたようだ。前回の事故をうまく切り抜けた運を信じたのかもしれない。自首しようがしまいが、不倫ドライブの途中で、交通事故を起こしたことがばれれば、どの道、二人は終わりであった。

小林には、もっと打算が働いていた。今回の事故で運転していたのは真由子のほうであった。もし万が一、ひき逃げ事故として扱われても、捕まるのは真由子であった。

最後には、知らぬ存ぜぬを決め込むつもりだった。

「もう、この話は終わりだ。部屋に戻るぞ。やはり行かなきゃよかったんだ」

午後の長い情事のあと、真由子が囁いたのだ。

「ねえ。お願い。もう金輪際言わないから、今回限りにするから、もう一度だけ島に」

「まだ言っているのか。ダメだ」

「あの海岸に岩場があるのよ。そこに人ひとりが入れるくらいの裂け目があるの」

「そこに入ったというのか」

「そうとしか考えられないのよ」

「だが、あれは人じゃない」

「そうだとしても、一度でいいから、いいえ、これっきりだから、あの岩場だけでも」

お願い、と体を結合させたまま、真由子は小林の胸から顔をはなして、じっと愛しい男の目を覗き込んだ。

二つの乳房の先にくすぐられる胸板を心地よく感じながら、小林はしばらく考えていた。

「ねえ……お願い……」

囁きが甘すぎた。

「いまから行けば、もう夜だぞ」

時計の針はすでに六時近くを指していた。

そして今日何度目かの絶頂感に身を震わせたあと、二人は密かに地下の駐車場から車を出して、志賀島に向かったのであった。外にはすでに街のネオンが溢れていて、わずかに空に残照があった。

それも島に向かううちに完全に消えて、まわりを真っ黒な闇に囲まれた海の中道からは、自動車道の街灯だけが道案内人となっていた。

金印公園に近づくと、海も山も空の闇と一体になっており、その中を車道が縫うように昇っている。真由子は車の速度を上げた。公園下の駐車場に車を入れるつもりだ。

「いつ来ても、わかりにくいわね」

道路脇の駐車場は、南から入れば公園入口の石段の手前に、小さなスペースがあるだけだ。

「そこだ」

「ああ！」

小林が闇の中、急にヘッドライトの光に浮かび上がった石段を指差すのと、真由子が絶望的な声を上げるのがほとんど同時だった。

二人の目の前ボンネットの上を、人の形をした物体がどんと音をたてながら横切った。

20　消えた女

　華原は夜遅くホテルに帰っても、興奮と不安、それに少しばかりの恐怖に、一向に眠れなかった。眠れるはずもなかった。

　女が二人、消えていた。

　そして思いがけない男をそこに見たのである。

　谷山千容子が埋めたところにいないことは、かすかな疑いを抱いたことはあったものの、心の中ではありえないことと、華原は無理やり信じていたのだ。

　さすがの華原も、空っぽの穴を確認して、夢を見ているのではないかと思った。谷山千容子と金印公園に来たこと、いや谷山千容子と付き合っていたことさえ、夢だったのではないかと思った。

「俺は何か夢でも見ているのだろうか……」

　ホテルに帰る道すがら、何度も呟いた言葉だった。

「いやいや、俺は確かに千容子をあそこに埋めたんだ。衣服を持ち帰り、切り刻んだ服を少しずつ、ごみと一緒に捨てたんだ。確かに俺は千容子をあの東屋の奥の木の根元に埋めた」

なのに、どうしていない？

「蘇生したのだろうか？」

華原は、頭部を強打された千容子が息をしていないことを間違いなく確かめた。腕の動脈に触れ、確実に拍動が停止していることを確認した。それに……と、そのあとを思い出して、華原の顔が悪魔の輝きを見せた。

「いくら俺が快楽を与えてやっても、千容子はうんともすんとも言わなかった。何の反応も見せなかった」

死体で自らの邪欲を存分に満たした時の感触が戻りかけて、それを恐怖が覆い隠した。

木の根で囲まれた小さな空洞が、千容子がいた空間のように思えた。

「千容子は生き返ったのか!?」

「何かの拍子に、千容子は蘇生したに違いない。あの木の根元から抜け出したに違いない」

ならば、どうしてすぐに俺のところにやってこなかったのだ？　どうして警察に届けなかったのだ？

何かがおかしい？　何かが、蘇生した千容子の身に起こったのだ。どこかで千容子は生きている……。

その考えを、華原は否定した。行方不明となった谷山千容子の捜索はすでに何カ月にも及んでいる。生きていれば、まず発見されるに違いない。たとえ記憶を失っていても、誰かに保護されていれば、間違いなく見つかるはずだ。見つかれば、俺のことも……、と考えて、華原は笑いがこみ上げてくるのを感じた。

「それならば千容子は家に帰っているはずだ。記憶を失っていても、家族が千容子を引き取るはずだ。千容子は帰っていない。ということは、偶然発見されていないか、やはりどこかで死んでいるか」

全裸の千容子が夜の志賀島を歩いている。変な奴がいて、千容子を監禁して、記憶のないことをいいことに、ずっと慰みものにしている……。華原の想像は妙なところまで広がりそうになって、自ら修正した。

「考えすぎか。それに、あの脅迫者。間違いなく、俺が睨んだとおり、女だった。それも若い女だ」

誰だかわからなかった。その後、車に撥ねられたはずだった。どんと当たる音は、華原も公園の闇の中で確かに聞いた。直後の急ブレーキ。車から出てきた二人の男女。

華原は薄暗い街灯の光の下で、はっきりとは見えにくかった慌てて動き回る男性の姿かたち、そして話し声が、何となく自分が知っている、極めて身近なところにいる人物に非常に似ていることに慄然とした思いを感じていた。

「まさかとは思うが」

小林教授もいま学会に来ている。公園の木立の隙間に顔を差し込むようにして、撥ねた被害者を海岸に探していた男女を見極めようにも、暗い中、華原の視力には限界があった。

しかし、車道を横切り、車に戻った男の顔が一瞬、石段横の街灯に浮かび上がった時、華原は間違いなく男が小林一郎であることを認識したのであった。

思いがけない収穫だ、と華原は興奮の極みにあった。車が去っていったあと、華原は海岸に下りてみた。撥ねられた女が見つかれば、華原としては死亡を確認するだけでよかった。

男女が慌てて車を発進させたのも、被害者の死を確認したからに違いないと思ったのだ。

暗くてほとんど何も見えない海岸に目を凝らし、女を探しながら、華原の脳細胞は新たな計略を練り始めていた。小林教授が運転していたのかどうかは不明だが、間違いなくひき逃げだ。教授との今後の取引に絶好の材料が手に入ったと、華原の体中に満足感が広がっていた。

しかし女は見つからなかった。海岸は岩場で、明かりを持たない華原は、足元に注意を払いながら女を探した。

波の打ち寄せる音が足元に小さく響くあたりまで、何とかよろめきながら進んできても、女はいなかった。

「海に落ちたのか」

目を凝らしても、闇が広がっていくだけで、何も見えなかった。

「海に落ちれば、助からないな」

耳をすまして、人が泳ぐなり、助けを呼ぶなりしている音を、静かな波の間に聴き取ろうとしても、それらしい音はなかった。

道路から数段低いところにある海岸は暗く、南の方角はやがて砂浜に連なっていくとしても、北側はすぐに水になった。女が、撥ねられた石段の前から海側に落ちたから、さほど広い範囲を探す必要はなかった。

歩き回っても、岩場に女はいなかった。間違いなく、海に落ちたと華原は判断した。

まんじりともせず朝を迎えた華原は、早朝からテレビのスイッチを入れ、ニュース報道に目を凝らした。

昨晩の志賀島での交通事故のことなど、まったく報道されていなかった。

「遺体が見つかるとしても、明るくなってからだろう」

まだニュースになるとは思えなかった。華原には新たな楽しみが増えた。

「教授は確か、今日、口演の座長と、公開講演があたっていたな」

学会抄録の中に小林教授の名前を確認した華原は、ニヤニヤと不気味な笑いを浮かべていた。

「あれは間違いなく小林教授だ。横にいた女は誰だ。どうせ不倫相手だろう。いったいどんな顔をして、今日の学会に教授は現れるのだろう。こいつは見ものだ。よし。見にいくか」

華原の谷山千容子殺害を知ったであろう脅迫者が生きている可能性はほとんどない。華原は自信ありげに結論を出した。

死体発見のニュースにも気をつけていなければならないな、忙しい一日になりそうだ。それにしても、俺は学会に来ているのに、何をしているんだ……。

げらげらと大きな笑い声が外まで漏れて、華原の部屋の前をとおりかかった客が驚いたように、扉のほうに顔を向けた。

女らしき人間を撥ねた、だが死体すら見つからない。以前と同じような災禍に巡り合って、城島真由子は気がどうにかなりそうだった。

半年前に車に当たったのは人ではない、とこのごろようやく気持ちが落ち着いてきたところに、よけいなことをしたものだと、自らの執着心を呪っていた。

恐怖が体を満たし、将来への不安が強烈に込み上がってきた二人は、その晩、何もかも忘れようと、異常なまでにお互いを求め続けた。絶頂感が何度押し寄せても、そして直後にはこれまでの志賀島での事故がすべて夢の中のことのように思えても、またすぐに現実の恐怖が体内に満ちて、快感を吹き消した。

夜明け頃、ようやく体中の細胞たちが悲鳴を上げ、筋肉はすべてのエネルギーを使い果たし、永久に眠らないであろう脳細胞の一部を残して、二つの裸体が四肢を思い思いの方向に投げ出し、ぐったりとしていた。

顔を枕にうずめたままの小林の声がくぐもって聞こえた。

「真由子。今日、午前中、座長が当たっている。そのあと公開講演だ。ホテルのチェックアウトは昼前にやるから、それまで、ここでゆっくりとしているがいい」

小林と並んで、やはりうつ伏せに寝そべっていた真由子は、半分眠りに落ちかけていたが、小林の声に顔を曲げた。

「一人じゃ、こわいわ」

「じゃあ、座長が終わったら、一度戻ってくる」

「お願い。少しでも、長く一緒にいて」

真由子は体をずらして、小林にしがみついた。震えが伝わってくる。

「大丈夫だ。びくびくしていると、かえって怪しまれるぞ。何もなかった。何もなかったんだ」

そう言いながら、小林は頭の中で独り言を言っていた。

運転していたのは真由子だ。もちろん、このまま何ごともなければそれに越したことはないが、万が一、事故のことがわかっても……。

「ねえ。何考えてるの？」

心の中を見透かされたようで、小林は思考の方向をすばやく転換させた。

「いいや。車の前が少し傷んでいた。ライトも割れたようだ。どうしたらいいかと思ってね」

「ゆうべ、車は置いておいたほうがいいって言ったじゃない」

「そうだったな。下手に修理すると、そこから足がつく恐れが強い」

言葉づかいが完全に犯罪者のものであった。

「とにかく、俺は前と同じように、何も見つからないほうに賭ける。いや、もはや賭ける以外ないんだ」

「……」

「しばらく静かにしていよう。平然と普段どおり、生活していればいいんだ」

「今日、帰っちゃうのね」

心細そうな真由子の声を、小林は聞いていなかった。テレビのリモコンに手を伸ばすと、スイッチを入れた。画面に早朝のニュースが映し出された。

さすがに疲れたのか、真由子はうとうととし始めた。ニュースには格別の情報はなかった。チャンネルを次々と変えても、事故に関する報道は一つもなく、地方版では当地博多で学会が開かれていて、先に国際学会賞を受賞したO大学医学部教授小林一郎氏の特別講演が、一般市民にも公開されると案内していた。

昨晩から何も食べていない。にもかかわらず、空腹感はなかった。極度の緊張と、過剰なまでの情事に、身も心も疲れきっていたが、小林の脳細胞だけは興奮状態をつづけていた。

真由子をベッドに残して、小林はシャワーを浴び、ひげを剃り、髪を整えた。今日の一般向けとなる講演用に持ってきていた新調のスーツに袖をとおして、何とかこれからの責務に臨む準備ができたようだ。

小林はそっと部屋を出た。ドアノブには、「起こさないでください」の札をかけるのを忘れなかった。

華原は、小林教授が座長を務める学会場の前から三番目の、壇上からは少し見えにくいと思われる席に体を沈めた。小林のセッションは次の演題からで、一つ前の口演が行われている間に、華原は座席に滑り込んだのである。

正面のスクリーンだけが研究データが映し出されて明るい以外、会場の照明は最低限にまで絞られている。次座長の席にいる人物の背中から頭のかたち、そして髪型はまさしく小林一郎教授のものであった。

発表が終わり、会場が明るくなり、あまり活発でない討論が二、三分つづいたあと、演者が引き上げると同時に、座長も入れ替わった。華原はなるべく頭を低くして、小林の顔色をうかがった。普段と何も変わりのない顔つきである。

「間違いないな。昨夜の男は、小林教授だ」

華原は確信した。

「とんだ食わせ者だな」

自らの所業を棚に上げて、華原は教授を批判していた。

演目紹介の声は、普段の小林の声と何も変わらなかったし、質疑応答をまとめる声にも、昨夜、ひき逃げをした車に乗っていた人物とは微塵も感じさせない、学者の重みが漂っていた。

「さすがだ」

妙に華原は感心した。

「これほど神経が図太くなければ、教授は務まらんのだろうな」

大学教授たちが聞いたら、頭から湯気をたてて怒るか、わからないように賛意を示すか、いずれかの反応を取ることは間違いない。

小林の視線は圧迫するように会場を見回し、演者に注がれ、そして前列に戻ってきた。華原の顔の上を小林の視線がとおりすぎたが、大勢いる聴講会員の中で、華原を捉えそこなったようだ。表情に何の変化もなく、小林は次の演題を紹介し始めた。

小林に割りふられた口演演題は七題。何ごともなく進み、滞りなく終了した。ろくに研究内容を聴いていなかった華原は、七題目の途中で、薄暗がりの中、会場を出た。

十分も待つと、座長を終了した小林が会場出口に姿を見せた。すれ違う会員たちと挨拶を交わしながら、教授はエレベーターの中に消えた。

「部屋に戻るのだな」

華原はそのような小林を見て、推理した。

「女がいるはずだ」

できれば女の姿を確認したかった。夜の闇に紛れて、慌てふためいた女の姿が、ぼんやりと華原の視野に広がっていた。

学会場となっている福岡KSホテルは、九州でも五指に入る大ホテルとあって、学会員がインターネットを自由に利用できるパソコンが何台か、会場横のスペースに用意されている。あいている一台に近づくと、華原は配信されているニュースの欄を開き、昨夜のことが報道されていないか、細かい文字を読んでいった。

事故のことも、ましてや漂着死体が見つかったことなど、一文字もなかった。

「妙だな」

とすると、あの女は生きているのか？

短絡的な想像を華原はたちまち打ち消した。ならば、警察に届けている。

車に撥ねられたこと、ひき逃げ、それよりも華原が谷山千容子を埋めたこと、すべてが大事件になるはずであった。

女が生きていて、警察に駆け込んだとして、まだメディアが知らない。それだけのことかもしれなかった。

体中に冷水をかけられたような気持ちに耐えながらも、華原は妙な興奮を感じていた。

谷山千容子を殺して埋めたことを知ったと思われる女、その女を撥ね飛ばした小林一郎と愛人、行方不明の谷山千容子と女……。女は間違いなく、華原に手紙を送りつづけてきた人物と思われた。

あの女は谷山千容子の友人だ。華原と千容子の関係を知る人間だ。親友に違いない。

千容子は女に、華原との関係を打ち明けていた。

そう考えなければ、辻褄が合わなかった。変装して華原の行動をどこからか見ていたのだ。鬘をかぶり、サングラスをかけ、服装を変え、ずっと華原を尾行していたのだ。

昨日一日中、金印公園にいたのを見て、あの場所に何かあると見抜いたに違いない。ひっきりなしに公園を訪れていた観光客の中に、女は紛れ込んでいたに違いない。夜が近づき、人足が途絶えても、公園のどこかに身を潜め、華原の行動を冷静に見ていたのだ。そして、華原が谷山千容子の遺体を確かめる機会を狙っていたのに違いない。華原が谷山千容子を殺害し、東屋の奥の木の根元に埋めたことを確認した女は、しかし、華原の反撃を受け、自動車に撥ねられ、海の藻屑と消えた。

あとは女の死体が見つかるのを待てばよかった。

午後になっても、ニュースは何も伝えてこなかった。インターネットも、テレビも、不思議なくらい静かだった。そんなはずはない、と訝っても、ないものはなかった。いくつかの事件報道があったものの、いずれも関心を引くものではなかった。

小林教授は公開講演を滞りなく、そつなくこなしていた。普段と何も変わりのない様子に、遠くに近くに小林を見張っていた華原にしてみれば、もしかしたら夕べの事故現場にいた人物は他人の空似かと半信半疑になり、時間が経つにつれて、自信が揺らいでいくのを感じていた。

夕刻、学会が終了し、ポスター会場から華原が自分の発表資料を片づけ終わっても、まだ事故については何の報道もなかった。夜には大阪に帰るつもりであった華原は、もう一泊して、あの島に行ってみようかとさえ考えた。

少なくとも、脅迫者の死亡を確認するまでは、心が落ち着かなかった。千容子の顔が浮かび、懐中電灯の光に照らされた女の瞳が浮かんだ。

いつの間にか二人の消えた女の影が重なり、千容子の眼球が異様な光を湛《たた》えて、華原に迫ってきていた。

海に死体が見つかったという報道は、日が落ちて夜の報道が始まっても、まったくなかった。

小林一郎が午前の座長セッションを終了して、エレベーターで上がり、自室に戻ると、ドアノブにはまだ「起こさないでください」の札がかかり、廊下の向こうのほうでは、あいた部屋の掃除がすでに始まっているようであった。

部屋に入る時、足音もなくうしろをとおりかかった従業員に、おはようございます、と声をかけられて、小林はヒヤリとした。

中に入り、鍵をかけて奥に入ると、真由子は裸身をシーツに包んだまま、スヤスヤと眠っていた。それでも小林の気配を感じたのか、うっすらと目を開けた。

「よく寝ていたようだな。そろそろ支度をしてくれ。チェックアウトの時間だ」

真由子は慌てて起き上がった。

「まあ、わたし……」

「いまのところ、何もないぞ。とにかく、車を家の車庫から出すな。この数日間は、ニュースに気をつけなければならない」

真由子の横に腰を下ろして、きめ細かな肌に目を楽しませながら、肩から、シーツをたくし上げた胸のふくらみにまで視線を這わせた小林は言った。

「午後の公開講演が終わったら、大阪に帰る。また近いうちに」

「いつ？　次はいついらっしゃるの？」

「うん。来月、またこれよりは小さいが、学会がある。今度は長崎だ」

「詳しい日程がわかったら知らせてちょうだいね」

「もちろんだ。さ」

小林は真由子を急かした。チェックアウト時間は十二時である。学会関係者だから多少の無理はきくだろうが、あと半時間ほどしかなかった。

ひき逃げの不安を打ち消すために、真由子は小林の体に、自らの裸体を押しつけてきた。顎の下に真由子の豊かな髪が心地よい。小林は真由子の乳房をつかみ、しばらくなで回していたが、未練を振り切るように、体をはなした。

「大丈夫だ。前と同じだ。見つかるはずがない」

半年前の事故は人身事故でないと言いながら、表現は矛盾していた。小林も心の中に大きな不安が渦巻き、必死で戦っていたのだ。

「車の前のライトが欠けていた。破片は現場に残っているだろう。それは仕方がない。いまさら戻れない。とにかく死体が見つからないほうに賭ける以外ない」

何度も繰り返した言葉だ。小林にもそれ以上のことは言えなかった。

寝乱れた髪を手早く整え、裸体の一部を小さな下着で覆い、そのままの姿で顔に薄く化粧を乗せ、スーツを身に着ければ、妖艶な美女の仕上がりだ。

またしばらく別れ別れになる真由子の一つひとつの動きに、小林は強い情欲を感じながら、気持ちの間を縫って忍び込んでくる不安感と戦い続けていた。

サングラスで表情を隠した真由子を密かに送り出し、自らもスーツケースを抱えてチェックアウトした小林は、午後の講演を滞りなくすませ、絶賛する学会長にもそつなく挨拶を返し、帰路についた。

その間、それとなく人々の様子に気を配り、駅の中のテレビに注意を向け、できる限り世間の動きに気をつけたものの、何事もなかった。

博多駅で新幹線に乗る前に、小林は真由子に電話を入れた。呼び出し音が鳴るか鳴らないうちに、真由子が出た。

「どうだ？」

という小林の声と、

「あなた。ずっとテレビ見てるんだけど、何も」

という真由子の声が重なった。

ホッとしながら、小林は言った。

「こちらでも注意していたんだが、何もない。やはり……。だが、安心はまだ早い。車は?」

「あなたの指示どおり、車庫に入れてある。前のライトのカバーが少し割れているわ。それと横が少しへこんでいる」

「そうか……。とにかく車は使うなよ。お手伝いは大丈夫か」

「それは大丈夫よ。あなたと会う時以外、私、外に出ないもの」

「よく言うよ。一人で何度も島に行ったくせに」

「もう行かない。金輪際」

「当たり前だ」

「あそこ、何か呪われてる」

「毎日、電話するから。真由子もよくニュースには気をつけていてくれ」

「わかったわ」

「じゃあ、これからのぞみに乗るから」

「大阪に着いたら、電話して」

不安なのだろう。いつもならば、別れたあとすぐまた電話ということはなかった、と小林は思った。

新幹線に揺られている間にも、いきなり警官がやってきて捕まるような気が、小林にもつづいていた。

21　捜索

小林一郎が新大阪の駅に着く頃、匿名の電話が福岡博多警察署にかかっていた。男の声であった。

昨日の夜八時頃、金印公園の前で交通事故を見た、というのである。詳しい質問をしようとすると、電話は切れた。

翌日曜日、報告を受けた武田成敏《たけだなるとし》警部は一度見にいってこようと、非番なのに、近所に住む若い飯牟禮実保《いいむれさねやす》刑事を誘って、金印公園に足を運んだ。

「事故があったというのは、一昨日《おととい》か。とすると……夜は雨だったか」

「でも、降ってきたのは夜遅くですよ」

飯牟禮は車を金印公園の小さな駐車場に停めた。一台の車もない。

「観光客はいないのかな？」

武田はまだまだ若い脚を石段に弾ませた。

「電話をかけてきた男というのは、夜にこの公園を見にきたのかな？」

「たまたま車でとおりかかっただけでは」

「いや、公園に観光に行った帰りに、と言ったそうだ」

「へえ。そんな夜に……。だって、八時といえば、もう真っ暗ですよ」

確かに、暗くなってからでは何も見えないだろうに。そんな時間まで、何をしていたんだ？

「事故といえば、下の道路だろう。そのへんを見てみるか」

二人は石段を下に降りた。

「警部。ここ」

飯牟禮刑事が指差すアスファルトには、車のライトの細かい破片のようなものが散ばっていた。何度もタイヤで踏まれたようで、粉々だ。

「ふむ。何か事故はあったようだな」

二人はそれから手がかりになりそうなものを、目を皿のようにして探し回った。しかし、一時間の徒労に終わった。人身事故を裏付ける手がかりはなかった。

「海のほうはどうだ」

二人は、さらに半時、海岸を歩き回った。

砂の上には、いくつもの足跡が乱れ散っていた。判別不能である。岩場には海水が上がっては引き、引いてはまた寄せ上がり、細かな波が白い泡を飛ばして、音を立てている。

その向こうは、細い祠《ほこら》のような小さな低い洞窟につながっていた。洞窟というよりは、岩の裂け目といった感じである。どれも狭い。いくつもの裂け目を連ねて突き出た岩が、それより先の海岸線を視界から遮っている。

「警部、何もないようですよ」

「そうか。昨日の通報では、人身事故と言ってきたらしい。万が一、海に落ちたとして、沖に流されたか」

武田の目が遠く玄界灘を見わたした。

「海岸に死体が漂着したという報告は、これまでにはありませんよ」

「このあたりの島にでも流れ着かなければ、外海か。そうなると……」

「遺体の回収は無理ですね」

「本当に人身事故があったとして、被害者が致命的な傷を負って、海に投げ出されたとすれば、これはまずいぞ」

「とりあえず先ほどのライトの破片から、車を絞りましょう。どこかに修理に出されているかもしれない。そうなれば事故車の特定が可能です」

「修理に出していればな。まあ、あとで破片を集めて、そっちのほうは頼む」

話しながら、武田の視線は岩場の裂け目に注がれている。

「あの岩の裂け目の奥はどうなっているんだろうな。あの中に入るということはないかな。まあ、無理か。あの狭さなら、いくらなんでも人ひとり、入れないだろう」

「そうですね。無理でしょうねえ」

飯牟禮刑事は、可能な限り岩場の裂け目に近づいて、大きさを目測していた。

「まあ、無理ですね」

「よし。じゃあ、さっきも言ったように、一応、車の事故届が出ていないか、確認しておいてくれ。この程度のライトの破損じゃ、人身といっても、そんなに大きな事故ではなかったんだろう。届けすら出ていないかもしれん」

武田は飯牟禮に現場の写真をデジカメで撮影するように指示した。

撮影が終わると、二人はポケットからビニール袋を取り出して、細かい破片をせっせと集めだした。


福岡博多署に匿名で電話をかけたのは、華原であった。

志賀島で死体発見！　ひき逃げか？　という衝撃的なニュースを期待したのだが、夜まで待って、一向に世間が騒がないことに業を煮やした華原は、自らが危険な現場に行かずに、警察の手にゆだねることを思いついたのだ。

華原の犯行を知る女には、死んでいてもらわなければならなかった。ひき逃げ犯あるいは共犯者と思われる小林一郎を警察が割り出してしまえば、小林との関係を有利に運ぶ材料はなくなるわけだが、何よりも女の死を確認したかった。

「昨日の夜八時頃なんですが、金印公園に観光に行った時、下の道路で事故があったようです。人が撥ねられたみたいなので、調べてみてください」

相手の言葉を聞かずに、華原は受話器を置いた。

掘り返しっぱなしにしてある東屋の向こうは、何もないはずだ。多少、穴が開いていても、土が削られていようとも、いずれは自然にふさがるだろう。木の葉も舞い落ちる。それに、昨夜はホテルに戻る頃から雨が降ってきた。夜間ずっと降っていたようだ。雨はさほど強くなかったが、穴は雨水や土が流れ込むだろうし、ますます痕跡が薄れるだろう。

万が一調べられたところで、何も身に着けていない全裸の千容子が埋まっていたのだ。彼女につながるものなど、残っているはずもない。

華原はもう一度、確かに千容子からすべてを剝ぎ取ったことを確認していた。すべてを剝いだ千容子の体を抱いたのだ。

新幹線の揺れに目を閉じていると、また千容子のほの白い大腿部が浮かんで、興奮が戻ってきていた。昨晩の公園の石段から転げ落ちた女の、うずくまった姿。こちらを向いていた肉付きのよい大きな臀部。

あのまま、女が逃げさえしなければ、そしてそこに車が突っ込んできさえしなければ、女をもう一度公園の暗がりに連れ戻し、正体を確認したあと、じっくりと賞味できたものを。たっぷり味わってから、そうだ、せっかく掘ったのだ。千容子がいた穴の中に埋めてやればよかった。

異様な興奮が、華原の下半身を襲った。

この頃は、いち早くニュースを知るには、インターネットに限る。定時のテレビニュースと比べても、時間にとらわれることなく、次々と新しい報道が流れるように画面を埋めていく。

小林にとっても、華原にとっても、そして城島真由子にとっても、心臓はドキドキと強烈な拍動を呈していても、現実には何も起こらなかった。

何がどうなったのか、撥ねられた女性に関する報道は、皆無であった。

真由子と小林はあれから毎晩、連絡を取り合っていた。そのたびに、今日も一日、何ごともなかった、死体が見つかったという報道どころか、交通事故があったということすら、一言も一文字も世に出なかったことを確かめ合っていた。

時おり激しい恐怖に身を震わせていた二人は、次第に大胆になってきた。

もちろん、一日、やることもなく夫の遺産の豪邸で時間を潰している真由子にしてみれば、時の経つのがやたらに遅かった。気になって、愛車を見るために車庫に入っても、建物の陰で、まわりを木立に覆われたスペースに停められた車は、外をとおる人からは見えるはずもなかった。そこに停めている限り、安全だった。

警察から突然何か言ってくるのではないか、という恐怖も一日中つづいていたのだが、一晩眠るごとに、少しずつ忘れている時間が長くなってきていた。

小林一郎は何食わぬ顔をして自宅に戻り、学会出張の間に起こった大事件の片鱗すら感じさせることなく、妻に汚れ物をわたし、風呂に入り、夜着を身に着けると、娘のことを聞いて、早々にベッドに入ってしまった。

「紀子は？」

「あなたが学会に出られた日、紀子もいつものとおり、どこに行くとも言わずに、出かけてしまいましたよ」

いつものことであるから、と、諦め顔の房子であった。

「まだ帰ってないのか？」

「ええ。そのうち帰ってくるでしょう」

「困った奴だ」

これも、いつものセリフであった。娘のことを聞いている時だけ、小林は事故のことを忘れていた。いくつになっても、心配でたまらなくなる。この頃では、不安を何とか制御する術を身に着け始めている小林であった。

疲れが体に充満して、ベッドに入るとたちまち睡魔が襲ってきたが、恐怖の渦が眠気を乱した。

「前と同じだ。何もない。何も起こらない」

と呪文のように呟いていているうちに、ほとんど眠っていない昨夜からの疲労で、いつの間にか小林は寝息をたてていた。


小林の下着に、あるいはワイシャツに、房子の嗅覚神経を刺激する微かな香りがあった。まさに汚いものを触っているのを忌み嫌うかのように、房子は小林の洗濯物に手を触れず、カバンを引っくり返して、中身を洗濯機の中に放り込んだ。

普段より三倍量の洗剤を加えると、房子は全自動洗濯機のスイッチを入れた。


月曜日からの診療、本来の診療時間よりはるかに長く多い会議の時間、製薬業界との会合、研究成果の聴取と研究論文の吟味、審査委員となっている論文誌の投稿論文審査、さらには新しく展開された医療関係、科学関係の勉強、とひき逃げの恐怖を忘れさせるには格好の時間が、小林の中を流れていった。時間を持て余し、そこに恐怖が忍び込んでくる城島真由子とは正反対の忙しい毎日であった。それでも、わずかな隙間を突くように、恐怖が忍び寄ってきた。それを次の業務が押し消した。

詳しくニュースを見る暇がなかった。ニュースに注意を払っていたのは真由子で、毎晩の定時連絡で、何ごともないことを知らせ、確かめ合い、それが一日一日と過ぎていくにつれて、ようやく二人に余裕が生まれてきたのであった。


華原は医局の自分の席で、以前来た手紙を見ていた。

福岡から遠くはなれた大阪では、小さな志賀島で水死体が上がったとしても、新聞に載ることはないだろう。華原は毎日の新聞に隅から隅まで目をとおし、インターネットのニュースを頻繁にチェックし、それでも足りずに、見ることができる限りのテレビのニュースにも気を配った。

誰も何も言ってこなかった。

華原は、学会から帰ってきて一週間、半分大胆に、半分身も縮むような気持ちで、普段どおりに診療を続けていた。その恐怖、焦燥感が、いまでは華原の中で、本人にも理解しがたい快感に変化しているようだった。

時おり、体のどこからともなく湧き起こる恍惚感に、ぶるっと瞬間全身に走る痺れを感じていたのであった。

事故届はなかった。もちろん人身事故の報告も、被害届もなかった。

死体すら、どこからも出てこなかった。

「こりゃあ、少し大げさに考えすぎたかな」

人身事故があったとして、被害者の怪我はさほどのものでないのだろう。本人が被害届を出さない限り、あるいは死体でも見つからない限り、警察が動く事件とはならない。

「あるいは、事故車が被害者を連れ去ったか」

ならば、通報者ももう少し、詳しく表現してもよさそうなものだ。たとえ匿名で、事件にかかわり合いたくないにしてもだ。

武田は、ぶつぶつと呟いていた。

しばらく様子を見るか。たいしたことはないのだろう。

そうは思ったものの、何か武田警部には引っかかるものがあった。そもそも武田は、通報してきた男が、八時という夜の時間に金印公園の観光をしていたと話したことに、強い違和感を抱いていた。何気なくしゃべったのだろうが、気になった。誰かが一緒にいたのではないか。夜の公園で彼女と、とは武田の想像だ。二人でいたことを知られたくないが、事故のことは報せたい。そのあたりだろう、と武田は無理やり結論づけた。

事故はあった。確かに車が破損した痕跡がある。

ビニール袋の中に光る細かい破片をシャカシャカさせながら考えていたが、どうしても埒があかなかった。武田は飯牟禮刑事を探した。

飯牟禮が現れるまでの間に武田は、確かめなければならない可能性があることに、じっと思考を集中させていた。


人身事故の被害届も、事故車の修理届もないままに、日時は少し進んだ。日常の忙しい業務のために、武田と飯牟禮が揃って金印公園まで出かけられる時がなく、今日、ようやくのことで再調査のために、二人で足を運ぶ時間が取れたのであった。

金印公園前の交通事故現場と思われる場所周辺の再捜査は短時間で終わった。プラスチックの破片が落ちていた範囲は、密度の高いところを中心に道路にそって数メートルで、何度も通行車のタイヤの下敷きになったようだ。まだ取り残した破片が道路上で、太陽の光にキラキラと小さな輝きを放っていた。

急ブレーキの痕があった。引きずるような黒いタイヤ痕は、プラスチックの破片が集中していた場所、すなわち車が何かにぶつかったであろう場所から北の方角に、十メートルほどにわたって伸びていた。

二人は念のため公園内も見てみたが、事故現場とは石段を隔てて、それなりの距離がある。おそらく通報者は本人が言ったように、公園内にいて、事故を目撃したのだろう。

「偶然に目撃したのだろうか」

武田の呟きを飯牟禮は捉えた。

「え？　警部。何かおっしゃいましたか」

「ん？　ああ。ちょっと」

「何です？」

「うん。人身事故があったとして、このライトの破片の状況と、急ブレーキの位置関係ならば、人に気づかず撥ねてから、慌ててブレーキを踏んだことになる」

「ええ、それは間違いないでしょう。人がいるのに運転者は気づかなかった」

「通報した目撃者は、人が撥ねられる前後一部始終を見ていたことになる」

「急ブレーキの音を聞いて見てみたら、人が撥ねられていたとも考えられますが」

「それならば、被害者の行方がわかるはずだ。車を運転していた者が、被害者を連れ去ったのなら、そう言ってくるだろう。だが、通報ではそのようなことは一切なかったようだ」

「なるほど。とすると……」

「そもそも被害者は道を歩いていたのか、それとも公園から降りていったのか」

「夜の八時なんでしょ。それは間違いないんですかね」

「この際、時間は信じる以外ないだろう。その時間に道路を歩いているのは、よほどのことがなければ、バスや車を利用するだろうから、いささか不自然だ。公園から降りてきたとは考えられないか」

「現場の状況じゃ、南側から車は来ています。少し道は左手にカーブしていますが、石段を降りてくる人物は、ライトの外かもしれませんね。不意に暗がりから現れたら撥ねる可能性は充分にありそうです」

「公園から降りてきたのなら、俺は通報してきた男と一緒にいた人物ではないかと思うんだ」

「そこまでは、ちょっと……」

「まあ、考えすぎかもしれん。だが案外痴話げんかでもして、女が走って階段を駆け下りた。そこへ車が」

「警部は相変わらず、想像力がたくましいですねえ」

「そう考えれば、夜のあの時間の公園に男がいた説明がつく。女と夜のデートだ」

飯牟禮の揶揄に頓着せず、武田は自分の推理に満足していた。

「じゃあ、通報してきた男は、自分の彼女が撥ねられたのに、何もしないでただ見ていただけなんですか」

突っ込まれて、武田はしばらく口をもぐもぐさせていたが、

「もう一つ、気になることがあるんだ」

「何です」

「今日の捜査の一番の目的だ」

飯牟禮は武田の指示を待った。

「あの岩場の裂け目のことだ」

飯牟禮は首をかしげた。

「仮に被害者が撥ね飛ばされたとして、道路に血の痕もない。そうなると、海に落ちた可能性が高い」

「流されずに、あの岩場の裂け目に入ったとおっしゃるんですか。そいつは……」

まずありえない、と飯牟禮は思った。人が通るには狭すぎる。

午後の太陽に照らされて明るい岩場に、光を返してこない裂け目が幾筋も縦についている。

「どうだ、あの裂け目」

武田は比較的広い裂け目を指差した。

「夜には潮が満ちてくる。いまは狭いが、上のほうを見てみろ。岩と岩の間が少し広くなっているぞ」

「なるほど」

あれなら流れによって人ひとり通り抜けてしまうかもしれないと、飯牟禮は武田の考えに賛成の意を示した。

「細身の女性なら、可能性があるかもしれませんね」

「海に落ちたのならば、遺体の発見がどこからもないのが気になるんだ」

「ですが、外海に流れていく潮もあるそうですよ」

「確かにな。一応、可能性として調べてみたいんだ」

だからお前を連れてきたんだ、と武田は飯牟禮に顎をしゃくった。

「警部。私に潜れと」

「そういうことだな。お前は普段から海に潜って、さかんに海老やら貝やらを捕ってくるじゃないか。潜りは上得意だろう」

武田はかつて飯牟禮の生まれ故郷の島で、採れたての海の幸の海賊《かいぞく》焼きに舌鼓を打ったことを思い出していた。


「このままでは無理だな」

トランクス一枚になった飯牟禮が、何とか岩の裂れ目に体軀を入れようとしていた。

上半身が中に入り、プカリと飯牟禮の尻が浮かんだ光景を見て、武田は思わず吹き出した。つぶれた蛙が岩場にはさまれてもがいているようだ。飯牟禮が体を出して叫んだ。

「警部。ちょっと潜れば、中に入れそうです」

「そうか。お、おい。ちょっと待て。潜ったはいいが、中は大丈夫か。出たところに空気がなかったらどうするんだ」

　武田の叫び声は水の中には届かない。止める間もなく、飯牟禮はごぼりと泡をたてて、姿を水面下に消した。白いトランクスの色が沈んで進み、すぐに見えなくなった。

　頭の上に揺れる外からの光を感じながら、飯牟禮は左右の岩に体をぶつけながら、数メートル進んだ。顔を上げれば、水面上は空洞で、背後の光に見える範囲では、人間一人ならば充分に収容できるスペースがあった。

　入口だけが極端に狭いということだ。上方の裂け目から見える空の色を見ながら、飯牟禮は思った。

「確かに潮が満ちれば、海水に運ばれて、あの隙間から入り込んでしまう可能性があるな。女性の体ならなおさらだ」

　空洞は奥につづいているようだった。飯牟禮は背後に光を感じながら、少しずつ少しずつ岩に手を添えながら、立ち泳ぎで中に進んでいった。

　ところどころ広くなったり狭くなったり、それでも人体の幅だけの広がりはあった。

　背後の光がほとんど届かなくなり、また水路も緩やかにカーブすると、先はまったくの闇で、手探りでそろそろと進んでも、接触している手のひらの感触以外、何も情報はなかった。

さすがに飯牟禮も、もうこれ以上進むのが危険な気がしてきた。進めたとしても、万が一この先わき道でもあって、気づかずにおれば、漆黒の闇の中、迷う危険性があった。

「もし、この裂け目というか洞窟というか、この中に吸い込まれていたとしたら、まず助からないな。だが、そうだとしても、一度徹底的に調べる必要があるようだ」

22 顔写真

「小林教授でいらっしゃいますかな」

少し低く太い、押しつけるような声が受話器をとおして聞こえてきた。

一向に連絡もなく、週末になっても帰ってこない娘のことがさすがに気がかりになってきていた。真由子との連絡で、志賀島近辺で何ごとも起こっていないことを毎晩確かめながら、少しずつ不安と恐怖は減ってきていたが、今度は娘のことが心配になってきたのだ。

どこかで不慮の事故にでもあったのではないか、とさかんに妻の房子を問いつめても、房子とて何の情報を持っているでもなく、埒があかなかった。房子にしても昼間、知り合いに尋ねてみたり、あるいは何か悪いニュースでもないかとテレビ報道に気を配っていた。

もちろん悪いニュースなどあるはずもなく、房子はいつもより長い娘の旅を、どこかのんびりと見て回っているのだろうと、無理やり納得していたのだ。

いつもどおり、紀子は行き先を告げずに今回の旅に出ていた。探しようがなかった。

大学の教授室に直接かかってきたその電話は、声を聞いた時には、どこか警察からかと一瞬心臓がドキドキしたものの、すぐに声の主を思い出して、小林は顔をしかめた。

「お忙しいのでしょうなあ。国際学会賞まで受賞されたとなると、ご講演やら何やらで引っ張りだこでしょう」

それは事実であった。何かと公私に忙しい小林一郎であった。

声の主は、医療法人城愛《じょうあい》会会長兼理事長大城源之輔《げんのすけ》であった。

「お忙しいところを恐れ入りますが」

言葉づかいはていねいだが、一向に恐れ入っている様子はない。小林よりいくつも歳が上であり、O大学第二内科のOBの中でも格別に大きな権力をもつ重鎮であった。歴代の教授も、教室への多額の研究助成金のために、大城には頭が上がらない。

一説には、大城の意見が、第二内科教授を決める上で、相当の影響を及ぼすとも言われていた。

「先だってお願いしておきました息子の医学博士号の件、進捗《しんちょく》状況はいかがなものでしょうかな」

半年で博士号をという、まともに研究しておれば、無理な注文であった。

つい昨日、大城昌史の世話を頼んでおいた小曽木佑介から短い報告を聞いたばかりだ。

小林の手のすいたわずかな時間を縫って、小曽木は教授室に姿を現したのだ。

大城昌史は研究室には一度として顔を見せない、あれでは論文を書くどころか、医学博士号を取ることなど不可能だと、小曽木は吐き捨てるように言った。

予想されたことではあったが、小林としては、小曽木の陳情に賛同の意を示すわけにはいかなかった。本人の研究態度は別として、大城昌史名で論文を書いてくれと、強い口調で、改めて小曽木に要請したのであった。

「ええ。担当の研究者に、なるべく早く仕上げるよう、はっぱをかけておきましたから、ご安心ください」

「どうですかな。お忙しいとは存じますが、一度、息子の面倒を見ていただいている研究室の教授先生、それと実際にご指導願っている研究員の方と食事でもいたしたいのですが」

小林に頼むだけでは頼りないと思ったのだろう。

相手はこちらの都合を訊かず、日にちと場所を指定してきた。車を迎えにやるから、との一言で電話は切れた。

小曽木の所属する大学院研究室の教授東田満夫は、大城の申し出を簡単に断ってきた。学会出張を理由に、接待の内容や目的が存分に見とおせる誘いには乗らなかった。

小曽木も忙しい研究の中、そして気がかりな杉村秋代の死のことで頭が一杯で、煩わしい社会通念的な接待は断るつもりであったが、小林の命令とあらば、そうもいかなかった。

このようなところに、このような場所が、と思えるほど、まわりのネオンきらびやかな繁華街には異質の料亭が、ビルの谷間の中にあった。黒塗りのハイヤーが、大学医学部の玄関から、スーツに身を固めた小林一郎と、陰に隠れるように、これまた普段着慣れない上下を着込んだ小曽木を、静かにここまで運んできたのだ。

足音すら聞こえない女将の先導で案内された和室には、すでに大城源之輔が座っていた。恰幅のよい胴体に、ピッシリと貼りついたスーツには、皺ひとつない。

二人が入っても、腰をすえたまま大城は目を小林に固定して、頭だけわずかに下げた。

「これは、小林教授、お待ち申し上げておりました」

小林にそこに座れといわんばかりに、並んだ座布団の一方に視線を投げたあと、そのまま今度は小曽木に目をやった。

「あなたが息子の面倒を見てくださっておられる小曽木先生でいらっしゃいますな。世話になります」

大城は頭を下げた。小曽木が礼をして腰を下ろす様子をじっと見ていたが、女将に目配せしたあと、彼女が去るのを待って、小曽木に再び強い視線を固定した。

これから言うことを、ぐずぐず言わずにやれ、とでもいうような威圧感があった。

「愚息が世話になります。小林教授からお聞き及びとは思いますが、息子に是非医学博士号を取らせたい。できるだけ早くにお願いしたいのです」

小曽木は臆せず大城源之輔の目を見返した。

「お世話をするのは一向にかまわないのですが、ご子息が」

小林が苦い顔つきで、小曽木をたしなめようとした。先に口を開いたのは大城であった。

「わかっております。あいつは誰に似たのか、医者になったのはよかったのだが、勉強が苦手でしてな。研究室に顔を出していないことは、私としても存じておる。それを重々承知でお願いしております。まもなく私の跡を継いで、院長になる予定です。私はもう一つ新たに立ち上げた病院のほうを見なければならないのです。院長が博士号を持っていないなど、話にならない。患者たちも、この先生、医学博士ではない、と聞いただけで、ろくにできない医師じゃないかと邪推する。減るんですな、患者の数が」

それが一番困る、売り上げが落ちる、というように大城は頭に手をやった。

「先だってお願いした時には、半年でと申し上げました。すでに四カ月以上が経過しておる。あと二カ月。いや、相当のご無理を申し上げていることは承知しております」

この大城という人間にとっては、「承知している」という言葉は、「そんなことはどうでもいい。要望を聞き入れてくれれば、それでいい」と置き換えて聞いていたほうがよさそうだ、と小曽木は改めて納得していた。

大城が、染み一つない、それぞれの影を映しているテーブルを回って、小曽木ににじり寄ってきた。手にはいつの間にか白い封筒が握られている。

皺の深い手が小曽木の手をとらえると、中に封筒を押し込んだ。

「これは、無理を聞いていただくお礼です。よろしくお願いします」

手を握ったまま、大城は小曽木の目を覗き込んで、手も視線も放さない。引こうとする小曽木の手が大城に捕らえられていて、ほとんど位置が動かなかった。意外に力が強かった。

「い、いえ。こんなこと」

小曽木は小林の顔を見た。小林がうなずいた。

「小曽木くん。こう大先輩がおっしゃっておられるのだ。ありがたくちょうだいしておいたらどうだ」

「妙な金ではありませんからな。あくまで、ご挨拶方々とお礼です」

大城は手をはなして、小曽木に封筒の厚さを感じさせる時間をつくった。小曽木の顔色の変化を鋭い目つきで眺めている。

「それとも、それでは不足ですかな」

札束というものとほとんど縁のない小曽木には、封筒に入っているのがかろうじて札束らしいと感じるのみで、そこに一万円札の新札が百枚束ねられているのがわかるはずもなかった。

「これは」

受け取ってよいものとは考えられなかった小曽木の脳細胞が、腕の筋肉に返却の動きを伝える間際に、障子に手がかかる気配があった。いつの間にか女将が仲居を従えて、料理と飲み物を運んできていたのだ。

封筒の置き場所がなかった。小曽木は慌てて、封筒を背広の内ポケットに捻り込んだ。気がつけば、何ごともなかったように目の前に座っている大城の、満足げな顔があった。

宴が和やかに進んだのは、大城と小林の二人の間だけで、小曽木は緊張と不愉快さと、妙な怒りの相混ざった複雑な心境で、ゆったりとしながらも頃合いを間違えずに運ばれてくる料理を味わっていた。

妙に神経質になっていたとしても、伝統を引き継いできた職人の腕は、間違いなく小曽木にも上級の味を届けていた。アルコールをほとんど受けつけない小曽木は、大城の勧めを断り、料理の賞味に神経を集中することにした。

大城は小曽木にそれ以上酒を無理強いすることなく、小林と酌《く》み交わしながら、さかんに第二内科の盛衰について話し込んでいる。

小林の国際学会賞は内科始まって以来の快挙、極めつけの名誉だとか、前教授がどこそこの病院長に就任した時には、自分が陰で相当動いたのだとか、ある大学の内科教授に今度選出された誰それは、あれは間違った人選だとか、およそ医学という学問とはかけはなれた話題ばかりであった。

小曽木は、今回小林教授が授与された国際学会賞で評価された研究は、すべて自分がやった実験だとよほど話してやろうかと思ったほどだが、さすが世間知らずの小曽木も、よけいなことは言わないほうが身のためだと感じていた。

それより小曽木は北海道で調べたことが気になっていた。

杉村秋代に男の影があった。おそらくは十一月の旅に一緒に行った男がいるはずであった。

帰阪してから、小曽木は飛行機の中で考えていたことを直ちに調べてみた。杉村秋代が死体で美国に漂着した十一月三日から遡って、その頃に北海道に行くことができた人物は誰か？

もちろん秋代の相手が大学の人間でなければ、小曽木の推理は何の意味も持たなくなる。それを承知で、小曽木はその頃、北海道で開催された学会を調べたのである。当時、大学の医師が関係すると思われる医学関係の学会は、二つあった。いずれも札幌市内で開かれている。

自己免疫疾患に関する内科系の学会が一つ、そして整形外科系の学会が一つ。それぞれ札幌市内の大きなホテルが会場となっていた。

杉村秋代が売り込みにきていた薬剤は慢性関節リウマチの治療薬として、新たに開発販売されたもので、リウマチの関節手術を受け持つ整形外科にも深い関連があるものであった。

関節リウマチは、近年では、少しずつ病気の原因本態が解明されつつある疾患であるが、自らのリンパ球が自分の関節を攻撃するのみならず、全身至るところで障害を起こす病気であり、内科でも詳しく研究されている。

小曽木は第二内科から誰が十一月の学会に参加したか、医局秘書に尋ねてみた。その結果、小林教授をはじめ、糸井准教授、末長《すえなが》講師、華原講師、水沼《みずぬま》助手、そして研修医三名が北海道に飛んでいたことがわかったのである。

「華原先生は学会のことなど何も話されなかったな」

杉村秋代の病気の件とは関係がない以上、それは当然のことだった。

しかし、秋代が担当していた薬剤と深い関係を持つ学会が二つも札幌で開かれていたことで、小曽木は、学会に参加した医師の中に、杉村秋代と付き合っていた男がいる可能性が高くなったと感じていた。

確信に近い思いを胸に小曽木は、こんなことをしたら人権侵害で訴えられるかもしれないな、と思いながらも、悩まなかった。

第二内科同窓会名簿に掲載されている各人の顔写真を、手持ちのデジタルカメラの最も高い解像度で撮影して、コンピュータに取り込み、拡大したものを印刷した。手札サイズの各人の顔写真ができあがった。

それをまとめて、余市美国間を走ったバス運転手の田村英二と、バスの乗客であった美国町在住の丸川たえのもとに郵送したのである。

杉村秋代と一緒にバスに乗り、美国の黄金岬に登った人物が八名の中にいなければ、あるいは仮にいたとしても、小曽木がこのような行動に出たことが明るみに出れば、相応の責任を取らねばならない状況に陥ることは明らかであった。

それを覚悟で昨日、封筒をポストに投函したのであった。いつ頃、返事が来るだろうか？　二人は何か反応するだろうか？

酔いも回って、口の動きがやたら滑らかな大城と小林の話し声を聞きながら、すでに料理を食べ終えた小曽木は、静かに杉村秋代の顔を思い出していた。

「大城昌史君のこと、よろしく頼むよ」

料亭の玄関のところで小曽木の耳元に囁いてきた小林は、そのまま大城源之輔と連れだって、どこかに消えてしまった。おそらくは次の店にでも行ったのだろう。小曽木一人が、来る時に乗ってきた高級車に押し込められ、そのまま自宅のマンション前まで送り届けられたのである。

部屋に入るなり、首を締めていたネクタイを取り、肩の凝るスーツを脱ぐ時に、気になっていた内ポケットの封筒を取り出した。中から札束が出てきた。

小曽木にしてみれば、これが百万円の札束か、と改めて認識するような、角で手が切れそうな直方体で、確かに数えてみると百枚あった。

「どうするか……」

このようなものをもらわなくとも、教授の命令だ、大城昌史の研究の面倒を見ないわけにはいかない。だが、今夜の大城源之輔の様子では、あと二カ月足らずで、少なくとも博士論文を仕上げねばならない。申請すれば、まず落第することはないから、とにかく論文をつくらねばならなかった。

いまの時点でよけいな抵抗をして、望みもしないエネルギーを費やすことは、割に合わなかった。

不愉快さが小曽木の体に充満した。小曽木は彼らの要望を、はっきりと不正と感じていた。彼らの不正に迎合するつもりは毛頭なかった。

だが、小曽木はすでに百万円という大金を受け取っていた。小曽木はしばらく考えていた。そして一つの結論を出した。

自然界の真理を追い求める科学者の初々しい正義感が辿り着いた、小曽木なりの結論であった。


小曽木の真相追求の努力は、北海道の地でも成就しつつあった。小曽木が送った写真入りの手紙は、田村運転手と丸川たえの手元に、次の週明けに届いた。

田村の勤務先のバス会社に小曽木の手紙が届いた時、田村は勤務中で、美国に向かっている途中であった。

手紙は丸川たえのほうが先に見ることになった。

『その後、いかがお過ごしでしょうか。突然の手紙に驚かれたことと存じます。以前に杉村秋代さんのことでは、貴重な情報、ありがとうございました。あれから、私のほうでも考えるところがあり、いろいろと調査いたしました。丸川さんがおっしゃったとおり、杉村さんが亡くなられる直前、誰か知り合いと一緒だったのではないかという疑いがどうしても拭えず、同封いたしました写真を見ていただきたいのです。その中に、彼女とバスで一緒だった男はいないでしょうか？　ずいぶん前のことで、もう覚えておられないかもしれませんが、もし、見覚えのある顔がありましたら、是非お知らせください。よろしくお願いいたします』

最後に小曽木佑介の名前があった。

丸川たえは写真を一枚一枚見ていった。当時、小曽木に、メガネをかけていたか、顔かたちは、髪型はなどと矢継ぎ早に質問されても、まったく思い出せなかった顔も、写真を見れば、考え込む必要はなかった。

たえは即座に一枚を抜き出した。

もう一人、手紙を送られた田村運転手は、復路の業務を終えて余市のバスターミナルにある事務所に戻ってきたところを、同僚に声をかけられた。

「大阪のこそぎさんと読むんだろうな、その人から手紙が来てるよ」

三十分後、田村運転手は余市署に駆け込んでいた。すでに陽は落ちて、余市の空はよけいな町の明かりも上空までは届かず、真っ暗だった。

「余市署」と書かれた入口の文字は暗がりの中、読みにくく、田村は退屈そうに立っている警官に、息を切らせながら声をかけた。

「あのう……」

うっとうしそうに警官の目が動いた。

「昨年の十一月に美国で見つかった女性の水死体のことで、ちょっとお話があるのですが」

「あなたは？」

田村は、自分はバスの運転手で、その女性が死ぬ前に余市から美国まで乗せた者だ、当時はこちらで事情聴取もされたと言った。そして手の中の手紙を掲げながら、震える声で伝えた。

「もしかしたら、その女性、殺されたかもしれないのです。この中に、一緒にいた男の顔写真があります」


「この手紙の差出人の、なんて読むのかな」

「こそぎさんです」

田村運転手は、以前にも事情を訊かれた大熊星七《おおくませいしち》刑事の前で、一層の緊張を強いられながら、ざっと手紙の内容に目をとおした刑事の質問に答えた。

「何者ですか？」

黒ひげで覆われて、どこに口があるのかわからないような顔つきの刑事が、しゃがれ声で次の質問を短く発した。

名前のとおり熊のようだと、動く口ひげから視線を大熊の目に移した田村が、

「確かO大学の大学院の方だとおっしゃってました。亡くなった杉村秋代さんのお知り合いだとか」

と言えば、大熊は即座に、

「その小曽木という男が何をこそこそと。いつのことです？」

と次の質問を投げてきた。

「え？」

「いつ、こっちにやってきて、杉村秋代のことを調べていったのかとお尋ねしているのですが」

「ああ、それは……」

少しの間、記憶を辿っていた田村は、小曽木と会った時のことを伝えた。

「ふむう……」

大熊は、田村が選んだ一枚の写真と、手紙の文章を交互に眺めながら、長考に入った。深い眼窩の中の大きな眼球だけが、きょろきょろと動いている。

捜査員室の中には二人以外はおらず、時計の針はすでに八時近くを指していた。

大熊が何も言わないので、田村は少し焦れてきた。余市と美国の往復バスの運転で一日が過ぎている。これから小樽の家まで帰らねばならない。

冷蔵庫には、田村の好きな地ビールが冷えているはずだ。妻と一杯やるのが何よりも楽しみの田村であった。

すぐにすむと思っていたのが、封筒の中を見た大熊刑事が田村を呼びいれたのだ。その大熊が黙ってから、どのくらいの時間が経ったのか、廊下に靴音がして、一人の男が入ってきた。大熊刑事とは対照的に、細面の背の高い男であった。

大熊が立ち上がって、男を迎えた。

「ああ。先生。お休みのところを」

「いいんです。それより、杉村秋代さんのことで何か情報があったんですって」

横に腰を落とした男に、大熊は手紙をわたした。すばやく文面に目を走らせた男の顔が、明らかに緊張するのが田村にもわかった。

「こちらは」

と大熊が田村を紹介した。男が小さく頭を下げながら、自己紹介した。

「私はここで警察医をやっている広川幸一《ひろかわこういち》と言います。杉村秋代さんの解剖を担当した者です」

田村は広川医師の前で、再度、小曽木佑介が杉村秋代のことを調べにきた時の状況を話すことになった。

「そのあと、美国の丸川さんにも尋ねていらしたようです」

「すると、その丸川さんにも同じ手紙が行っている可能性があるな」

大熊は立ち上がって、部屋の隅にあるロッカーのところまで歩いていった。金属製の扉が不愉快な音をたてた。顔を突っ込んで中を探っていた大熊がこちらに振り返った時には、手に白い表紙の薄い冊子が握られていた。

立ったまま中のページをめくっていた大熊は、机の上の電話に手を伸ばすと、どこかに電話をかけ始めた。相手が出たらしい。こちらは余市署の大熊と言うが、丸川たえさんはと尋ねている。電話を取ったのは本人のようだった。

そちらに大阪の小曽木という人物から手紙が来ていないかという質問をしたあと、大熊は広川のほうを向いて、大きくうなずいた。

いくつか尋ねたあと大熊は、

「明日、朝一番でその手紙と写真を取りにいくので、大切に保管しておいてください」

と言って、受話器を置いた。

こちらに歩いてきながら、

「同じ手紙のようですな。丸川たえさんは、いま、返事を書いていたようです」

と言えば、広川が問いを発した。

「田村さんが選んだ男性でしょうかね。その丸川さんが選んだ写真も」

「明日、確認してみないことには。しかし、すぐにわかったと言っていましたから、まずは間違いないかと」

「田村さん」

大熊が顔を向けた。

「貴重な情報、ありがとうございます。もしお二方が選ばれた男性が同じ人物だとしたら」

「その男に、杉村秋代さんは、黄金岬から突き落とされたということになるのですか」

田村は興奮して、自らの推理を決定的なもののように感じていた。

「そうとは言えません。一応、杉村秋代さんは自殺ですから」

自殺として、事件性はないものと処理されている。手落ちを田村に指摘されたようで、大熊はむっとしながら反論した。

「とにかく、短絡的な想像は禁物です。このことは決して誰にも話さないように」

大熊から釘を刺されたにもかかわらず、大手柄をたてたような気持ちを抑えきれずに、その夜、田村は勝手な推理を交じえながら、愛妻の前で写真の男が杉村秋代を黄金岬から突き落としたという話を、とうとうと語ったのであった。


田村が帰ったあと、大熊刑事と広川医師は、顔を突き合わせて話し込んでいた。

「先生が以前、疑問に思われていたことを思い出しましてな」

「私も、今夜、大熊さんから連絡があった時、少しの間、思い出せなかったくらいです。よく覚えていてくださいました」

「いや、確かあの時、仕事が終わって、例の居酒屋に立ち寄ったら、先生が何か考えご

「そう。あの身元不明の漂着死体が、明らかに肺に異常があり、はたして漁師の言うように、黄金岬まで登っていけたのかどうか疑問に思っていたのです」

「どこかほかのところから水に入ったのではないかとおっしゃってましたね」

「ただ、そうだとすると、体の右脇のえぐれた傷の中に残っていた小枝らしいものの説明がつかない。海で流れているうちに、何か流木にでも当たってついた傷ではなく、確かに生活反応のある傷で、その中に紛れていたのですから、生きているうちに刺さったものだ。しかもあの小枝は、黄金岬に生えている木のものと矛盾しない」

「そんなに悪かったのですか、あの女性」

「ええ。悪性リンパ腫と大学でも診断してもらいましたから。間違いなく肺全体に広がっていたのです。あれでは少し歩くだけでも苦しいでしょう。ましてや岬までの坂道」

「登れないでしょう。それなら」

「ですから、恋人となら」

「なるほどね」

「男と一緒なら、なんとか登れたのではないでしょうかねえ。まさか岬で突き落とされるとも知らずに」

「まだ男が突き落としたとは」

「事故で女性が落ちたのなら、そして男が女性を愛していたとしたら、当然誰かに助けを求めるでしょう。ですが状況はすべて反対の方向を指している。女性と一切バスの中でしゃべらなかった男性。他人のふりをしていたことは間違いないでしょう」

「男は女性の関係者であることを誰にも知られたくなかったということですな」

「そうです。しかも男に殺意があったとすれば、その後、男が何の連絡もせず、海に落ちた女性を残したまま姿を消したことも説明がつく」

「この男、誰なんでしょうな」

「手紙を送ってきた小曽木という人物は、田村運転手の話では、大阪のO大学に所属しているようだ。とすれば、この男も彼が知っている、彼のまわりにいる人物と見てよいのではないでしょうか。八名もの写真を送ってきているんだ。簡単に顔写真が手に入る範囲に、この男はいるということです」

「杉村秋代も大阪在住です。話は合いますな」

「なるほど」

何かを思いついたように、広川医師は大熊の「話は合いますな」という言葉に、自分の「なるほど」という声を重ねた。

「何です？」

「これらの写真、何かのアルバム、いや、例えば名簿の写真のようなものじゃないかと思うのですよ」

意味がわからないと、大熊は困惑顔だ。

「背景がいずれも同じ無地だ。人物だけが同じような表情で写っている。みんな真面目な、一点を見つめるような、そう、パスポートとか運転免許証とか、あの類の撮影の仕方だ。とすれば、小曽木さんが一人ひとり写真を撮ったとは思えない。仮にそうだとしたら、撮られたほうは何の写真かと疑うだろう」

まだ大熊には理解を超えているらしい。

「したがって、小曽木さんが写真に写っている八人に知られることなく顔写真を手に入れることができるところといえば……」

広川医師には思い当たるものがあったようだ。そのあと少しためらいながら、広川医師は付け加えた。

「これまでの我々の推理が当たっているとしても、この男が杉村さんを突き落としたことを否認すれば、あるいは殺意を否定すれば、殺人の証拠は一切ありませんよ」

翌日、丸川たえ宅で、小曽木からの封筒を手に入れた大熊刑事と広川医師は、たえが示した写真に、田村が選んだ人物と同じ人物が写っていたことで、昨夜の推理が事件の真相に近いことを確信した。

杉村秋代が自殺したと考えられる十一月二日から漂流死体として発見された同三日周辺に、秋代と一緒にいた男性の身元確認が、密かに再開された。殺人の可能性があった。人物特定のために、写真が大阪府警に照会された。直ちに府警からO大学に走った刑事たちの密かな聞き込み捜査が始まった。

二日後には、小曽木のところに、田村英二および丸川たえから、相次いで返事の手紙が届いた。封を切るのももどかしく、中の返事を見た時、いずれの封書も手紙のみで写真が入っていないことに、小曽木は落胆した。だが文面を読むうちに、小曽木の顔が真っ赤に上気した。二人の手紙には、いずれも写真の裏に記しておいた数字が書かれていた。写真がないのは、警察に没収されたからだとあった。

二人の手紙にあった数字が一致していたことに、小曽木は身の毛がよだつ思いがしていた。手元に残した写真を見るまでもなく、写っている人物が誰であるのか、小曽木は直ちに認知していた。

小曽木は震える手で引き出しを開け、八枚の写真の束を取り出した。その中から選んだ一枚に写っている顔をじっと眺め、ゆっくりと裏を返すと、田村と丸川から来た手紙に記されていた数字と同じ数字が大きく書かれてあった。

意外な人物の顔が、写真の枠の中から、硬い表情で小曽木を睨んでいた。

23
紀子の部屋

半年も前の谷山千容子失踪事件が未解決だという焦燥感を頭の隅でいつも感じながら、小阪、八尾両刑事は次から次へと発生する事件に追いまくられていた。

新たな捜索願が出されたのは四月の半ば。一人の女性が脚をもつれさせながら、最寄りの警察に飛び込んだ。これ以上にないほど、顔色が真っ青だった。

「娘が、娘が帰ってこないのです」

「お嬢さんの名前は何とおっしゃいます？」

「こ、小林紀子といいます」

「おいくつですか？」

応対に出た警官が、面倒くさそうな顔つきのまま、のんびりと質問した。

「二十八です」

「いつからお帰りでないのです？」

「今月の初めに旅行に出ると言ったままで……」

「はあ？」

まだ二週間だ。警官は呆れ顔で、女性を見た。

「どこに行かれたんです」

「それは……」

小林房子が紀子から旅の目的地を訊いておくんだった、と臍《ほぞ》を噛《か》んでも、いつものことで、行き先を告げない娘だった。

「まだご旅行の最中ではないのですか？　ご職業は？」

「勤めはしておりません」

要するに、時間のある二十八の女性だ。母親らしい目の前のご婦人の様子を見れば、金に困っているとも思えない。どこかのんびりと旅をしているのだろう。この忙しいのに、二週間ごときのことで、とは思いながらも、捜索願だ。対応しなければ、あとで何を言われるかわからない。

警官は房子を調査室に招きいれた。


「何だって。小林紀子が行方不明？」

捜査会議の中で、新たな事案が紹介された時、小阪刑事は耳を疑った。記憶にある名前だった。会議に出ている刑事たちの中に八尾刑事を探しても、どこかに出ているのか、姿はなかった。

「知っている人物か？」

「ええ。私担当の事件ですが、行方不明のまま、まだ見つかっていない谷山千容子の友達という女性ですよ。谷山千容子と手紙のやりとりがあったのです。昨年十月でしたが、当時、事情聴取にお宅までうかがいましたよ」

小阪は紀子から、谷山千容子が博多に行くと手紙で知らせてきたと聞いたので、博多周辺を洗ったのだが千容子に関する情報はなかったと、当時を思い出しながら話した。

「四月四日、旅行に行くと母親に告げて出たまま、帰ってこんそうだ」

「あの女性が……。ですが、まだ二週間足らずですが」

小阪は配られた紀子の顔写真のコピーを見ながら、紀子の顔を思い浮かべていた。

「小林紀子はよく旅をしたそうだが、何の連絡もせずに、これほど長く家をあけたことはないそうだ」

「行方不明は事実ですかね。いくらなんでも、少し慌てすぎではないのですかね。携帯とか、連絡は取れないのでしょうかね」

「携帯の電源が切れているのか、まったく応答がない、というのが母親が駆け込んだ理由だ」

「谷山千容子につづいて、谷山千容子と仲のよかった小林紀子までいなくなったとすると、これが本当なら……。何か関係があるのかな？」

「どうします？　といっても、放っておくわけにもいかないか。手がかりは？」

「母親からは何の情報も訊き出せなかった。おろおろとしていてな」

「父親は確か、O大学の内科教授じゃなかったかな」

「そうだ。父親は現在海外出張とのことだ」

何時まで経っても帰ってこない娘が、さすがの小林も気になり始めていたが、アメリカめがけて飛び立たねばならなかった。学会といくつかの研究所訪問が予定されていた。博多の学会から帰って、十日後の海外出張だった。休む間もない。

いくら気がかりでも、予定された渡航を変更するわけにはいかなかった。城島真由子からは、格別心配するような情報はない。志賀島でのひき逃げの恐怖は少しずつ薄れかけていた。

帰ってこない娘のことをくどくどと訴え、顔を合わせれば心配心配と嘆く房子をうっとうしく思いながら、小林は別の大学の教授とともに、機上の人となったのであった。

一人取り残された房子は、夫の出立後たちまち不安が胸を充満させるのを感じていた。玄関口に音がするたびに、娘が帰ってきたのかと飛び出し、電話が鳴るたびに飛びついては、失望していた。

何回携帯にかけたか……。応答がなく、うんともすんとも言わない。これは娘が何か災厄に遭ったに違いないと、もはや身の置きようがなくなった。心配と不安が限界になったあげく、房子は警察に駆け込んだというわけであった。

「念のため全国に照会している。今日一杯、返事を待って、情報がなければ、明日から小林紀子の身辺を洗ってみてくれ」

担当は、谷山千容子に関係があるかもしれない、との配慮から、小阪、八尾の二人が指名された。

全国照会に対する返事には、いくつかそれらしい女性の死亡事件が含まれていた。ただちに先方の詳しい情報が収集され、小林房子に連絡されたものの、いずれも紀子に該当しなかった。

警察からの連絡と知るたびに、房子は心臓が止まる思いで、かろうじて聴取に耐えていた。

その夜、房子は、身も心もくたくたになり、半病人のようにベッドに横になりながら、とうとう最悪の事態になってしまった、だからこれまで何度も注意したのに、とわが身を呪い、娘を罵倒していたのであった。

次の日の朝、照会に対する返答はこれ以上ないと判断した時点で、二人の刑事が小林家を訪れた。

「以前、お嬢さんに谷山千容子さんの情報をいただきにまいった小阪という者です」

八尾刑事を紹介したあと、

「何か、お嬢さんがいなくなられるような、お心当たりはありませんか」

という通常の質問は、成果もなく、短い時間で終わってしまった。

「できましたら、お嬢さんのお部屋とか、持ち物を見せていただけないでしょうか。谷山千容子さんの時には、谷山さんから紀子さん宛てに書かれた手紙を幾通か提出していただいたのですが」

女性の部屋である。母親はためらった。

「いえ、まずはお母さんが見られて、我々でも見てもかまわないというところだけに留めますが」

そう言われて、それでは、と房子は紀子の部屋を自ら検めたあと、二人の刑事を部屋に招きいれた。

紀子は几帳面な性格らしく、部屋は綺麗に整っていた。部屋の隅にあるドレッサーや収納スペース以外は、小阪たちの調査が許可された。小阪はパソコンが置かれている机から手をつけ始めた。

「このパソコンは紀子さんのものですね」

「はい」

「開けてもよろしいでしょうか？」

「わたくしはコンピュータのことはさっぱりわかりませんので」

小阪がノートパソコンの電源を入れた時、書棚を見ていた八尾刑事が声を上げた。

「こいつは！」

一冊のクリアファイルが手にあった。

「見てみろ」

パソコンにはパスワードは設定されていなかったらしい。小阪が八尾からわたされたクリアファイルにざっと目をとおすうちに、おなじみのMS社の画面のあと、紀子が設定したのであろう、どこかの美しい風景写真の初期画面が広がった。

「この中にあるんじゃないかな」

椅子を引き出し、

「ちょっと掛けさせていただきます」

と、もう腰を下ろしながら、小阪刑事は画面のマイドキュメントのアイコンをクリックした。中にいくつものフォルダが並んでいる。それらを開けては閉じ、閉じては開き、間もなく、

「これかな」

「うむ。間違いない」

二人の確認がつづいた。クリアファイルの中のプリントアウトされた書面はすべて、

紀子のパソコンの中にあった。紀子がこれらの脅迫文ともいえる書面を作成していたことは間違いなかった。

「紀子さん、昨年十月に行方不明になった谷山千容子さんのこと、何かお母さんに話しておられませんでしたかね」

「いいえ、何一つ」

画面と刑事たちの手元を見れば、コンピュータのことはわからなくとも、断片的にせよ、文面の内容は房子にも読み取れた。刑事たちは、これを娘が書いたと言っている。

「こんな、恐ろしいこと……」

言葉がつづかなかった。

「お母さん。紀子さんは、この脅迫状、いや文面から推察するに、谷山千容子さんが行方不明になったのは、まだ誰だかわかりませんが、この相手のせいと考えておられたようです。次々と相手にこれを送っておられたんじゃないでしょうか」

「い、いったい、紀子は誰を」

「それはまだわかりません。長いのも短いのも合わせると、全部で十八通あります。すべてに目をとおしましたが、残念ながら相手の名前はありません」

『ご機嫌麗しく存じます。このたびお手紙を差し上げたのは、ほかでもない、あなたがお付き合いをなさっていたある女性のことについて、お尋ねしたいことがあるからです。

彼女は先月二十一日、一泊の旅行から帰宅するはずでした。ところが、どこに行ってしまったのか、すでに一カ月以上にもなるのに帰っておりません。彼女が二十日の朝、一人旅の支度をして出かけたことは間違いなく、行き先は博多と思われます。当日、貴兄も博多で催されていた学会に出席するため、博多におられたはずです。

彼女はどこに行ってしまったのでしょう。いえ、あなたは彼女をどうしたのですか？

警察が捜索願の出た彼女の行方を捜しています。博多のほうにも捜査が及んでいることと思います。誰のことをこうして書いているか、あなたにははっきりとおわかりになるはずですよね。今後のこともあります。この手紙に書いた以上のことを、私は知っています。そのことをおおやけにしないためには、対価が発生するものとお考えください。今後のあなたの対応に期待いたします。よろしくご考慮ください。また、連絡いたします』

『谷山千容子をどうしたのです？　博多に一緒に行ったことは調べがついています。一緒に帰ってきていないこともわかっています。あなたが彼女をどうにかしたに違いない。警察も博多を調べています。首を洗って待っていなさい』

『お久しぶりね。よくも、あんなことやってくれたわね。今後どうするか、じっくりと考えることね』

『怨んでやる。呪ってやる。私をこんな目に遭わせて。私が何をしたというのよ。あなたを愛していたのに。病院や大学で、あなたと愛を確かめあっただけじゃない。不倫というならばそれでもいいわ。でも、世の中、そんなこと日常茶飯事じゃない。私を殺そうと思ったなら、何かあったのね。何か、あなたに心境の変化があったのね。大学で何かあったの？』

『谷山千容子さんは、間違いなくあなたの手にかかって、二度とこの世を見ることができないようになったに違いありません。去年十月、博多であった学会に参加したあなたは、千容子さんを博多に呼び寄せた。そこでどうかしたに違いない。学会があったホテル周辺は繁華街。人の目もある。そこで彼女をどうにかできるはずない。仮に手にかけたとしても、すぐに遺体が見つかるはず。でも、何カ月経っても、千容子さんは見つからない。密かに千容子さんを葬った場所があるに違いない。調べてみましょう』

三人の目が、いや、小林房子はもう手で顔を覆っていた。小阪が読み上げる文面にも耳を塞ぎたかった。

「お嬢さんは、何とか谷山千容子さんを見つけたかったのでしょう。谷山千容子さんが、この、たぶん男と思われますが、こいつに殺されたと考えられたのですな。途中の文章では、まるで谷山さんが生き返ったかのように、一人称で書いてある。相手の男に何らかの動きを期待したに違いないのです」

「そんなことを、あの娘がやっていたなんて」

「男は動かなかったようですな。徐々に記述が具体的になってきている。お嬢さんは、なかなか頭もよろしいようだ」

褒めながら刑事たちは、父親が大学の内科教授であることを思い出した。

「男がなかなか行動に出ないので、いろいろな可能性を考えた文面になってきている。何とか男を誘導したかったのではないでしょうか」

次第に内容が細かくなって、福岡から大分、佐賀、熊本、あるいは長崎にまで、紀子の想像上の捜索が続いていた。

最後の一枚になった。

『まもなく博多で学会ですね。博多といえば、漢の国から送られたという金印が見つかった志賀島がすぐ近くにあります。なんだか二人でデートするにはもってこいの観光地ではありませんか。千容子さんは旅するのが大好きだった。博多に行けば、当然金印の島に行くでしょうね。二人で一緒に行ったのでしょう？　そこであなたは千容子さんを殺したのですね。千容子さんは島のどこかに埋められているに違いない。十月の学会場からも、行動するにはちょうどよい距離です。千容子さんが失踪する前に私にくれた手紙に、島のことも書いてありました』

「こいつはどうかなあ？」

八尾刑事が最後まで読んで、声を上げた。

「谷山千容子が紀子さんに送った手紙には、博多に行くとは書いてあったが、志賀島とまでは。仮に島のことが書いてあったとすれば、紀子さんは最初からこの地名を出すだろう。あとから脅迫文に付け加えても、相手は計略と気づくんじゃないか」

「そうかもしれない。ですが、万が一、紀子さんの推理が当たっていたとしたら」

「それまでは、犯行現場――」

房子の体が大きく震えた。

「犯行現場とはまったく違う地名ばかり書いていたものが、本当の現場をついに言い当てたということか」

「ありえないか。そして犯人は博多の学会に参加し、当然紀子さんもあとを追った」

「志賀島に行ったということか」

　小阪はうなずいた。

「そこで何かが紀子さんの身に起こった可能性がある」

　房子は無遠慮な刑事たちの推理に、耳を覆ってしゃがみ込んでしまった。

「これは申し訳ありません。あちらでお休みください。私たちはもう少し、お嬢さんの持ち物を調べさせていただきます」

　よろよろと立ち上がった房子を小阪は脇から抱えるようにして、居間のソファに横たえた。房子は抵抗もせずに、静かに横になったが、顔を手で覆ったままだ。

「大丈夫ですか」

　問いかけに小さくうなずいたのを見て、小阪はまた紀子の部屋に戻った。待っていたかのように、八尾刑事が興奮した顔を向けた。

「こいつじゃないか。相手の男」

　八尾の手に、一枚の写真があった。

「机の引き出しの一番奥にあった」

　薄暗い場所で撮った写真で、全体に黒っぽい。日付は昨年の九月二十日、午前一時三十七分の文字が入っていた。

「女性の顔を見てみろ」

影の中に、街灯の光を反射して、顔半分が見える。小阪の記憶にある顔であった。

「谷山千容子！」

「ああ。男の顔も何とか判別可能だ。紀子さんはこの男に脅迫文を送っていたんじゃないかな」

「見覚えないな。谷山信人ではない。彼らの友人には、こんな男いなかったぞ。紀子さんの知っている人物ということになるな」

「場所はどこだ？」

「何か目印は？」

目を凝らしても、外から建物を背景にした写真で、どこか廊下か通路にいるようだった。手すりらしいものが写真の下方に斜めに走っている。

「大学じゃないか？」

「O大学か？」

「紀子さんの文面から類推すれば、相手は医者だろう。病院と大学と書いてあったからな。しかも学会だ。O大学の医師と見て間違いないだろう」

「帰りに大学に寄ってみるか。場所が特定できるかもしれん」

行方不明の小林紀子の捜索に来て、とんでもない収穫であった。八尾も小阪も興奮を隠せなかった。

手がかりのなかった谷山千容子失踪事件が、一気に解決するかもしれなかった。

「お母さん。何とか紀子さんは見つけ出します。これから署に帰って、すぐにでも福岡博多署に志賀島の捜索を依頼します。どうか、お気を強く持たれて」

刑事たちの励ましに、房子はソファに横たわったまま、弱々しく顔を上げた。

「あ、どうぞ、そのまま。資料はいったんこちらで拝借いたします。パソコンも閉じておきましたから」

二人は挨拶もそこそこに、O大学めがけて車を疾走させた。

薄暗くとも、写真に写っていた建物は、最初から医学部付属病院あるいは医学部と当たりをつけて行ったから、簡単にそれが医学部の研究棟であることがわかった。

「写っている手すりは、あの通路のもののようですね」

どのあたりから撮った写真なのかも、ほぼ撮影場所まで特定できた。

「こいつは隠し撮りだな」

撮影者がいた場所は、医学部研究棟と並列して立っている別棟の建物の植え込みの中だったようだ。身を潜めて、二人の写真を撮ったらしい。

「谷山千容子の夫か誰かが、不倫現場をおさえるために撮ったのでしょうか？」

「そりゃ、違う。こんな写真があれば、当然谷山信人の態度が違っていただろうし、面識も何もない小林紀子の手にあるはずもない」

「じゃあ、小林紀子が？」

「可能性としてはありうるが、何のためにだ？　谷山千容子失踪時、紀子はそんなこと何も言っていなかったぞ」

「変だな。十月の千容子失踪の時点で、紀子がこの写真を手に入れていたとすれば、男に疑いをかけたはずだ。どうして我々に話してくれなかったのかな」

「あとから手に入れたという可能性もある。そのあとから、この男への脅迫が始まったとすれば、時間的に矛盾はない」

「でも、たった一枚の写真でか？　何かの目的で二人の不倫とも思える現場を撮ったなら、もっと何枚もあってよさそうなものだが」

「よくわからんな。だが、いずれにせよ、谷山千容子失踪に、この写真の男、白衣を着た男が大きく絡んでいる可能性が高い」

　太陽の光にまぶしく照らされた写真を、刑事たちはじっと見つめていた。横を不審な顔つきの白衣に身を包んだ医師たちが何人もとおりすぎていった。

24

海の洞窟

「大阪東部署から、大変なことを言ってきたぞ」

午後の福岡博多署がざわめいた。

「昨年の十月、谷山千容子という人物の失踪に関して、こちらに照会があったが、今回は小林紀子という女性だ。何でも谷山千容子と関係のある人物らしい」

西浦瑞貴《にしうらみずき》署長のまわりに居合わせた刑事たちが集まってきた。

「今回は、志賀島を中心に調べてくれと言ってきている」

「志賀島ですか?」

「向こうでの捜査の経緯を送ってきている。それによれば」

署長は簡単に、午前中に小阪、八尾両刑事が調べたことを話した。

「こいつは大変なことになってきましたね。もし、この小林紀子という女性が、谷山千容子失踪に関わったと見られる男性の動きを監視するために、志賀島に来ていたとしたら」

「当然、男の手にかかったと見ていいだろうな」

「署長。ちょうどいま、武田警部と飯牟禮刑事が島に行ってますよ」

「何だ？　どうして連中が」

「ひき逃げの捜査ですよ。タレコミがあったんです」

「タレコミ？」

「ええ。でも被害届も出ていないし、事故車と思しき車も、修理に出たという情報はないようです」

「ガセじゃないのか？」

「二人もそう言ってはいましたがね」

「なら、どうして島に行っているんだ？」

「通報の内容が気に入らないと、警部が」

「どういうことだ？」

「通報者は、金印公園で観光していて、人身事故を目撃したと言ったそうなんですが、それが夜の八時頃だったそうです」

「そんな夜に観光か？　いつの話だ」

「ええっと……」

若い刑事が目の前のパソコンに取りついて、検索している。

「ああ、これだ。通報のあったのが四月七日午後九時三十一分。男性ですね。その通報者の言葉によれば、事故を目撃したのは四月六日午後八時頃」

「ちょ、ちょっと待て。四月六日？　先ほどの小林紀子が大阪の家を出たのが四月四日。志賀島に行ったらしいんだったな」

「そう言えば、大阪東部署の捜査内容に、そう書いてありました」

「偶然の一致かな？　武田警部たちは何を調べに行ったんだ？」

「出ていく時、チラッと目にしましたが、潜る準備してましたよ」

「海に潜るのか？」

「そうじゃないですかね」

「海の中で何を調べるというんだ？」

「事故の被害者でも調べようというのですかね？」

「それなら、とうに浮いてきてるよ。とにかく二人に連絡を取ってくれ。大阪からの情報を伝えるんだ」

「了解です」


署からの長い電話通達を聞いていた武田は、前後左右上下に目玉をぐるぐると動かしながら、最後には飯牟禮が入っていった岩場の裂け目に視線を止めた。

腰に紐を巻き、念のための小型の酸素ボンベを背負い、照明を手に、飯牟禮刑事が姿を消してから、すでに十分は経っていた。覗き込んでも、もはや何も見えるはずもなく、髪が薄くなった頭頂部をじりじりと陽に焼かれながら、武田はただ見つめるのみであった。

飯牟禮はといえば、素潜りの名人、とまではいかないものの、魚はもとより海老や貝などの海の幸を捕るために、相当の深さまで進んだ経験は数え切れないほど、むしろ背中の酸素ボンベが邪魔であった。

しかし小さな洞窟ともいえる岩の裂け目は、潜るに適するほどの広さはなく、岩肌を手探りで進まねばならなかった。

真っ直ぐに進んでいるつもりでも、岩壁は少しずつカーブを描いていたようで、数分も進むと、外の光が完全に断ち切られた。もはや照明の光に頼らざるをえない。

時おり潮の流れがあった。体が前にうしろにと揺すぶられる。水温は四月の玄界灘、ウェットスーツを身に着けていても冷たい。しかし、慣れっこになっている飯牟禮には、その温度も快適であった。

足はつかない。どれほどの深さか、知りようもなかった。体一つがとおれるくらいの幅だけ残して、両側から岩が迫ってくる。

意外と奥が深いことに飯牟禮は驚いていた。外から見れば、単なる岩の裂け目としか見えない自然の節理が、飯牟禮の冒険心をくすぐっていた。

いまのところ、手で探りながら進んだ限りでは横道はなかったが、外の何本もある裂け目が中で複雑につながっている可能性が充分にあった。飯牟禮は腰に手を当てて、命綱が確かにそこにあることを確認した。

迷路の進み方は知っていても、この場では何の役にもたたない。どこまでどの方向に伸びているかわからない自然の地下道である。腰の命綱の長さは百メートルしかない。どのくらいの距離を来たのか。照明を消せば、まったくの闇の中。さすがの飯牟禮も次第に心細さが募ってきた。

飯牟禮は、光で切り取られた隔絶した空間に言いようのない恐怖を感じながら、少しずつ慎重に、奥に進んでいった。

飯牟禮が中に入ってから、すでに三十分が経過した。一向に出てくる様子もなく、少しずつ引かれていく綱も残り少なくなってきていた。

「そんなに深いのか……」

飯牟禮と同じ感想を抱きながら、武田は署から伝えられた小林紀子という女性のことを考えていた。

「四月四日に大阪を発って、この島にやってきた可能性が高い。それも、昨年十月から行方不明になっている谷山千容子という女性の失踪に関係する男を追ってだ。小林紀子は男に脅迫状めいたものを送っていたらしい。ということは、男の返り討ちにあったとも考えられる」

武田は岩の上に腰を下ろした。

「通報してきたのは、その男か？　男が谷山千容子をどうにかしたとして、それを追及してきた小林紀子が事故にあったとして、なぜ男が通報する？　なぜ小林紀子を助けるような通報をするのだ？」

助けるために通報してきたのではない、と武田はすぐに考えを否定した。

「何か目的があったのか？　仮に海に落ちたとして、死体があがらん。この二週間、この海岸も何も起こってはおらん。わからん」

こぶしでゴツンゴツンと頭をたたいて、いろいろな可能性に思考を巡らせていても、妙案は浮かばなかった。

「待てよ。谷山千容子はどうしたんだ？　男が島に来たのは、小林紀子の脅迫状に怯えて、谷山千容子の死体を確認しにきたのではないのか。大阪では、志賀島という具体的な名前まで出したから、男がようやく動き始めたと考えているようだ。とすれば、谷山千容子の死体がどこかこの近くにある！」

飛び上がるように、武田は腰を上げた。

目の前の命綱がまもなくなくなろうとしていた。武田は慌てて綱の端をつかんで引いた。

水に浮かぶ綱だ。水に漂い、武田が引いた力は飯牟禮には伝わらなかった。その頃、飯牟禮は洞窟のほぼ終点と思しき、わずかばかり広くなったところに達していた。

飯牟禮は一瞬目を疑った。何があるのかと、目を何度もこすってみた。光が洞窟の壁に映し出したものは、どう見ても人間一人の全身であった。わずかに水面より高い岩棚に、かろうじてはさまるように横たわっていた。

「ここはいったい……」

岩場の裂け目から入ってきたにもかかわらず、飯牟禮はどこか別世界にいるような気がしていた。洞窟の低い天井を照らし、光を戻せば、いま目に見えた白い人の形をした物体は消えているような気がして、光を巡らせてみたが、確かに女性らしき物体がそこにあった。

飯牟禮はそろそろと手を伸ばして、白い塊に触れてみた。

体温がなかった。体幹の横に伸びる手を探っても、脈は触れなかった。

照明を頭のてっぺんから足の先まで、ゆっくりと動かすと、眠るような死に顔はまだ三十前、いやいや二十くらいだと飯牟禮には思えた。胸の盛り上がりが、死体にしては初々しく、眠れる地底の美女に出会ったような陶酔感を飯牟禮に与えていた。

何年も何十年も、いや何百年もこの洞窟で眠りつづけている古代の女性が、いま光を当てていると、長い眠りから覚めてきそうな、そんなことを飯牟禮はぼんやりと考えていた。

非現実的な幻想感の中にいた飯牟禮は、胸の二つの盛り上がりの間に、なにやらもう一つ塊があるのを見つけた。顔を寄せ、光を当てて、丸い塊の表面にぽっかりと開いた空洞が向こうを向いて二つあるのを見て、飯牟禮は照明を取り落としそうになった。

女の胸の間に、しゃれこうべがのっていた。

陽が回った。上空を白い光で満たしていた太陽が水平線に近づき、厚い空気の層のせいで真っ赤な夕焼け空を一杯に広げる頃、狭く細い小舟に横たえられた女性が、静かに岩場の裂け目から引き出されてきた。血の気が引いた白い肌は、たちまちのうちにオレンジ色に染め上げられ、生きているかのような肌色が戻っていた。

衣服はきちんと体に残っていたが、両足は裸足で、履き物はどこかで海に落ちてしまったらしかった。

二時間前、命綱を辿って洞窟を戻り、入口の光が見える頃、大声で武田を呼び、武田は直ちに応援を要請した。

「警部。中に女性の死体が。まだ若い女性です。通報のあった自動車事故の被害者ではないでしょうか」

　そう言う飯牟禮に武田は大阪からの照会内容を、早口でかいつまんで話した。頭上から降ってくるような武田の大声に、飯牟禮は仰天した。

「な、何ですって？」

「遺体の回収は？」

「大丈夫だと思います。非常に深い洞窟です。そうですか。綱が全部ということは、およそ百メートル近くありますね」

　飯牟禮は命綱を遺体の腰に巻きつけてきたと言った。

　応援が到着するまでの間、飯牟禮は興奮気味に語った。

「もしかしたら、遺体は照会のあった小林紀子ではないでしょうか」

「気の毒だが、その可能性が高いな。撥ねられて海に落ち、あの裂け目に入ってしまったのだろう」

　何かに思い当たったのか、飯牟禮の顔がはっとしたように上がった。

「遺体の胸に、骸骨が一つ」

「何！」

「同じように、洞窟に流れ込んだ人のものと思えます」

「それを遺体が抱いていたのか。昨年の十月に行方がわからなくなった谷山千容子か？」

「かもしれませんね。そう言えば、確かに抱いていたようだったな。妙だな。潮が偶然、骸骨を運んだにしては、胸の間に挟まるような感じでのっていましたが」

「とすると、小林紀子と思われる女性は、洞窟の中で骸骨を見つけたのか？　それを抱いて死んだのか」

「探しにきた谷山千容子と、偶然の邂逅《かいこう》ですか」

「その骸骨はどうしたんだ」

「いえ。そのままにしてあります。一応、現状のままです」


一時間もすると、海岸は騒然となった。上を走る車が渋滞し始めた。金印公園に観光に来た人たちは、公園そっちのけで道路脇に並び、岩場でうごめく大勢の警察関係者を眺めた。すぐに公園の前がごった返した。

武田警部の怒りの声が響いた。

「見世物じゃない。道路を遮断しろ。観光客は追っ払え！」

やがて小舟に揺られた死体が、そろそろと岩の裂け目に現れた。報道陣さえ立入禁止の中、小舟は夕日に赤くなった海面に、時間を停止したようだった。

岩場まで引き寄せられた船上の死体を覗き込んだ警察医が、直ちに女性の体を検めた。

突然、医師の顔が驚いたように跳ね上がった。

「まだ生きているぞ！　非常にゆっくりだが、脈がある。至急、病院に搬送しろ！　急げ！」

発見された女性は、警察医水田波濤《みずたはとう》の指示で、体の低温を保つべく、全身を保温材で包まれ、頭にも保冷剤が置かれた。極めて稀なことだが、洞窟内の特殊な環境、すなわち低温と適度な湿度が女性の生命をぎりぎりのところで維持していたのではないかと、水田は救急車の中で、慎重に女性の様子に気を配りながら、横についた救命隊員に語った。

経験したことはなかったが、このような患者を救助するには、緩徐《かんじょ》に体温を上げたほうが救命率が高いことを医師は知っていた。さらにこれから女性を搬送しようとしているQ総合医科大学救命救急部教授から、処置に関して細かい指示があったのである。

期待は薄かった。健全に暮らしていたであろう状態に戻れるかどうか、水田には自信がなかった。武田警部からの説明が当たっていれば、女性は本来ならば、この二週間ほどのいずれかの時期に落命していても仕方のない状況であった。

それがわずかながら生命をつないでいた。水田医師は、特徴が母親が説明したものと一致し、年齢も小林紀子の歳と矛盾しない目の前の蒼白な女性の強運を信じようと思った。

けたたましい音とは裏腹に、速やかに救急車はQ総合医科大学救命救急部に滑り込んだ。

「体温が二十六度に上昇してきています」

最初に警察医が診た時は二十四度であった。生命が維持されるぎりぎりの体温であった。時間が三十分ほど経過している。

「いいんじゃないか」

心電図は、徐々に脈拍数を上げてきている。死体に心電図とはどういうこと？　と首をかしげながら、医師の指示で電極を腕に貼りつけた救急隊員が、当然のことながら一本の輝線《きせん》がただ横に走るのを見て、思わず警察医の顔を見たくらいだった。彼は救命救急士の資格を持っていた。

やがて、ピッという心電図独特の音がして、一拍の鼓動が記録された時、再び彼は水田を信じられないような顔つきで見たのであった。走行中の三十分は、あとで思い出しても、生涯これ以上の感動はないだろうと思うくらいに、驚異的な時間であった。

徐々に心拍数が増してきたのだ。動かないと思っていた胸郭も、長い停止のあと、深い呼吸に上下した。再び動かなくなった胸に、自分の呼吸まで止まりそうに感じても、心電図のゆったりとした音は、確実に救急隊員の耳に届いていた。

蒼白の女性は間違いなく生きていた。

女性が運び込まれた救命救急部には、低体温療法に詳しい佐久本玲朗《さくもとれいろう》教授が待機していた。志賀島の洞窟で見つかった女性が、極めて危ない状況ながら、低い体温を保ったまま生きているという通報を受けて、できるだけ体温を変化させないよう維持しながら搬送するよう要請したのであった。

警察医水田が大学の同級生であったことも幸いした。二人の意見が一致して、女性は三十分の搬送時間の間、わずか二度の体温上昇に留められたまま、救命救急部に到着したというわけであった。

「心拍が戻ってきている。ここまでは順調な回復状態だ」

水田は佐久本の顔を見るなり言った。

「呼吸はどうだ？」

「発見当時は、ほとんど無呼吸の状態だったようだ。救急車に乗せた時は、一分間に三回。いまは五回だ」

しゃべっている横で、女性の胸郭が大きく膨らんだ。つづいて酸素マスクにスーッと呼気音が流れた。

「こいつはいい徴候だ」

保温材の中に聴診器を入れ、慎重に胸部から腹部にかけて、生命の音を聴いていた佐久本は言った。

「よし。これより少しずつ体温を上げる。脇と鼠径部の保温材を取り除いてくれ。それから、どこかルートを取れそうな血管を探しておいてくれ。手と足の見えているところでいい」

まだ女性の顔は蒼白のままだ。マスクをとおして見える上下の口唇も、血の色はない。だが、確実に回復してきている証拠に、次第に脈拍が増えてきていた。呼吸もすでに十秒に一度くらいで、しっかりとしたものになってきている。

「問題は、脳の回復がどうか、ということだが」

水田は佐久本の表情をうかがった。

「脳のほうは、頭の保冷剤をまだそのままにしておく。頸部もだ。体幹部より少しずらして、頭の温度を上げていく」

「なるほど」

「脳神経細胞が一番むずかしい。低温化していく時に、細胞破壊が起こっている可能性がある。そうなると回復は不可能だ」

「だが心臓と呼吸は戻ってきているぞ」

「ああ。だから、おそらくはほかの脳細胞も生きていると思う。期待はできる」

二人は、処置台に衣服の上から保温材を巻かれ、それが少しずつ部分的に取り除かれていく女性を見守りつづけた。

別の救急患者が騒々しく運び込まれても、二人は指示を実行していく医師と看護師とともに、女性から離れなかった。

規則正しい心拍が、一分間に六十を数えるようになった。呼吸も五秒に一回にまで回復した。皮膚の色は赤みをさし、腕には血管が青い筋を浮かび上がらせ始めた。すでに体を包んでいた保温材はすべて取り除かれている。

佐久本教授は時間を計っていた。

「よし。頭からも保冷剤を取り除け。ルートを取れ」

末梢血管からの点滴が可能だった。血圧まで十分に戻ってきている証拠であった。刺入した針から真っ赤な血が戻ってきた。

「酸素分圧は？」

人差し指に静かにパルスオキシメーターが装着された。皮膚の損傷を慮って、血圧測定のためのマンシェットを巻くことも差し控えていたのだ。いま初めて、女性の体に直接、針が入り、指に機械が着けられたのだ。皮膚は刺激に充分耐えうる強さに戻っていた。

「九十八パーセント」

「よろしい。点滴はゆっくりでいい」

ポトリ、ポトリとじれったいくらいの速度で、点滴液が女性の腕に吸い込まれていく。搬送されてから、すでに一時間を越えていた。

「さあ。まもなく復活だ！」

教授の声が、何かの儀式のように、救命救急室に大きく響いた。手をこすり合わせている。ほかの救急患者を診ていた医師看護師たちも、手は受け持ち患者の処置をこなしながら、まずは経験したことがない、将来もないであろう症例がどうなるか、気が気でならなかった。

低体温麻酔は循環系をはじめとして、さまざまな手術に使用される麻酔である。もちろんこの場合には麻酔剤を使うのだが、体温の低下で自然の眠りに落ちた人間でも、それが条件によっては生命を維持したまま、何日も持つことはわかっている。

氷点下にまで体温が落ちて凍結されたわけではない。

女性の睫毛が微かに震えた。

大きく息が吸い込まれた。

ぽっかりと、女性の目が開いた。

現場の検証を終えて、武田警部や飯牟禮刑事がQ総合医科大学救命救急部を訪れた時、彼らは看護師に案内されて、広い救命救急室に入り、この方です、と言われても、一瞬何のことやらわからなかった。

女性は、普通に生きている人間の顔をし、化粧はしていないものの、唇は赤く、頰もまた紅をさしたように鮮やかで、閉じられた瞼に眉の線が美しかった。

点滴は落ちるか落ちないかという速度で、患者の横に一つあるだけであった。

狐につままれたような気分で、彼らを連れてきた看護師に尋ねた。

「いえ。本日午後五時五十五分、志賀島金印公園下の海岸岩場で収容された女性がどうなったか、お尋ねしているのですが」

「この方ですわ」

「え!?」

彼らは、集中治療室かどこかに収容され、体のまわりには何本もの電気コードが這い回り、点滴が林立し、ベッドの横では心電図と人工呼吸器がうなりを上げている。そのような患者の状態を予想してきたのだ。

いま、目の前で、静かに眠っている女性の傍《かたわ》らには、一本の点滴と、正確な心拍を刻む心電計があるだけであった。気管内挿管チューブが口に突っ込まれているわけでもなかった。

「生きている？」

「当たり前です。心臓も規則正しく動いているし、呼吸だって、ほら」

確かに、静かな胸の上下があった。

「生き返ったのですね」

「その表現は正しくはありませんな」

うしろで澄みとおった男性の声がした。

「これは、佐久本教授」

武田が小さく頭を下げた。職業柄、しばしば教授と武田は、この救命救急部で出会っている。

「彼女は生きていましたよ。お宅の水田先生が診断されたように、低体温麻酔がかかったような状態だったのです。処置も適切だった。彼女は順調な回復を見せたのです」

「奇跡的ですな」

「警部。その表現も妥当ではありませんよ。あの状態からでも、間違いのない処置をすれば、回復は可能です。それより水田先生から聞いたところでは、女性が見つかった場所は、岩礁の奥深くだとか。よほど条件がよかったのでしょう。車に撥ねられ、海に流され、あの岩場に入っていったとしたら、溺死した可能性のほうが高い。それが、彼女は生きていたのですね。しばらくは意識もあったのではないでしょうか。そのあと低温多湿の中で、仮死状態に保たれていたのです。そちらのほうが奇跡的です」

「きょ、教授。いま、女性は車に撥ねられた、とおっしゃいましたが」

「ええ。骨盤に亀裂があり、左腓骨《ひこつ》骨折もありました。皮膚にも多数の損傷。これは岩によるものかもしれません。もちろんいずれも致命的なものではありません。ああ、一応加害車輛特定の証拠になるかもしれないと思い、女性の着衣は保存してあります」

「そ、それはありがたい。で、撥ねられたのは間違いないですか」

「間違いないでしょうね。水田先生からそのあたりのことをお聞きしました。状況は、いま申し上げたことと矛盾しません」

その時、飯牟禮が武田の袖を引っ張った。

「警部！」

飯牟禮は女性の顔に視線を固定している。

「どうした？　あ」

女性の口が開いて、微かに動いた。何かしゃべりそうに見えて、武田は覆いかぶさるように女性に顔を近づけた。

だが、女性の形のよい上下の唇は、そのまま閉じられてしまった。

「まだ話すのは無理でしょう。一度、目が開いて、確かに何かを語りそうになったのですが、すぐにまた目も口も閉じられてしまいました」

「名前を名乗りませんでしたか」

「いいえ。まだ無理ですよ」

佐久本は繰り返した。

「今度意識が戻った時には、おそらくは」

「事情が聴けますね」

「まず大丈夫だと思いますが……」

記憶を失っている可能性もある、と佐久本は確約しなかった。

25

しゃれこうべ

救命救急部で武田と飯牟禮が遅まきながら驚嘆している頃、福岡博多署に帰った水田警察医は、早速、女性が胸に抱いていた、そう、飯牟禮はのっていたという表現を使わずに、抱いていたと言った、しゃれこうべの検索に入っていた。

武田から聞かされた情報によれば、このしゃれこうべの持ち主は、行方不明の谷山千容子である可能性が極めて高かった。

うつろな眼窩が二つ、じっと水田を見つめている。詳細に観察すれば、特に外傷はなく、何本かは欠けて落ちているものの、残った歯は綺麗な歯並びを見せていた。

谷山千容子であれば、行方不明になってから約半年。少し歯が落ちすぎているような気もしたが、白骨化していてもおかしくない時間が経っているし、激しい海流にでももまれていれば仕方のないことかもしれなかった。

「DNA鑑定しかないかな」

歯並びから同定するには、抜けているところが多くて、正確さに劣る危険性があった。

「DNAのほうが確実だな」

水田はそう考えると、そっと頭蓋骨を両手で持ち上げた。

「死の眠りからの復活だな。それにしても気の毒なことだ」

救命救急部での佐久本教授の誇らしげな「復活」の声を思い出して、不謹慎にもニヤリとした水田は、ふと臼歯の間に何か小さなかけらがはさまっているのに気づいた。

それはしっかりと歯と歯の間に入り込んでおり、歯よりもやや白かった。

水田はピンセットを取り出すと、白い小さな物体を取り出そうとした。歯間の狭い空間に無理やり入り込んだような直径二ミリにも満たない塊は、容易なことでは動かなかった。

「歯の治療剤かな」

それにしては歯が綺麗であった。削ったような様子もない。明らかに白い物体は歯から独立していた。

何度か動かすうちに緩んだのか、やがて塊がポロリと落ちた。ピンセットで拾い上げて、卓上の灯にかざせば、確かに小粒の石のようであった。

「海水の砂でもはさまったか」

砂でもないようだ。

「骨かもしれん」

水田はサンプル用のビニール袋を取り出すと、それを中に入れて厳重に封をした。後日その小粒の石のようなものが何であるか、科学的に分析しなければならないと思った。

翌日の大阪東部署の興奮は、小阪、八尾両刑事のみならず、極みに達していた。

「小林紀子らしい女性が、志賀島で見つかったらしい」

「しかも、谷山千容子のものと思われる頭蓋骨まで発見されたそうだ」

急遽、二人の刑事が福岡博多署へ赴くことになった。それに先駆けて、二人は千容子の夫、谷山信人を早朝に訪れている。用件は二つあった。

何事かと眠そうな目をこすりながら出てきた谷山信人は、刑事二人を見て、緊張した顔つきに変わった。

まずは、小林紀子の部屋から見つかった夜のO大学の写真の確認であった。

薄暗い写真に顔の半分が判別可能なほどに写っている妻を見て、信人は悲壮な声を上げた。

「これは……」

「奥さんの谷山千容子ですね」

「一緒にいる男は！　この男はいったい誰なんです！　これはどこなんです！」

写真から、妻の裏切りを知ったのだろう。谷山信人の顔が真っ赤に膨らんだ。自分は遊んでいても、妻の裏切りが確実と考えられる写真を見せられて、寛容の気持ちはまったく消えてしまったようだ。

「まだ申し上げられません。ただ、この男性が奥さんの失踪に絡んでいる可能性があります。現在、鋭意捜査中です」

とおり一遍の表現をしたあと、もう一つ、と八尾刑事は咳払いした。

「じつは、奥さんの髪の毛とか、何かご本人を特定できるものはないでしょうか。髪の毛が一番です。あれば是非何本かいただきたいのですが」

「髪の毛、ですか？　それって」

何かに思い当たったのか、信人の顔色が変わった。

「ま、まさか、妻が……見つかったのですね」

「血液型はいかがです？」

「妻はB型です。まさか……」

「お察しのとおり、奥さんのものかもしれない頭蓋骨が見つかったのです」

「ず、頭蓋骨！」

「いえ、まだご本人とは。ですから確認のためです」

「つ、妻は、どこで、どこで見つかったのです!?」

「以前、博多にいらっしゃったとわかりましたが、すぐ近くです。船で三十分ほどのところにある志賀島という島です」

「しかのしま？」

「ええ。『漢委奴國王』と刻まれた金印が見つかったことで有名な島です。ご存じないですか」

信人は首を弱々しくふった。

「本当に妻なのですか？」

「それを確かめるのです」

ご本人ならばお気の毒ですが、と付け足しながら、二人の刑事は、差し出された千容子の櫛《くし》に絡まっていた髪の毛をたっぷりと回収した。

小林紀子は、静かに目を開けた。

真っ白い空間が目の前に広がった。

「ああ、光……」

真っ暗闇のはずだった。何も見えないはずだった。それに、とても寒かった。

いま、体はホカホカとしていて、紀子が最後に覚えていた硬い岩肌の感触が、何だか軟らかく、手もまた確かに胸の前で骸骨を抱きしめていたのに、それが体の横でフカフカと浮き沈みした。

はっとした紀子はかすれた声を出した。

「骸骨！」

手を胸の前に持っていこうとして、左手はチクリと痛み、右手はやたら重かった。それでも、紀子にとっては最大限の努力で、そろそろと動かした右手で、胸に触れることができた。

手に感じたのは、自らの乳房のふくらみだけで、そこには一枚の布がかかっているようだった。

「ない！　あの骸骨が、ない！」

最後の「ない！」という声は、確実に紀子の声帯を震えさせるだけの呼気の通過で、近くにいた看護師の耳に届いた。看護師は振り返った。

「まあ。意識が戻りましたね」

紀子の視線が看護師に向いた。

直ちに教授に連絡が行った。昨夜来、低体温から救出した女性患者が気にかかって、充分な睡眠を取れなかった佐久本教授は、いましも救命救急部への廊下を足早に歩いているところだった。

扉を開けると、看護師の明るい顔が教授を認めた。

「あ、おはようございます。いま、教授に連絡したところです」

「どうした？」

「昨夜の患者さん、目が覚めました」

佐久本はベッドに急いだ。大きな声と慌ただしい足音に、患者はこちらに顔を向けている。

「目が覚めましたか」

患者の目は、いまの状態が理解不能と告げている。患者が声を上げた。

「骸骨。骸骨」

「骸骨？　何のことです？」

期待したほどに脳細胞は正常の状態を保っていないかもしれない。佐久本は少しばかり落胆した。

「お名前は、なんとおっしゃる？　あなたは助かったのですよ」

患者の目がじっと佐久本を見つめたあと、背後の天井や壁、横のベッド柵、点滴バッグ、そして音を消してある輝線だけの心電図を順に見ていった。

「助かった……？　ここは？」

「ここは、Q総合医科大学の救命救急室ですよ。あなたは志賀島の海の洞窟で発見されたのです」

患者の目が大きく見開かれた。

「わかりますか。あなたは助かったのです」

「私……」

「お名前は？」

「こばやし…のりこ……で…す」

佐久本が昨日水田から聞いた名前だった。この女性が小林紀子である可能性が、可能性に留まらず現実のものとなった。

「大阪の小林紀子さんですね」

女性はうなずいてから、また大きく目を開いた。

「どうして…おおさかと……おわかりになったのですか」


小阪、八尾両刑事が谷山千容子の髪の毛を持って、のぞみで一路博多に向かっている頃、小林紀子は佐久本教授、水田警察医、そして武田警部、飯牟禮刑事の顔を四方に眺めながら、昨日まで二週間もの期間、あんなところで眠っていたとは思えないほどの回復ぶりで、それでも何かに取り憑かれたように、記憶を辿っていた。

「気がついた時には、海の中だったのです。何も見えませんでした。自分がどこにいるのかもわかりませんでした。ただ何となく流されているような気がして、狭いところを流されているような感じで、手足が、岩だと思いますが、硬いものに何度も当たって。

どのくらい流されていたのか。ただ暗かった。私は生きているのか、死んでいるのか、それさえも何だか夢のようで……」

紀子の視線が天井の模様をなぞって動いた。

「体のあちこちが痛みました。口から入る水は塩辛かった。痛みを感じているから私は生きているのだと思いましたが、どうしようもありませんでした。やがて行き止まりになったのか、体が浮いたまま、渦に巻かれるようにくるくると」

紀子は首を回した。

「冷たかった。もうだめだと思いました。何も見えない。水の音がくぐもったように響く。どこか洞窟にでも流れ込んだのだろうと」

武田は、昨日見た顔とはまったく別人のように見えるこの女性が、頭もよく、度胸も座った人物であることに感心していた。恐怖を感じなかったのだろうか。

表情を変えずに、紀子は語りつづけた。

「強い波が来たように思います。体が水に運ばれて浮き上がり、岩壁に打ちつけられました。岩棚に引っかかったようになりました。体が急速に冷えていくのがわかりました」

空気は脳髄にまで染みとおるように冷たく、触れた岩肌はさらに痛いほどであった。

すぐ下からは、水が岩を打つ音が聞こえる。

痛みが全身に溢れていた。腕は動いた。脚も動いたが、左脚と腰に強い痛みが走った。体を動かしてみた。向きを変えようとすると、岩棚から滑り落ちそうになって、紀子は慌てて手で支えた。

動かした手のひらが、岩をつかんだ。

その岩が動いた。ころりと、手の動きとともに動いた。岩にしては軽い動きだった。手のひらに余る大きな塊だったが、指が引っかかった。

紀子は塊を胸元に引き寄せた。本物の岩なら放置したであろうが、軽さに何か妙な感覚があった。空洞とも言うべき岩塊だった。

冷気でしびれそうになる脳細胞の中で何かが閃いた。紀子は、そろそろと岩塊を両手で撫でた。

しばらく撫でているうちに、塊の正体を紀子ははっきりと覚った。気丈な紀子にも恐怖がこみ上げた。恐怖にその塊を投げ落とそうとして、何かが手を止めた。今度は塊の本来の持ち主のことが閃いた。まさに暗闇に光がほとばしったようであった。

紀子は頭蓋骨をひしと胸に抱き寄せた。何とかして、ここから出なければいけない……。

睡魔が襲ってきた。こらえようがなかった。眠れば死ぬ、と思っても体が確実に低温になっていた。

自ら認識することなく、紀子は静かに深い眠りについたのであった。

「あなたが持っておられた頭蓋骨は、確かにこちらでお預かりしております。あれが誰のものか同定しなければなりませんから」

小林紀子は話しかけた武田のほうに視線をやって、しっかりとうなずいた。

「あなたはあれを昨年行方不明になった谷山千容子さんのものと考えておられるのですね」

驚いたように紀子の目蓋が大きく開いた。

「どうしてそれを」

武田は大阪東部署からの連絡を、要領よく話した。

「いま二人の刑事が、谷山千容子さんの毛髪を持ってこちらに向かっています。到着次第DNA鑑定に回す予定です」

水田がうなずいている。武田はつづけた。

「ところで、あなたがこのような目に遭われた経緯をおうかがいしたいのですが。あるいは谷山千容子さん失踪について知っておられることでもよいのですが」

「わかりました」

紀子は谷山千容子が行方不明になったことについて、千容子が不倫をしていたこと、その相手が偶然……紀子は偶然という表現をした……父親の医局にいる華原俊夫という講師であったこと、二人が学会出張を口実に博多に旅行したこと、その直後に千容子は失踪したことを話した。華原に疑いを持った紀子は、華原に手紙を送り、華原の動きを探っていたと語った。

「今日は何日ですか」

紀子は尋ねた。日にちを聞いて、

「そうですか……。それでは私は二週間近くも」

本当に私は助かったのだろうかと、紀子の目が閉じられたが、またすぐに開いた。

「華原さんはとうとう今月初旬の学会出張で、動きを見せました。私が彼に送った手紙の中で、いくつか特定した場所を書いたのです。そこで千容子さんをどうにかしたに違いないとも書きました。それに刺激されたのだと思います。とうとう華原さんは動いた」

「それが志賀島だったというわけですね」

「ええ。六日の日、彼は金印公園に一日中いました。観光客が大勢押し寄せていましたから、彼は昼間はどうにも動きようがなかったようです。私はサングラスで顔を隠し、鬘を変えたり、服装を変えたりしながら、観光客に混じって彼を見張っていました」

「偶然です。今回の学会の前に送った手紙で、私は志賀島を指定しました。これまで博多から足を伸ばせるところ、しかも千容子さんが行きたそうなところを、できるだけ博多から遠い場所から、華原さんに手紙で知らせていったのです。千容子さんに危害を加えるならば、学会場となった博多よりなるべく遠いところがいいだろうと」

「よく志賀島だと」

「なるほど」

「ですが、灯台下暗しでした。この島には金印公園がありましたし」

水が飲みたいという紀子は、少し顔をしかめながら、上半身を起こした。

「骨盤が折れていますからね、気をつけて。痛くないですか」

これは佐久本教授だ。

「骨盤がですか」

「車に撥ねられた時のものでしょう、骨盤と脚の骨折は」

「あ。でも脚は、公園の石段から落ちたのです。挫《くじ》いたものとばかり思っていました」

紀子はシーネが当てられて、自由に動かせない左脚を見た。

「石段から？」

「ええ。夜になって、華原さんは公園の東屋の奥にある大きな木の根元を掘り返したのです」

「何ですって！」

紀子を囲む四人の顔が極度に緊張した。

「そこに千容子さんを埋めたのだと思います」

「そいつは……」

気づかなかった、と武田も飯牟禮も唇を嚙んでいる。次の紀子の言葉に、二人は飛び上がった。

「ですが、そこには千容子さんはいないと思います」

「な、何ですって！　その華原という男が埋めたんじゃないのですか」

「私もそう思いました。ですが」

その時華原は叫んだのだ。紀子は華原の叫び声が耳に戻るのを感じた。

そ、そんな……そんな馬鹿な……そんな……ありえない……う、うう……うわわ……。

「私が華原さんの前に飛び出したのは、その直後です」

「あなたは、谷山千容子が穴にいないことを確かめたのですか」

「いいえ、それは。そんな余裕はありませんでした。私は夢中でした。すぐに華原さんが私に迫ってきたのですから」

懐中電灯を奪われて、追いかけられ、石段を転がり落ちたのだと、紀子は顔を歪めながら語った。

「その時足を挫きました」

「腓骨骨折です。まあ一カ月ですね。よくそれだけで」

　飯牟禮が口をはさんだ。

「先生は骨盤骨折もあると。それも落ちた時ですかね」

「石段から転落したとすれば、そちらもそうかな。私はてっきり車に撥ねられた時のものと思ったのだが」

「華原さんが迫ってきたので、私は脚の痛いことなど忘れて、逃げようとしました」

「道路に飛び出した？」

「ええ。そうだと思います。不意に車が」

「車は南のほうから来て、道路に飛び出したあなたを撥ねたようです。来ているのに気づかなかったのですか」

　北側からの車は大きくカーブしてくるから見えにくいかもしれないが、南から来れば、夜ならばヘッドライトの光は見えるだろう。

「来ていたのかもしれませんね。でも夢中でしたから」

　武田はひき逃げした人物が、紀子を追いかける華原の姿をとらえていなかったかどうか知りたかったのだ。

「そしてあなたは撥ねられて海に」

「たぶんそうだと思います。気がついた時には、先ほどもお話ししましたとおり、流されていましたから」

紀子は急に疲労を感じて、ベッドに頭をうずめた。

「あなたを撥ねた車は、まだ見つかっていません。運転していた者が、華原の顔を見ている可能性もある。ひき逃げもこうなっては確定だ。是非とも逮捕せねばならん」

武田の顔が上気している。

「もう一つ、早速確認せねばならんな。公園で華原という男が谷山千容子を埋めたとされる穴の確認だ。何か遺留物があるに違いない」


お昼前に博多に到着した小阪と八尾は、タクシーに飛び乗り、直ちにQ総合医科大学救命救急部に急いだ。武田と飯牟禮、それに水田医師はまだ紀子の病室にいた。

途中、のぞみの中で、救助された女性が意識を取り戻して、自ら小林紀子と名乗ったという連絡を受けていた。彼らは紀子の顔を知っている。武田警部たちは、彼らに紀子を確認させたあと、一緒に志賀島に行くつもりであった。

目の前で安らかな寝息をたてている女性は、確かに小林紀子であった。武田たちと話したあと、やはり低温状態から回復した体は、それなりのダメージを受けていたのか、急速に疲労感が押し寄せていたようだった。

「とすると、この写真に写っている男は、華原俊夫という医師の可能性が高いですな」

小阪は署に連絡して、華原俊夫の確認を依頼したあと、谷山千容子が埋められていたという場所の確認に、金印公園に来ていた。

水田は谷山千容子の髪の毛を受け取ると、直ちに署に戻っていった。

紀子が話した東屋は公園の端にあった。

「あの木でしょうかね」

東屋のうしろに一本の太い幹が見える。

「華原がここを掘り返したのが、紀子の話では六日金曜日。もう痕跡も残っていないだろうな」

四人の懸念どおり、木の根元はでこぼこの土で、しっかりとした根がところによっては浮いたように張っていて、そこに穴があったのかどうか、ということすら不明であった。

いくつも靴跡が乱れており、観光客が上を歩き回った様子がうかがえる。

「これは、華原の靴でも調べて、土が検出されないと、ここに華原がいたという証拠にならないぞ」

と言いながらも、飯牟禮は何枚か写真を撮っている。

「とにかく、少し掘ってみませんか」

どこから見つけてきたのか、小阪刑事が木の板を手に、もう端を土に突き立てている。

「軟らかいな」

さくさくと土が削られ、横によけられていく。

「ずいぶん木の根が絡んでますよ。こんなところに人ひとり埋められますかね」

「何か土の中に遺留品はないか」

武田の提案で、飯牟禮と八尾が土を手で掻き分けながら探していたが、すぐに諦めてしまった。さほどの土の量ではない。土と石ころ以外、何もなかった。

「おっと」

「どうした?」

「根が張って、中は一部空洞のようになっていますね。なるほど、この中ならば、女性一人くらい入っていたかもしれませんね」

覗き込んだ三人の目に、絡みつく木の根で囲まれた籠のような空洞が、黒々と口を開けていた。

「この中に谷山千容子は埋められていたんですかね」

「小林紀子の話ではそうなるが、じゃあこの穴から出た谷山千容子が、どうして海の洞窟の中で骸骨で見つかったのだ?」

「警部。まだあの骸骨が谷山千容子のものだとは」

八尾刑事が慎重な意見を述べた。

「うむ。確かにな。だが谷山千容子が行方不明であることも事実だ」

「華原という男が谷山千容子をどうにかしたとして、小林紀子相手に一芝居うったとは考えられませんか」

「それなら華原が紀子を襲うことはないだろう。笑って、紀子に誰もいない穴を見せればいいんだからな。何を勘違いしているんだと、紀子を笑えばすむことだ。だが、小林紀子の様子じゃ、間違いなく華原の反撃を食ったと見ていいだろう。それに華原が怯えたように叫んだ声も、そこに埋められているはずの谷山千容子がいなかったからに違いない」

四人の沈黙がつづいた。武田がまた口を開いた。

「華原は何らかの理由で谷山千容子をここで人知れず殺害し埋めた。だが千容子は蘇生した。そして穴から抜け出した。当然、誰かに助けを求めるはずだ。しかし現実には、谷山千容子は行方不明だ。どこに行ったんだ」

さまざまな想像はできるが、結論を出すには、骸骨が誰なのか特定する必要があった。

「仮にあの頭蓋骨が谷山千容子であったとしよう。とすれば谷山千容子も小林紀子同様、海に落ちて、あの洞窟に流れ込んだ可能性が高い。埋められていた穴を抜け出し、海に落ちるまでに何があったのだ。わからんな」

「谷山千容子が生きている可能性はないでしょうか」

小阪が遠慮がちに訊いた。

「うむ。それもありうることだ。しかしどこかで生きているとすれば、どのような状態でだ？　この狭い土地だ。よそ者が入り込めば、たちまちわかってしまう」

「なるほどね。でも例のどこでしたかね、何年も監禁状態にされていた女性がいたではありませんか」

「まあ、可能性としてはあるだろうが……。とにかくこの穴と、海の洞窟を、もう一度鑑識も入れて、徹底的に調べてみよう。それと小林紀子を撥ねた車の特定だ。ひき逃げ車輌を洗い出せ」


小阪と八尾が武田たちと志賀島捜索を行っている間に、大阪では華原俊夫の確認と、身辺捜査が密かに行われていた。小林紀子が持っていた写真に、谷山千容子と一緒に深夜の大学で写っていた人物は、確かに華原俊夫と特定されていた。

当然のことながら、今月の華原の博多での学会出張と、昨年十月やはり同じ博多への出張について、水面下で、確認の聞き込み調査が行われた。

華原が医局に帰ると、秘書の村上《むらかみ》あおいが糸井准教授と話をしている声が耳に入った。

「何だって、刑事が？　何の用だ」

「学会に出張した方の名前が知りたいと」

「学会？」

「ええ。昨年の十月の博多と、つい最近あったやはり博多での学会です」

「うちの医局から参加した人間の名前か？　何の目的だ？」

「何か別の事件の裏付け捜査だとしか」

華原の足が止まった。急に血圧が上がったような気がした。胸がぎゅっと音をたてた。血液が渦巻いて、頭蓋骨の中を叩いた。

まだ秘書が話していた。

「そう言えば、昨日も全然別の刑事さんが、十一月の札幌での学会のことも尋ねていらっしゃいましたよ。何か学会で起こっているのでしょうか」

華原は身を硬くして、自席に着いた。いつも見ているインターネットを開いて、画面に突っ込むのではないかと思われるほど顔を近づけて、隅から隅までニュースに目をとおした。

何も気になる報道はなかった。

26 進展

「困りましたな」

まずは西の福岡博多署内で、武田警部が頭を抱えていた。

「調べた結果、確かに華原俊夫の博多出張は、谷山千容子失踪および小林紀子の事故の日に重なります。ですが、谷山千容子は華原が埋めたとされる穴の中におらず、依然行方不明。これはＤＮＡ鑑定の結果を待たねばなりませんが、小林紀子が抱いていたという頭蓋骨が谷山千容子のものであるとしても、華原が谷山千容子に手を下したという証拠にはならない。頭蓋骨には、外から危害を加えられたという傷もありません。しかも小林紀子は彼女の言によれば、華原に追われて石段を転げ落ちたとのことだが、もちろんあんな目に遭った小林紀子が嘘の陳述をしたとは言いませんが、直接華原が手をかけたわけでもない。撥ねたのは華原とは何の関係もない、とおりがかりの車でしょう。とすれば、我々は華原俊夫に対して、何ができるというのです」

「金印公園の穴に、何か谷山千容子が埋められていたことを証明するものはなかったのですか？」

「鑑識によれば、人がそこに埋められていたことを示唆するようなものは、何一つ見つからなかったそうだ」

「そうなんですか」

飯牟禮は肩を落とした。武田の顔がなおさら険しくなった。

「たとえ何かが見つかったとして、華原が埋めたという証拠がどこにある」

飯牟禮はぐっと詰まった。

「しかし谷山千容子が穴の中にいた、これは自分で入るとは思えませんから、埋められた。それを華原が確認のために掘り返したのだから、間違いなく華原が埋めたことになりませんか」

「華原がふざけて掘ったと言ったら」

「そんな……」

「物証にはならん」

武田は吐き捨てた。

「もちろん小林紀子からは被害届が出ている。容疑者は華原俊夫だ。かろうじて華原を傷害の罪でしょっ引けるにしても、これさえ華原の容疑を証明できない。あの暗い公園でのことだ。懐中電灯の光一つで、華原の顔を完全に認識しえたかどうか。華原が否定すれば、それを崩すだけの証拠があるか。何一つない！」

明らかに行方不明の人間が一人、危害を受けて、危うく命を落としそうになった女性が一人いるにもかかわらず、そして加害者と思われる人物が特定できているにもかかわらず、物証が何一つなかった。

「どうするか……」

武田は指示を飛ばした。

「とにかく考えていても埒があかん。小林紀子を撥ねた車を何としてでも洗い出せ。運転者が華原の姿を見ているかもしれん」

小曽木は憂鬱だった。

外国出張している小林教授から直接に国際電話が入ったのだ。用件が研究に関するものであれば、まだよかった。話は大城昌史の博士論文のことであった。

教授の声が、いささか棘を含んでいた。

「何だ、まだできあがっていないのか。あれからもう一カ月以上になるぞ」

小林自身、研究というものの性質上、理不尽な要求であるのは承知しているのだが、アメリカの出張先まで、秘書経由で大城源之輔の横柄な電話がかかってきたのである。それも日本時間の午後三時、といえばニューヨークでは深夜、熟睡中だった。ただでさえ時差で体の調子がおかしいところに、深夜に起こされて、小林はこれ以上にないほど不機嫌であった。

緊急事態ならともかく、できの悪い息子に無理やり取らせる医学博士号であった。小林にしてみれば、どうして海外出張先にまでと腹の立つ電話であったが、それだけに大城の気持ちがいかに強いものであるかを示していた。

五月の連休明けには論文を提出して、研究会で発表、直ちに博士号取得としたいと大城は言った。通常ならばありえない短期間の手順であった。

何をそんなに急いでいるのだ、たかが医学博士号ぐらいで、と軽視しようにも、次の大城源之輔の言葉が、さらに小林を驚かせた。

「論文提出後、直近の研究発表会で息子にしゃべらせ、博士号授与の承認を取るべく、主だった教授には、それなりの挨拶をすませた」

病院新設も含めたよほどの経営事情があるのだろうと、小林は想像を巡らせたがわからなかった。うっとうしいだけであった。

だが多額の研究助成金の供給元として、医局医師の就職先として、無視しようものならどれほどの報復をしかけてくるかわからない大城源之輔であった。

小林は直ちに小曽木に連絡を取ると言って、置いた受話器を再度取り上げたのであった。

「とにかく博士論文として、体裁だけでも整っていればいいんだ。実験結果の二つもあればいい。それで充分だ。文章も二、三ページでいい。君もそのほうが負担が軽くていいだろう。それにあまり難しいことを書くと、本人が困る」

相当できの悪い息子のようだからな、という不用意な言葉は聞かれなかった。

科学論文は、長ければよい、短ければ劣るということはない。画期的な発見発明は、案外単純なものだ。それをゴタゴタと長たらしい論文にまとめるよけいな時間を、科学者は嫌う。そんな時間があれば次の新しいことを考える。

小曽木の頭の中は、しかしいま、自分の研究すら滞るような、恐ろしい事実で満杯であった。

田村、丸川両人からの返事に小曽木は驚愕した。ありえない、と思った。送った写真は警察に没収されたとあったから、何らかの警察の動きが今後発生すると考えられた。

大城昌史の博士論文どころではなかったのだ。

杉村秋代と一緒に密かに北海道を訪れた、そして秋代が海に身を投じたにもかかわらず、何事もなかったかのように大阪に戻り、日常の診療と研究をつづけている写真の主に、小曽木は直接尋ねてみたかった。が、それも、いまの小林の電話で、しばらく諦めねばならなかった。

うっとうしさに腹をたてながら、小曽木は実験結果の中から二つのデータを選び出し、短い論文を書き始めた。目の前のコンピュータの画面に、たちまち日本語の医学論文が綴られていった。

できるだけ早く仕上げてしまいたかった。小曽木は今日中に、大城昌史の代理医学論文を仕上げてしまおうと、馬力を上げた。

小曽木が研究室で頭を熱くさせている間、第二内科周辺で、当事者同士が驚くような偶然が起きた。小阪刑事が廊下を歩いていると、署は違うが顔見知りの刑事を見つけたのだ。

目が合った時、双方がびっくりして、廊下の片隅にお互いを引き込んだのである。

「おい、どうしてこんなところにいるんだ」

小阪が囁けば、御堂《みどう》刑事もまた小阪の耳に口を寄せて訊いた。

「お前こそ、どうして」

「昨年来の女性失踪事件の糸口がつかめたんだ。うまくいくと解決するかもしれん」

小阪の顔が明るい。

「こっちは、北海道からの要請なんだが、依頼の内容がよくわからん」

「どうしたんだ?」

「十一月に病気を儚んで投身自殺した女性と一緒にいた男を探してくれというんだ」

「事件性があるのか」

「向こうでそう考えたから、言ってきたんだろう」

「何か手がかりでも？　このあたりが怪しいのか」

「ああ。向こうから男の写真を送ってきた。第二内科の医者だ」

「何だって！　こちらの容疑者も第二内科だぞ。どうなってるんだ、ここは」

「こいつは慎重にやらんといかんな、お互い」

「そっちが調べているのは、何という医者だ」

「この男だ」

御堂刑事は、余市署から送ってきた写真のコピーをポケットから取り出した。

小阪刑事はそれを見て、腰が抜けそうになった。


金印公園前の道路で拾い集められたライトの破片が詳しく調べられていた。破片についていた微量の塗料から、車の色が特定された。

「国産車じゃないな」

車種の特定は容易であった。直ちに持ち主のリストが作成された。福岡県内、それも博多在住の所有者を中心に捜索が開始された。

飯牟禮刑事を筆頭として、該当者一人ひとりに捜査員が当たった。

さほどの時間を要することなく、城島真由子の屋敷を飯牟禮たちが訪問し、事故車の特定に成功していた。

「城島真由子さんですね。ある交通事故で、ひき逃げ車輌を探しています。捜査にご協力願います」

真由子の顔色が変わり、激しく動揺したのを見て、車を調べる前に飯牟禮刑事は心の中で快哉《かいさい》を叫んでいた。

城島真由子の車は、邸内奥に木立に囲まれて、外からは見えないような形で停められていた。

右前部のライトの一部が破損しており、破損部分のカバーの色が、集めた破片のそれに一致していた。直後の車体にも、何かをこすったような幾分かの損傷があることが確認された。

「城島さん」

震えをこらえている様子の真由子に、飯牟禮は冷たい視線を浴びせた。

「この疵はどこで？」

「さ、さあ……。い、いつの間についたのかしら」

美貌が台無しだ。飯牟禮はよけいなことを考えた。

この女一人でひき逃げをやったのか？

「先月六日の金曜日、夜八時頃、あなたはどこで何をしていましたか」

訊かれても、一カ月も前のこと、よほど何か特別なことでもなければ、答えられるものではない。

「覚えて、覚えていません。そんな前のこと」

当然の答えであった。

「そうですか。この車で志賀島金印公園あたりを、どなたかとドライブなんてことは」

「あ、ありません。そ、そんなこと」

「ほう。いまあなたは一カ月も前のことは覚えていないとおっしゃった。しかしドライ
ブしていなかったことは覚えていらっしゃる」

「私はドライブなどいたしませんから」

「まあいいでしょう。いまお尋ねした先月六日、金印公園前でひき逃げ事件が発生しま
してね」

止めようとすると、よけいに震えるものだ。真由子の体の震えはさらに激しさを増し
ていた。

「現場に落ちていたライトの破片と、あなたのこの車のものが一致するかどうか、確認
のためにお車をお預かりしますが、よろしいですね」

青ざめた顔の真由子と、心配そうに見守るお手伝いを残して、真由子のベンツが押収

された。飯牟禮たちが引き上げたあと、真由子の逃走を危惧して、二人の刑事が屋敷周辺に身を潜めた。

真由子は一人自室に閉じこもった。とうとう警察に知られてしまった。気をつけてニュースは見ていたのに、死体でも見つかったのだろうか。

連絡しようにも、小林は外国だ。八方ふさがりの檻の中に入れられたような心細い気持ちに恐怖が重なって、真由子は気が狂いそうだった。

車は確かに事故を起こした車輛と、直ちに特定された。居残っていた刑事たちは連絡を受けて、再び城島邸の呼び鈴を押した。

十分後、打ちひしがれた態の真由子が、それでも可能な限りの化粧を顔面の皮膚にかぶせて、警察車輛に乗り込んだ。

「申し訳ないことをしてしまいました」

観念した真由子は、深々と頭を垂れた。

「私が撥ねた方が見つかったのですね」

「質問するのは、こちらです。そのとおりです、十七日のことです」

「え、そんなに前に」

驚いたように目を大きく見開いた真由子の顔が、不思議そうな色を浮かべた。あれほどニュースに注意していたのに……。死体が見つかったとわかれば、自首したものを、と真由子は臍を嚙んでいた。いまとなっては、すべてが遅かった。

「どこで見つかったのです、その方。撥ねた時、探したのですが見つかりませんでした」

「金印公園前で人を撥ねたことを認めるのですね」

「はい」

「運転していたのは、城島さん、あなたですか？」

「私です」

「誰かほかには、一緒に車に乗っていた人は」

「いません」

「確かですか」

「はい。私一人です」

「夜の八時にあのあたりを走っていた理由は？　あなたのご自宅は、島とは関係のない、まったく別の方向ですが」

「いえ……ただ、何となく」

「ドライブはしないとおっしゃったように記憶していますが」

真由子はうつむいた。小林一郎のことは口が裂けても話せなかった。

何かを隠しているように感じた武田警部が横から口をはさんだ。

「被害者の方は生きていらっしゃいますよ」

真由子の顔が弾けるように上がった。戸惑った様子だ。目が揺れた。

「あなたの車に撥ねられたのは事実です。そのまま海に投げ出された」

「海も見たんです。もちろん車に備え付けの懐中電灯です。充分に見えたとは言えません。ですが、海岸付近はずっと見て回ったんです」

「偶然ですが、被害者は海に落ちたあと、岩場の裂け目から中の洞窟に吸い込まれてしまったのです」

あの裂け目だ。真由子は思い出していた。あんなところに、やっぱり……。

「被害者が見つかったのは、事故から十一日目。かろうじて生きていらっしゃったのです」

水田警察医が「生きている」と叫んだ時の奇妙な感動が武田によみがえっていた。

「そ、それでは……」

「それでも、ひき逃げの罪は消えませんがね。死亡事故ではない」

「よ、よかった」

涙が真由子の目に溢れた。

「そ、その方、いまどちらにおられます？　どこの方ですか。お目にかかって、あやまりたい。一言お詫びが言いたい」

「それはいずれ」

「そうだったんですか。助かったのですね。よかった」

真由子の顔がこころなしか明るくなったようだ。

「当時の事情をお話しいただきましょうか」

武田たちには、真由子が華原を見ていないかが気がかりだった。

「私は海の中道から志賀島に入り、公園のところに差しかかりました」

真由子のしゃべり方がゆったりとしていた。何か言葉を選んでいるように武田には思えた。

「南から北に向かっていたということですな」

「はい。急に人が目の前に現れたのです。避けようがなかった」

「その人は、どちらから来ました」

「急に右手から」

「ということは、金印公園のほうからと考えられますが」

「公園の石段のあたりと思います」

「なるほど」

「その時、誰か見ませんでしたか」

「いいえ。私は人を撥ねたような気がして、驚いて急停車し、車を公園の駐車場に入れました」

「なかなか落ち着いていますな。車を止めたらすぐに降りて、撥ねた人を見るのが普通じゃないですかね」

「いいえ。あそこは公園を過ぎたあと、急カーブしていて、対向車が来たら危ないですから」

「本当に落ち着いていらっしゃいますね」

落ち着いていたのは小林だった。真由子が動転するのを、かろうじて制御していたのは小林一郎だった。

「じつは事故のことを翌日、こちらに通報してきた者がいるのです」

「何ですって！」

「要するに事故の目撃者がいた、ということですな。誰か見ませんでしたか」

「いいえ、気づきませんでした。気が動転していましたから」

「ほう。落ち着いていらしたのではなかったのですか」

真由子の話に少しずつ矛盾を感じ、違和感を抱いてきていた武田と飯牟禮であった。

「あ、いいえ……」

「まあ、いいでしょう。とにかく誰も見なかったのですね。よく思い出してくださいよ」

押してもダメなようだった。真由子は小林紀子を追ってきた華原を見ていない。

心の中の落胆を見せずに、武田はつづけた。

「あなたの車に撥ねられたあと、被害者は海に落ちて、洞窟に吸い込まれた。ちょっと特殊な環境の洞窟でしてね。その中で、被害者は眠ったまま生きながらえていたのです」

「そんなことが……」

あるのでしょうか、奇跡ですね、と言おうとした真由子の頭の中で、武田が口にした言葉が理解を超えて弾けた。

「被害者の方は小林紀子さんという女性です。大阪の方です」

真由子の思考が止まった。コバヤシノリコ？　一郎さんの娘さんと同じ名前……。

真っ白になった真由子の脳髄がさらに白くなって、何もなくなったような気がした。真由子の網膜に映っている外界の映像がすべて消えて無になった。

「洞窟には先客がいましてね。紀子さん、人間の頭蓋骨を抱いて出てきたのです」

驚かすつもりはなかった。武田警部にもなぜそのようなことを口にしたのかわからなかった。たぶんに華原の犯行をどうにかして証明したいという思いからかもしれなかった。

目の前に城島真由子がいなかった。慌てて立ち上がり、真由子のほうに駆け寄った飯牟禮が、武田の視界の半分を走った。

真由子は完全に失神して、床に崩れ落ちていた。


意識を失ったまま、城島真由子は病院搬送となった。

武田や飯牟禮が何度呼び起こそうとしても反応がなく、真由子の体に何か異常事態が発生したものと、彼らは急遽水田医師を呼んだ。

床に横たわったままの真由子を、水田は可能な限りの範囲で診察して、顔を上げた。

「気を失っているだけじゃないのか？　どこも変なところはないぞ」

「でも、起きてきませんよ」

「何か大きなショックを受けたんじゃ。君ら、いったいこの女に何をしたんだ」

「そんな。何もしてませんよ。尋問していただけです」

水田も彼らが取調室という密室で、警察の権力をふりかざし、世間に知れたらとんでもない事態を招きかねないようなことをやる人物ではないことを知っている。水田の目は笑っていた。

飯牟禮が言った。

「この女性、小林紀子のことを知っているのではないでしょうかね。名前を聞いたとたんに、表情が変わりましたよ」

「俺が、小林紀子が頭蓋骨を持って出てきたと言ったら、もう失神していたんだ」

「やはり、小林紀子という名前に心当たりがあるか、直接本人を知っているか、どちらかじゃないですかねえ」

　水田の診察では格別な身体異常の発生は否定的だったが、念のためということで、城島真由子は警察病院に救急搬送された。

　そこで脳から心臓から呼吸器から全身の検索が行われ、やはり異常がないことが判明する間に、真由子は意識を取り戻した。病院に医療費の貢献をしただけであった。

　しかし、ベッドに横たわる真由子は、パッチリと目を見開いたまま、どこを見るというでもなく、うつろな視線を天井に這わせていた。看護師が付き添っていれば、時々真由子の唇が動いて、こう呟いているのが聞こえたであろう。

「こばやしのりこ……ずがいこつ……きっと、あのときの……」

　一方、福岡博多署では、真由子所有のベンツが詳しく調べられ、助手席側右前部のライトの損傷部分と、武田らが金印公園前で回収した破片がまったく同種の物質であることが証明された。南から北に走行し、金印公園の石段を降りてきた紀子と接触したという真由子の供述に矛盾しなかった。

破損部分のすぐうしろの車体に、さらにこすったような疵があり、詳細な検査の結果、衣服らしき繊維と、わずかながら血液、皮膚らしきものの付着が認められた。

糸くずのような繊維は、小林紀子の破れた着衣のそれと一致したし、皮膚および血液からは紀子と同じ血液型が検出された。さらに容疑を確実にするために、ＤＮＡ鑑定が行われることになったが、これまでの経緯から、小林紀子を撥ねたのは城島真由子所有のベンツであることは確実であった。

その結果を持って翌日、武田と飯牟禮は真由子のベッドサイドで尋問のつづきを行っていた。

「城島さん。あなたの車から小林紀子……」

名前を聞くのを嫌がるように、真由子は耳を両手で押さえて首をふった。それを見て、飯牟禮は武田に目配せをした。

「さんが着ていた服の繊維と同じものが、さらに車体に付着していた血液が紀子さんの」

また真由子はうつむいて首をふった。

「血液型と一致しました。あなたの供述どおり、あなたが撥ねたのは」

「もういいです！」

真由子の顔が上がった。目が引きつっている。

「ばちが当たったんだわ」

「ばち？　どういうことです」

真由子の目がじっと武田の目を見た。しばらくして、ふっと視線が動いた。

「いいえ。何でもありません」

否定した真由子を探るように武田は見ていたが、また失神させるかもしれないと思いながら、武田は疑問に思っていることを真由子に訊いてみることにした。

「昨日、あなたが気を失った時、私が何と言ったか、覚えていますかね」

怯えた光が、真由子の目に走ったように思えた。

「小林紀子さんが見つかった洞窟にあった頭蓋骨」

さらに怯えが真由子の顔に満ちるのを見て、武田は間違いなく何かあると感じていた。それは飯牟禮も同じで、谷山千容子失踪にこの女が関係があるかもしれないという漠然とした疑惑が、静かに確かな波となって押し寄せてくる気がしていた。

「あなたは、あの頭蓋骨についても、何か心当たりがあるんじゃありませんか」

真由子は静かだった。何か言おうとして、開きかけた口がまた閉じた。それが何度か繰り返され、唇が細かく震えているようだった。

武田と飯牟禮は真由子が話し始めるのを辛抱強く待った。何かを話しそうだった。

「城島さん」

声をかけるのと、真由子が、

「刑事さん」

と声を出したのは同時だった。刑事じゃない、警部だと訂正する気もなかった。武田は身を乗り出した。

「申し訳ないことをしました、私」

どうぞつづけて、というように二人は少し笑みを見せた。

「小林紀子さん……という方を撥ねた上に、以前にも人を撥ねたかもしれないのです」

武田と飯牟禮は顔を見合わせた。

「かもしれない？　それはどこでです」

「やはりあの金印公園の前です」

「いつのことです？」

真由子は躊躇いなく、

「昨年の十月二十日のことです」

と日にちを述べた。二人の心臓が瞬時、心拍数を上げた。

「いま、あなたは人を撥ねたかもしれないと言ったが、それはどういう意味です？　かもしれないとは」

「はい。やはり夜でした。あの時は今度とは逆に走っていました。ご存じのように、公園の前、北側からは急なカーブになっていますわね。撥ねた時は、よくわかりませんでした、人かどうか。何か白っぽいもので」

「でも人と思われた」

「そうとしか。すぐに車を降りて付近を探したのですが、何も見つからなくて」

「それは本当ですか。撥ねたのが人間で、怖くなって、車でどこかに運んで処分したんじゃ」

「そんなこと、ありません！」

真由子の金切り声が、二人の鼓膜から脳髄を震わせた。

「そんなこと……」

「事故があったのは何時頃です」

「やはり八時過ぎでした」

「よくあの道路を使うのですか」

「あ、いいえ。気が向いたら」

答えた真由子の声が少し弱くなった。

「気が向いて、たまたまとおった道で二度も。偶然にしては」

「偶然です！」

真由子は声を荒げた。

「最初の時は、人かどうかわかりませんでした。あのあと気をつけていたのですが、何のニュースもなくて。海にでも落ちたのかと思いましたが、それも何もなくて。ですから、あれは人じゃなかったのだと思っていました」

「だが、やはり人かもしれないと気にはなっていた」

「はい」

「じつは」

武田が飯牟禮を促した。

「その日、こちらのほうに旅行していたと思われる女性が一人、行方不明になっているのです」

「な、何ですって！　じゃあ、私が撥ねたのは、その女性！」

悲鳴に近かった。

「かどうかはまだわかりません」

「あの頭蓋骨！」

真由子の顔中の筋肉が引きつったようだった。

「それも調査中です。ただ、あなたがいま供述したように、日付と場所まで一致するとなれば、あの頭蓋骨は行方不明の女性のものと考えてよいでしょう。小林紀子さんと同じように海に撥ね飛ばされ、海水に運ばれて、あの洞窟に入った。運悪く、こちらの女性は命を落としたということです」

これで話がつながったと二人は感じていた。

「撥ねたのは、同じあの車ですか」

真由子は小さくうなずいた。

「もう一度、詳細な検討が必要ですね、警部」

「そうだな」

車の再調査が必要だと、二人はうなずき合った。

「こちらのほうはひき逃げ殺人です」

武田の声に真由子は縮み上がった。

「ですが、あなたは自分から話してくれた。できれば事故を起こした時点で、届けていただきたかったですな。そうすれば、撥ねられた女性は助かったかもしれない」

公園の奥の木の根元に埋められて、偶然甦生した谷山千容子が、再び、車に撥ねられるという災禍に見舞われ落命したことに、二人はいまさらながらにいかに谷山千容子に運がなかったか、憐憫の情が湧いてくるのを感じていた。

「ところで」

武田はもう一つ大事なことを訊いておかねばなるまいと思っていた。

「気が向いたら、あの道を、と言いましたよね。いつも一人ですか。運転はあなたが」

「私です。私が運転していました。あの車は、死んだ主人が私に買ってくれた形見です。誰も乗せたりしません。私です。私が撥ねたのです」

急に言葉が強くなった真由子の供述に、武田と飯牟禮は、はっきりと違和感を抱いていた。

27　ＤＮＡ鑑定

若い体の回復は早かった。小林紀子は一週間の入院検査のあと、ほぼ健全な体を取り戻して、迎えにきた母親と大阪に帰っていった。

紀子はさかんに、洞窟で見つけた頭蓋骨のＤＮＡ鑑定の結果を聞きたがったが、退院に間に合わなかった。

海外出張中に緊急連絡を受けた小林一郎は、とりあえず娘の生命に別状ないことを聞いて、予定通り日程をこなして、帰国した。あらためて、娘の危難と救出劇の一部始終を紀子から聞いた小林は、体中から汗が噴き出し、幾度も脳内で出血でもしたのではないかという激しい頭痛に耐えながら、父親の顔を保ちつづけなければならなかった。

連休中、何かと口実をつけては大学に行き、教授室に安楽の地を求め、いくら連絡してもつながらない真由子の携帯に毒づく小林であった。自宅にいれば、なるべく妻とも娘とも目を合わさず、書斎に閉じこもりつづけたのである。

小林の一番の懸念事項は、どうしても連絡の取れない真由子のことであった。真由子の自宅に、友人と偽って電話を入れても、お手伝いの返事は決まっていた。

「ただいま、ご旅行中でございます」

驚くべき鑑定結果が福岡博多署内でまず報告され、直ちに大阪東部署にも送られたのは、月が変わり、長い連休が終わったあとであった。

捜査会議室には、普段は参加しない水田警察医がいて、いささか震える声で、休日を返上して出した鑑定結果を述べていた。

「頭蓋骨のＤＮＡは保存状態がよかったために、時には採取がむずかしい核ＤＮＡ、要するに細胞の核に存在する本人のＤＮＡですな、それを抽出することができました」

通常、新鮮な組織ならば核ＤＮＡをそのまま採ることが容易であり、本人同定に最適であるが、白骨化した死体のように時間が経っていると、ＤＮＡそのものが分解されていて、検査に耐えない場合が多い。その時には細胞の中にあるミトコンドリアＤＮＡという、同じ細胞の中にありながら、別のＤＮＡを使うことができる。こちらは核ＤＮＡと違って短く、新鮮な状態からはほど遠い状態の細胞でも、死後のさまざまな化学反応から逃れて、保存されている可能性が高い。

「小林紀子さんがあの状況の中で生存していた。頭蓋骨のほうは死亡して白骨化はしたものの、やはり骨細胞の保存状態がよく、幸いなことに核ＤＮＡで鑑定できたのです」

捜査員たちはむずかしい科学談話など聞きたくない。頭蓋骨が谷山千容子のものであるという結果だけを待っていた。

「残念ながら」

水田の声も震えていたが、武田や飯牟禮は瞬間、頭の中が空白になるのを感じた。

「あれは谷山千容子さんではありませんでした」

一瞬の静寂のあと、捜査会議室の天井が落ちるのではないかと思われるほどの叫び声が二つ上がった。武田と飯牟禮の声が共鳴すれば、まさに天井も床も抜けたかもしれなかったが、幸い二人の波長は違っていた。

「そ、それじゃいったいあれは誰のものなんです」

「その質問は意味がありませんな」

水田は悔しそうに、小さく呟いた。

「女性のものではあります。ですが谷山千容子さんの髪の毛から得たDNAとはまったく異なります」

飯牟禮は頭を抱えて、うつむいてしまった。

「城島真由子の供述があります。昨年の十月二十日、彼女は金印公園の前で、人らしきものを撥ねたと言っています。華原俊夫が埋めたと思われる谷山千容子が甦生して、道路に飛び出し、城島真由子の車に撥ねられた。そして小林紀子同様海に投げ出され、洞窟に吸い込まれ絶命したのでないとすると、いったいどうなってるんだ」

武田が声を荒げたが、DNA鑑定でまったくの別人となれば、疑いようもない。

「真由子の車を再度詳細に調べた結果、事故を起こしたあと、被害者を運んだという形跡はまったくない。事故車であるのも間違いない。それは年末に同車輌が、左前部損傷の修理に出されていることからも確認されました」

城島真由子が嘘をついている可能性は、との質問に、黙っていればまずわからない事故のことをわざわざ自分から言い出したのだから、別の車で事故を起こして、いまの車とすり替えた可能性も極めて低いと否定された。

「ただ、真由子があの車を購入したのは、夫が死亡したあとのことです。夫の形見というのは変です。じつは事故車から男性のものと思われる毛髪が数本見つかりました。すべて同一男性のものということです」

「真由子に男がいるというのか」

「それは別段不思議ではありません」

「じゃあ、事故当時も男と一緒だった可能性もあるわけだな」

「その男性にも事情を訊いたほうがよさそうですね」

それよりも、と武田は話を戻した。

「頭蓋骨が谷山千容子のものでないとすると、谷山千容子はいったいどこに行ってしまったのだ。これじゃあ、ますます華原俊夫の容疑が絞りにくくなるぞ」

「華原については、大阪では何か起こったようですね」

「もう一つよくわからんがな。華原が北海道の投身自殺に何か絡んでいるとか」

「いったいこの華原という医師はどういう人間なんでしょうね？」

「余市署からの直接の報告書は」

「今日届くはずです」


水田は捜査会議での報告のあと、Q総合医科大学救命救急部教授佐久本と会っていた。

「そうか。はずれだったか」

「ああ。残念だったが」

佐久本は何か考えているようだった。

「あのあたりは、公園の向こうには蒙古塚がある。かつて元寇の折、蒙古軍が攻めてきたが、たまたま台風が起こり蒙古軍は散々な目にあった。おかげで日本は助かった。神風だ、神のご加護だと、日本人特有の神話だな。志賀島の住人たちは、船がひっくり返って溺れ死んだ蒙古軍の遺体がいくつも海岸に流れ着いた時、敵とはいえ彼らを哀れんで、蒙古塚を立てて菩提を弔ったという」

心の温まる話だと水田は思った。

「ああ、知っている」

「いい話だが、現実は、流れ着いた死体を早く何とかしなければ、腐敗して腐乱臭で住人はたまらなかっただろう。いつでも迷惑をこうむるのは、一般人民と決まっている」

気分を削がれた水田は冷ややかに相槌を打った。

「確かにな」

「ところで、その頭蓋骨は、蒙古人のものではなかったのか？　それならば大変な掘り出しものだぞ」

冗談のように話す佐久本の表情は、しかし何か思いを秘めているようだった。

「それはありえない。蒙古軍が女性戦闘士アマゾネスならば別だが」

笑いながら言ったのだが、佐久本の目が厳しい光を放ったように水田は感じた。

「女性、ということか？」

うなずく水田に佐久本は間髪をおかず質問を重ねた。

「いつ頃死んだかわからないか？」

「うーん。そいつを調べようと思うと」

頭蓋骨の中に含まれている炭素の同位元素の割合を調べなければならない。警察医の手に余る検査であった。

「ちょっと調べてみたいことがある。頭蓋骨のDNAは採れたのだったな。それも核DNAがいい保存状態だったと言ったな」

それならば、と佐久本は、のちほどある男女の血液を送るから、頭蓋骨の持ち主がその夫婦の娘でないかどうか調べてくれと依頼した。

「二十年以上も前の事件だ。志賀島で女性が一人失踪した。未解決だ。何らかの事件に巻き込まれたとしても、それが殺人だとしても時効だ。いまさらどうしようもない。だが……」

厳しい表情の佐久本の目が潤んでいるようだった。

「失踪した女性は、俺の付き合っていた女性だったんだ」


小阪、八尾両刑事が小林紀子の自宅を訪れていた。

「このたびは、大変な目に遭われて」

「ご無事で何よりでした。もうお体のほうは」

「ありがとうございます。大丈夫です。お二人に助けていただいたようなものです。それに入院中も、ありがとうございました。見舞っていただいたのに、私ずっと眠っていたようで。あとで武田警部さんからお聞きしました」

「紀子さんがいろいろと資料を残しておいてくださったおかげで、谷山千容子さん失踪事件も華原俊夫という男が浮かび上がって」

「じゃあ、あの頭蓋骨、千容子さんのものだったのですね」

「それが……」

「え？」

「今日はそのことでご報告にまいったのです」

「まさか……」

「ええ。そのまさかだったのです。ＤＮＡ鑑定で、まったく別人のものとわかったのです」

紀子の顔から血の気が引いた。

「そんな……。それじゃあ、千容子さんはどこに？」

「わかりません。華原が埋めたと思われる公園には、谷山千容子さんはいなかった。あなたが見つけた頭蓋骨も谷山千容子さんのものではなかった」

紀子からは言葉が出なかった。

「我々はこれまでの経緯から、やはり華原が谷山千容子さんをどうにかしたものと考えています。谷山さんを殺害し、穴に埋めた。そうでなければ、あのようなところを掘り返すはずがない」

「間違いなく華原さんは穴を掘り、そんなはずはない、と叫んだのです。怯えた声を出していました。お芝居だとは思えません」

「谷山千容子さんは埋められたあと、何らかの理由で穴から出たに違いありません」

「私も考えてみました。華原さんが千容子さんを埋めたという前提で、それを見ていた誰かが助け出した」

「ならば通報があるでしょう」

「そうですよね。通報したくないという理由も考えられることは考えられますが」

「軟禁しているとでも」

「そういう事件がありましたよね。その場合は千容子さんはまだ生きている。でも」

紀子には、千容子の生存が極めて低い確率しかないように思われた。

「別のことも考えました」

紀子は、出されたコーヒーに口もつけていない刑事たちに勧めたあと、自分もカップに手を伸ばした。

「千容子さんが現れないのは、そうできないからだと思います」

「すでに亡くなっていると」

「そんな気がしてなりません」

泣きそうになるのを紀子は何とか堪えているようだ。

「生き返ったけれど、また死ぬような目に遭った。私は金印公園の前で撥ねられました。そして海に落ちた。普通ならば助からないでしょう。奇跡的に私はあの洞窟の中で生きていることができた。退院する時に、武田警部さんと飯牟禮刑事さんにうかがいました。私のような可能性を考えて、あの岩場の裂け目というか洞窟というか、可能な限り調べられたそうですね」

その報告は、小阪たちも受けている。

「私が流れ込んだ洞窟が一番深く、あと二つ、同じような洞窟があったそうです。でも千容子さんの姿はなかった。ほかの裂け目はほとんど奥がないということでした。私が数少ない洞窟の一つに入って、しかも低温で命が維持されたことは、ほとんどありえないほど低い確率でしょう」

紀子は感謝するように、胸の前で手を合わせた。

「千容子さんには私のような奇跡が起こらなかったような気がします。奇跡が彼女にも、と願いはしますが……。私と同じように撥ねられるか、あるいは彼女自身甦生して朦朧としたまま、海に入ったのかもしれません。そして沖に流された」

「そのことも、武田警部たちは考えていたようです。付近の海岸に遺体が漂着したという報告はありません。外海に流されたか、海底に沈んだか。となるともう遺体は見つけられないかもしれません」

紀子は両手で顔を覆った。

「どうしてこんなことに……」

嗚咽が指の間から漏れてくる。やがて紀子の顔は涙でぐしゃぐしゃになった。

「あの男です。華原俊夫です。必ず、必ず捕まえてください。でなければ千容子さん」

また号泣の中に紀子の顔が沈んだ。

城島真由子が昨年の十月にも、志賀島の同じ場所、金印公園前で人らしい物体を撥ねたことを自供したことが小阪刑事らの耳に入ったのは、その翌日のことであった。紀子の想像がほぼ当たっていることに、彼らは驚いていた。

「お父さん」

夜遅く帰ってきた小林一郎は、家に上がるなり、娘に呼びとめられた。

「私を撥ねた車が見つかったわ」

小林の脚がつんのめるように止まった。

「運転していたのは、博多に住む人よ」

今度は小林の心臓が止まりそうになった。脳に酸素がいかなくなり、瞬間目の前が真っ暗になった小林は、踏鞴《たたら》を踏んで、前につんのめった。

「お父さん、大丈夫？」

壁に手をついて、かろうじて身を支えたものの、体中から汗が噴き出た。

「まあ、お父さん。どうしたの。顔色が真っ青よ」

房子が顔をのぞかせた。

「ど、どうしたの、あなた」

「い、いや……」

何でもないと言おうにも、口が回らなかった。よろよろと居間まで進んで、小林はネクタイを緩め、ソファに腰を落とした。

出張中、志賀島での紀子の災禍を聞いて、それではあの時公園で真由子が撥ねたのは娘だったのか、どうしてあんなところに娘がいたのだ、といくら考えてもわからなかった。

真由子が撥ねたのは別の人間で、紀子の危難とは偶然、時間も場所も同じだったと考えようとしたが、やはり恐ろしい遭遇に帰結した。

そして、旅行好きの娘のこと、偶然志賀島を旅していたに違いない、と無理やり自分を納得させ、真由子に連絡を取ろうとしていたのだ。

紀子のいまの話から、真由子は逮捕されたに違いなかった。一向に電話が通じなかった理由も、これで納得がいく。警察で取り調べを受けていたのだ。

くらくらする頭で、小林はこれだけのことを考えるのが精一杯であった。

「そ、それで、その、紀子を撥ねた女は捕まったのか？」

うつむきながら質問した小林は、紀子がその時激しく身震いしたのに気がつかなかった。

「お、お父さん。どうして、どうして私を撥ねた人が女性とわかったの」

小林の顔色は蒼白であった。真由子の顔が浮かんだ。汗が滴り落ちた。

房子はよくわからないままに、ただ立ちすくんでいるだけだ。

小林自身、自らの失言に気づいていなかった。紀子の声で、我に返った。

「お父さん。何か、何か知っているのね、私の事故のこと。お父さんも、学会で博多にいたんでしょう。まさか……まさか」

紀子の顔まで蒼白になった。

「い、いや。ちょっと、そう思っただけだ。それより、この前は訊かなかったが、どうして紀子はそんなところにいたんだ？」

かろうじて小林は自分を取り戻し、話の方向を逸らそうとした。先日は偶然とはいえ自分が乗っていた車が娘を撥ねたことに驚いていたのが、城島真由子が逮捕されたいま、自身をいかに守るか、すばやい計算が始まっていたのだ。

紀子は母親のことを気づかった。房子は大丈夫だから、と自分もソファに腰を下ろした。

「私の友人に谷山千容子さんという方がいます。彼女、昨年の十月に行方不明になりました。不倫相手と旅行した際、相手にどうにかされたようなのです。私はある事情から、彼女の不倫相手を知りました。それでその人の様子をずっと窺っていたのです」

そのあたりの事情は、房子のほうがよく知っている。

「先月初めの頃の学会の時、ちょうどお父さんが出かけたあと、私も福岡に向かったの。ある人を追いかけてね」

「だ、誰なんだ、その男は」

「あとで言うわ。でもその人も、お父さんと同じ学会に参加していたのよ」

「何だって。それは……」

「その人はね、学会を抜けて、志賀島に行ったわ。そこで谷山千容子さんを埋めたと思われる場所に、谷山千容子さんがまだ埋まっているかどうか、確かめにいったのよ」

房子が顔を覆っている。その様子をチラリと見やった小林は、娘の顔に視線を戻した。

「そんなことが」

「そこに谷山千容子さんはいなかったわ。その人が穴を掘り返したのが、夜の八時頃。私はその男を責めた。反撃にあったけれどね」

「そんな危ないことを、よく一人で。紀子、あなたという人は」

房子が嘆いても、紀子は表情を変えなかった。

「私はその人が反撃してくるとは思わなかったわ。迂闊《うかつ》だった。もう少し紳士的に」

「人殺しをする奴だ。紳士であるはずがないだろう。本当に危なっかしいことをやる奴だ。よく殺されなかったものだ」

「殺されかけたわ」

父親と母親の顔がそれぞれの気持ちを含んで歪んだ。

「あの人は、石段から転がり落ちて動けなかった私に迫ってきた。私はようやくのことで立ち上がって逃げようとした。骨が折れていたのが、逆に幸いしたのね。私はよろめいた。そこで撥ねられたのよ」

小林は見えないところでこぶしを握りしめている。

「あれがそのまま飛び出していたら、まともに撥ねられていたかもしれない。すくわれるように海に落ちた。たぶんその時の衝撃で私は気を失ったらしい。そして洞窟で仮死状態で見つかったというわけ」

紀子は、むしろ最後は楽しそうに冒険談を語り終えた。

「で、その友達という、何と言ったかな」

「谷山千容子さん」

「その谷山さんは?」

「私は洞窟で骸骨を一つ見つけたの。それがてっきり千容子さんだと思ったのだけれど、違っていたわ」

「未だに行方不明ということか。それにしても、お前は何を見つけたんだって、骸骨!?」

紀子は悔しそうにうなずいた。房子はもう顔を手で覆っている。

「お父さんの娘よ。骸骨ぐらい……。私はそれが千容子さんだと思ったのよ」

「そんなことが……。で、その男、いったい誰なんだ」

「お父さんのよく知っている人よ」

「何だと！」

紀子は華原俊夫の名を伝えた。

小林のさらに大きな声が響きわたった。房子は悲しげな顔で、口をつぐんだままであった。


母親の手前、紀子が父親の不倫をうすうす感じていて、事実確認のために旅行と称して、父親の行く先々に自分も行っていたことは、迂闊にはしゃべれなかった。

その夜、自室で紀子は、もうほとんど痛まなくなった骨折部をかばいながら横になって、先ほど受けた衝撃を思い返していた。

「お父さんは、車を運転していた女性を知っている。先日、詳しい経緯を話した時の驚きようも変だったし、今日、話をした時、お父さんは間違いなく私を撥ねた車を知っていた。逮捕されたという女性がお父さんの不倫相手だとすれば、一緒に車に乗っていたとも考えられる。まさか、私を撥ねたのは、もしかしたら、お父さん……」

紀子の目に涙が浮かんだ。

「私はどうしたらいいの」

小林一郎は、問うに落ちず語るに落ちた自分を呪っていた。城島真由子が逮捕されたことを聞いて、自分を見失ったことに毒づいていた。

真由子に連絡が取れないのは、このような状態では仕方がないことであった。思い返してみれば、自宅に電話するたびに、「旅行中です」という返事が返ってき始めたのはいつ頃からのことだったか。あの頃から真由子は身柄を拘束されて、取り調べを受けていたに違いない。

どうして見つかったのだろう、といくら考えても、詮ないことであった。

真由子はどこまで話したのだろう。自分のことは何か言ったのだろうか、と考えれば、腹の底から冷え切った血液が上がってきて、体を凍らせそうだった。

運転していたのは真由子だ。あの時、知らぬ存ぜぬを決め込もうと考えたことが現実となるかもしれないと思うと、今度は腹の底に力が入った。

微かに真由子への憐憫の情が湧き上がった。真由子とのすべてが溶けてしまいそうな情事には、たっぷりと未練があったが、わが身の安泰を考えれば、天秤にかけるまでもなかった。

28

研究論文

　五月の大型連休が明けて一週間、大城昌史名で医学博士号取得の申請が、O大学医学部医学研究科に提出された。

　論文主査は小林一郎第二内科教授、副査は東田満夫遺伝子解析研究部門教授、そしてもう一人山根東吾《やまねとうご》第二外科教授であった。

　本来ならば大城昌史が事前にそれぞれの教授のもとを自ら訪れ、研究内容の説明と、主査、副査の任を依頼すべきところ、本人抜きで、すでに大城源之輔から手配がすんでいた。

　小林教授には、以前から何度かそれなりの厚さの封筒が、直に手わたしされている。教授たちは多忙を極めている。しかし、博士論文の審査もまた教授がこなさねばならない庶務の重要な一件である。O大学だけでも年間何十人という医学博士が生まれるのである。限られた数の医学部教授たちのところに持ち込まれる主査、副査依頼の数もまた、無視できない量であった。

　通常二、三十分の研究説明と質問時間が用意されるものだが、大城昌史の場合、父親大城源之輔がそれぞれの教授を別々に招待した宴席に振り替わっていた。当人の大城昌史も列席していたものの、最初の挨拶の時以外、声を出さなかった。口を開くのは、宴席に用意された料理を食べる時だけであった。

東田教授、山根教授それぞれに大城源之輔が話した言葉は、まったく同じものであった。

「このたびは、お忙しい先生に、愚息の医学博士号論文副査をお頼みいたし、まことに恐縮いたしております。論文内容は」

かくかくしかじか、と論文の題名だけを並べ、それですんでしまった。

東田が大城昌史のほうを見ながら、研究内容について質問しようとすると、父親が割って入った。

「先生。この論文は、先生のもとでご研究なさっておられる小曽木先生にご指導たまわったものです」

目が合えば慌てて逸らす大城昌史のことは、小曽木からも多少の知識を入れられていたから、審査には論文内容を読めばわかることと、東田も憂鬱な依頼にエネルギーを割く気にはならなかった。

山根教授に至っては、基礎研究よりも外科手術器械の開発研究が専門であったから、理解困難な遺伝子研究の内容など正しく審査できるはずもなく、本人も形だけの副査として担ぎ出されただけと割り切っていた。

東田と山根の違ったところは、宴席が終わる頃に、にじり寄ってきた大城源之輔から分厚い封筒を手わたされた時、断るふうをしながらもポケットに納めたのが山根で、最後まで拒絶し続けたのが東田であったというところだけであった。

後日、東田の自宅に大城源之輔から、おそらくは封筒の中身と等価と思われる陶芸品が送られてきた。東田は理由なき贈答品として大城に返送し、大城を大いに立腹させている。それでも、副査を引き受ける旨は返書にしたためてあったし、滞りなく研究発表会を迎えることができて、大城は腹の虫を治めたのである。


博士論文研究発表会は、原則としてそれぞれの発表者に三十分の持ち時間が与えられ、その間に要領よく研究内容をまとめて口述する。コンピュータから映し出された図表を使い、研究目的、方法、結果、考察、と順序よく明快に話すことが求められる。

医学博士である。昔ならば、「末は博士か大臣か」と、人生の最大の成功目標の一つとされたものである。当然のことながら、相応の重みがあってしかるべき性質のものであった。

ところが数から見ても明らかなように、わが国では諸外国と比較して、医学博士だけがやたら多い。母数が多いということもあるが、まずほとんどの医師は医学博士号を持っている。しかもその比率は、ほかの博士、例えば理学博士、文学博士、法学博士などに比べて格段に高いのである。

医学博士号を持っていないほうが少ない現状で、大城昌史が病院長になり、看板に医学博士の文字が名前の前についていなければ何かと不都合と考えたのが、いささか医学博士号の意味を勘違いしている大城源之輔であった。

彼にとっては、新病院開設のための必須条件なのだ。

大城昌史は発表時間ギリギリに会場に姿を現した。すでに十題近くの研究発表が滞りなく終了し、といっても、最初から会場につめていた松本医学部長にしてみれば不満だった。質の悪い研究発表が何題かあることに顔をしかめていたのである。

研究指導した主査、副査の教授たちの顔もあった。潰すわけにはいかない。

この程度の研究で医学博士か、お粗末な、と心の中では憤っていても、顔に表すのは躊躇われた。同じような不満不服を持っている教授たちが何人かいることも認識している。

かつて、あまりにも内容のない博士論文に対して、これでは博士号を与えることは許可できないと、研究発表会場で言い放った教授がいた。

確かに極めてお粗末なデータで、それもわずか二つのグラフが示されただけ、発表者は簡単な質問にさえ答えられないという有様だった。教授が憤ったのも当然であった。

その怒りは、形骸化しつつあった医学博士号というものに対する怒りでもあった。研究発表者は壇上立ち往生の状態で固まった。救いを求める視線を主査副査の教授たちに投げると、彼らの顔も怒っていた。彼らは研究発表にけちをつけられたことに、お門違いな怒りを覚えたのであった。

会場は二つに、いや、三つに分かれた。研究を批判した教授と同じ意見を吐く者、まあまあとなだめ、よいではありませんかと研究発表者の肩を持つ者、そして馬鹿げた話だとあきれて口を閉した者の三種類であった。

その場の騒動は、しかし、その場限りであった。あからさまにけちをつけられた論文は、いつの間にか医学部の研究誌に掲載され、いつの間にか研究者は医学博士になっていた。

教授たちの間にだけ、わだかまりが残った。

当時の騒動を目の当たりにした松本は、いま大城昌史が、おそらくは本人が理解できていないことを、ただ棒読みし、そしてあちらこちらつまりながら話しているのを聞いて、さらには示された結果の中に大きな矛盾点を見出すに及んで、これはダメだと呟いていた。

持ち時間の半分も使わずに終了した研究に対する質問は出なかった。誰もが興味なさそうな顔つきであった。たとえ文句があっても、医学部でも実力者であり、先に国際学会賞まで授与されている小林一郎第二内科学教授の主宰する教室の医局員であり、また教授が主査を務めている研究論文である、正面切って反論するのを遠慮していた。

静かな時間が会場に流れた。司会の教授が、それではこれで、と言いかけた時に、松本の癇癪玉が破裂した。

「不合格ですな！」

誰もが聞きそびれていた。

「え？　医学部長。何か？」

「不合格、と申し上げている」

「は？」

大城昌史が不快な顔を松本のほうに向けた。これまでの消えてしまいそうな、出来の悪い研究発表者の姿はまったくなく、むしろ凶暴とも言える人相に変わっていた。

「何ですか、この研究は。いや、こんなものは研究とは言えない。主査の先生は」

わざと小林の名前を呼ばず、松本は顔だけを向けた。

「研究の目的とされるものは、すでに結論が出ているものだ。百歩譲って、これまでの結論に間違いを見出し、新たな解釈を与えたというならば、立派なものでしょう。私はいまの研究発表をそういった期待を持って拝聴していました。期待は見事に裏切られましたよ。示された二つの結果、グラフと表ですな。大きな矛盾がある」

小林の顔が青くなり、赤くなり、また青くなった。小林とて、小曽木に完全に任せてあったから、論文の中味まで検討を加えていない。

「どなたか、いまの研究発表内容の中に問題点を見つけられた方はいらっしゃいますかな」

何人かの教授たちが手を挙げた。硬い表情の者から、苦笑している者まで、さまざまな顔が並んだ。手を挙げられなかった者は、バツが悪そうにうつむいている。

「簡単な実験です。これで間違っていちゃ、しょうがない。ええっと」

発表者の名前を確認して、松本は話しかけた。

「大城先生ですな。どこが間違っているか、おわかりですかな」

大城は何も答えず、挑むような目つきのまま突っ立っている。

「それでは基本的なことをお訊きしますが」

松本は実験方法について、もう一度説明するよう求めた。大城が、記憶を辿るように、ポツリポツリと話し始めると、松本は途中で遮った。そしてさらに基礎的なことを訊きただした。答えが返ってこなかった。

「先生。失礼ですが、この研究は先生ご自身がなされたものですかな」

会場に、恐ろしさすら感じられるような静寂が流れた。

実際に本人が実験研究をせず、ほかの研究者の代筆による論文が、医学博士論文として提出されたことは、過去に何度かあった。そのような場合でも、申請者があらかじめ代筆による論文を読んで理解し、内容を把握しておれば、発表の時に齟齬を来すことはない。

それなりの能力の持ち主であれば、三十分の研究発表会をつつがなく終えることは、まず可能である。大城昌史はそこまでの能力にも欠けているようだった。

そもそも医学博士号は名刺の箔でしかないと考える人種である。

不愉快極まりない時間がすぎた。

「松本先生。それでは、この論文に関しては、のちほど再考するとして」

司会の教授は疲れたように言った。そもそもこの教授は、こと医学博士論文発表は何でも合格派であって、単なる儀式程度にしか考えていない一派であったから、松本の抗議をうっとうしく感じていたのだ。このような議論すら、どうでもいい、時間の無駄と腰を上げた。

発表会に割り当てられた時間はほぼ終了している。忙しい教授たちには、次の仕事が待っている。

「わかりました。松本も予定があった。終了しましょう」

あっという間に、会場から人々の姿が消えた。

小林は研究発表会場を出るなり、副査の東田教授の腕を捕らえた。目配せすると、東田もうなずいた。

五分後には二人は小林教授室にいた。もう一人の副査山根第二外科教授はほとんど形式だけの副査であったから、話しても意味がないと思ったのか、声をかけてはいなかった。山根の姿はない。

教授室の扉をいささか乱暴に閉め、腰を下ろした東田教授に、小林は怒りを含んだ声で話しかけた。

「何ですか、あの医学部長の発言は」

「まいりましたな」

「けちをつけられる筋合いはない。そもそも私は、松本教授が医学部長になってから何かと」

東田は小林を制するように右手を上げた。

「いや。ちょっとまずかったですわ、先生」

小林の顔が怪訝そうだ。

「確かに医学部長が指摘したように、データに大きな間違いがある」

わからないのですか、小林教授、とは東田は言わなかったが、以前の小曽木との話し合いを思い出していた。小曽木の研究を小林が国際学会で発表した際、解釈を間違い、あげくにまだ秘匿しておくべき研究内容まで口を滑らせ、ほかの研究者に先を越された苦い経験があった。

「しかし、あの論文は小曽木がすべて」

「それは、小曽木からも聞いて承知しております。あの小曽木がどうしてこのような単純な間違いを犯したのか、ちょっと考えられません」

「東田先生は気づかれなかったのですか」

自分が主査だ。小林は自らの責任を棚に上げて、副査の東田を責めたが、さすがにまずいと感じたのか、口を閉した。

そのような小林をチラリと見て、東田は言った。

「小曽木に確かめてみます。いずれにせよ、大城さんの医学博士号は」

「ああ。それはたぶん大丈夫ですよ」

「え?」

小林は平気な顔だ。

「これまでにも、いくつかこのような前例がありましてな」

東田は知らなかった。

「いずれも滞りなく、医学博士号が授与されております」

「はあ?」

「研究発表会のことはともかく、博士論文として、まずいところを指摘してもらったと考えればよいことです」

「ということは……」

「ええ。不備な点を修正して、論文を完成させればいいんです。大学の医学部研究誌には掲載費用十万を払えば、それで無条件で載りますから」

「博士号は」

「掲載されれば、それで博士論文がとおったということですから」

「なるほど」

「確かに、今回の大城昌史は、一度として研究した形跡はないし、それは小曽木からも聞いています。まあ、医学博士号には値しない人物ですが、それは、ほれ、蛇の道は蛇というやつで」

東田は大城源之輔からの金品をすべて断ったが、小林はどうやら……とは東田が心の中で呟いたことだ。

「それでは小曽木に確認して、修正論文を」

小林はジロリと東田を睨んで言った。

「いや、私から話しましょう」

小林は大城源之輔から怒りの電話が入り、その夜の会見を一方的に押しつけられたが、大城に会う前の準備として、小曽木を至急に教授室に呼び寄せていた。

大城昌史の研究発表会の一部始終を話すと、小曽木はあからさまに驚いて見せた。

「間違っていたんですか？　まさか」

「表とグラフに大きな矛盾があるそうだ」

できの悪い教授だな、と小曽木は下を向いたまま小林を揶揄した。大きな矛盾があるそうだ、とは自分で見抜けなかったことを吐露している。そのことさえ気づかない奴だ。だが、今回の論文代筆という無理無体な要請に対して、わざと数字を無意味なものに入れ替えるという対抗策を講じた経験から、教授に向けた小曽木の顔は役者の顔つきになっていた。

「変ですねえ」

小曽木は大城昌史のために書いた論文のプリントアウトを持ってきている。薄っぺらい、文字の数も少なく、空間の多い表とグラフが申し訳程度についている論文であった。それを詳細に見なおすふりをしながら小曽木は、視野の端で、小林の様子をうかがっていた。

「あれれ！」

小曽木はわざと驚いた声を上げた。小林の顔が近づいた。

「こりゃ変だ」

論文を小林のほうに向けながら、表の中の数字を指差した。

「これ、小数点が抜けてます。気づかなかったな」

内容を読めば、簡単に気づく間違いだ。故意に小数点を落とした小曽木としては、多くの関係者を試した形になった。その表をグラフにしたものだから、折れ線もデコボコだ。変に思わないほうがどうかしている……。

「さすが松本医学部長ですね。間違いを指摘されたんですね」

気づかないほうがアホだろう、と小曽木の脳細胞は凱歌をあげながら高笑いしていた。医学博士論文なんて、この程度のものか……。

小林の顔を見れば、苦虫を嚙みつぶしたようであった。どうすれば、と小曽木は小林の返事を待っている。

「正しいものに書きなおして」

「小数点を入れればいいだけです」

小曽木はペンを取り出して、数字の間に点を一つ入れた。

「もう一度、きちんと書きなおしてくれ。それを修正論文として、大城昌史から提出させる」

「わかりました」

「すぐにやってくれ。今夜、大城先輩と会うことになっている。その時に、修正論文をわたす」

大城源之輔が怒りの言葉をぶつけてくる前に、小林は修正論文を目の前に突き出した。

「ちょっとした印刷ミスです。それがそのまま、発表会のスライドに使われてしまった。いまおわたしした論文で、問題ありません」

中を見ても、源之輔にはわからない。横に控えていた昌史に手わたして、正否の返事を待っていたが、意味がないと感じたのか、小林に確認してきた。

「本当に間違いないのでしょうな。研究会のことを息子から聞いて、わしはしかるべきところに手を打っておいた。何でも修正論文を出せばよいとか」

「ええ。それを医学部研究誌に載せます」

「十万でいいんですな」

「掲載費です」

「大丈夫なんでしょうな。また、あの医学部長が何かとケチをつけてきませんかな」

「論文掲載は無審査です。掲載費だけです」

「これで息子には医学博士号がおりるのは間違いないですな」

「間違いないです」

おい、昌史、と大城が声をかけると、昌史は論文を持ったまま、どこかに消えてしまった。

激怒して直接電話を入れてきたことなど忘れたように、大城源之輔は小林を誘った。

「教授。それじゃ、これから一杯いきましょう」

大城は呼び止めたタクシーに小林を押し込むと、北新地の高級クラブの名前を運転手に告げた。


小林教授とのやり取りのあと、小曽木はコンピュータの中の、代筆論文の正しいほうを、つまり小数点が一個多いだけの論文をプリントアウトし、直ちに小林に届けた。

大城昌史がそのあとどうしようと、小曽木にはどうでもよかった。くだらない作業に、教授命令とはいえ時間を浪費したことに再び腹が立ったが、それも小数点一個で充分に溜飲を下げることができたと満足であった。

しかし、マンションに置いてある百万円の札束が気になった。受け取るべき金ではなかった。神聖な研究の場へ、このような不浄の金が侵入したことへの嫌悪感は耐えがたいものであった。この金の使い道を小曽木はじっと考えていた。

もう一つ、論文の件が一段落したいま、小曽木にはやるべき大きなことが残っていた。杉村秋代のことであった。

病魔に侵された秋代が美国の黄金岬から身を投じたのは、自らの意思であったのか、それとも別の人間の意志だったのか?

小曽木は、こんなことがありうるのだろうか、と未だに信じられない気持ちを秘めながら、杉村秋代とともに北海道にわたった人物を探した。

その男は、医局の自席に座っていた。

29　不通

「妙なことになりました、城島さん」

身体上どこも異常がなく、失神と、一時の自供の緊張から回復していた城島真由子は、明日は退院、身柄は福岡博多署へ、という日の夕方、再び武田警部と飯牟禮刑事の訪問を受けていた。

数日の間、病室の外には婦人警官が陣取り、万が一の逃亡に備えていた。何度か、携帯電話を使わせて欲しいと懇願しても、ひき逃げの被疑者である、当然のことながら許可されず、小林一郎に連絡が取れない真由子は、次第に苛立ちが募ってきていた。

小林から電話なりメールなりが入っているかと思うと、それが警察の知るところとなれば、小林一郎にも嫌疑がかかる可能性があった。真由子の最も恐れることであった。

「あなたは昨年十月二十日午後八時頃、北から南へ乗用車で走行中、志賀島金印公園前で人らしき物体を撥ねたと言った。しかし撥ねた物体を見つけることはできなかったとも言った」

この前と違って、武田の言葉づかいが固い。

「そして小林紀子さんが見つけた頭蓋骨が被害者だと考えて、これまで半信半疑だった事故のことを話すつもりになったのでしたな」

武田がぐっと顔を寄せた。真由子はうなずいた。

「もう一度、よく思い出してみてください。撥ねた物体は、本当に人間でしたか？」

「え？」

驚いたように真由子の顔が緊張した。

「じつは、あの頭蓋骨、行方不明の谷山千容子さんとは別人と判明したのです」

「ええっ！　そんな……。じゃあ、私は人を撥ねたのじゃなかったのですね」

喜びに明るくなった真由子に、しかし武田は冷たい返答をした。

「そうとも限りません。私たちは一人女性が行方不明になっていると言っただけで、あなたはまったく別の女性を撥ねたとも考えられる」

「そ、そんな」

救命救急部教授佐久本から提出された男女のＤＮＡと、頭蓋骨のＤＮＡ鑑定はまだ終わっていなかった。水田医師が鋭意鑑定検査を進めているはずである。

飯牟禮の携帯が鳴った。画面に水田と出ている。飯牟禮は携帯をつかむと部屋の隅に足を運んで、小さな声で返答している。真由子には、飯牟禮の、え、とか、はい、なるほど、という短い言葉しか聞こえなかった。

携帯を閉じて飯牟禮がこちらに帰ってきた。

「警部。あの頭蓋骨、少なくとも死後二、三十年は経っているそうです。教授の言われた」

そのあとの飯牟禮の声は聞こえなかった。

「そ、それじゃあ、私が撥ねたのは……」

「少なくとも、頭蓋骨の持ち主じゃありませんな」

「よ、よかった」

「それでも、人ひとり、間違いなく金印公園からあの日、消えているんだ」

ひき逃げの容疑はまだ消えていないと、武田は念を押した。

少し気が軽くなったのか、真由子は小林のことが気になった。

「あの、刑事さん、電話を、電話をかけさせてもらえないでしょうか」

「許可できません」

何とかだめかと頼んでも、あなたはひき逃げ犯だ、いまの時点では無理だと、二人は取り合わなかった。

ひとまず城島真由子は、小林紀子ひき逃げの罪で検察庁に身柄を送られたが、直ちに弁護士を通じて保釈手続きが取られ、自宅に帰ることができた。

うれしげな顔のお手伝いへの帰宅の挨拶もそこそこに、久しぶりに自室に入った真由子が真っ先にしたことは、小林一郎に連絡を取ることであった。連絡が取れないのを心配して、小林から電話が入っているはずであった。

　幸い事故には関係ないとして押収されなかった携帯電話の電源を入れると、友人からの幾通かのメールと留守番メッセージがあった。にもかかわらず、小林一郎からのものはまったくなかった。妙だった。

　お手伝いが顔をのぞかせた。

「何度か、男の方から、たぶん同じ方だと思いますが、電話が入っておりました。ご旅行中と申し伝えておきましたが」

　真由子にはそれが小林一郎であることがすぐにわかった。どうして携帯に電話をくれないの、と腹を立てて、慌ててリストから小林一郎の名前を選択し発信すると、つながったと一瞬満ちた喜びが、次の瞬間にはたちまち萎んでしまった。

「おかけになった番号は、現在使われておりません。もう一度お確かめになって……」

え？　画面を見直した。再発信する前に名前を確認しても、間違いなく小林一郎の四文字があった。

「おかけになった……」

「そんな……。どうして？」

　まさか、と思いながら、真由子は電話局に大学の電話番号を尋ね、そこにかけてみた。

内科の小林教授を頼むと言ってから、しばらく待たされた。胸がドキドキしている。哀しみとも怒りとも思えないような奇妙な悶えが、胸の内に湧き起こってきている。

「こちら内科医局ですが、教授は今日はご出張です」

怯えが真由子の体に走った。

「あの、福岡の城島と申しますが、小林教授に連絡を取りたいのですが」

相手は少しの間、沈黙していた。

「申し訳ないのですが、明日にでもまたお電話いただけませんか？」

相手は警戒したようだ。

「どうしても今日中に教授とお話ししたいのですが。連絡先教えてもらえませんか」

「どういうご用件でしょうか？　ちょっと連絡先までは、お教えできかねますが」

埒があかなかった。真由子は焦れてきた。頭に血がのぼってくるのがわかった。

真由子は叩きつけるように電話を切った。


その後、何回か試みた小林への連絡はことごとく失敗に終わった。病院でも小林の個人情報は教えてくれなかった。

真由子は苛立ちと怒りで、気が狂いそうだった。

小林には、ただ運悪く連絡が取れないだけなのかもしれなかった。真由子が取り調べを受けている間に、携帯が故障して、新しいものと取り替えたのかもしれなかった。

しかし、それならば、小林のほうから連絡してきてもよさそうだった。事実、警察にいる間に、真由子の自宅には幾度かかけてきたようなのだ。

もしかしたら……何かの事情で真由子が逮捕されたことを知ったのかもしれなかった。相手は真由子の携帯電話の番号を知っている。真由子を気づかって、連絡をくれて当然だった。それが何の音沙汰もない。助けてくれるはずだという期待は、連絡が取れない現状に重なって、考えたくない男の裏切りや保身にまで、思考が広がっていった。

一度思いつくと、考えは悪い方向にしか進まなかった。

待てど暮らせど、愛しい男からの連絡はなかった。愛が深いほど、見捨てられた思いが強かった。

あちらこちらで真由子の神経回路が断線した。壊れた部分を、怒りが紡いでいった。火山のマグマが集積し、出口を求めて滾るがごとく、真由子の脳に怒りの回線が新たに構築され始動し始めた。

真由子にはもはや小林をかばう気持ちがなくなっていた。

いくら何でも、ひどすぎる。

五月も下旬にかかる頃、真由子は意を決して電話を取り上げた。連絡先は福岡博多署武田成敏警部であった。

30
包囲網

今日も何ごともなく診察が終了した。にもかかわらず、何となく落ち着かない気分で、華原は自席に帰ってきていた。

四月の博多での学会会期中に危険を冒して金印公園に行き、脅迫者を燻り出したまではよかったのだが、相手は華原の思惑から完全に逃れて、車に撥ねられ、その生死もわからない状態だった。

注意してニュースを欠かさず見ていても、それらしい事件の報道は皆無であったし、まさか福岡博多署に再度連絡を入れて、以前の通報の結果がどうなったかなどと訊けるはずもなかった。

焦燥のうちに時が過ぎていった。一方で華原の気持ちは案外落ち着いていた。脅迫者からは、その後なしのつぶてであった。ということは、華原自身が手を下さずとも、脅迫者が自らの意志で動けない、自由を奪われた状態であることは確実であった。

「間違いなく女だった」

華原は呟いた。誰かに似ているような気もしたが、あれだけの短時間に、限られた光の中で、相手を認識し特定するのは不可能だった。

もう一つ、気に入らないことがあった。学会に引きつづいて出張していた小林教授が海外から帰国し、何やら慌ただしい様子で話す機会もなかったのだが、五月に入って華原は小林に完全に無視されていると感じていた。

「脅迫してきた女を撥ねた車に乗っていたのは、教授ではなかったのか？」

左ハンドルの助手席から出てきた男は、街灯の光で見えた顔から、間違いなく小林一郎教授だと思ったのだが、次の日の座長あるいは学会口演の様子を見ると、とても人を撥ねた人物とは考えられないほど落ち着いた、普段の教授だった。

「人違いだったか？」

診察室に入る教授、医局会に顔を出す教授、廊下で出会う教授、どの小林をとっても、ひき逃げという罪を犯した人間の顔ではなかった。

華原は一度、小林教授宛てに、交通事故を目撃したことを手紙で知らせてみようかとも考えた。もちろん匿名だ。場合によっては、将来、有用なネタになるかもしれなかった。これまで自分が脅迫されていたように、同じことを教授に対してやってみようかと思ったのだ。

小林はといえば、娘の口から華原の犯行を耳にした上に、連絡不能な城島真由子、さらには大城昌史の博士論文問題と、公私において心穏やかならざる日々を過ごしていたから、華原についてはとりあえず無視する以外なかった。紀子の口から、谷山千容子失踪に関する話まで出るに至っては、さては昨年の十月の事故も、と思い当たって、真由子を呪い、ひたすらわが身の無事を願うばかりであった。

二人の医師が乱れる心を抱えながら、平然とした外面で毎日を過ごしている頃、小曽木佑介の活動が始まっていた。

「華原先生」

医局の奥の席に華原の姿を見つけた小曽木は、緊張した面持ちで近づいた。医員たちは患者のところに行ったのか、研究でもしているのか、この時間帯にはほとんど姿を見かけない。

「この間、杉村秋代さんのことでおうかがいしたのを覚えていらっしゃいますか」

華原の目はどんよりとしていた。

「一つ二つ質問があります。お答えいただけますか？　その上で、お話があります」

「何だ？」

「先生は、杉村秋代さんが悪性リンパ腫に侵されていて、特に肺への浸潤がひどかったことを知っておられましたね」

華原は答えなかった。

「十月二十五日の診察の時点ですべての結果が出ています。カルテには書いてありませんでしたがね。先生は杉村さんの病名をご存じだったはずだ。そのことを杉村さんにお伝えになりましたか」

沈黙があった。

「そして十一月初め、先生は札幌での学会出張の折、杉村さんと一緒でしたよね」

華原が微動だにしないので、小曽木は予想どおりだと感じた。

「それでは、これから僕のお話しすること、間違いがあったらおっしゃってください。すぐにすみますから」

誰も近づいてくる気配がないことを確かめて、小曽木は小声で話し始めた。

「先生が杉村さんに病名を告げたかどうか、それはわかりません。ですが病身の杉村さんを連れて、余市から美国までバスに乗り、黄金岬に登ったことはわかっています。次の日、杉村さんは美国の海岸に溺死体で漂着した。岬から病気を儚んでの投身自殺と、三カ月後に遺体を引き取られたご両親は告げられたそうです。それまでご両親はご存じなかったようですが、司法解剖で、杉村さんは全身悪性リンパ腫に侵されているとわかったのです。警察では覚悟の自殺ということで処理しました。ところが、ここに杉村さんに同行していた男性がいるとなると、話は変わってきます」

遠くに人の話し声が聞こえて、小曽木はいったん口を閉したが、またすぐに話をつづけた。

「先生が一緒にいらっしゃりながら、どうして杉村さんの身投げを阻止できなかったのですか。あ、いいえ、先生と杉村さんがそのような関係にあったことをとやかく言うつもりはありません。もし、誤って岬から落ちたのなら、当然先生から救助を求める通報があってしかるべきと考えます。先生が杉村さんの自殺を知りながら、そのことを何も告げず立ち去ったのはどうしてでしょうか。僕が先生に杉村さんのことを尋ねた時も、杉村さんのことを気づかう言葉は一言もなかった。先生は彼女との関係を知られたくなかったということですよね。彼女も誰にも先生のことを話していない。もちろんご両親もご存じない」

反応を窺うように、小曽木は華原の目をじっと覗き込んだが、華原の視線は動かなかった。

「杉村さんの肺の状態では、おそらくはあの岬の突端まで登るのは、相当辛かっただろうと思います。警察では、何らかの理由で、杉村さんは間違いなく岬から落ちたと見ているようです。彼女はあそこまで登ったということですよね。彼女は先生と一緒だったから登れたのじゃないですか。好きな先生に必死でついていったのだと思います。話を戻しますが、杉村さんは病気のことを知っていたのでしょうか。それなら直ちに治療すると思うんです。悠長に北海道旅行などしている場合じゃない。それとも先生からもう末期だから、手の施しようがない、最後に二人だけの旅行をしようと言われて、北海道に行ったのでしょうか。そして、最後の最後に死を選んだのでしょうか。それにしても、先生が何もおっしゃらないのは変ですよね」

華原が黙っているので、小曽木はついに恐ろしい結論を口にした。

「こういうふうにも考えられます。先生は何らかの理由で、杉村さんと別れたかった。杉村さんがあのような病魔に侵されたからかもしれません。うっとうしくなった杉村さんを旅行に誘い、黄金岬から投身自殺に見せかけて突き落とした。カルテに書いてあったとおり、杉村さんはそのような恐ろしい病気が全身を蝕んでいるとも知らず、単なる風邪か疲労ぐらいに考えていた。そして先生の誘いを喜んで受けた。何の疑いもなく杉村さんはいつもの旅行だと思い、先生についていった。まさか突き落とされるとは知らずにね」

華原は静かに口を開いた。

「何か証拠でもあるのかね」

言いながら、華原の脳の中では十一月の美国黄金岬の風景が広がっていた。

先に岬に立って、壮大なパノラマを眺めた華原のあとを追ってきた杉村秋代が、肩で大きく息をしながら、苦しそうに喘いでよろめいた。唇は紫色だ。それでも秋代の顔には微笑みがあった。

華原は手を差しのべて、秋代の腕をつかんだ。華原を見た秋代の瞳に嬉しそうな光が揺らめいた。

華原は秋代の病気が何であるか、はっきりとわかっていた。このまま適切な治療を施さなければ、間もなく秋代に死が訪れる……。ほうっておいてもいい……。

秋代の瞳に促されたかのように、華原の脳に悪魔が囁いた。囁きを認識する時間も躊躇もなく、華原は秋代の腕を突き飛ばすようにはなした。

秋代の体は水色の空に一瞬浮かび、木立の枝に引っかかって半回転したあと、群青の海に落ちていった。岬半島を巻くように走る風が、秋代の悲鳴を吹き飛ばした。

何も聞こえなかった。華原の目には、はるか眼下に小さく弾けた波しぶきが映っただけであった。


「いいえ。証拠は何もありません。事実を総合して、僕が考えた推理です。実験結果を集めて、そこから導き出される研究結果と同じです。僕は科学者です。正しい結論のみがすべてです。単なる空想の産物とは違います」

「そんなことを俺に話して、何が目的だ？」

「いいえ、何も。ただ僕のいまの話が正しいとすれば、先生は」

殺人者という単語までは言えなかった。

「そうか。まあ、君がそう思うなら、それはそれでいい。俺に言わせれば、証拠も何もない、ただの空想だ」

「先生がそうおっしゃるのなら。ですが、僕が集めた情報は、余市警察署にもすべて届いています。彼らがどう考えるか、ですがね」

そろそろと小曽木は腰を上げた。ちょうど、がやがやと何人かの内科医たちが医局に入ってきたようだ。

「お、小曽木、久しぶりだな」

いましも医員室に入った一人が声をかけてきた。

「どうだ、研究のほうは？」

「ええ、ぼちぼちです」

「大学院は、あと」

「二年です」

「まあ、忙しいだろうが、時々は顔を見せろよ」

「わかりました」

「今日は、華原先生に用事か」

「ええ。でも、もう終わりましたから」

それでは、と小曽木は足早に部屋を出た。刺すような華原の視線は、医師たちの体で遮られていた。

翌日、松本医学部長のもとに、一通の封筒が届いた。差出人は、「遺伝子解析研究部門小曽木佑介」となっていた。直接届けられたものらしく、消印はなかった。

松本は小曽木の名前に心当たりがなかったが、今年の医学部全名簿を取り出して調べてみると、東田満夫教授のところに確かに小曽木佑介の名前があった。大学院三年生である。

「大学院生が何を言ってきたのかな」

Ａ４の用紙サイズの封筒である。中に通常の封筒らしいものが、いささかの分厚さをもって同封してあるようであった。

封を切ると、確かに中の封筒は、

「何だ、これは？　金か」

と松本に訝らせるに充分な形状で、手紙が添えてある。

『拝啓　松本医学部長先生
突然の手紙、お忙しい中、お許しください』

と朴訥な感じで始まっていた。

『先の医学博士論文発表会におきまして、第二内科大城昌史が医学博士号申請のための論文発表を行いましたが、この件につきまして、科学を生業《なりわい》とする研究者を侮辱し、かつ医学博士号という名誉ある称号の価値をおとしめる行為がありましたことをご報告申し上げます。同封してあります金銭は、大城昌史の父親大城源之輔氏から私に、大城昌史に代わって論文を書くよう要請があり、その謝礼としてわたされたものであります。

私は現在、東田満夫教授のもとで研究しておりますが、元来は第二内科所属の内科医であります。その関係もあって、今回の論文代筆は、第二内科小林一郎教授からも同じ要請がありました。当の大城昌史氏は研究にはまったく従事せず、それだけでも博士号に値しないことは明白であります。

研究発表会では、医学部長から論文の不備につき、お話があったようですが、ご指摘どおり、あの表での数字は私が故意に小数点を省いたもので、申請者が気づいて修正し発表したなら、まあ許してやろう、と考えた末の苦心の作です。論文という、科学者として最も重要な意味を持つ場において、かくなる小ざかしいまねをいたしましたこと、どうかご容赦ください。

その上で、今回の告発の意味をお汲み取りいただき、不浄の金につきましても、ご処分のほど、お願い申し上げます』

小曽木佑介の名前が最後に記されて、告発の手紙は終わっていた。

長方形の封筒の中には、封がそのままの百万円の新札があった。松本は札束には手を触れないように中をあらためてから、もう一度、小曽木からの手紙にすばやく視線を走らせた。

論文内のデータの不備は、小曽木の言うとおり、松本が指摘した部分に一致していた。研究内容が理解できていれば、容易に見抜ける間違いであった。

「困ったものだ」

とは、医学博士号を金銭で買い取ろうとする輩に対して発せられた松本の嘆きだ。これほどまでにひどくないにしても、相当手を抜いたいい加減な研究だけで、医学博士号が安売りされている現実は、松本も承知している。

基本的には法に触れる犯罪行為とも言えない話なので、不愉快ながらも実害のない状況では、改革に乗り出そうというような問題ではなかったのだ。

もっとも、昨今、論文捏造の事実がほぼ定期的に暴露される現実に照らし合わせてみれば、科学を冒瀆した行為に対して、もう少し厳しい態度で臨まなければならないはずであった。

松本はひとまず医学部研究誌編纂の長を務めている生命科学部門教授永峰《ながみね》修和《しゅうわ》に電話をかけて、大城昌史の論文については不受理の旨を伝えた。研究発表会には出席していなかった永峰教授は、不受理の理由を訊いてきた。松本は答えた。

「研究および論文は本人の手によるものではなく、ほかの研究者の成果であり、代筆されたものである。よって、不受理といたします」

小曽木の追及のあと、華原は記憶の整理に忙しかった。

透明人間ではない。杉村秋代の近くにいた華原の姿を見て、誰かが二人を結びつける可能性は極めて低いとは思いながらも、ゼロではなかった。どういうわけか、二人を結びつけたのは、すぐ近くにいて、北海道など何のかかわりもない小曽木という、華原の後輩だった。が、なぜあいつが、と考えるより、どう対処するかと知恵を絞るほうが先決であった。

以前、杉村秋代のことを突然訊いてきた時の小曽木の顔が浮かんだ。

そして、華原は結論を出した。

「何もしなくていい。秋代の死に関しては、俺が手を下したという証拠はどこにもない」

華原は迫りくる刑事たちの姿を、何度も夢に見た。そして、その夢は必ず、言葉巧みに切り抜けて、刑事たちがうなだれながら退散していく姿で終わっていた。

身辺に何の変化もなく、見る夢も日ごとに薄れてきたある日、華原俊夫は何の前触れもなく、福岡博多署から来たという二人の私服の訪問を受けた。

武田警部と飯牟禮刑事であった。

少し微妙な話なので、という二人に、華原はここでいい、と自席の前に立ったままで動かなかった。妙な雰囲気に、何人かいた医師たちは医員室を出て行った。

それでは、と武田がいきなり言った。

「谷山千容子さんという女性をご存じですな」

想定内の質問に、華原は微動だにしなかった。

「誰です、それ？」

「あなたが殺害して、金印公園に埋めた女性ですよ」

また想定内の質問だ。

「はあ？　何か、お間違えじゃないですか。そのようなこと、全然知りませんよ。第一、金印公園ですか、行ったこともない。それ、あの有名な漢委奴國王の金印ですか？」

「ほう。ご存じですね、島のこと」

「そりゃ、学校で習いましたから」

「じつは、あなたが谷山千容子さんを殺して、あそこに埋めたんじゃないかと疑った人物がおりましてね」

あの女だ……。

「その方から、何度かあなたに手紙が行っているはずですが」

「さて……」

「先月四月、あなたは学会で博多に行った折、志賀島、金印公園のある島ですな、そこに行っておられる」

女が見つかったのか……?

「あなたを疑った人があなたを追って、島に行った。そこであなたが、金印公園の木の根元を掘るのを目撃したというのですがねえ……」

やはり女が……? 何秒かの沈黙の後に、華原は答えた。

「その人は、私が木の根っこを掘るのを見たと」

「ええ」

「私が谷山千容子なる女性を殺して、その木の根元に埋めた、というのですね。それで、その人はどう言っているのです?」

あの女だ。俺が掘っているのを一部始終見ていたに違いない。もっとも何も埋まっていないんだ、あそこには。なぜ、千容子がいなかったのか、まったくわからんが。あの女は俺が追いかけたあと道路に飛び出して、車に撥ねられた。石段からも転げ落ちている。その後、死体が見つかったという報道はない。あの状況では、まず死んだに違いないと思ったのだが。それを確かめるために、俺は警察に電話を入れたんだ。まさか、生きているのか？

華原の脳細胞は、軋んで熱を発するほどにフル回転した。腋の下にじっとり汗をかいているのを自覚しながら、華原は頭蓋骨の中にも煙が上がるのを感じた。

まさか……あの女が生きている……そんなはずは……。

武田警部は、ごちゃごちゃと華原の弁明を聞く気はなかった。

「あなたが金印公園で行った一部始終を目撃し、そのあとあなたと争った女性と会っていただけますかな」

武田が飯牟禮に目配せをした。飯牟禮は部屋の外に向かって声を上げげた。

「入っていただけますか」

床に一つの影が落ちた。

「あ、あんた……」

女性であった。あの時華原に懐中電灯の光を浴びせ、華原の手を逃れて石段から転げ落ちた女性であった。そして車に撥ねられた女であった。

「紀子……さん」

華原は以前のお見合いの席で見た紀子の顔と、あの夜の女の顔を、頭の中で対比した。光の中で瞬間に見た女の顔が、いまでは確実に小林紀子の顔に重なった。華原の中で二つの顔が一致した。

小林紀子だったのか、俺を脅迫していたのは……。それにしても、なぜ、この女が千容子を知っている？

華原に話す余裕を与えることなく、紀子は口を開いた。

「華原さん、あなたですね。昨年十月、金印公園で千容子さんを殺したのは」

「な、何を言う……何を証拠に」

「正確には、殺したつもりだった、でしょう？」

口をつぐむ華原に、武田が話を始めた。

「あなたは谷山千容子さんと不倫関係にあった。それは、こちらの小林紀子さんからお聞きしました」

武田は紀子にそのあたりのことを説明するよう促した。紀子は喉をごくりと鳴らすと、嫌悪感に満ちた表情で話しだした。

「谷山千容子さんは私の高校のクラブの大先輩です。卒業後も親しくお付き合いさせていただいていました。ほとんど手紙でしたが。何でも話してくれたんです、千容子さん。家庭のことも、子供さんたちのことも、そして自分の不倫のことも」

吐き捨てるように、不倫、という言葉を口にした紀子はつづけた。

「相手のことはわかりませんでした。私は千容子さんを一時は責めましたが、家庭を壊す気もないし、子供たちも大事だと言われて、私なりに納得していました」

この女に、千容子は俺とのことを……。灯台下暗しだ。

「昨年の秋、私は父の紹介で、華原さん、あなたとお見合いしましたわね」

一緒にダンスまでしたことを思い出して、走った震えを紀子は押し隠した。

「お見合いのあと、私は父に頼んで、華原さん、あなたの行状を調べてもらったんです」

華原はびっくりしたように紀子の顔を見つめた。

「この医学部で深夜、建物から出てきた男女が写った写真が送られてきた。誰が写っていたと思います。父は華原さんの本性がわかって啞然としていたようだけれど、私は華原さんの相手を見て愕然としました。どう見ても、あの写真に写っていたのは千容子さんだった」

華原の表情が元に戻った。何の感情もない顔になった。

「昨年の十月、千容子さんから博多に行くという手紙をもらいました。直後です、千容子さんが行方不明になったのは。当時、父も博多の学会に行っていました。ということは華原さん、あなたも行っている可能性が高かった」

「それで紀子さんは、君を疑い、君を燻し出すべく、何度も脅迫状まがいの手紙を送っていたということだ」

武田は紀子のコンピュータからプリントアウトしたＡ４の紙の束を取り出した。

「君はこれを見て、次第に追いつめられ、千容子さんの死体を確かめずにはおれなくなったんだ。それにな」

　武田はつづけた。

「あの事故目撃の電話は君だろう。ああ、しらばっくれなくてもいい。君は観光に来て事故を目撃したと言った。午後八時頃とも言った。あんな真っ暗な時間に、公園に何の観光だ？」

　華原の顔に瞬間歪みが走ったが、すぐに消えた。

「木の根元を掘り、紀子さんを襲い、事故を目撃した。だが、あの木の下には、何もなかった」

　武田の言葉に、華原は開きなおるような表情を見せた。

「ふん。何のことやら」

　白衣のポケットに両手を突っ込み、胸をそらした華原は顔の筋肉を緩めた。

「君は紀子さんが潜んでいるのも知らず、いや、感づいていたかな。君が金印公園の谷山千容子さんを埋めてあるところに再び危険を冒してでも行ったのは、紀子さんをおびき寄せるためでもあったのだろう」

　華原はチラリと視線を紀子に送ったが、また能面のような、表情を落とした顔になった。

「案の定、紀子さんは現れた。君が埋めておいたはずの谷山千容子さんがいないことに驚いて、声を上げた時、紀子さんに目撃されたのだ。そうですね、紀子さん」

「そのとおりです。いまでも覚えていますわ、華原さんの怯えたような叫び声。私は確かにいま目の前にいるこの男、華原俊夫医師の顔をその場で見たんです」

「君はそんな紀子さんに逆襲した。当然だろう。谷山千容子さん殺害死体遺棄の犯行を知られたのだからな。だがな、紀子さんが車に撥ねられたのは知っているな。そのあと奇跡が起こったんだよ。海に落ちた紀子さんは、洞窟の中で二週間近くも仮死状態でいたところを発見されたのだよ」

　幽霊を見るような目は一瞬だった。

「紀子さんはその洞窟であるものを見つけた。何だったと思う」

　何かを言おうとして、華原は努力して口を結んだ。

「頭蓋骨だ」

　紀子が武田の顔を見、飯牟禮の顔を見た。飯牟禮が小さくうなずいた。華原は何も言わなかった。言えば、相手に言質《げんち》を与えると考え、沈黙をつづけていた。

「ほう。誰の頭蓋骨か、聞かないのか?」

　それでも華原の口は閉じられたままだった。

「そうか……。では、仕方がないな。これ以上、君の返事を待っていても、時間の無駄のようだ。君が谷山千容子さんをあの木の根元に埋めたことを証明する物的証拠をお見せしようか」

31 ロザリアの裁き

時間の無駄だと言いながら、武田は妙なことをしゃべり始めた。

「君はロザリア・ロンバルドという名前を聞いたことがないかね」

華原のみならず紀子も飯牟禮刑事も怪訝な顔だ。

「イタリアのある修道院の地下に眠る二歳の女の子だ。世界一美しいミイラと言われている」

ミイラ！　と紀子は息を吞んだ。

「この子だ」

武田は胸ポケットから大切そうに一枚の写真を取り出した。人形のようにかわいい、さぞ大きくなったら美人になっただろう、いや二歳でも充分に美人だ、と思える金髪の女の子が眠っていた。

「これがミイラ？」

飯牟禮が素っ頓狂な声を上げると、紀子はまた息を吞んだ。

「低温多湿の環境で、さらに条件が揃うと、このように生きたままの姿で残るそうだ。

死蠟《しろう》と言うんだそうだ。ミイラと呼ぶには、この言葉から来る印象とはまったくかけはなれている。いまにも目を覚ましそうじゃないか」

どこかの環境に似ていないか、と武田は紀子と飯牟禮のほうに問いかけた。紀子は、まあ、と頰を手で押さえた。

「そう、紀子さんが流れ込んだ洞窟。あそこもよく似た条件だそうです。佐久本教授の調査でわかったんですがね。ですが、もっと条件のよいところがあった。どこだと思います」

これは華原のほうに向いて言った言葉だ。

「君が谷山千容子さんを埋めたあの木の根元だよ」

ギョッとしたように、華原の体が固まった。

「ちょうど複雑に絡み合う根が、空洞を作っていた。華原、君が最初に掘った時には土で充満していたのだろうが、谷山千容子さんを埋めてからは、根っこと谷山千容子さんの体がかもし出す条件で、生命体を変化させないままに保存するための非常によい条件が整ったのだ」

さて、と武田は手をこすり合わせた。

「我々は、あの場所を再度詳細に調べなおした。紀子さんを撥ねた女性の証言から、紀子さんが目撃したように、間違いなくあそこに谷山千容子さんが埋められていたと確信したものでね。物証が必要だった」

今度は武田は内ポケットから一枚の写真を取り出した。

「これをよく見てください。あの木の根元の祠の部分だ。根をよく見てくださいよ。ほら、ここにナメクジのような白っぽいものが付着しているのがわかりますか」

確かにいまにも動きそうなナメクジが写っていた。

「これナメクジじゃありません。何だと思います？」

武田は華原を焦らして喜んでいるようだった。突然、乱暴な言葉が武田の口から飛び出た。

「あんたの精液だよ！　あ、こりゃ、すみません」

後半は紀子に頭を下げながら言った言葉だ。

「ロザリアちゃんと同じ、死蠟化したあんたの精液だよ。ＤＮＡ鑑定で、華原俊夫のものと判明した」

武田は高らかに凱歌をあげた。

「ロザリアの裁きだ。華原、どうしてあんな穴の中にあんたの精液がある？　言っとくが、穴を掘って自分で」

とんでもないことを紀子に聞かせたことに気づいて、武田は慌てて言葉を止めた。紀子は顔を赤くはしたものの、華原を追いつめていく武田を頼もしげに見ている。

「自慰をしていたなどとは言わせん。同時に谷山千容子さんの皮膚の細胞も、根っこに引っかかって見つかっているんだ」

飯牟禮刑事も凱歌をあげそうになって、ふと疑問がよぎった。DNA鑑定って、華原俊夫のDNA、いつ、どこから採ったんだ？

華原はすぐに武田の話に矛盾を見抜いていた。

「ちょ、ちょっと。武田警部さんでしたかね。DNA鑑定って。私のDNA、どこから採ったんです？　そんな材料、提供した覚えありませんが。引っかけようったって、その手には乗りませんよ」

飯牟禮が暗い顔になった。紀子にも華原が完璧な防衛線で反撃に出たと感じた。

武田はしばらく黙っていた。華原の顔をじろじろと見ているだけだ。だが武田の顔に敗北の色はなかった。ニヤッと不気味な笑いが武田の唇に浮かんだ。

「北海道美国黄金岬から投身自殺したとされている杉村秋代さんのことは、覚えていますよね」

微かに華原の眉が動いた。

「その女性の膣から採取された精液、ああ、しらばっくれてもダメですよ。一緒に昨年の十一月に北海道に行ったことは調べがついていますから。杉村秋代さん。死ぬ前、たぶん朝でしょうかね、あなたと情を交わしている。残っていたんですよ、精液が。美国湾に漂着した遺体の体内にね。こちらは死蠟というわけではありません。いい環境なんでしょうな、あそこは」

またすみませんと、武田は紀子に謝った。

「あちらの警察医の方がちゃんと調べておいてくれました。もちろん当時は、杉村さんと一緒に男が岬に登ったなどとは疑われませんでしたから、性交渉の痕跡もあまり注目されなかったのです。身投げする前に、どこかで男と最後の別れをと考えれば、辻褄が合ってしまいますから」

なお、杉村秋代の自殺とみなされている事件については、さらに余市署から刑事たちがやってきて、合同の捜査になるだろうと、武田は華原に告げた。

「要するに、君の精液が谷山千容子さんの皮膚とともに、あの穴の中にあったということを偶然と解釈する人間は、この世に一人としていないだろう」

華原はゆっくりと手をポケットから出すと、武田の目を見つめたまま、どかりと椅子に腰を落とした。

「いいでしょう。では百歩譲って、私が谷山千容子をあの穴に埋めたとしましょう」

「認めるんだね、谷山千容子さん殺害を」

何かを考えながら、華原は意外にのんびりと話した。

「うーん。そういうことにしておきましょうか」

「何だと！」

「でも、あの穴の中には死体はなかったんでしょう」

「谷山千容子さん殺害の状況を話してもらおうか」

　華原の口元が何となく緩んでいるようだ。

「ええ。確かにそこにいらっしゃる小林紀子さんのおっしゃるとおり、私は谷山千容子と付き合ってましたよ。ですがねえ、彼女、旦那と別れて私と一緒になりたいなんて言い始めましてね。ちょうどその頃でした。私が紀子さん、あなたと見合いしたのは」

　ペロリと華原の舌が唇を舐めた。

「清楚な紀子さん、私は一目であなたが気に入りましたよ」

　紀子の背筋に虫酸が走った。

「確かに千容子はいい女だった。ですがね、どんなに美味な食事でも、一時は気に入っていても、やはりねえ、新鮮でさらにおいしいものを求めるのが人間というものじゃないでしょうかねえ」

　また舌が唇を舐めた。

「で、私は谷山千容子と別れることにしたんです。でも、これまでの付き合いから、千容子が別れ話を受け入れることは考えられないでしょ。逆に一緒になりたいなんて言い始めていたんですからね」

それに、と華原は椅子の中で腰の位置を変えた。

「ごちゃごちゃもめるのは嫌ですからねえ。人の世の常として、間違いなく修羅場になるでしょう。紀子さんとの話もなくなるでしょうし、それ以上に、私は小林教授から目をかけられている。何人もの助手を飛び越して、講師に抜擢されたんだ。大学にいるなら教授にならないとねえ」

表面上は静かに聴いているようで、武田も飯牟禮も腹わたが確かに煮えているような気分だった。

「頭の悪い、セックスだけに生きているような女といつまでも一緒にはいられない。金印公園はいいところです。観光客は多いかもしれないけれど、私はあのあたりが大好きでしてね」

「そう言えば華原、お前は福岡の出身だったな」

「もっとも志賀島じゃありませんよ。博多よりさらに西のほうの、小さな漁村ですよ」

武田は先を促した。

「千容子と別れるにはもってこいの風景でした。何となく気に入ったんです、千容子をあそこに埋葬するのが」

遠い目をしながら、華原の口元には笑いが浮かんでいる。

ふと、白衣にあらためて気づいた武田は、そういえばこの男、医者だったんだ、とぼんやりと考えていた。

「人がいなくなるのを待って、千容子の頭を殴ったんです、石でね」

紀子が洞窟で見つけた頭蓋骨には、大きな損傷はなかった。もちろん殴られて死亡するような傷ならば、骨折するだろう。ＤＮＡ鑑定をするまでもなく、あの頭蓋骨は谷山千容子ではない、と武田は納得した。

「私は千容子の呼吸も脈も完全に止まっていることを確認しましたよ。甦生するはずもないと思うんですがねえ。どうして、あの穴にいなかったんだろう」

まるで他人事のように、そして自分の犯罪がどれほどのものであるか、まったく頓着しない様子で浮かれたように話す華原を見つめながら、紀子は、この人は人間なのだろうか、人間の心を持っているのだろうか、と脳髄が冷えていくのを感じていた。

紀子は口をはさまずにはおれなかった。

「華原さん。私、千容子さんから話してもらったことがあります。千容子さん、生まれつき心臓に孔が開いていて、赤ちゃんの時に手術したと言ってました。心室中隔欠損という病気だそうです。千容子さんの胸には手術痕があった。胸の真ん中に、縦に大きな創がありました。千容子さんに一度見せてもらったことがあるのです。華原さん、あなたも知っているはずですよね。その手術の時にね、腕の血管、橈骨動脈というのかしらね、その血管を使って、いろいろと処置したそうです。血液を調べたり、カテーテルを入れたり。だから血管がもう潰れているんです。脈が触れないんです。私も試させてもらいましたが、確かに脈が触れなくって、じゃあ手の血液どこから来ているの、なんて質問した覚えがあります。千容子さんも、さあって、答えられなかったけれど。手もちゃんとあるから、どこかから血液流れてるんでしょうって、笑っていたわ」

強い視線を華原に浴びせながら、紀子はつづけた。

「華原さん、そこで脈診たんでしょう？　脈なんか触れないわ。それで、心臓まで止まっていると思ったんでしょう。そんなことも知らないで、千容子さんが死んだと勘違いして……。あなた、人間も医者も失格だわよ。ばっかみたい」

あはは、と華原は手を頭にやった。

「それはどうも。何しろ私の専門は消化器で、循環器ではありませんのでねえ」

笑いながら、華原の目は紀子を睨んでいた。

「となると、谷山千容子さんは生き埋めにされたということですか。そして甦生して、穴を抜け出した」

これで千容子が穴にいなかった理由がわかったと武田たちはうなずいた。しかし、そのあと谷山千容子はどうなったのか？　城島真由子の自供によれば、谷山千容子は公園を出て、真由子の車に撥ねられたことになる。だが死体がない……。

「そうですね。千容子は死んではいなかった。でも、どこに行ったんでしょう。私に手紙が届いた頃は、千容子が生き返ったのかとギョッとしたこともあったけど、結局あの手紙は全部紀子さん、あなたが書いたものですよね。やはり千容子は……」

華原は再び、人のものとも思えない笑いを浮かべた。

「穴から抜け出したあとどうなったか、そんなことは私の知ったことじゃない。要するに私は千容子を殺さなかった、ということですよね」

武田は顔から血の気が引くのを感じた。谷山千容子が甦生して、自力で穴から出たとして、城島真由子の車に撥ねられ、今度こそ絶命したとなれば、華原の罪は殺人未遂にとどまってしまう。

「そういえば、先ほど刑事さん、紀子さんを撥ねた女性の証言から、千容子があそこに埋められていたと確信したと言いましたよね。あれ、どういう意味です。その女性、甦生して穴から出る千容子を見たんですか。だとすれば、千容子が死んでいなかったことをその女性が証言してくれるわけですよね。どこの誰なんです?」

武田には答えられなかった。もちろん飯牟禮もしゃべるわけにはいかなかった。

「ほう。黙秘ですか」

どっちが刑事で、何の話をしているのか、わからないくらいだ。

「それに、紀子さんが洞窟で頭蓋骨を見つけたとおっしゃいましたか。それが千容子だったのですね。ははあ、なるほど、そういうことか」

華原は自分の脳細胞が優良な回転を見せていることに、すこぶる満足していた。

「千容子が死んでいたとして、誰かが千容子を掘り出した、そして海に捨てた、となれば私が千容子を殺したことになるのでしょうが、どうやら先ほどからの話ではそうではないようだ。そうですか……。穴から出た千容子は、その女性の車に撥ねられたんだな。そして紀子さんと同じように海に落ちた。なるほど、洞窟に流れ込んだのかもしれない。いや、そうだ、そこで千容子は死んだのだ。だからそこに、頭蓋骨があった。じゃあ、私は殺人未遂どまりですね。いや、せいぜい傷害の罪か。どのくらいの罪なんです？どのくらい入ればいいんです？　いいや、有能な弁護士に頼めば、それも大丈夫か」

華原に罪の意識はなかった。

「千容子は車に撥ねられたために死んだんでしょう。その車を運転していたのは――その人物が千容子の本当の殺人犯人ですよね」

ニヤニヤしている華原を見て、武田と飯牟禮のこめかみに、幾筋もの血管が膨れ上がっていった。頭蓋骨が谷山千容子のものでないことは、すでにＤＮＡ鑑定で明らかになっている。飯牟禮がそのことをしゃべろうとするのを、武田は押しとどめた。

城島真由子の話から類推すれば、やはり真由子の車に撥ねられて、谷山千容子は落命したと考えるのが自然であった。華原の殺人未遂が殺人となることはない。

華原は二人の刺すような視線を避けながら、勝ち誇ったように紀子を直視した。

「それに、紀子さん。あなたが怪我をされ、車に撥ねられて海に落ちた、そして洞窟で死にかけたことについて、私には責任はありませんよ」

「何ですって！」

「だって、考えてもごらんなさい。私があなたに何かしましたか。何か危害を加えましたか？」

「あなたは私を追いかけてきた。それで私は石段を転がり落ちて、脚を折ったんです。あなたに追いかけられたから、道路に飛び出して撥ねられたんです」

「そんなこと、私の責任ですか。追いかけた覚えなど、ありませんよ」

武田と飯牟禮は椅子を蹴って立ち上がった。椅子が転がる大きな音がした。

「知りませんねえ。あなたが何か勘違いして、私が追いかけたとでも思ったんでしょう。あなたが勝手に石段を踏みはずしたんだ。そんなことまで私のせいにされちゃたまらない」

華原は悠然と座ったまま、ニヤニヤしていた。

「ともあれ華原、谷山千容子さん殺害未遂の件で、署のほうでもう一度詳しく事情を訊かせてもらう」

かろうじて華原の身柄を確保した武田たちは、来た時とはまったく逆の重い気持ちを抱えながら、ひとまず小阪、八尾両刑事の待つ大阪東部署に向かったのである。

32　乱流

小林教授室の電話が鳴っている。

郵便物を取りにいっていた秘書が、廊下から電話の音を耳にして、部屋に飛び込んだ。

「もしもし、お待たせいたしました。小林教授室です」

「ああ、小絵さん」

声は第二内科医局秘書だった。

「大変なんです。教授はおられますか」

「どうしたんです、あおいさん。そんなに慌てて。教授はまもなく会議からお帰りになると思いますが」

中溝小絵と村上あおいは歳も近く、同じ第二内科の教授と医局の秘書同士、普段から仲がよい。お昼ご飯は、教授秘書室でいつも一緒のお弁当だし、仕事が明けると帰り道も途中まで一緒、寄り道も一緒と、帰る場所と眠る場所が異なるだけの親友だった。

「い、いま、博多から刑事さんたちが来られて」

「刑事さん？」

「華原先生が連れていかれました」

「何ですって。華原先生が」

「それが……」

「何？」

「小林教授のお嬢さんまでいらっしゃって」

「お嬢さんって、紀子さん？」

「ええ。よくは聞こえなかったのですが、華原先生、誰かを」

「どうしたのよ！」

「誰か……女性を殺した」

「殺した！」

大きな声を出してはいけないと思いながらも、小絵は思わず大声を出してしまった。ドアが開いた。

「何だ、騒々しいぞ。廊下まで声が聞こえる」

小林教授が帰ってきたのだ。普段もの静かな秘書の、電話を耳に押し当てた顔が見たこともないような表情だったのに驚いて、何だ？　と声をかけた。

「あ、教授。医局秘書の村上さんから電話です。華原先生が警察に連れていかれたそうです」

小林の顔から血が引いた。瞬間、声が出なかった。

「それから、お嬢さまもいらしてたそうです」

「誰？」

「先生のお嬢さまです」

「紀子が？」

小林には直ちに状況が把握できた。紀子を襲った件、あるいはその原因となった谷山某とかという女性失踪の件に違いない。

ふっと、腹の底が寒くなった。真由子が何かしゃべったのだろうか？　真由子のことはどうなんだろう……？

考えていてもわからなかった。小林が思考に費やした短い時間の空白を、秘書は訝った。

「教授。華原先生、誰かを殺したとか」

やはり……。

「どうしてお嬢さまがいらしてたのでしょう？」

秘書の自然な質問に、小林は声を荒げて、小絵を驚かせた。

「知らん！　知らんぞ！　何も知らん！　娘はいまどこだ？」

「警察の方と一緒に帰られたそうです」

「ちょっと医局に行ってくる」

小林は手にした会議資料を小絵の前に投げ出すと、足音も荒々しく、部屋のドアから飛び出した。


その日、小林は夕方には帰宅していた。房子が夫の普通であればありえない早い時間の帰宅に、どこか体でも悪くしたのかと、一応の妻らしい気づかいを見せた。

夫に愛人がいることが確実でも、房子は自らの思いを押し殺して、妻と母の役目を務め、教授夫人として夫人会に顔を出さねばならなかった。

帰宅するなり、小林は紀子の部屋をノックした。午前中から出かけていた紀子が、先ほど帰宅したことは確認している。

「紀子。ちょっと話がある」

小林は久しぶりに娘の部屋に入った。整えられていて、どこにも隙がない。見ようによっては、身辺整理でもしたかと思えるほど、むしろがらんとした部屋だった。机の上で画面から光を発しているパソコンだけが、主の存在を示しているようだ。

いつも以上に片づけられている部屋に、微かな違和感を覚えながら、小林は椅子を引き寄せた。紀子には、ベッドに座れと顎で示している。

「今日、大学に行ったそうだな」

紀子はうなずいたが、何も言わない。

「刑事たちも一緒だったそうだな」

「福岡博多署の武田警部と飯牟禮刑事です」

「例の一件か」

紀子はうなずいた。それだけで小林にもすべてがわかるはずだと、紀子の瞳が語っていた。

「華原は？」

「殺人未遂です。いま、大阪東部署のほうです」

「殺人未遂？　ということは、紀子の友達の、なんと言ったかな？」

「谷山千容子さん」

「おお、その谷山千容子さん、まだ見つかっていないのか。だが、殺人未遂とは」

「華原さんが、そのことは認めました。千容子さんを埋めた穴の中に、華原さんの体の一部も見つかったんです」

「体の一部？　何だ、それは？　どういう意味だ？」

紀子はそれ以上、語らなかった。

「まあいい。とにかく華原は谷山さんを殺して埋めたのは間違いないのだな」

紀子はうなずいた。

「だが、紀子の話では、遺体は穴の中になかったんだろう。どこに行ったんだ」

「たぶん海の中……」

「何だって!?」

「お父さん。私を撥ねた車が見つかったことはこの前、話したわね」

小林の息を呑む音が、確かに紀子にも聞こえた。

「運転していたのは、博多に住む女性と、武田警部さんが教えてくれました。その女性が、昨年の十月にも人らしいものを撥ねたことを自白したそうです」

口を開かないでいるのは、さほどむずかしくはなかった。だが顔に血が上り、顔が真っ赤になり、くらくらと眩暈が襲ってくるのを、まったく平然とやり過ごすには相当の努力が必要だと、小林は感じていた。

父親の顔に、紀子は視線を固定させたままだ。

「その日が、千容子さんが博多に行くと言って、行方不明になった日と一致したんです」

あの時撥ねたのは、それではやはり女だったのか。何となく不安を払拭するために、そうでない、そうでないと自分に言い聞かせてきたのだが。それにしても、これまで遺体が見つかっていないとは。

「華原さん言っていたわ。確かに自分は谷山千容子さんの頭を殴って埋めたけど、彼女は甦生して穴から抜け出し、そのあと車に撥ねられた。それで千容子さんが死んだのなら、本当の殺人犯は、その車の運転手だとね」

確かに小林は胸元、背中に汗が流れ落ちるのを感じた。同時に眉にたまった汗のしずくが、視野を過ぎって滴り落ちた。

逮捕された華原俊夫の身柄は、しばらく大阪東部署に留められたまま、余市署の刑事も合流して、谷山千容子殺人未遂に加え、杉村秋代の死に関しても厳しい追及が展開された。

華原はほとんど口を開かなかった。脅してもすかしても、華原の表情は変わらなかった。

杉村秋代と一緒に美国まで行ったこと、黄金岬に登る道まで足を運んだことは認めたが、それも目撃証言の範囲であり、岬までは自分は登っていないと否定した。

秋代が病気のことを知り、うすうす死を覚悟している様子だった。自分は秋代の最後の望みをかなえてやるために同行したもので、もちろん死亡の前日の夜は同じホテルに泊まり、秋代を抱いたと言った。今回、自分のＤＮＡ鑑定に使われた体液もその時のものだ、何が悪い、と開き直った。

ホテルは用心のために別々に部屋を取った。同じホテルだから、お互いの部屋を行き来することなど何も問題がないと華原が語ると、直ちに札幌市内のホテルが調べられ、華原も杉村秋代も華原自身が述べていた偽名で各々宿泊していたことが確認された。ホテルではむしろ驚いて、その客は部屋に荷物を残したまま帰室せず、書かれた住所に連絡してもまったく連絡がつかず、処分に困って保管しているということであった。どう追及しても、華原が直接杉村秋代に手をかけた証拠がなかった。黄金岬周辺に再度大がかりな捜索が行われたが、何一つ手がかりはなかった。

岬に登ったまま戻らない秋代を心配しなかったのか、と問われても、病気を儚んで死を選んだ彼女の思いどおりにさせてやったんだ、と華原は平然と答えた。

尋問をつづければ、確かに印象は限りなくクロであった。が、物証が皆無であった。捜査陣は次第に困惑の色を深めていった。

静かな時間のほうが恐ろしかった。

患者の診察に集中し、会議での議論に耳を傾け、ひっきりなしにかかってくる電話は、それが警察からではなく、日常の業務相手であることを確かめたあとは安心した時間がつづき、誰かと教授室で面談している時間も、心はひとまず平和だった。

小林は自らの気持ちを完全に制御しつつあった。

二度にわたるひき逃げが確実になったいま、加害車輌に乗っていたとしても、すべてを城島真由子の責任にするつもりであった。

真由子がどのような供述をしたとしても、小林はあくまで城島真由子との関係を否定するつもりであった。

物証などあるものか……小林は強気だった。それに、紀子の話から判断しても、一度目に撥ねた谷山千容子の遺体はまだ見つかっていない。遺体がない以上、ひき逃げすら真由子の恐怖に駆られた妄想と言えるだろう。

ゆっくりと教授席で椅子を揺らしながら、小林は真由子のことを考えていた。

どうしているだろう？　俺から連絡がないことに、腹を立てているだろうか。もう自宅に帰っているらしいが、取り調べはすんだのか。ひき逃げは、紀子が生きている以上、さほどの罪には問われないだろうと考えた。

だが、どこで小林のことが警察の耳に入っているかもしれない。真由子がしゃべったかもしれない。とすれば、しばらくはいままでどおり真由子と連絡を取らないほうが安全というものだ。

当初は恐怖にかられ、わが身への当局の追及を恐れ、真由子を完全に見放した小林であったが、次第に情報が入り、冷静に考えれば自分は安全圏にいると考えるに至って、また真由子への恋慕の情が戻ってきていた。

今後、真由子を抱くことができない、と思うと、逆に体が熱くなった。

「あれほどの女、そう簡単には見つからない」

小林教授は、もう少し様子を見たあと、真由子に連絡を取ろうと考えた。まさかその頃、真由子が武田警部と飯牟禮刑事の前で、二度の事故の際、小林一郎とドライブをしていた一部始終を供述しているとは夢にも考えていなかった。

「ちょっと、小林教授。いったいこれはどうなっているんだ！」

大城源之輔さまからお電話です、との秘書の声を受けて、そろそろ大城昌史の修正論文が医学部研究誌に掲載され、博士号授与の許可が下りる頃だ、と思い出した小林の耳に、鼓膜が破れそうな源之輔のだみ声が割れて響いた。

「は？」

「息子の論文が却下されたではないか！」

「な、何ですって!?」

ありえない、と小林は思った。前代未聞だ。

「何かのお間違えじゃあ」

「金も払った。掲載費十万だ。それが医学部から今日、つい先ほど返却されてきた。それで変に思って問い合わせたら、論文は受理できないと言われたんだ。どういうことだ！」

「きちんと修正した論文を提出されたのでしょうな、ご子息は？」

ぼんくらだ。前の論文と間違えて、また同じものを出したのではないのか、世話が焼ける、まったく、と舌打ちする間もなく、

「当たり前だ。あんたからもらった論文だ」

「小林教授」が「あんた」に変わった。小林は、むっとした。大先輩ではあるが、助成金の額をかさに、何でも言いなりにしようという大城へのこれまでの嫌悪感もたっぷり蓄積していた。大城は単なるOBであって、教授を務めたというわけでもない。早くから開業している。仮にも小林一郎は、国立O大学医学部教授であった。

今回の博士論文の一件は、明らかに博士号に値しないぼんくら医者が博士号を金で買おうという話である。ことを荒立てて、変に表沙汰になっても困る。

怒鳴られて頭に上りかけた血が、すっと引いた。

「それは妙ですなあ。私のほうで確かめてみます。通常は不受理ということはありえません。よほど何かがまずかったのでしょう」

「あんたには、二百万わたしてあるんだ。最後までちゃんとやってもらわねば困る」

「わかりました。とにかく調べて善処しますから」

可及的速やかに電話を切りたかった小林は、大城が、とにかく早く頼むと少しばかり弱みを見せたのを機に、受話器を置いた。

しかし、小林は自らの手で、論文不受理の経緯《いきさつ》を調べる必要がなくなった。夕方、松本医学部長から小林に、医学部長室まで来るよう要請があったのである。

「例の博士論文発表会の話です」

いささか乱暴とも聞こえる医学部長の声であった。

「覚えておいでてでしょうが、あの論文、データに大きな誤りがある、不合格と申し上げましたな」

小林の頭の中で少しずつ、大城源之輔の怒鳴り声と、医学部長の乱暴な声が交錯し始めた。

「修正論文が、昨日提出されたようですが、私のほうから医学部研究誌への掲載は許可できない旨、研究誌編纂長の永峰教授に伝えてあります」

「それは、ど、どうしてでしょうか？　これまでにも、研究会で指摘された問題点については、修正すれば受理されなかった論文はないと認識しておりますが」

「その点は、私も了解しております。ですが、今回の研究発表だけは認められない」

「なぜです？」

思わず小林の声に棘が混じった。

「この研究に関しては、申請者大城昌史が自身で行った研究ではないことがわかったたからです」

「え？」

「ほかの研究者の手によるものです。さらにこの論文は、その研究者によって書かれたもの、要するに大城昌史はまったく関与していないということです」

小曽木だ！　小林の頭に血が上った。よけいなことをしやがって！

「その研究者は、申請者の父親から、論文代筆の謝礼として多額の金銭をもらったと言ってきました。しかも、彼が所属する医局の長、すなわち教授ですな、その教授からも同じことを依頼されたとも言いました。非常に問題があります」

これまでにもこのような博士号を買おうという輩はいくらでもいたのに、なぜ今回に限って、と小林が腹を立てても、筋がとおらなかった。

「研究者は、それでも申請者に助け舟を出している」

「助け舟？」

「そうです。あの間違ったデータです」

小林は意味がわからないという顔つきだ。

「困りますな、あの程度のことがわからないようでは」

これは大城昌史に対してだけではなく、小林にも投げられた揶揄の言葉だ。

「間違いに気づいて、正しい数字で発表したなら、研究者は大城を許そうと考えたのです。ですが現実は研究会でのあの有様だ」

これで申請論文不受理の意味がわかったな、と松本は小林の同意を得たつもりであった。

「金銭については、私の手元に残してありますが、大城昌史に返却する予定です。いわれのない金だ。受け取る理由がない」

小林教授、あなたもたっぷりもらっているのでしょうが、気をつけたほうがいいですよ、と松本の目が語っていた。

次の日、再びかかってきた大城源之輔からの電話は、直ちに切れた。三十分後、怒りに満ちた目をぎらぎらと光らせながら、大城父子が小林教授室に予約もなく怒鳴り込んできた。

「あんたでは心もとないから、ほかの気心の知れた教授に頼んで調べてもらったのだ。何でも、医学部長の差し金というではないか」

「どうやら、論文を任せた小曽木が医学部長に、今回の金銭授受のことを告発したみたいです」

「みたいです、だと。教授のくせして、その程度のことしかわからんのか」

「大城さん。ここは教授室です。もう少し、お静かにお話し願えませんかな」

「あんたでは話にならん。息子の博士号は、ほかのところで取らせる。あんたに頼んだのが間違いだった」

大城昌史は横柄な顔つきで、父親のうしろに静かに従っている。すべてを父親に任せているようだ。小林と目が合う時だけ目を逸らしたが、それ以外の時には、凶暴な光を溢れさせた視線を小林に投げていた。

「わたした金を返していただく」

「何ですって！」

「小曽木にわたした金も回収する予定だ。あんたには二百万。きっちり耳を揃えて返していただこう」

何という奴だ、手付金とでも考えていたのか、博士号を買うことができなかったから、金の回収に来たのだ。

そういえば、過去にも教授選で同じようなことがあったな、と小林は思い出していた。ある准教授が、関連私立医科大学の教授選に立候補した。別の大学からも立候補者が名乗りを上げた。国立大学対国立大学による、私立大学教授ポストの争奪戦であった。

表面上は紳士的な戦いであった。いや、戦いといえるほどの波風も立たなかった。しかし水面下では、教授選の歴史に残りそうな激しい戦いが繰り広げられていた。傷害事件まで起こったようだが、すべて闇に葬られた。もしかしたら死人さえ出たかもしれないが、知る人ぞ知るで、世間は何ごともなかった。

その准教授は何としてでも、命をかけてでも教授という肩書きが欲しかった。准教授ではダメだった。教授でなければならなかった。

准教授の家系は資産家であった。金がうなるほどあった。准教授は札束を抱えて、味方になりそうな教授たちの間を駆けずり回った。ほとんどの教授は札束を懐に入れ、一票を投じることを約束した。

教授選は勝つはずであった。結果は、准教授の心臓を止め、脳血管を破裂させるかと思われたが、しぶとい体にできていたのか、敗戦後准教授に変化があったのは、大量の悔し涙だけであった。

准教授は怒った。札束を受け取った教授の数を数えれば、間違いなく勝つはずであった。

誰かが札束を受け取りながら、対抗馬に投票したに違いなかった。

挙げ句、落選した准教授は、すべての札束を回収したのである。その時、脅し文句を忘れなかった。

「このようなものを受け取ったことがわかれば、教授、あなたは破滅ですよ。返していただければ、配った私が口をつぐんでいるんだ。世間に知れることはない」

もっとも、この賄賂回収の話は、いつの間にか、人々の知るところとなったのだが……。

明日、大城源之輔の口座に振り込むことを約束して、小林は引き下がった。くだらない人物に、これ以上関わり合いたくなかった。

しかし、小林は二百万を払い込むことができなかった。

金がなかったのではない。

夕方、教授室に不意の訪問客が二人あった。武田警部と飯牟禮刑事であった。小林一郎は身柄を拘束され、そのまま博多まで連行されたのであった。

33 影の中

小林一郎教授が大城父子をとりあえず撃退し、病棟回診に一時間を割《さ》き、再び教授室に戻って公務をこなしていると、誰の案内を乞うでもなく、二つの影が教授室の前に落ちた。

今日二回目の必要以上に強いノックの音に教授秘書中溝小絵が顔を出すと、一人が胸ポケットから何やら身分証のようなものを小絵の顔の前に突きつけた。

ほとんど唇を動かさず、男は言った。

「福岡博多署の武田といいます。小林一郎さんのお部屋はこちらですかな」

小絵は先日の華原俊夫の件のつづきで、彼らがやってきたと思った。中扉が静かにノックされ、武田警部の来訪を何の疑いもなく告げられた小林は強い胸騒ぎを覚えた。事実、心臓が急速に鼓動を速め、かすかな眩暈が小林を襲った。

一瞬の余裕すらなく、武田警部が小林の前に立ちはだかった。横にいた飯牟禮刑事が何か書かれている白い紙を目の前に突き出した。

「小林一郎。谷山千容子さんひき逃げ殺害容疑、ならびに小林紀子……」

扉を閉めかけた小絵のほうが驚いて手を止めた。

飯牟禮は少し言いにくそうにつづけた。すでに小林の耳は聞こえてくる声を理解していなかった。

「さんひき逃げ殺害未遂容疑で事情をお訊きしたいのですが」

事情を訊きたいだけというような状況ではないようだった。博多まで同行せよというのだ。

「何のことです。私は何も……」

「城島真由子さんという女性はご存じですな」

小林は返事をしなかった。

「いま申し上げた二つの交通事故ならびにひき逃げ容疑は、城島真由子さん所有の乗用車によって起こされたものですが、城島さんの申し立てによれば、いずれの事故の時にもあなたが同乗していたとのことです。しかも谷山千容子さんひき逃げの際に運転していたのは、小林さん、あなただとおっしゃっているのです」

ぐらりと壁が揺れて、小林は手を突いた。小絵までもがよろめいて、中扉が大きな音をたてた。二人の男がじろりと一瞥を投げた。

「博多までご同行いただけますな」

秘書は小林が引きずられるように連れられていくのを、茫然と見送った。何が起こったのかわからなかった。言葉をなくしていた。

夜遅く福岡博多署に収監された小林は、翌日早朝からの取り調べに対して黙秘をつづけた。激しい心の動揺の中、護送される間小林は一言も口をきかず、ひたすら考えつづけた。

きっと真由子がしゃべったに違いない。だが、何の証拠がある。すべて真由子の証言ばかりだろう。それとも、何か物的証拠でも見つかったのだろうか？　考えてもわからなかったが、先日華原俊夫が逮捕されたことも、微かな不安材料となっていた。

のぞみが博多駅に滑り込む頃、小林の腹は決まっていた。何もしゃべるまい……。

翌日、早朝からの取り調べでは、物証があれば警察はそれを楯に自供を迫るはずだったが、小林の予想どおり、終始真由子の供述によれば、という話ばかりであった。小林は何も話さなかった。

あらためて、城島真由子との関係を問われると、かつては愛人だったが、いまではもう無関係だとだけ言った。

小林が真由子を昔の愛人と言ったことは、その日のうちに真由子に伝えられた。真由子はそれを聞いて、怒りが沸騰するのを感じた。二つの事故の際、小林一郎と一緒であったことまでは話した真由子だったが、まだ未練があった。小林に会って真意を確かめたい気持ちがあった。

しかし、収監された小林は、かつての愛人と表現したというのだ。愛する男の裏切り、男をかばうためにすべてをわが身のせいにしようとした自分が憐れだった。利己主義の保身だけしか考えない男を深く愛してきた女が、真心を裏切られた時の反動は恐ろしいものがあった。

真由子は武田警部に、さらに話したいことがあると申し出た。小林の黙秘に切歯扼腕《せっしゃくわん》、いらいらし始めていた武田は、真由子が提示したパソコンの中の情報に期待した。

「何が写っているんだ？」

「彼とドライブした時に撮った写真です。谷山千容子さんを撥ねた時デジカメで撮ったものもパソコンの中にあります。暗かったので、ちょっとぶれていますが、わかると思います」

パソコンの画面を開きながら、真由子は画像を探した。

「これです」

クリックすると、画面に大写しの写真が現れた。助手席に座っていた真由子が、運転している小林の姿を横から撮ったものだった。フラッシュに白く光る顔があった。拡大すると確かにぶれているが、間違いなく小林の横顔が、背景の闇に浮かんでいた。

「この直後です、谷山さんを撥ねたのは」

　武田らは、真由子が提示した写真を詳しく分析した。日時は写っていなかったし、もちろん意図的に嘘の日時を写しこむことも可能である。そのため谷山千容子の事故の日とは特定できなかった。真由子の供述から、彼らは何回か志賀島のドライブを楽しんだようだったから、小林が写真を撮ったことを覚えていて、別の日の写真だと言われれば、小林が当日運転していた証拠としては少し弱かった。言い逃れられる危険性があった。

　二日間あの手この手で攻めても沈黙を守りつづける小林に手こずりながら、科学検査部での写真分析が進んでいた。

「小林さん。ちょっとこの写真、見ていただきましょうか」

　武田警部が、Ａ４サイズまで引き伸ばした一枚の写真を、大きな封筒から選び出して、小林の前に置いた。武田の手を追っていた小林の視線が写真の上に注がれ、ギョッとしたようにその目が見開かれた。眼鏡の奥に狡猾そうに光る目は、すぐに広くなった目蓋の間に隠れた。

「この写真は、あなたが運転しているのを、城島真由子が助手席から写したものです。

確かにあなたが運転していますよね」

　画面の下のほうにハンドルの上端が写り、その横を小林の手が握っている。

　小林は黙秘をつづけるかどうか迷っていた。写っているのは確かに自分である。脳細胞がフル回転した。

　小林は口を開いた。

「確かに。ですが、これ、いつの写真なんです？」

　唇の端に、かすかに嘲笑のような歪みが見える。武田らが心配したように、日付がなく、デジカメならなおさら写真が撮られた日時を特定できないことを材料に、小林はすぐさま反論してきた。

「確かに日付はありません。ですが、これを提供してくれた城島真由子の話によれば、あなたと志賀島にドライブした時に撮ったものだと」

「刑事さん。あ、警部さんでしたかな」

　これまで黙秘を続けていた小林がしゃべっている。ふん、なかなかよい徴候だと、武田は思った。

「私と真由子はこの志賀島が大好きでしてね。何しろあの金印公園で知り合ったのですから」

　一瞬、小林は遠い目をした。感情が瞳に戻っている。しかし、それもすぐに消えた。

「よく二人でドライブに行きました。時間があれば真由子の車で出かけたものです。いつ、撮ったのかよくは覚えていませんが、事故があった日ではありませんよ」

「そうですか。私は何月何日に事故があったとは言ってませんがね。まあ、いいでしょう。でも、よく思い出してください。谷山千容子さんを撥ねた日、城島真由子はあなたをこうして写真に収めたはずです」

「冗談じゃない。どこにその日だという証拠があるのです。絶対にあの日じゃない。ほかの日に違いない。写された記憶など、まったくない」

「あの日？　どの日なんです？　よくドライブに行ったとおっしゃいましたが」

小林のこめかみに静脈が浮き出た。ますますよろしい、と武田は思った。

「こちらをご覧ください」

武田は、さらに封筒から何枚かの写真を取り出した。それぞれに番号がふってある。

武田は、それらを番号順に並び替えた。

怯えとも見える光を宿しながらも抗えずに、小林の目が写真を順に追った。写真には夕方の博多の街、海、山、そして志賀島に入る橋が写っていた。そのあとに何枚かの小林の横顔の写真が続き、さらにそのあとに街を撮ったらしい昼間の画像が並んだ。

「これは、城島真由子が当時撮影した順に並べたものです。デジカメの画像には自動的に番号がふられます。ですから撮影した順番はこのとおりです。一枚目の博多の街が写っている写真、ここをよくご覧ください」

と武田が指し示したところに、電光掲示板らしいものが光っていた。ビルの屋上に取り付けられた日時を告げる掲示板のようだった。

「何月何日何時と出ていますかね？　声に出して読んでいただけますか」

日付は谷山千容子が撥ねられた日の十月二十日に一致していた。日付を読まされた小林の顔からこれまでの嘲笑うような余裕が消えて、少し緊張の色が見える。

「車の中から撮ったものですね。城島真由子が助手席から外を撮ったものだ。車は走っていたのでしょう。少し流れがあるが、電光掲示板の文字は間違いなく、いまあなたが口にした日付と読める。そして車は夕刻のドライブを楽しみ、暮れなずむ海や山の写真が撮られ、橋をとおって島に入った。海と山の写真から、車が走った場所も特定できています。橋はもちろん島と本土を結ぶ橋だ。島に入った時にはもう日が暮れていたのですね。そして城島真由子はあなたの横顔を写した」

「ちょ、ちょっと待ってください。それじゃあ、やはり私の顔が撮られたのは、その日だと。デジカメの映像など、いくらでも手を加えられる。順序を変えることもできるでしょう。それに自動的に番号がふられるとおっしゃったが、あれだって、作為的に変えようと思えば変えられる」

小林は胸を張った。

「そうすると、いま並べている順序がバラバラで、つづけて写っている景色やあなたの顔まで変なことになってしまいますよ。まあ、いいでしょう。次の写真は昼間のものだ。このままじゃ日付は特定できませんがね。ビルや山の影のでき方、方向をコンピュータでシミュレーションしてもらいました。ほぼ月日は特定できます。この昼間の写真が撮られたのは、事故の日から三カ月もあとです。季節も変わってしまっている。完全に冬の博多の景色だ。よほどショックだったのでしょうね。城島真由子は事故のあと、写真を撮る気にもならなかったと言っています。当然でしょう」

飯牟禮刑事が焦れたように声を上げた。

「おい、小林。まだ自分が運転していなかったと言い張るのか！」

小林の額に汗が滲んでいる。唇が細かく震えた。小林の顔がうつむいた。頭頂部の薄い髪が露わになった。

おちる……。武田も飯牟禮もそう思った。

小林の顔が上がった。少し歪んだ唇で小林は言った。

「それでも私の横顔がその日に撮られたという証拠にはなりませんよ。そこに日付がある以上、確かにその日は真由子が車の中から、博多の街を撮ったのでしょう。ですがそのあとの海やら山、それに橋、同じ日に写したという証拠、どこにあります？　それに私が写ってますか？　どこにも私が運転していた証拠はないじゃないですか？　しかも事故があった日、私は用事を思い出してホテルに先に帰ったのです。真由子はそのあと一人で運転して島に行き、事故を起こしたんでしょう。私は知りませんよ。夜に連絡が入り、人を撥ねたようだが、撥ねた場所に見つからない、海に落ちたに違いない、と真っ青な顔でホテルにやってきたのです。車を見てもさほどの損傷はない。そう、次の日ですよ、その写真は。次の日、真由子の話を聞いて、やはり不安だと言うから一緒に見にいったのですよ。その時の写真でしょうね。そうですよ、そうに違いありません。思い出しました」

このやろう……。飯牟禮の体が前に乗り出した。武田が手を挙げて制した。

「夜にですか？　何も見えなかったでしょう？　確認のために行くなら、昼間に行くのが普通でしょう？」

「いや、その日は学会に出なければいけませんでしたから。それに真由子が、人に見咎められるのは怖いと、夜を選んだのですよ」

「そうですか。確かにね。確かに横顔が撮られた日の特定は無理ですね。この状態ではね。ですが、あなたの横顔を撮ったのは城島真由子です。金印公園に北側から差しかかり、上りから左に大きくカーブする。そして下りかけた時、助手席、すなわち前部右側に腰掛けていた城島が、運転しているあなたを撮影しました」

武田の語尾がいやに伸びた。何か嬉しそうだ。

顔を武田に向けた小林は、すっと腹の底に冷風が忍び込んだような気がした。何だ、この奇妙な胸騒ぎは……。

武田はまた封筒の中に手を入れた。まだあるのか、と不安が急速に湧き上がるのを感じながら、小林は武田の手元を見つめていた。はたして、また一枚の写真が出てきた。これまでの写真を横によけて、武田はゆっくりと新たな一枚を置いた。

「これで最後です」

武田は、「小林、これでおまえは最後だ」と言ったつもりだ。

最初の写真と同じ、小林一郎の横顔であった。ハンドルの端が見えて、手がそれを握っていた。先ほどの顔より少し明るかった。背景の闇が闇でなかった。そこが最初の写真と違っていた。

「フラッシュの光が、かろうじて届いたうしろの闇、つまり車の左前の闇ですね、そこもこの写真では写っています。先ほどの写真と同じ画面です。よおく見てくださいね。何か見えるでしょう。あなたの向こうの闇に」

黒い塊が、斜面に見えた。目を凝らして見ると、その塊は、こちらを向いた裸身のようだった。それも斜めに傾いて、斜面から転がり落ちそうな黒い影であった。

「人影です。その斜面が金印公園の石段であることは確認ずみです。華原の自供、ああ、ご存じですよね、あなたの医局の華原俊夫、彼の自供から、谷山千容子さんは全裸で土の中に埋められました。息を吹き返した谷山さんは、そのまま石段を降りて撥ねられた。ちょうど息絶え絶えに降りてきた谷山さんの姿が、偶然写っていたというわけです」

どうだ、と言わんばかりに武田は胸を張った。小林の顔が幽霊を見たようだった。いや、小林の顔が幽霊に見えた。

「し、しかし……こ、この女が、撥ねられた女だとは」

「もちろん影です。明確に谷山千容子さんとは断定できない。そこで、できる限り画像を解像し、何か特徴がないか調べました。我々も必死でしたよ。極悪人をこのまま放っておくわけには行きませんからね」

さて、と武田は飯牟禮に顎をしゃくった。飯牟禮は少し得意げな顔をして見せた。そして胸の内ポケットから小さい封筒を取り出した。

武田はそれを受け取って、中味を引き出した。今度はサービス版の写真が何枚か、小林の目の前に並べられた。小林の顔に恐怖の色が漂い始めた。

「これは、影の胸の部分を拡大したものです。現代の技術とはすばらしいものですねえ」

どうやら二つの乳房のようだ。わずかな光に反応したふくらみが見える。

「この乳房の間に、縦に線が見えるでしょう」

見えますか？　と武田は写真を小林に近づけた。小林が覗き込んでいる。

「通常、デジカメからコンピュータに取り込んだ映像は、元のものと比べて暗くなります。それを元のように自動修正するソフトがいまのコンピュータにはついています。それで修正して、さらに明るさ、コントラスト、ガンマ値などを適当に調整すると、暗かったところも見えるようになります。それが先ほどの写真です。闇の中に、谷山千容子さんの影が浮かび上がったものです」

小林は無言だ。目がつりあがっている。眼球に毛細血管がのたくった。

「さらに部分部分を細かく解析し、コントラストをつけると、ほら、いまあなたの前にある写真のようになります。胸に縦の線。何だと思いますか？　あなたも医者ならわかるんじゃないですか？」

目を皿のようにして、小林は写真を覗き込んだ。はっとしたように顔が動いた。

「そうです。手術の痕です。調べてみますと、谷山千容子さんは、生まれた時に心臓に孔が開いていたそうです。心室中隔欠損という病名で、乳児の時に手術を受けたそうですが、その傷痕です。金印公園の石段を転ぶように降りてきた、影のように写っている女性が谷山千容子さんでない確率はほとんどゼロでしょう」

小林の体が崩れた。武田は追い討ちをかけた。

「この写真を華原容疑者に見せました。彼は当然、谷山さんの胸の手術痕のことを知っている。影の女性が谷山千容子さんであることを認めましたよ。手術痕を見る前に、影の全身の形から、すでに華原は、この影の女性が谷山千容子さんではないかと疑っていたようでした。胸の拡大写真を見せると、彼は、やっぱり、と呟きましたからね。そして、誰がこの写真を撮ったのか、と彼は詰め寄りましたが、もちろん答えてはいません。だが、彼にはわかったんじゃないかな」

「まさか、私が写っている写真を華原に」

「ご安心なさい。それはできませんよ。あなたの画像を削除したものを華原に見せましたからね。この写真が、彼の谷山千容子さん殺害が未遂に終わったことを証明する確実な物的証拠となりますから、華原は喜んでいました。写真の撮影主に感謝しているでしょう。皮肉なことですが」

ギリギリと歯を食いしばる音が軋んだ。

「ああ、それと、あなたのお嬢さん、紀子さん。紀子さんを撥ねたのは城島真由子です。彼女は、そちらのほうは自分だと言いました。よかったですなあ、ご自分のお嬢さんをひかないですんで。もっとも、あなたはその時助手席に座っていた。そのことをよおく考えていただくことですな」

厳しい顔で武田は締めくくった。

34

骨片

小林紀子の嘆きは頂点に達していた。

父親が運転する車が谷山千容子を撥ね、死体は見つかっていないものの、今日まで失踪している原因となったに違いないことを聞かされただけでも耐えがたい事実であった。その上、紀子自身の災厄にも父親が関わっていたことを知って、しかも父親が紀子の志賀島での危難を告げられたあとでも、何一つ娘の前で真相を語らなかったことで、心につけられた傷のほうが大きかった。

福岡博多署で聴取を受けた小林一郎は、谷山千容子ひき逃げ殺害容疑ならびに小林紀子ひき逃げ幇助容疑で収監された。

国際学会賞を授与された時には時代の寵児のようにはやし立てられたものが、今度はマスコミは鬼の首を取ったように、ここぞとばかりに面白おかしく書きたてた。ひき逃げだけでも充分に話題性があったところへ、不倫相手の女性との道行きは、大衆週刊誌の見出しを何度も大きく飾っていた。

小林一郎は収監先から辞表を提出し、直ちに大学に受理された。松本医学部長の渋面は一瞬の間だけで、すぐに冷ややかな表情に戻っていた。

苦悩に喘ぐ房子をどうすることもできず、一人母親を残したまま、紀子は押しつぶされて空しい心を抱えた旅の人となり、いま、志賀島金印公園から遠く静かに広がる玄界灘に視線を投じていた。

「千容子さん」

海に波に呼びかけても、返事はなかった。洞窟の中で触れたしゃれこうべの感触がまだ残る手のひらをじっと眺めてみた。あの時は、いかに目を凝らしても、まったく何も見えない闇の中で、塊の全容が次第にわかってくるにつれて、恐怖感が満ちてきたにもかかわらず、なぜか一度はなした手がまた、頭蓋骨を抱いたのであった。

千容子の無念の思いが紀子の生命を繋いでくれたと紀子は思っていた。低温多湿の環境によって、紀子が低体温麻酔をかけられた状態で生きながらえたことを科学的に説明されても、紀子には千容子の怨念が洞窟内に満ちているような気がしていたのだ。

それが、あのしゃれこうべが千容子ではない、二、三十年前に死亡した女性のものと知らされた時には唖然とした。考えがまとまらなかった。

海岸に降りて、自分が助け出された岩場の裂け目は見えても、細い隙間の奥にあれほどの長い洞窟がつながっていようとは想像もつかない。同じような裂け目が幾本も並んでいる。先に紀子が発見されたあと可能な限り調査した、しかし千容子は発見されなかったと武田警部たちから聞かされた。

それでも紀子には、目の前の黒い影の奥深く、どこかに千容子が眠っているような気がしてならなかった。

小林紀子の要望は、紀子が志賀島金印公園下の洞窟から発見された直後、詳しく調べられたという理由で却下された。

「千容子さんは父が運転する車に撥ねられ、その後、死体どころか、彼女の遺留品一つ見つかりません」

父が運転するというところだけ、紀子は辛そうだった。

「私と同じように、海に落ちたに違いないのです。しかも、海を漂えば、せめて近くの海岸に打ち寄せられるでしょう。このあたりの漁師さんにも何人か尋ねてみました」

紀子の積極さに、武田も飯牟禮もいささか気おされ気味だ。

「志賀島西岸ですと、少し西にある玄海島、南の能古島などに囲まれた中で、水が回るそうです。事実、私も外海に流されず、逆に志賀島の中に吸い込まれてしまった。だから千容子さん、絶対に島の近くにいるに違いないのです」

「それは私たちも考えました。おっしゃった玄海島や能古島《のこしま》、さらには博多から西のほうに陸続きの海岸、あのあたりに同じような洞窟がないか調査したのです。ですが、やはり志賀島は特殊な環境のようだ。あの島だけです、あの地形は」

「すべての岩の裂け目を調べていただいたのですか」

「ほとんどね。ほとんどは紀子さんが吸い込まれたような洞窟にはなっていません。いくつかだけです」

「そこには千容子さんはいなかった」

飯牟禮はうなずいた。

「もう探すところはありませんか」

「ないですねえ」

紀子が肩を落とし、大きくため息をついたのを見て、武田も飯牟禮も心底気の毒そうな顔をした。


その頃福岡博多署水田警察医からメール添付で送られてきたデータを見て、Q総合医科大学救命救急部教授佐久本の見開かれた目は、しばらくのあいだ瞬きを忘れていた。見つめていたデータは、次の画面に変わった。頭蓋骨が一つ、さまざまな角度から撮影された写真が並んだ。

佐久本の指がコンピュータに触れると、またもとの画面に戻った。

「樹里《じゅり》……」

小さな呟きが佐久本の唇を震わせた。

電話が鳴った。

「ああ、水田先生。データいただきましたよ。いま見ていたところだ」

「佐久本教授、大変なことに」

「……」

「まさか、二十五年前に行方不明になった先生の婚約者だったなんて」

「小宮山《こみやま》樹里と言う。当時、大学生で、高校からの付き合いだった」

「金印公園で行方不明になったんだったな。当時の捜査書類、残っていたよ。結局、失踪ということで事件は未解決のまま終わっていた。亡くなられたということになっている」

「あれから私は何度も島に足を運び、彼女を探したんだよ。何か手がかりはないかと、必死に見て回った。私たちは公園の中でデートしていた。私が用を足しに行ったわずかな時間、そう、五分もないな、そのわずかな時間に彼女はいなくなった。警察からは、彼女のほうが別れたがっていたから、隙をついて逃げたのだろうとか、挙げ句、私が彼女をどうにかしたのではないか、とまで疑いの目で見られたんだ。私に言わせれば何を調べているんだと腹の立つことばかりだった」

「調書を読んだが、まあ警察のほうでもあちらこちら探すことは探したようだ。先生への疑いもあったようだが、警察の調べとはそんなものかもしれない」

「当時の話はそれはそれとして、まさかあの小林紀子さんが私の昔の彼女を見つけてくれるとは。あのような場所に樹里は……」

わずかな時間、佐久本は悲しみをこらえていた。

「とにかく、わたした両親の血液のDNAと比較して、あの頭蓋骨の持ち主が二人の子供である可能性は九十八パーセント以上ということだな。間違いなく樹里なんだろうな」

「保存状態がよくて、核DNAで検査できた。気の毒なことだ」

「いや。私はもう樹里には会えないと思っていた。ただ、私のもとから急にいなくなる理由がどうしてもわからなかった。だから私は例の拉致事件に巻き込まれたのかもしれないとも思った。だが別のことも考えた。当時、私たちは金印公園の中にいた。私たち以外にも、男子学生が一人、そう、中学生くらいの男の子がいたんだ。何やら調べているようで、ノートを手にしていた。そして私がトイレに行った隙に樹里がいなくなった。同時にその男子学生もいなくなっていた。あとから彼が持っていたと思われるノートが落ちているのが見つかったんだが、警察はそのノートと私の話から、男子学生も何か事情を知っているのではないかと行方を探したようだった。だが、見つからなかった。ノートから指紋まで採取したと聞いているが、それらしい学生は島にはいなかった。私服だったから、どこの学生かもわからない。私は樹里がその学生に何かされたのではないか、といまでも思っている」

「学生のことも調書には記録があった。ただ特定できなかったようだな。中学生くらいとしか」

「中学生としても男子学生。樹里は当時二十、華奢な女性だった。何かされた危険性は充分に考えられる」

「いまの話を聞いて、少し気がついたことが」

「え?」

「樹里さんと思われる頭蓋骨。じつは残った歯の間に小さな骨の破片のようなものがはさまっていた」

「骨……?」

「ああ。分析の結果、人骨と判明した」

「何だって! 人の骨!」

「そう。おそらくは指の末節骨だと」

「そ、それは……」

「このような想像はしたくはないのだが、もしかしたら樹里さんは誰かに——その中学生かもしれないが、襲われて殺害された。その時相手の指を噛み切った」

「樹里の歯の間にはさまっていた骨が、その人物のものであるという確証でも」

「まだ確証はない。だが、可能性がある話だと思わないか？」

佐久本は黙ってしまった。つづけて、水田は自分の疑念を話した。

「じつは私のほうで少し心当たりがある人物がいる」

「何だって!?」

「本署に別件で現在拘留中の人物なのだが、少し左手の人差し指が短い。爪が半分くらいだ」

「そ、それは……」

「当時中学生として、年齢もほぼ範囲内。その人物は福岡の出身で、志賀島ではないが。まあ、近いといえば近い」

「しかし……」

佐久本は恋人の頭蓋骨が二十五年ぶりに見つかったことだけでも奇跡的なのに、恋人失踪に関係がありそうな人物の身柄が拘束されているとは、自分は何か夢でも見ているのではないかと、思わず受話器を握り返していた。

「偶然かもしれない。しかしいま言った人物は、別の犯罪の疑惑も出ている。ところが確証がない」

「それはどんな奴なんだ」

水田は華原俊夫の一件を手短に話した。そして、北海道で見つかった杉村秋代の体内の精液と、金印公園の木の根元で見つかった精液のＤＮＡが合致したこと、それらが華原俊夫の血液から採取したＤＮＡと一致するかどうか、現在鑑定中であることを追加した。

「水田先生。すると樹里の歯の間から見つかった骨のＤＮＡも調べるということか」

「それも進行中だよ。先ほども言ったように、あの洞窟の中は特殊な環境にある。骨片のほうも核ＤＮＡが抽出できると思う。最悪、できなくとも、ミトコンドリアのほうはまず大丈夫だろう」

「万が一、ＤＮＡが合致すれば、樹里はその華原俊夫という男に」

水田は何も言わなかった。それ以上に、華原という医師の仮面をかぶった殺人鬼に慄然としているようだった。

「しかし、そうだとしても……時効……か」

「ああ。それに当時は中学生だ。未成年の犯罪だよ」

水田の声は弱かった。

「くそっ！」

佐久本の怒りに満ちた大きな声が受話器に向かって放たれた。

「何なんだ、それは！　未成年！　時効！　中学生なら、当然ことの善悪はわかる年齢だ。ましてや人の命に関わることを……。いつもいつも」

いつも疑問に感じているんだ……未成年の犯罪、そして理不尽な時効という法律の壁……。

「とにかく、我々はできるだけ早く、DNA鑑定の結果を出すから」

「頼む」

佐久本は悲愴な声を絞り出していた。


二日後、水田警察医、武田警部、飯牟禮刑事が佐久本教授室に集合していた。四人の顔は一応に緊張していた。

「こいつが華原俊夫だ」

武田警部が写真を佐久本に手わたした。

水田がDNA鑑定の結果を披露している間、佐久本の視線は写真の顔に釘付けだった。

「要するに」

写真から目を上げた佐久本は、水田の説明が終わるのを待ちきれないように口を開いた。

「谷山千容子さんを埋めた穴の中から見つかった、ほぼ死蠟化した精液、北海道の美国に漂着した杉村秋代さんの膣内から採取された精液、そして小宮山樹里の頭蓋骨に残った歯の間から見つかった骨、これらはすべて同一人物のもの、すなわちO大学第二内科医師華原俊夫のもの、ということだな」

水田は、

「そのとおり」

と答え、武田、飯牟禮は大きくうなずいた。

「そして」

佐久本がつづけた。

「谷山千容子さんに関しては殺人未遂、杉村秋代さんに関しては証拠不十分、さらに」

声が一瞬停滞し、言いよどんだ。

「さらに小宮山樹里殺害容疑に関しては……時効」

くっ、と佐久本が息をつめた。

「明らかに三つの殺人事件があるというのに、犯人華原俊夫はただ一件の殺人未遂、ですか……」

佐久本は容疑者華原とは言わずに、犯人華原と表現した。手に持っている華原俊夫の写真がぶるぶると震えている。

「華原は……」

「ええ。専任弁護士から保釈申請が出ております。間違いなく華原は保釈されるでしょう、残念ながら」

華原俊夫の拘留期限が切れた。ぎりぎりまで華原の自供を期待したのだが、結局、谷山千容子殺害未遂だけの容疑で検察庁送りになった。これも華原が依頼した弁護士の主張で、簡単に華原は釈放されてしまった。


華原は釈放されても、老醜漂い、話の通じない年老いた両親のもとに戻るつもりはまったくなかった。華原逮捕で警察が故郷の寂れた漁村を訪れているはずであった。帰れば必ず不愉快な事態が生ずるに違いなかった。

釈放された華原の足は、当然、大阪に向いた。

自宅に帰る前に、華原は病院の玄関から広い待合室をとおり、さらに奥に進んで、医局のある研究棟へと足を運んだ。途中、大勢の患者が病院のフロアに溢れ、うろうろとしていたが、華原の目には病魔に苦しむ気の毒な病人ではなく、自らの力で生きてはいけない邪魔な生物としか映らなかった。実際、目の前をよろよろと横切った、まだ若そうなのに喘ぎが聞こえるやせ細った患者に突き当たりそうになって、舌打ちしながらよけたのである。

華原の脳裏に杉村秋代の、少し話しても苦しそうに肩で息をしている姿がよみがえった。秋代が悪性リンパ腫とわかってから、たちまち華原は秋代を抱くことに嫌悪を感じるようになっていた。何年も肌を合わせてきた秋代に憐憫の情はまったく湧かなかった。息を切らせながら追いすがってくる秋代が、ただ疎ましく、黄金岬に登る道で、できるならば秋代の息が途絶えてくれれば、とも思った。よけいな殺人をしなくてすむ……。華原は秋代を突き飛ばした手のひらをチラリと眺めて、汚らわしいものでも見たように服にこすりつけると、歩を速めた。

廊下で出会った医師たちは私服の華原に気がつかないようだった。知った顔に会っても、彼らは露骨に視線をはずした。不快感が華原の体に充満した。しばらくぶりの医局の扉に、ほんのわずかな時間、懐かしいという気持ちが湧いたのが華原には不思議だった。

医局秘書は華原の顔を見て、ただ驚いて目を大きくしているだけであった。ニヤリと不気味な笑いを一つ投げて、大股で自席に向かった。中にいた医局員たちもまた華原の姿を認めて、驚く者、何をしにきたのだ、ここは犯罪者の来るところではない、というように極端な不快感を露《あらわ》にする者、無視して背を向ける者、さまざまであった。

かつて何人も上にいる助手たちを飛び越して、講師に抜擢された時の彼らの尊敬と羨望の眼差しはまったくなかった。

華原の机はもとのままであった。何一つ手がつけられていないようであった。華原は椅子に腰を落とし、目の前の医学書、机の上の論文、そして引き出しの中、と順に見ていった。突然華原の顔に怒りが満ちた。振り返ると、一人の医員と目が合った。

「誰か俺の机をいじったのか！」

「警察の方が、先生が連れていかれたあとに」

医員はそれだけを言うと、慌てて出ていった。それ以上の関わり合いはごめんだ、と顔に書いてあった。

「くそっ！」

毒づきながら華原はあたりを見回した。ほとんどの医局員は姿を消していた。華原は席を立って、秘書に声をかけた。村上あおいの体が固くなった。

「小林教授がおられるか、訊いてみてくれ」

「教授、ですか？」

あおいが怪訝な顔をした。

「教授のこと、ご存じないのですか」

「何だ？　教授がどうかしたのか？」

あおいは教授が逮捕されたという表現を呑み込んだ。

「お辞めになりました」

「はあ？　ど、どうしてだ？」

「詳しい事情は存じません」

「教授秘書は？　中溝さんは？」

華原は飛び出した。教授室めざして、すれ違う人たちが驚き、迷惑顔になるのを頓着せず、華原は第二内科教授室に飛び込んだ。

「まあ。華原先生。お戻りになられたのですか」

「きょ、教授はどうした？　どうして辞めたのだ？」

中溝小絵の顔はあおいよりさらに理解しがたいという表情だ。

「詳しくは存じません。教授から辞表が提出され受理されたと、先日松本医学部長と事務部長から連絡がありました。後日、荷物などはどなたかが取りにこられると」

「そんなこと、どうでもいい。それより、どうして辞められたのだ」

「ですから、先生はご存じないのですか。先生と同じ」

小絵は慌てて口をつぐんだ。

「俺と同じ？　どういうことだ？　おい、黙ってないで事情を説明しろ！」

華原の顔が、小絵がかつて見たことのないほど凶暴になっている。いまにも躍りかかってきそうな様子に、小絵は身を縮めた。

「四月に学会に行かれた折に、志賀島というところでひき逃げ事件を起こされたとか。福岡博多署の刑事さんたちが来られて、先生……」

「い、いつのことだ？」

連行された日は覚えていても、それ以上の情報に関しては、秘書が詳細を知るはずもなく、むしろ華原自身のほうが解答を見出していた。

「やはり、あの時の男は教授だったのだ。女と一緒だった。あのあとあまりにも堂々としていて普段と変わりがなかったから、こちらも見間違いかと思っていたが、そうか……」

教授室からの帰り道、華原は自分のことは忘れてニヤニヤしていた。

「教授は自分が乗っていた車で自分の娘を撥ねたのか。傑作だな。俺をつけてきた紀子を撥ねたってわけだ。それにしても辞職とは」

華原は小林による谷山千容子ひき逃げにまでは考えが及んでいない。ましてやそのことが原因で、小林一郎が逮捕されていようとは思いもしなかった。

再び医局に帰ると、秘書がぽつねんと一人座っているだけであった。誰もが忙しい。日常の間断なくつづく診療と研究に、華原の相手をする者はいなかった。

華原は実験室に行ってみることにした。医局の中に一人は何となく居心地が悪い。

医局から廊下を隔てた研究室には、何人かの若手が実験の真っ最中だ。華原が近づくと、気がついて、小さく頭を下げる者もいたが、普段と変わりない風景であった。実験に集中していれば、時には教授が入ってきても無視するような状況もある。

今日久しぶりに研究室に入って、華原を無視した者が何人かいた。意図して無視したわけではなかったのだが、華原には明らかな疎外感が生まれていた。

華原専用の実験台はそのままだった。うっすらと机の上に埃が積もり、いかにもしばらく主がいなかったことを感じさせた。華原にとっては、研究し学会発表し論文を書くという医学研究者としての基本的な作業は、出世のための手段でしかなかった。

ムスッとしたまま実験台を眺めていると、うしろから声がかかった。振り向くと、准教授の糸井が固い表情で立っていた。

「華原先生。ちょっといいかな」

華原が小さくうなずくのを確認して、糸井は先に立って、華原を准教授室に招きいれた。

「さて、華原先生。今回はいささか妙なことになったな」

華原が黙って座っているので、糸井はつづけた。

「教授までもが逮捕となっては、この第二内科も大変だ」

「逮捕……ですか？」

「ああ。俺も事情についてはあまり詳しくない。だが、大学医学部で犯罪行為は必要ない。ということは犯罪者も大学には必要ないということだ」

何を言いたいかわかるだろう、と言うように糸井は華原に強い視線を投げた。

「ですが、私は何も……」

「おいおい。志賀島金印公園でのことは新聞で読んだ程度で、それ以上はよく知らん。だが、北海道で身投げしたとされる杉村秋代さんの件に関しては、俺も彼女のことはよく知っている。彼女と付き合っていたそうだな」

小曽木がしゃべったのか。どこまでこの男に話したのだ……。華原は唇を嚙んだ。

「君は彼女が悪性リンパ腫で、特に肺を侵されていたことを知っていたはずだ」

よけいなことはしゃべるまい……。華原が黙っているので、糸井准教授は少し意外な顔つきのまま話をつづけた。

「何も言わないところをみると、知っていたと解釈していいのだな。カルテに記載された血中酸素飽和度から見れば、とてもじゃないが北海道に旅行できるような状態じゃなかったと思う。しかも、彼女は美国の黄金岬から身を投げたというじゃないか。彼女の呼吸機能では、俺も学生時代に行ったことがあるが、あそこまで登るのはほとんど無理だ」

いいや、彼女は苦しい息をなだめながら、休み休み俺のあとをついてきたのだ、そのあと突き落とされるとも知らずに……。しかしここまで知っているということは、小曽木が全部しゃべっているな。

「俺は考えたよ。恋人が岬から落ちたんだ。黙って立ち去る人間はいない。いるとすれば、相手がいなくなってもかまわないと考える人間だけだ」

　口を閉して、糸井はじっと華原の目を見つめた。とてもそこまで大胆なことができるとも思えない、と一瞬気が緩みかけて、糸井は腹に力を入れた。

「華原くん。君は杉村秋代さんに悪性リンパ腫のことを言ったのかね。そうではないだろう」

　これを見たまえ、と糸井は机の引き出しを開けて、中から一通の手紙を取り出した。

「華原くん。じつはな、杉村秋代というのは僕の知り合いの友人でもあるんだ」

　華原の眉がわずかに上がった。

「この手紙は、杉村さんから友人のところに来た手紙だ。君のところで診察を受けた最初が去年の八月下旬だったかな、そして二回目の診察が十月二十五日。君は最初の診察で彼女の呼吸器に異状があることを見抜いている。その証拠に、関連した検査を漏れなくやっているからね。ただ投薬はせいぜい風邪薬程度のものだ。このへんで君の杉村さんに対する気持ちがどうだったのかは、我々には知りようもない。だが十月二十五日の診察でも風邪薬しか出していないとすると、君には彼女を治療する気持ちがなかったと見るべきだろう」

　瞬きもせず、華原は糸井を見つめていた。

「カルテには記載がなかった。しかし、悪性リンパ腫を充分に疑ってよい腫瘍マーカーが高かった。診察の時点で君があの血液検査結果を見なかったはずがない。肺のレントゲンだけでは肺内の異常を指摘するのはむずかしいが、CTスキャンなら異常が写し出せたのではないか」

相変わらず華原が黙っているので、糸井はかまわずつづけた。

「要するに、君は杉村秋代さんの病気を知りながら、病名も告げず、治療もしようとしなかった。医師として、通常ありえない行為だ。当然逆を考えるべきだろう。君は杉村さんが死んでもよいと考えた。いや、むしろ死んで欲しいと思ったのだ」

糸井は手にした手紙を開いて、華原に突き出した。

「日付は、十月二十八日。君の診察を受けた三日後だ」

糸井准教授の言葉を聴くまでもなく、華原の目が文面を追っていた。秋代がこんな手紙を……。谷山千容子も小林紀子に華原との付き合いを知らせていた。俺の知らないところでいろいろと不都合なことだ……。これだから女は油断がならない……。

パソコンで打った秋代の手紙は、相手の名前のあと、次のようにつづいていた。

『この何カ月か、息切れがひどくなってきたの。華原先生に診てもらったのだけど、過労と飲みすぎ、それに風邪も加わって、としか言ってくれません。私も最初はそうかと安心していたのだけれど、息切れがどんどん激しくなってきて、駅の階段も休まないといけないくらい。二十五日の診察でも何でもないと先生はおっしゃるけれど、先生、私のレントゲン見たり、血液データを見ている時、何だか顔つきがいつもと違ったの。先生に、どこか悪いのと訊いてみたのだけれど、どこも悪くないと。でも、おかしい。私の体が私のものでないような気がする。何か悪い病気じゃないかと心配しています。どなたか、もう一度調べていただける先生を紹介していただけないかしら。十一月の連休には、華原先生と北海道に行ってきます。先生が誘ってくださったの。この頃、先生、ほかに女の人ができたんじゃないかしらって心配してたんだけど。とにかく久しぶりの二人だけの旅行、いまから楽しみでしょうがない。体が持つか気になるけど、でもお医者さまが一緒だから安心ね。帰ってきたら、また連絡するわね』

糸井は華原の手が細かく震えるのを見て、自分の推理というより、小曽木の推理が完全に当たっていることを確信した。

「そこに書いてあるとおり、杉村さんは君と北海道に旅行した。文面からは、彼女は病気のことは知らなかった、旅行で死ぬ気もなかった、帰ってくるつもりだったことがはっきりと読み取れる。それが死体となって発見されたということは、自分の意志ではなく、他人の思惑で死体になったことを意味するものだ」

「それが私だとおっしゃるのですか」

「違うかね」

「おんなじことを博多でも尋ねられましたよ。私には身に覚えのないこととしか言えませんねえ」

「華原君。君は杉村さんをどうにかしようと思っていたんじゃないのか。黄金岬から誰も見ていないところで、杉村さんを突き落とすことぐらい簡単だっただろう」

「ですから知りませんよ。秋代が勝手に死んだんだ。警察でも同じことを何度も訊かれた。もううんざりですよ。答えは一つしかありません。秋代は自殺したんだ。病気を儚んで自ら命を絶ったんです。それ以上でもそれ以下でもない。先生からもこのような話を聞かされるとは心外です。もういいでしょうか？　お互い時間の無駄というものですよ」

華原は立ち上がった。

「どうやら、この第二内科に私のいるところはないようだ。私を引き立ててくれた小林教授も辞職した。二、三日したら荷物を取りにきますよ」

華原が立ち去ったあと、糸井准教授室に呼ばれた男がいた。小曽木佑介だった。

「ダメだったよ、小曽木くん。せっかく君が工夫して手紙をつくってくれたのに、華原には何も通用しなかった。彼はただ知らぬ存ぜぬを押しとおした。たいした奴だ。かつては恋人だった杉村秋代さんへの同情のかけらも見られなかった。華原が杉村さんに病名を告げず、北海道まで連れていったのは、ただ人知れず杉村さんを葬ろうとしただけでなく、杉村さんに肉体的負荷をかけて、あわよくば呼吸困難で死に至らしめようとしたのじゃないか。病死ならば、なおさら彼の手が汚れずにすむ」

「そんなことまで……」

「病名を知らせず無理をさせた。殺意も病死となれば、疑われずにすむ。それがかなわなかったから、彼は最後の手段として、杉村さんを突き落としたんじゃないかな」

「先生もそう思われますか」

「ああ。君の調べたことや推理を聞いて、可能性は極めて高いと思うよ。あいつは以前から患者思いのいい医者面をしていたが、接してみればすぐにわかる。自分のことを最優先に考えて、いや、自分のことしか考えず、引くことを知らない奴だ。研究にしても、論文の数は多いが、上滑りの浅薄な内容の論文ばかりだ。数稼ぎというやつだな。小林教授も人を見る目がないよ」

糸井はあからさまに教授批判を口にした。もっともその教授はもういない。

「女性関係にしても、今度の谷山千容子さんや杉村秋代さんだけでないだろう。これまでにも、いろんな女との付き合いがあったようだ。本人はうまくやっているようで、案外世間にはばれているものだ」

小曽木は悔しかった。秋代が書いた手紙のように見せかけて、華原を揺さぶろうとしたのに、相手は一枚も二枚も上だった。

華原の杉村秋代殺害容疑は、またもや想像の域を出なかった。

不在の間に部屋にこもった空気が、ドアを開けた華原の鼻を突くと、華原は自宅のマンションに戻ってきたことにさえ嫌悪感を抱いた。

手に抱えていた郵便やら広告をテーブルに投げつけると、真っ白の四角い封筒だけが紙飛行機のように華原の足元に舞い落ちた。太く固い宛て名が強く浮かんでいる。

裏を返せば、白地のままだ。華原の目が細くなった。福岡博多の消印がある。

中の一枚の紙に印字された文字はわずかだった。

怨　志賀島

極限にまで冷え切った華原の目に、人の温もりの宿る場所はなかった。『怨　志賀島』の文字に、華原の唇の端が持ち上がった。探してみると、あと何通か、同じ封筒に同じ文字があった。

華原の目に、玄界灘の光に浮かぶ遠い志賀島の島影が揺らめいている。

華原は直ちに部屋に残された荷物の整理を始めていた。

35 研究開始

わずかな荷物だけで、華原は故郷の土を踏んでいた。

感じるのは、ただ怒りであった。身から出た錆《さび》などという反省は微塵もなく、これからどう人生を挽回するか、どこに生きる場所を定めるかであった。

これ以上の失敗は、自身が許さなかった。

体の中を突き上げるように湧き起こる、人にあるまじき淫靡な欲望も、ひとまずは他人より優位に立てる医師という安住の場を定めるまでは、ひたすら抑えるしかなかった。

遠くに生まれた土地がちらりと見えた時、華原の足は自然に止まった。そこから先に行こうとして、拒絶感が溢れた。

貧しい漁村に腐った魚の臭いが立ち込めると、幼い華原は、そこにはまったく未来がないような気がした。日と酒に焼けた肌を突き合わせて、力自慢ばかりしている男たちが疎ましくてならなかった。

そのような華原に幸いしたのは、自分たちは学がないと控えめな両親から与えられた明晰な頭脳であった。

優秀な成績は高等学校でも確かで、華原は教師の勧めで国立O大学医学部を受験した。人の生命を扱う崇高な職業だから選んだのではなく、強者の立場から世間を見ることができ、収入も安定し、「お医者さま」と羨望のまなざしで見られるという理由からであった。偏差値は充分だった。

医学部に入ってしばらくして最も強く感じたことは、教授にならねばダメだということであった。一切が教授の一声で決まった。教授という肩書きだけで、世間は頭を低くした。

何でもいいから、どこでもいいから、華原教授という名前が実現すればよかった。

医師になり、第二内科に入局し、まわりの先輩同僚たちをライバルとみなし、患者を出世の材料の糧《かて》として、日々診療と研究に励んだのも、教授になるためであった。

いまさら、田舎に用はなかったのだ。志賀島が目的だったのに、どうしてここまで戻ってきたのか、華原は自身を嫌悪した。

口にためた唾液をまとめると、華原は生まれ故郷に向かってペッと吐き出した。そしてクルリと体の向きを変えると、そのあとは一切振り返ることなく、もと来た道を戻っていった。

華原俊夫の姿が志賀島金印公園奥の東屋にあった。彼はすぐ背後の木の根元をじっと見つめていた。

幹につながる太い根が幾本も地上を這い、途中から土中に消えている。木の葉がかぶさる黒い土を見ても、その下にかつて谷山千容子の裸体が埋められていたことなど、当事者でなければ知る由もない。

華原は、生涯で最も心に刻まれたこの場に立って、まだそこに谷山千容子がいるような気がしていた。

土をよければ、木の根に絡まって、千容子の骨が散らばっているような気がした。

小林紀子に千容子甦生《そせい》の理由を聞かされても、華原の手には、千容子の側頭部を石で殴りつけた感触が、思い出せば戻ってきていた。

ちょうどスイカ割りで見事に命中した時の、あの棒が当たった瞬間から果実にめり込んでいくわずかな時間の、なんとも言えない命中感が、ちょうど千容子を殴った時にも手に満ちたのだ。

その満足感が手のひらから引いていく頃、今度は一気に絞めた時の首から伝わる反発感と、直後に頸椎が折れた振動がよみがえってきた。久しく忘れていた手のひらと指の充満感であった。

華原はさらに東屋の奥深く、木々の立ち並ぶ中に入っていった。足元に踏みしめる落ち葉や木の根の感触はどこも同じでも、なぜか少し脚が震えた。華原はあたりを見回して、見ている者がいないことを確かめると、さらに奥に進んだ。

普段、公園の裏手の山にまで入り込む者はいない。

「このあたりか……」

すでに公園からは見えない位置まで華原は入り込んでいた。木立の間から青い空が見える。華原の目に、二十五年前の光景が浮かんでいた。


中学生の華原はノートを片手に、志賀島金印公園に、歴史のレポート作成のための見学に来ていた。夏の暑い日、わざわざ炎天下に公園で遊ぶ者もなく、夕方まで残った熱気の中、華原は一人で園内をうろうろしていた。面白くもない歴史のテーマからはなれ、先ほどから華原の興味は石段を登ってきた若いカップルに移っていた。

恋人同士だろう。しっかりと腕を組んで、お互いの顔をいとおしそうに見つめ合い、明るい笑い声をたてていた。

彼らは華原の姿を認めると、女性のほうが少し微笑んだあと、華原を避けるように公園の反対側に姿を消した。

女性の艶やかな微笑に、華原はたちまち悩殺された。肩から先のすべてを露にしているまぶしいばかりの白い腕もまた夕日に映えて赤く、思春期を迎えたばかりの中学生の若い情欲を刺激し、体が震えるのを感じていた。

華原はノートを握りしめると、そっと二人のあとをつけた。

公園の北半分は南側より少し低くなっている。華原が近づくと、高台の南側に立った女性の片方のふくらはぎが、木立の間に艶かしく白いスカートから突き出ているのが見えた。華原は思わずゴクリと生唾を呑み、顔を捻じって見上げると、さらに欲情をそそるような女性の大腿部が上に伸びて、スカートの影に吸い込まれている。

華原はたちまちのうちに、ズボンの前が突っかえるのを感じた。さらに二人を追うと、誰も見ていないと思ったのか、しっかりと抱擁し合い、唇を強く合わせている。

見てはいけない、などという控えめな気持ちなど毛頭なく、華原はそっと木の間から二人を覗き観察した。もっときわどいことも期待したのだが、男の体は女性からはなれ、二人はまたぶらぶらと手をつないで歩き出した。

大きく盛り上がった胸、細く絞られた腰、すらりと長い両脚、そして華原に微笑んだ美しく若い顔。華原の心臓はこれまでにないほど強い拍動をつづけていた。

先ほど見た中学生など、気にもならなかったのだろう。男が女性からはなれて、外を回る階段を降りていった。下のトイレにでも行くようだ。

階段の向こうに男の頭が消えると、華原は身を起こした。背後の音に驚いて振り返った女性は、そこに先ほどの中学生らしい男の子を認めると、また同じ微笑を投げてきた。

しかし、それはたちまちのうちに恐怖の表情に変わった。

走りよった華原が女性に飛びかかったのだ。もちろん避けきれるはずもなく、女性は仰向けに倒れた。のしかかり胸をわしづかみにしたが、女性が叫び声を上げるか上げないうちに、女性の口に華原の手が乗った。首を激しくふって華原から逃れようとする女性の口に入った指を女性は激しく噛んだ。

「ギャッ！」

華原は指を噛み切られた痛みを先端に感じた。引き抜くと、血が飛んだ。見れば人差し指の先が真っ赤だ。怒りが華原をさらに凶暴にした。次の瞬間、華原の両手が女性の首に巻きつき、一気に食い込んだ。頸椎が折れ、首を絞めて息を遮断する間もなく、女性の命が即断された。

疼く指を中に、しっかりとこぶしをかためたまま、華原は女性を担ぐと、公園背後の木立の中に入った。しばらく進むと、まわりは樹木で覆われて、赤い空以外何も見えなくなった。

さらに奥に進んで、我慢ができなくなった華原は女性のスカートを捲り上げ、下着を引きずり下ろした。

興奮の極みで、何が何やらわからなくなっていた。遠くに女性の名前であろう、大声で呼ぶ声が聞こえてきた。

華原は大いに未練を残しながら、女性の下着をポケットにねじ込み、女性を担ぎ上げた。

体中に脂汗をかきながら、公園から遠ざかる方向に木の間を抜けると、やがて車道に出た。音を全身で聴いても、車が来る様子はない。華原は躊躇うことなく車道を横切ると、抱えた死体を海に投げ落とした。

激しい水音に混じって、背後から車が近づく音がした。華原は岩陰に身を潜めた。

その夜遅く、両親も寝静まってから家に帰りついた華原は、自室を締め切り、興奮に身を震わせていた。恐怖はなかった。

理解を超えた満足感があった。女性に躍りかかったことも、喉を一気に絞め上げたことも、着衣を剝いだことも、すべてがこの世のものとも思えない悦びを華原に与えていた。

それに比べれば、人差し指先端の疼きすら快感に変わっていた。

ただ一つ、女性と結合ができなかったことが不満であった。

「あの時、海に投げ落とした女が、小林紀子と同じ洞窟に吸い込まれていたとは。俺と深い関係がある女が二人も……」

気がつけば今日も、ここ数日と同様に華原は道路脇に立って、裂け目が並ぶ岩場を覗き込んでいた。

「もしかしたら、千容子もこの裂け目のどこかにいるのかもしれんな」

華原は洞窟の大捜索が行われたことは知らない。

華原の目に映る水の揺らめきに、『怨　志賀島』の文字が流れた。

数メートル下の海の中では、スキューバダイビングの格好をした人物が一人、チラチラとその姿を波に歪ませて流れている。このダイバーはこのところ毎日のように姿を現して、海に潜り、陸に上がりと、何かを調べているようだった。もちろん、華原の関心を引くはずもなかった。

華原はぶらぶらとガードレールに沿って車道を歩いていった。時おり車がとおる。酔狂にも車道を歩いている華原を気にとめる者もいないだろう。車は速度を落とさず、風を巻いてとおりすぎていく。

華原は海岸に降りてみた。砂浜があり、岩場があり、また砂が広がった。

「どのあたりで小林紀子は見つかったのだろう」

引かれるように華原は岩場に足を乗せ、水に濡れて滑りそうになりながら、ゆっくりと裂け目の並ぶ岩に近づいていった。

頭上の海面に人影の揺らめきが見えたのか、ダイバーが水中を上がってきて、顔を出した。

華原はマスクの中の目と自分の目が合ったような気がしたが、ダイバーはたちまち身を翻して、水の中に派手な模様を沈めていった。

「あのあたりか」

比較的広い裂け目が、真っ黒な口を広げている。覗き込むように腰を曲げた華原は、何かに足をすくわれたような気がした。反対側から潜水して近づいてきたダイバーの水面下の姿は華原の視界の外だった。

つるりと滑って尻もちをついた目の先に手が二本出てきて、足首をつかんでいた。

確かに尻が滑って進んだ。止めようもなかった。慌てて這い上がろうとした華原の体が、足を先頭に水の中にあっという間に滑り込んで消えた。

体を巻くように立ち上る泡の先を見ようにも、引き下ろされる力が強かった。体がぐんぐん水の中に引き込まれていく。鼻に入った海水が強烈な痛みを脳天に突き上げた。水面の太陽が遠くなった。つかもうとした光の帯は、ただ指の間を滑るのみであった。

残る空気が華原の体内から一気に気道を駆け上り、大きな泡となって吐き出され、たちまちのうちに上方に小さくなっていった。

激しい苦痛が、死の恐怖とともに華原の意識を落とすまでに、しばらくの時間を要した。

「私はよく海に潜りますから、機会があれば、またあのあたりを調べてみますよ。ですが、下手をすると迷って出られなくなります。それなりの準備がいるのです」

洞窟の再捜索が不可能であることを告げられた紀子が、いかにも悔しそうな顔をしたのを見て、飯牟禮は最後に慰めるように付け加えた。その声を思い出しながら、紀子は金印公園前でバスを降りた。

石段を登り、公園の東屋奥の木に向かい頭を垂れていた紀子は、ゆっくりと海岸に出てみた。奇跡とも言える生還を果たした洞窟につづく岩場の裂け目を見ると、いましも一人のダイバーが出てきたところだった。

派手めのウェットスーツをピッタリと身に着けたダイバーは、紀子に気づかず、突き出た岩場を回って、向こうに姿を消した。

「私が流れ込んだ洞窟に入っていらしたのかしら」

といってもさほど奥までは入っていないだろう。照明も命綱も持たず中に入るのは、自殺行為だと飯牟禮は言った。

「千容子さん……本当に、どこに行ってしまったの」

何かにすがるように、紀子は道路に駆け上がり、先ほどのダイバーが回っていった岩場のほうに足を運んでみた。ちょうど水から上がったばかりのダイバーは、マスクをはずし、担いでいたボンベをおろしていた。

紀子は道路の上から声をかけた。

「あのう、失礼ですが」

上からの声に驚いたように、ダイバーの顔が上がった。水に濡れた髪の毛がピッタリと頭から額に貼りついている。

手のひらで、流れ落ちる海水を拭った顔を見て、今度は紀子が驚いた。

「まあ、先生」

先生と呼ばれた男は、目を何度かしばたいたあと、声をかけてきた女性を見極めるように首を伸ばした。そしてこちらも驚いたというような表情で声を上げた。

「君は……小林紀子さん？」

「はい」

紀子は命の恩人ともいえる佐久本を嬉しそうに見て微笑んでいる。

「先生、その節は本当にお世話になりました」

「もう体調のほうは」

「まったく何も」

「それにしても奇遇ですね。どうしてあなたがここに？」

上と下の会話に少し首が疲れたのか、佐久本は岩場から海を見わたした。

「警部さんたちへのお礼と、まだ見つからない谷山千容子さんのことをお願いに」

そうですかと言いながら、佐久本は足ひれを一つずつはずしている。

「もう一度、ここの洞窟、調べていただけないかと思ったものですから」

「でも、一度、ここは大捜索したんでしょう」

「ええ。でも、私と同じように千容子さんもここに流されたのではないかと」

「あなたは本当に運がよかったのだと思いますよ。潮の流れとかもあるでしょうし」

佐久本は体からはずしたものをまとめると、海岸から上がってきた。少し先に車が停めてあった。

「先生はこのあたりは、よく潜られるのですか」

答えが返ってくるのに少し間があった。

「いいえ。初めてですよ」

「まあ。それは偶然でしたわね」

「本当に。びっくりしましたよ。最初は誰だかわからなかった。あなたはよほど、この場所に何かの縁をお持ちのようだ」

紀子は佐久本のあとを歩いた。佐久本は前を向いたまま話した。

「じつは、あなたが仮死状態ながら生きていた環境がどのようなものか知りたくて、今日ここで潜ってみたのです。私の専門が低体温麻酔だということは、入院中にお話ししましたかね」

「ええ。それで警察医の水田先生にご指示されたとうかがいました。お二人のおかげで助けていただきました」

紀子は佐久本の背中に頭を下げた。

「まあ、あなたの強運には驚きますよ。私もお役に立てて、本当に研究のしがいがあるというものです」

佐久本は車の後部トランクを開けると、ボンベを置き、手の中のマスクやらひれやらを放り込んだ。

「あの奥まで潜られたのですか」

「ああ。そいつはちょっと無理だ。あなたが見つかったところは、入口から百メートル余りと聞いています。曲がりくねっているでしょうし、この軽装ではね」

佐久本は紀子のほうに向き直って、手を広げてみせた。

「今日は入口あたりの偵察。後日、いろいろと必要なものを用意して、一番奥まで調べてみるつもりです」

「先生」

佐久本の言葉を聴いて、紀子は真剣な顔になった。

「ご研究のついでといっては失礼ですが、もしあの洞窟に潜られるならば、谷山千容子さんを探していただけないでしょうか」

え？　と佐久本は一瞬うろたえたような表情を見せた。それでも、気をつけて見てみると、佐久本は約束してくれた。

志賀島の交番に小学生が訪れて、

「ねえ、おまわりさん。あの指輪、落とし主の人、現れた？」

と訊かれたものの、何のことかと思い出すのに時間を要した警官は、ああ、と気がついた。

「いいや」

子供は警官の否定の返事を聞くと、ぱっと一瞬顔を輝かせた。

「あれ、もう一度見せてくれない？　落とした人が出てこなかったら、僕のものになるんでしょう？」

子供はあの時に見た指輪の石の輝きが忘れられなかったのだ。

「いつだったかな？」

警官は記憶を辿りながら、交番奥の金庫を開けた。入れたままの状態で、指輪は袋の中にあった。拾得物の記録を見ると、すでに保管期限の六カ月は過ぎていた。

「そうだな、期限が切れている。持って帰るかい、君が欲しければ」

「いいの」

「ああ。君のものだ。一応、お父さんかお母さんに、あとで話しておくよ」

袋から取り出された指輪を手に取って、あちらこちらに向けて見ていた小学生は、さも嬉しそうに警官に尋ねた。

「ねえ。これ、ダイヤモンドでしょう？」

警官に宝石のことはわからなかった。それなりに大きな光る玉が三つだ。本物のダイヤモンドならば、ずいぶん高価だろう。だとしたら落とし主が放っておくはずがない。これは、ガラス玉だな——。

「そうかもしれないなあ」

子供の夢を壊してはいけない。

「じゃあ、ここに君の名前を書いて」

保護者の名前もいるかな、と思いながら、警官は小学生がたどたどしい字で、一生懸命に自分の名前を書き込んでいるのを見ていた。

「ありがと。じゃあ、もらっていくね」

いまにも落とし主が現れて、返してくれと言ってきそうな気がして、大急ぎで小学生は交番を走り出た。

「気をつけていけよ」

警官は子供の嬉しそうなうしろ姿を笑顔で見送りながら、何カ月か前、金印公園下の海の大捜索があり、指輪が捜索対象となった谷山千容子のものであり、刻まれたCが千容子のC、そして少しはなれて彫られたTが谷山のTではなく、俊夫のTであることに思い当たることもなく、また石が本物のダイヤモンドであることにも、ついに気づかなかった。

36 ロザリアの教え

紀子自身それほど期待はしていなかったとはいうものの、佐久本からはいつまで経っても何の連絡もないまま、時間が過ぎていった。

ほかからの谷山千容子発見の報もなかった。

釈放後、華原俊夫の罪を裁こうにも、どこに雲隠れしたのか、華原自身が行方不明となってしまったため、立件すら危ういものになりかけていた。

関係者の記憶も何となく薄れ始めた頃、一編の論文が発表された。著者は佐久本玲朗Q総合医科大学救命救急部教授であった。

「低体温下における長期生存のための諸条件の解析および低体温麻酔への応用」と題された研究は、医学史の中でも半世紀以上にわたって追究されながら、未だ解決を見ていない大きな問題を扱っており、麻酔という直近の医学応用に加えて、将来治療法が見つかるまで患者を仮死状態にしたまま生存させるという夢のような話にまで発展する可能性があった。

以下に論文を要点のみかいつまんで記して、この長い物語を閉じることにしよう。

論文では、まず今回の低体温麻酔、長期麻酔下生存の研究のヒントとなった症例の紹介があった。

『症例は三十八歳男性。仮死状態で某洞窟で発見された』

研究の秘密性から、洞窟の場所は秘匿する旨の記載が、欄外にあった。

『男性は失踪から、偶然発見されるまで、じつに一年近い期間、洞窟内にいたものと推定される。外傷はない。洞窟は低温多湿の状況で、男性は意識が落ちたまま生存していた』

以下に、発見時の症例の身体状況、さまざまな検査所見、データが紹介されていた。

『可及的緩やかに体温を上げることで、組織の損傷なく、回復可能であった。途中の検査データに特に異常ととらえるべき所見はなく、意識も戻りかけたものが、最後の段階で、心室細動が発生し、救命しえなかったことは非常に残念である』

この症例をヒントに、佐久本は洞窟内の環境について、微に入り細を穿って調査分析し、これを研究室内で再現することを試みた。

『イヌを使った動物実験では、この条件下、ほぼ六カ月の低体温生存が可能で、蘇生処置後、意識状態良好、各臓器も正常の機能を回復した。さらに低体温麻酔に応用した場合、長時間の手術にまったく影響なく、覚醒後も問題は見つからなかった』

とあった。問題があるとすれば、二日にまたがる手術において、皮肉にも術者のほうに意識混濁を生じた、と冗談のような一文が記されていた。

『イヌとヒトとの差を埋めるべき研究が今後必要となろう。さらに当該環境の分析に未だ不明な点があり、この問題が解決すれば、長時間低体温麻酔あるいは生体組織保存の完成に一歩近づくであろう』

数多くのデータをまとめた表とグラフ、それに実験に使ったイヌの組織標本などを満載した論文は、最後に今回の研究のきっかけとなった三十八歳男性に深く感謝し、医学への犠牲とも取れる死を悼むと結ばれていた。

海中に引きずり込まれた華原俊夫が、洞窟内に仮死状態で置かれ、一年後、偶然に発見されたような形で佐久本のもとに運ばれ、実際に蘇生処置が施され、故意か偶然か心室細動が発生して死亡したこと、そして病理解剖された遺体が、両親の了解のもとに貴重な症例として献体され、フォルマリンの池に一体まるごと浮かんでいること、これらすべてを目論み、天の裁きを下し、自らも復讐を遂げた人物の存在は、本人しか知らない。

◎本作品はフィクションであり、文中に登場する個人名や団体名は実在のものとは一切関係ありません。

23 ザ・ミステリ・コレクション

ロザリアの裁《さば》き

著者　霧村悠康《きりむらゆうこう》

発行所　株式会社 二見書房
東京都千代田区三崎町2-18-11
電話 03(3515)2311 [営業]
03(3515)2313 [編集]
振替 00170-4-2639

印刷　株式会社 堀内印刷所
製本　村上製本

ISBN978-4-576-09026-9
http://www.futami.co.jp/

霧村悠康の傑作医療ミステリー

特効薬 疑惑の抗癌剤

認可間近の経口抗癌剤MP98の第三相試験中、末期肺癌患者が喀血死した。同薬の副作用がないという触れ込みに疑問を抱いた主治医の倉石祥子たちは、認可差し止めに動きだす。一方で、謎の殺人事件が発生し……。製薬会社、大学病院他、新薬認可を巡る思惑と深い闇を描き出した、現役医師作家による書き下ろし医療ミステリー!

死の点滴

薬物中毒患者が死亡した翌日、治癒間近の十二指腸潰瘍患者も急変し命を落とした。当直だった医師・倉石祥子は疑惑を抱く。点滴使いまわし及び使用期限切れの薬剤使用疑惑、そこに不可解な殺人が――。同じ頃、O大学医学部では欲と金にまみれた教授選が始まっていた。白亜の虚塔に鋭いメスを入れる、書き下ろし医療ミステリー!